ELIZABETH GEORGE

$6.00

W9-BPO-981

LE LIEU
DU CRIME

PRESSES DE LA CITÉ

Titre original :
Payment in Blood

Traduit par Hélène Amalric

En mémoire affectueuse de John Biere

Quand jolie femme s'abaisse
A commettre une folie,
Et découvre trop tard
La traîtrise des hommes,
De quel charme user
Pour apaiser sa mélancolie,
De quel art user
Pour laver sa faute ?

Pour effacer sa faute
Et cacher sa honte aux yeux de tous,
Pour mettre le repentir
Au sein de son amant
Et lui briser le cœur,
Elle ne peut qu'une chose — mourir.

Oliver Goldsmith

© 1989 by Susan Elizabeth George.
Publié avec l'accord de Bantam Books,
un département de Bantam Doubleday Dell Publishing Group, Inc.
© Presses de la Cité, 1992, pour la traduction française.

ISBN 2-266-00525-1

1

Gowan Kilbride, âgé de seize ans, n'avait jamais été un lève-tôt. Lorsqu'il vivait à la ferme, chez ses parents, il s'extrayait tous les matins du lit avec force récriminations et grognements furibonds destinés à exprimer à qui voulait bien l'entendre son peu d'enthousiasme pour cette vie de labeur paysan. Aussi, lorsque Francesca Gerrard, propriétaire depuis son récent veuvage du plus vaste domaine de la région, avait décidé de transformer sa grande demeure écossaise en hôtel pour alléger les droits de succession, Gowan s'était-il présenté à elle en homme providentiel — celui-là même qu'elle attendait pour servir à table, officier derrière le bar, et surveiller la cohorte de créatures nubiles qui ne manqueraient pas de se présenter comme femmes de chambre.

Les rêves de Gowan s'étaient bien vite envolés en fumée. Une semaine à peine à Westerbrae avait suffi à lui faire comprendre qu'un contingent de quatre personnes, pas une de plus, allait assumer tous les travaux nécessaires à l'entretien de l'immense maison de granit : Mrs Gerrard en personne, une cuisinière mûrissante à la lèvre supérieure ornée d'une mous-tache, Gowan, et une jeune fille de dix-sept ans débarquée d'Inverness, Mary Agnes Campbell.

Le rôle de Gowan se parait de tout l'éclat correspondant à sa position dans la hiérarchie de l'hôtel, à savoir virtuellement aucun. Il n'était qu'un factotum, un homme de peine, à qui il incombait de bêcher les plates-bandes, balayer, repeindre, réparer la vieille chaudière deux fois par semaine, ou poser du papier peint dans les chambres des futurs hôtes. Dur appren-tissage de l'humilité pour un garçon qui s'était toujours vu dans la peau d'un nouveau James Bond. Seule la délicieuse présence de Mary Agnes Campbell, engagée pour préparer la maison, rachetait les contrariétés de la vie à Westerbrae.

Moins d'un mois après avoir commencé à travailler aux côtés de Mary Agnes, le lever matinal n'était déjà plus une corvée. Plus tôt il jaillissait de sa chambre, plus tôt Gowan pouvait voir Mary Agnes, lui parler, humer l'espace d'un instant son parfum troublant. En trois mois à peine, ses vieux fantasmes — dégustation de martini-vodka et nette préférence pour les pistolets italiens à crosse moulée — s'étaient évanouis, remplacés par l'espoir de se voir récompensé d'un sourire radieux de Mary Agnes, de la vue de ses jolies jambes, par l'espoir fou et adolescent de frôler la courbe de ses seins magnifiques dans un corridor.

Tout cela avait paru ressortir du domaine du possible, jusqu'à l'arrivée la veille des tout premiers hôtes sérieux de Westerbrae : un groupe de comédiens de Londres venus répéter leur nouvelle pièce en compagnie du producteur, du metteur en scène et de quelques autres personnes. La présence de ces sommités londoniennes, à laquelle s'ajoutait ce que Gowan venait de dénicher ce matin dans la bibliothèque, portait un rude coup à son rêve de bonheur éternel aux côtés de Mary Agnes. Aussi, dès qu'il eut retiré la boule de papier froissé aux armes de Westerbrae de la corbeille de la bibliothèque, se mit-il à la recherche de la jeune fille, qu'il trouva seule dans la cuisine, occupée à préparer les plateaux du petit déjeuner pour les monter ensuite dans les chambres.

La cuisine avait toujours été un des repaires favoris de Gowan, essentiellement parce qu'à l'inverse du reste de la maison, elle n'avait subi aucune transformation. Les futurs hôtes n'étaient guère susceptibles de passer par là pour goûter la sauce ou discuter de la cuisson de la viande, aussi était-il inutile d'accommoder la pièce à leur goût.

Elle était demeurée telle que Gowan l'avait connue dans son enfance. Le vieux carrelage aux tons mats rouge et crème ressemblait toujours à un gigantesque damier. Des rangées de casseroles de cuivre rutilantes suspendues aux entraits de chêne égayaient l'un des murs. Un dressoir de pin à quatre étagères contenait la vaisselle de tous les jours, tandis qu'au-dessous, un séchoir triangulaire croulait sous le poids des torchons et des serviettes à thé. Sur les appuis des fenêtres étaient posées des vasques de terre cuite dans lesquelles s'épanouissaient d'étranges plantes tropicales aux larges feuilles palmées que les rigueurs du glacial hiver écossais auraient dû faire dépérir, mais qui fleurissaient dans la chaleur de la pièce.

A l'instant où Gowan y pénétra, pourtant, il était loin d'y faire chaud. Il n'était pas tout à fait sept heures, et l'énorme cuisinière installée contre l'un des murs n'était pas encore venue à bout du froid matinal. Un jet de vapeur s'échappait d'une grosse bouilloire posée sur l'un des feux. S'il avait été d'humeur à admirer le paysage, Gowan aurait pu constater, à travers les fenêtres à meneaux, que l'importante chute de neige de la nuit précédente avait doucement sculpté les pelouses se déroulant en contrebas jusqu'au loch Achiemore. Mais la vertueuse indignation qui l'habitait l'empêcha de distinguer quoi que ce soit d'autre que la sylphide au teint de lys qui ornait de napperons les plateaux disposés sur la grande table de ferme au centre de la pièce.

— Explique-moi donc ça, Mary Agnes Campbell, dit-il en tendant le papier à lettres froissé sur lequel son pouce large et calleux recouvrait les armoiries de Westerbrae.

Son visage était devenu quasiment aussi écarlate que sa chevelure, et ses taches de rousseur s'étaient assombries.

Les yeux bleus de Mary Agnes jetèrent un regard rapide au papier incriminé. Puis, sans manifester la moindre gêne, elle alla sortir de l'office théières, tasses et soucoupes, tout comme si celle qui avait griffonné sur toute la page d'une écriture malhabile, *Mrs Jeremy Irons, Mary Agnes Irons, Mary Irons, Mary et Jeremy Irons, Mary et Jeremy Irons et leurs enfants*, était une étrangère.

— Qu'est-ce qu'il y a ? répliqua-t-elle, rejetant en arrière la masse de ses cheveux ébène.

Le geste, qui se voulait défensif, fit glisser la coiffe blanche crânement perchée sur ses boucles, et lui donna l'air d'un charmant pirate.

C'était bien là que résidait le problème. Jamais, pour aucune femme, le sang de Gowan n'avait battu dans ses veines avec autant de force que pour Mary Agnes Campbell. Il avait grandi à Hillview Farm, l'une des fermes du domaine de Westerbrae, et rien, dans cette vie de grand air, emplie uniquement de moutons, de cinq frères et sœurs, et de promenades en barque sur le loch, ne l'avait préparé à l'effet que produisait sur lui

Mary Agnes chaque fois qu'il se trouvait en sa présence. Une chose, une seule — le rêve qu'elle puisse un jour devenir sienne — l'avait jusqu'à présent empêché de perdre la raison.

Ce rêve n'avait jamais paru complètement fou, en dépit de l'existence de Jeremy Irons, dont le beau visage et le regard expressif, arrachés aux pages d'innombrables magazines de cinéma, ornaient les murs de la chambre de Mary Agnes, dans le corridor nord-ouest du rez-de-chausssée. Après tout, l'adoration d'une idole inaccessible était un phénomène assez répandu chez les jeunes filles, non ? En tout cas, c'était ce que Mrs Gerrard s'évertuait à expliquer quotidiennement à Gowan qui soulageait auprès d'elle son cœur lourd tandis qu'elle surveillait ses progrès dans l'art de servir le vin sans en renverser les trois quarts sur la nappe.

Tout cela était bel et bon, tant que l'idole inaccessible demeurait inaccessible. Mais avec une maisonnée pleine d'acteurs londoniens, Gowan savait très bien que Mary Agnes voyait aujourd'hui Jeremy Irons à sa portée. Un de ces visiteurs devait connaître l'acteur, pourrait le lui présenter, et laisser ensuite la nature suivre son cours. Le papier que tenait Gowan attestait de tout cela, et signifiait sans aucun doute que Mary Agnes était sûre de ce que l'avenir lui réservait.

— Qu'est-ce qu'il y a ? répéta-t-il, incrédule. T'as laissé traîner ça dans la bibliothèque, voilà c'qu'il y a !

Mary Agnes lui arracha le papier des mains et le fourra dans la poche de son tablier.

— T'es gentil d'm'le rendre, mon gars, dit-elle sans sourciller, ce qui le mit hors de lui.

— Tu me donnes donc pas d'explication ?

— C'est juste de l'entraînement, Gowan.

— De l'*entraînement* ? (Le feu qui le dévorait faisait bouillir son sang.) Et pour quel genre d'entraînement est-ce que Jeremy Irons peut bien t'aider ? Sur ce fichu papier ! Et un homme marié, encore !

Mary Agnes pâlit.

— Marié ?

Elle posa brusquement deux soucoupes l'une sur l'autre, et la porcelaine tinta.

Gowan regretta sur-le-champ sa déclaration impulsive. Que Jeremy Irons soit marié, il n'en avait pas la moindre idée, mais le désespoir le gagnait à la pensée que Mary Agnes rêvait tous les soirs de l'acteur dans son lit, tandis que lui, Gowan, se mourait dans la chambre voisine de ne pas avoir le droit d'effleurer ses lèvres. C'était injuste, et elle méritait bien de souffrir, elle aussi.

Mais lorsqu'il vit sa bouche trembler, il se reprocha de se conduire comme un imbécile. S'il n'y prenait pas garde, c'était lui qu'elle finirait par détester — et pas Jeremy Irons. Et ça, il ne pourrait pas le supporter.

— Ah, Mary, j'suis pas sûr de ça, qu'il est marié, reconnut-il.

Mary Agnes renifla, rassembla sa vaisselle et regagna la cuisine, Gowan sur ses talons, comme un chien battu. L'ignorant avec superbe, elle aligna les théières sur les plateaux, et les garnit d'une cuiller de thé, redressa les napperons, arrangea l'argenterie. Châtié de si belle manière, Gowan chercha quelque chose à dire qui le ferait rentrer dans ses bonnes grâces, tout en observant la jeune fille qui se penchait pour chercher le lait et le sucre. Ses seins fermes tendaient sa robe de laine, et la gorge de Gowan se dessécha.

— J't'ai raconté quand j'ai ramé jusqu'à Tomb's Isle?

Le sujet n'était pas des plus prometteurs. Tomb's Isle, petit monticule parsemé d'arbres au milieu du loch Achiemore, coiffé d'une structure étrange qui ressemblait de loin à une folie victorienne, était la dernière demeure de Phillip Gerrard, l'époux récemment décédé de la propriétaire de Westerbrae. Pour un garçon comme Gowan, habitué aux travaux de force, ramer jusque-là ne constituait pas une prouesse athlétique exceptionnelle, susceptible d'impressionner Mary Agnes, sans aucun doute tout aussi capable du même exploit. Il chercha donc un moyen de rendre son histoire intéressante.

— T'étais pas au courant, pour l'île?

Elle haussa les épaules, tout en plaçant les tasses, mais un éclair traversa ses yeux brillants, et l'encouragement suffit à laisser libre cours à l'éloquence de Gowan.

— T'as pas entendu? Tout le village sait qu'à la pleine lune, la Mrs Francesca Gerrard, elle s'tient toute nue à la f'nêtre de sa chambre, et qu'elle supplie m'sieur Phillip pour qu'y lui r'vienne. Pour qu'y r'vienne de Tomb's Isle, là où qu'il est enterré.

L'attention de Mary Agnes fut à coup sûr retenue par ce

discours. Elle interrompit son travail et se pencha sur la table, les bras croisés, attendant d'en entendre davantage.

— J'crois pas un mot d'tout ça, affirma-t-elle en préambule, mais son intonation suggérait le contraire et elle ne prenait pas la peine de dissimuler un sourire malicieux.

— Et moi non plus, j'y croyais pas, ma belle. C'est pour ça qu'à la dernière lune, j'ai ramé tout seul jusque là-bas. (Gowan attendit sa réaction avec impatience. Le sourire de Mary Agnes s'élargit, ses yeux étincelèrent, et il continua :) Ah, ça, c'était un spectacle, Mary ! Mrs Gerrard toute nue à sa f'nêtre ! Les bras tendus ! Et bon Dieu, ses nichons qui lui pendaient jusqu'à la taille ! C'était horrible ! (Il eut un frisson dramatique.) Moi, ça m'étonne pas que l' vieux m'sieur Phillip y bouge pas plus qu'ça ! (Gowan glissa un regard brûlant aux appas de Mary.) Evidemment, c'est sûr qu'la vue d'une *belle* poitrine, ça, c'est quéque chose qui f'rait faire n'importe quoi à un homme !

Mary Agnes ignora le sous-entendu rien moins que subtil, et retourna à ses plateaux, coupant court aux efforts de narration du jeune homme.

— R'tourne donc à ton travail, Gowan. T'étais pas chargé d' t'occuper d'la chaudière, ce matin ? Elle crachotait autant que ma grand-mère, hier au soir.

La réponse froide et indifférente fit sombrer le cœur de Gowan. L'histoire de Mrs Gerrard aurait dû stimuler l'imagination de Mary un peu plus que ça, peut-être même l'encourager à lui demander de la conduire sur le loch à la prochaine pleine lune. L'échine basse et traînant les pieds, il se dirigea vers l'arrière-cuisine, refuge de la chaudière crachotante.

Mary Agnes reprit cependant la parole, comme si elle avait pitié de lui.

— Mais même si Mrs Gerrard le veut, y lui r'viendra pas, m'sieur Gerrard, tu sais, mon gars.

Gowan s'arrêta net.

— Et pourquoi ça ?

— « Et que mon corps ne repose jamais sur cette terre maudite de Westerbrae », cita la jeune fille. C'est c' qui disait dans son testament, m'sieur Phillip. C'est Mrs Gerrard qui m' l'a dit. Alors si ton histoire elle est vraie, elle peut bien rester à sa f'nêtre jusqu'à perpète, parce qu'y r'viendra pas

14

comme Jésus, en marchant sur l'eau. Nichons ou pas nichons, Gowan Kilbride.

Et, achevant son discours d'un rire étouffé, elle alla chercher la bouilloire sur le feu. Lorsqu'elle revint verser l'eau sur le thé, elle passa si près de lui qu'il sentit de nouveau le sang lui monter à la tête.

Mary Agnes avait dix plateaux de petit déjeuner à servir, y compris celui de Mrs Gerrard, et elle était bien décidée à s'acquitter de sa tâche sans trébucher ni renverser une goutte, et sans se ridiculiser en pénétrant dans une chambre à l'instant où l'un des messieurs serait en train de s'habiller. Ou pire encore.

Elle avait répété son entrée pour ses débuts de femme de chambre un nombre incalculable de fois. « Bonjour. Quelle belle journée ! » suivi de quelques pas vifs pour poser le plateau sur la table, les yeux soigneusement baissés en évitant de regarder le lit. « Au cas où », disait Gowan en riant.

Elle passa devant les dressoirs de l'office, traversa la salle à manger aux rideaux fermés, puis déboucha dans le vaste hall d'entrée, au sol nu et aux murs lambrissés de chêne noirci par la fumée. Les pendeloques d'un lustre dix-huitième absorbaient et diffractaient le doux rayon de lumière de la lampe de la réception, que Gowan allumait le matin de bonne heure, et des effluves de sciure et d'huile de térébenthine rappelaient les efforts accomplis par Mrs Gerrard pour transformer sa vieille demeure en hôtel.

Pourtant, un parfum plus particulier, conséquence de l'inexplicable et soudain éclat de passion de la veille au soir, surmontait ces odeurs. Il avait fallu en effet que Gowan pénètre dans le grand hall avec un plateau chargé de verres et de cinq bouteilles d'alcool au moment précis où Mrs Gerrard jaillissait en trombe de son petit salon, sanglotant comme une enfant. La collision avait projeté Gowan à terre, au milieu de débris de cristal de Waterford et d'une épaisse flaque qui s'était répandue à travers tout le hall jusqu'au comptoir de la réception. Pendant l'heure que Gowan avait passée à réparer le gâchis — sans se priver de jurer d'un ton tragique chaque fois que Mary Agnes passait dans les parages —, les portes n'avaient cessé de claquer, les escaliers et les couloirs de résonner de cavalcades, de pleurs et de cris.

Mary Agnes n'avait pas vraiment saisi la signification de toute cette agitation. Tout ce qu'elle savait, c'est que les comédiens étaient allés s'installer avec Mrs Gerrard dans le salon, pour lire une pièce, et que, un quart d'heure plus tard, la réunion s'était transformée en une furieuse altercation, dont témoignait une vitrine de bibelots brisée, en sus des verres et des alcools renversés.

Mary Agnes monta l'escalier avec précaution, prenant garde à ne pas faire grincer les marches de bois nu. Toutes les clés de la maison, réunies en trousseau, cliquetaient solennellement sur sa hanche droite, et renforçaient son assurance.

— D'abord, frappez doucement, lui avait appris Mrs Gerrard. S'il n'y a pas de réponse, ouvrez la porte — avec le passe, si besoin est —, et déposez le plateau sur la table. Ecartez les rideaux, et dites : « Quelle belle journée, aujourd'hui ! »

— Et s'il ne fait pas beau ? avait demandé Mary Agnes avec espièglerie.

— Faites comme si.

La jeune fille atteignit le palier, inspira à fond pour assurer son équilibre, puis considéra la rangée de portes fermées. La première était celle de lady Helen Clyde et, bien que Mary Agnes ait vu celle-ci porter secours à Gowan de façon tout à fait aimable lors de l'incident de la veille, sa confiance en elle n'allait pas jusqu'à servir le premier plateau de petit déjeuner de sa vie à la fille d'un comte. Une maladresse était trop vite arrivée. Elle poursuivit donc son chemin vers la seconde chambre, dont l'occupant serait bien moins susceptible de remarquer quelques gouttes de thé renversées sur sa serviette de lin.

Personne ne répondit au coup qu'elle frappa au battant. La porte était fermée à clé. Fronçant les sourcils, Mary Agnes équilibra le plateau sur sa hanche gauche et tâtonna pour trouver le passe. Cela fait, elle déverrouilla la porte, et pénétra dans la pièce, répétant encore une fois intérieurement son entrée en scène.

Un froid terrible régnait dans la chambre, plongée dans l'obscurité et dans un silence que le doux sifflement du radiateur ne déchirait même pas. Peut-être l'unique occupante avait-elle décidé de se coucher sans allumer celui-ci, ou bien, se

16

dit Mary Agnes en souriant, peut-être n'était-elle pas seule dans son lit, mais blottie contre un des messieurs sous l'édredon. Et même plus que blottie, pourquoi pas. Mary Agnes étouffa un petit rire.

Elle alla poser le plateau sur la table devant la fenêtre, puis tira les rideaux, comme Mrs Gerrard le lui avait enseigné. Le jour venait à peine de se lever, et le soleil n'était encore qu'un disque incandescent au-dessus des collines embrumées au-delà du loch Achiemore, dont le chatoiement argenté renvoyait l'image exacte de ces mêmes collines, du ciel et de la forêt avoisinante. Quelques nuages semblables à des volutes de fumée s'étiraient çà et là. La journée promettait d'être belle, contrairement à la veille, qui avait vu souffler la tempête.

— Bonjour. Quelle belle journée ! commenta-t-elle d'un ton léger.

Elle se détourna, redressa les épaules pour regagner la porte, et s'arrêta.

Quelque chose n'allait pas. L'air, peut-être, un air trop feutré, comme si la pièce elle-même venait de retenir son souffle. Ou bien le parfum qui y flottait, un parfum lourd et écœurant, qui lui rappelait l'odeur qui s'élevait lorsque sa mère attendrissait la viande. Ou bien les couvertures, qui paraissaient avoir été relevées à la hâte puis abandonnées telles quelles. Ou bien peut-être était-ce l'immobilité absolue de ces couvertures qui était anormale. Comme si personne ne bougeait. Comme si personne ne respirait...

Pétrifiée sur place, Mary Agnes sentit ses cheveux se dresser sur sa nuque.

— Miss ? murmura-t-elle dans un souffle.

Peut-être la femme dormait-elle très profondément, aussi répéta-t-elle un peu plus fort :

— Miss ?

Pas de réponse.

Mary Agnes avança d'un pas hésitant, les mains froides et les doigts gourds, et se força à tendre le bras pour secouer le bord du lit.

— Miss ?

Cette troisième tentative ne provoqua pas plus de réaction que les deux précédentes.

Comme doués d'une vie propre, ses doigts agrippèrent l'édredon et entreprirent de dévoiler la silhouette qu'il recouvrait. La couverture, au contact froid et humide, de ce froid glaçant jusqu'aux os que font naître les fortes tempêtes de neige, résista un instant, puis glissa, et Mary Agnes sut alors quel était le visage de l'horreur.

La femme gisait sur le côté droit, comme prise dans les glaces, et, dans le sang qui baignait d'écarlate sa tête et ses épaules, sa bouche n'était plus qu'un rictus. Paume ouverte vers le ciel, l'un de ses bras était tendu en un geste de supplication, et l'autre replié entre ses jambes, comme pour y trouver un peu de chaleur. Sa longue chevelure noire inondait le lit, s'étendait en travers de l'oreiller comme les ailes d'un corbeau, s'enroulait le long de son bras. Le sang auquel elle se mêlait en une masse pulpeuse avait commencé à se coaguler, et les gouttelettes cramoisies frangées de noir étaient semblables aux bulles pétrifiées d'un bouillon de sorcière. La femme était clouée au centre de ce tableau comme un insecte épinglé dans une vitrine, empalée sur la dague au manche de corne qui lui avait traversé le côté gauche du cou pour se ficher dans le matelas sur lequel elle reposait.

2

Le message fut transmis à l'inspecteur Thomas Lynley un peu avant dix heures ce matin-là. Il s'était rendu à la ferme de Castle Sennen jeter un coup d'œil aux nouvelles têtes de bétail et revenait au volant de la Land Rover du domaine lorsque son frère, à cheval, le héla en maîtrisant sa monture aux naseaux fumants. Il faisait un froid mordant, inhabituel en Cornouailles, même à cette époque de l'année, et Lynley plissa les yeux pour l'affronter en baissant la vitre.

— Tu as un message de Londres, cria Peter Lynley, maniant les rênes d'une main experte.

La jument baie secoua la tête, et fit un écart délibéré vers le mur de pierres sèches qui séparait le champ de la route.

— Le superintendant Webberly. Quelque chose à propos du CID (*Criminal Investigation Department*) de Strathclyde. Il veut que tu le rappelles dès que possible.

— C'est tout ?

La jument se mit à tourner comme pour se débarrasser de son fardeau, et ce défi à son autorité fit rire Peter. Ils luttèrent un moment, l'un et l'autre déterminés à dominer l'adversaire, mais Peter tenait les rênes d'une main qui savait d'instinct quand il fallait faire sentir le mors et quand l'animal, au contraire, ne le supportait pas. Il la fit volter dans le champ comme si le jeu avait été convenu entre eux, et l'amena face au mur à la crête ornée de givre.

— C'est Hodge qui a pris la communication, reprit-il en souriant. Tu vois ce que je veux dire. « Un message de Scotland Yard pour Sa Seigneurie. Dois-je m'en charger ? » Il suintait la désapprobation par tous les pores.

— Il ne changera jamais, répondit Lynley.

Au service de la famille depuis plus de trente ans, le vieux majordome avait passé les douze dernières années à refuser obstinément d'admettre ce qu'il appelait « le caprice de Sa Seigneurie », attendant l'instant où Lynley reprendrait enfin ses sens et, touché par la grâce, adopterait une vie à laquelle Hodge espérait qu'il s'habituerait — ici, en Cornouailles, à Howenstow, aussi loin que possible de Scotland Yard.

— Qu'a-t-il dit au superintendant ?

— Probablement que tu étais occupé à recevoir les hommages serviles de tes métayers. Du genre « Sa Seigneurie est sur ses terres ». (L'imitation du ton funèbre du majordome était réussie, et les deux frères éclatèrent de rire.) Tu veux rentrer à cheval ? C'est plus rapide qu'avec la Rover.

— Non, merci ! Je tiens beaucoup trop à la vie.

Lynley passa bruyamment une vitesse. Surprise, la jument recula et fit un nouvel écart, ignorant mors, rênes et talons dans son désir de fuite. Ses sabots résonnèrent sur les cailloux, son hennissement se chargea de frayeur. Lynley regarda sans rien dire son frère lutter avec sa monture, il était inutile de lui conseiller la prudence. Ce qui avait séduit Peter dans le cheval, c'était le danger, le fait qu'un seul faux mouvement pouvait avoir pour conséquence un membre brisé.

Avec allégresse le cavalier rejeta en arrière sa tête auréolée de cheveux coupés court, dorés dans la lumière hivernale. Il avait des mains musclées par le travail, et des mois de labeur au soleil de Cornouailles lui avaient donné un teint coloré, même en hiver. Extraordinairement juvénile, il rayonnait de vitalité. Lynley se sentit en face de lui bien plus âgé que les dix années qui les séparaient.

— Ho, Safran ! cria Peter, qui fit exécuter une volte au cheval puis partit au galop après un signe de la main.

Il atteindrait effectivement Howenstow bien avant son frère.

Lorsque monture et cavalier eurent disparu à travers un rideau de sycomores au fond du champ, Lynley appuya sur l'accélérateur, avec un marmonnement exaspéré quand la boîte de vitesses de la vieille voiture sauta, et reprit sa route cahin-caha le long de l'étroit chemin.

Lynley téléphona à Londres de la petite alcôve aménagée dans le salon. C'était là son sanctuaire personnel, juste au-dessus du porche d'entrée de la maison de famille, et meublé au début du siècle par son grand-père, un homme qui avait une conception tout à fait judicieuse de ce qui rendait la vie supportable. Un petit bureau d'acajou était installé entre deux étroites fenêtres à meneaux, et des étagères soutenaient des rangées de livres distrayants et de collections reliées de *Punch*. Un fauteuil confortable était tiré près de la cheminée, sur laquelle une pendule égrenait son tic-tac régulier. L'endroit avait toujours été particulièrement accueillant après une dure journée.

La secrétaire de Webberly était à la recherche du superintendant et, se demandant ce que tous les deux pouvaient bien fabriquer à Scotland Yard en ce week-end d'hiver, le regard de Lynley s'attarda sur le grand jardin en contrebas. Sa mère, grande et mince silhouette vêtue d'un lourd caban, une casquette de base-ball coiffant ses cheveux blonds, était là, en grande discussion avec l'un des jardiniers, inconsciente du fait que son retriever en avait profité pour s'emparer d'un gant qu'elle avait laissé tomber et qu'il traitait comme son casse-croûte matinal. Lynley sourit lorsque sa mère vit enfin le chien, poussa un cri, et lui arracha le gant de la gueule.

La voix de Webberly résonna, et Lynley eut l'impression qu'il avait couru.

— Nous sommes dans une situation délicate, annonça-t-il sans préambule. Des théâtreux, un cadavre, et la police locale qui se conduit comme s'il s'agissait d'une épidémie de peste bubonique. Ils ont appelé leur CID local, celui de Strathclyde, mais Strathclyde ne veut pas de l'affaire. Elle est pour nous.

— Strathclyde, répéta Lynley ébahi. Mais c'est en Ecosse.

Il énonçait là une évidence. L'Ecosse disposait de sa propre force de police, qui faisait rarement appel à l'assistance de Scotland Yard. Et même lorsque c'était le cas, les complexités de la loi écossaise empêchaient la police métropolitaine d'effectuer un travail efficace et lui interdisaient de prendre part à une éventuelle poursuite judiciaire. Un sentiment de méfiance assaillit Lynley, mais il temporisa :

— Personne d'autre n'est disponible ce week-end ?

C'était la quatrième fois en cinq mois que Webberly le rappelait en service pendant ses heures de repos, et il savait que la remarque pousserait le superintendant à lui fournir de plus amples détails.

— Je sais, je sais, dit celui-ci avec brusquerie. Mais je n'y peux rien. Nous réglerons le problème quand tout ça sera terminé.

— Tout ça *quoi* ?

— Un sacré merdier.

La voix de Webberly s'éloigna, comme si quelqu'un d'autre s'était mis à discourir dans son bureau d'un ton vif. Lynley reconnut ce baryton grondant comme celui du superintendant en chef, sir David Hillier. Décidément, il se passait quelque chose d'exceptionnel. Il tendit l'oreille, s'efforça de saisir les paroles de Hillier, mais les deux hommes devaient être parvenus à une décision, car Webberly revint en ligne sur un ton confidentiel, comme s'il se méfiait des oreilles indiscrètes.

— Une affaire délicate, comme je vous l'ai dit. Stuart Rintoul, lord Stinhurst, y est mêlé. Vous le connaissez ?

— Stinhurst, le producteur ?

— Celui-là même. Le Midas de la scène.

Le surnom plus que justifié fit sourire Lynley. Lord Stinhurst avait bâti sa réputation en finançant succès après succès de la scène londonienne. Attentif au goût du public, et disposé à prendre d'énormes risques financiers, il avait une singulière capacité à flairer les nouveaux talents, à dénicher les pièces vouées à la réussite dans le lot de banalités qui s'entassait tous les jours sur son bureau.

Quiconque lisait le *Times* savait que son dernier défi avait été l'acquisition et la rénovation de ce qui restait de l'Azincourt, un théâtre de Londres, projet dans lequel il avait investi plus d'un million de livres. L'ouverture du nouvel Azincourt, qui se voulait un triomphe, devait avoir lieu dans deux mois, et cette perspective si proche rendait improbable le fait que Stinhurst puisse s'absenter de Londres ne serait-ce que pour quelques jours de vacances. Agé d'environ soixante-dix ans, c'était un perfectionniste obsessionnel, et qu'il n'ait pas pris de repos depuis des années faisait partie de sa légende. A quoi tenait donc sa présence en Ecosse ?

Comme pour répondre à la question non formulée de Lynley, Webberly continua :

— Au premier abord, il semble qu'il ait emmené un groupe de comédiens travailler sur une pièce qui devait faire un tabac à la réouverture de l'Azincourt. Ils sont accompagnés d'un journaliste — un type du *Times*, un critique dramatique, je crois. Il a suivi l'aventure de l'Azincourt depuis le premier jour, mais pour l'instant il n'a qu'une idée, mettre la main sur un téléphone avant que nous n'arrivions pour le bâillonner.

— Pourquoi ? demanda Linley, qui comprit un instant plus tard que le superintendant avait gardé le meilleur pour la fin.

— Parce que Joanna Ellacourt et Robert Gabriel sont les futures stars de la nouvelle production de lord Stinhurst, et qu'ils se trouvent également en Ecosse.

Lynley ne put réprimer un léger sifflement de surprise. Joanna Ellacourt et Robert Gabriel, le couple vedette de la scène, les deux acteurs les plus recherchés du moment. Ellacourt et Gabriel, depuis leurs débuts ensemble, n'avaient cessé de galvaniser les foules, qu'ils interprètent Shakespeare, Stoppard ou O'Neill. Bien qu'ils aient joué tout aussi souvent chacun de leur côté, c'était lorsqu'ils se produisaient en couple que la magie opérait. Les comptes rendus des journaux étaient unanimes : « Le public vibre avec eux dans une atmosphère crépitante de tension sexuelle explicite. » La dernière fois, si Lynley ne se trompait pas, il s'agissait d'un *Othello*, qui s'était joué pendant des mois à guichets fermés et dont les représentations venaient de s'achever trois semaines auparavant.

— Qui est la victime ? demanda-t-il.

— L'auteur de la nouvelle pièce, apparemment plein d'avenir. Une femme. Elle s'appelle... (Il y eut un bruit de papiers froissés.) Joy Sinclair. (Webberly grogna, ce qui était toujours le prélude à une mauvaise nouvelle.) Je crois bien qu'ils ont déplacé le corps.

— Bon Dieu ! marmonna Lynley.

Cette modification du théâtre du crime allait rendre le travail plus difficile.

— Je sais, je sais. Mais on n'y peut rien, hein ? Enfin, le sergent Havers vous retrouvera à Heathrow. Je vous ai mis tous les deux sur le vol de une heure pour Edimbourg.

— Pas Havers, monsieur. J'ai besoin de Saint-James, s'ils ont déplacé le corps.

— Saint-James n'appartient plus au Yard, inspecteur, et je ne peux pas mettre la main dessus dans un délai aussi court. Si vous avez besoin d'un expert médico-légal, prenez un de nos hommes.

Lynley était décidé à discuter cette décision, son intuition lui ayant fait comprendre pourquoi il avait été appelé sur cette affaire, lui plutôt que n'importe quel autre inspecteur de service ce week-end. Stuart Rintoul, comte de Stinhurst, était de toute évidence suspect, mais on voulait le traiter avec des ménagements que la présence de Lynley, huitième comte d'Asherton, ne pouvait que garantir. Une discussion d'égal à égal, de pair à pair, entre gens du même monde, une enquête pleine de tact, voilà ce qu'envisageaient ses supérieurs. Tout cela était bel et bon, mais si Webberly était prêt à jouer avec le tableau de service pour orchestrer une rencontre entre les lords Stinhurst et Asherton, lui, en ce qui le concernait, n'était pas disposé à se rendre la tâche encore plus difficile en se laissant adjoindre la présence du sergent Barbara Havers, pur produit du prolétariat urbain et de l'école publique qui n'aurait qu'une hâte : passer les menottes à un comte.

Aux yeux du sergent Havers, les grands problèmes de la vie — qu'il s'agisse de la crise économique ou de la prolifération des maladies sexuellement transmissibles — trouvaient tous leur origine dans le système de classes. De fait, ce sujet, le plus douloureux des points de friction entre eux, constituait le fondement, la structure et la conclusion de tous les affrontements verbaux qui, depuis quinze mois qu'elle était devenue sa partenaire, avaient opposé Lynley au sergent Havers.

— Cette affaire ne fait pas appel aux points forts de Havers, argua-t-il d'un ton raisonnable. A l'instant où elle va apprendre que lord Stinhurst y est peut-être mêlé, elle va perdre toute objectivité.

— Elle a dépassé ce stade. Et si ce n'est pas le cas, il est temps qu'elle s'y mette si elle veut arriver à quoi que ce soit avec vous.

Lynley eut un frisson à la pensée que le superintendant sous-entendait par là qu'ils devraient former une équipe permanente, et que sa carrière allait être liée à celle de Havers de façon inéluctable. Il chercha un moyen d'utiliser la décision de son supérieur en un compromis qui lui offrirait d'autres avantages.

— Bien, puisque vous en avez décidé ainsi, monsieur, admit-il tranquillement. Mais en ce qui concerne les problèmes liés au déplacement du corps, Saint-James a plus d'expérience en la matière que n'importe qui chez nous. Vous savez mieux que moi qu'il était notre meilleur expert en médecine légale, et qu'il...

— Et qu'il l'est toujours. Je connais la rengaine, inspecteur. Mais nous avons un problème de temps. On ne peut absolument pas donner à Saint-James... (Un bref éclat de voix du superintendant en chef Hillier l'interrompit, immédiatement étouffé, sans doute par la main de Webberly sur l'écouteur. Celui-ci reprit bientôt :) Bien. D'accord pour Saint-James. Remuez-vous, mettez-vous en route, et démêlez-moi cette histoire. (Il toussa, s'éclaircit la gorge, et acheva :) Tout ça ne me ravit pas plus que vous, Thomas.

Il raccrocha aussitôt, coupant court à toute question ou discussion supplémentaire. Ce n'est que lorsqu'il se retrouva avec le combiné muet à la main que Lynley eut le temps de réfléchir à deux détails curieux de cette conversation. On ne lui avait quasiment rien dit du crime, et, pour la première fois depuis douze ans qu'ils travaillaient ensemble, le superintendant l'avait appelé par son prénom. L'incident ne valait sans doute pas la peine d'être relevé, et pourtant, l'espace d'une seconde, Lynley se demanda ce qui se dissimulait réellement derrière ce meurtre en Ecosse.

C'est seulement en quittant l'alcôve, puis le salon, pour regagner ses propres appartements dans l'aile est de Howenstow que le nom de Joy Sinclair le frappa. Il l'avait lu quelque part, peu de temps auparavant. Il s'arrêta dans le corridor près d'un coffre en bois fruitier et regarda sans la voir la coupe de porcelaine posée dessus. *Sinclair. Sinclair.* Ce nom lui paraissait tellement familier, à portée de la main... Le délicat motif bleu et blanc de la coupe se brouilla devant ses yeux, les figures se chevauchèrent, s'intervertirent...

Intervertir. Jouer avec les mots. Il n'avait pas lu *Joy Sinclair*, mais *Sinclair's Joy*, « La Joie de Sinclair ». Il s'agissait du titre d'un article dans un magazine, inversion peu subtile suivie de l'accroche : « Un record battu avec *L'Obscurité* lui ouvre la voie du succès. »

Il se souvint d'avoir pensé que ce titre évoquait une athlète aveugle sur le chemin des Olympiades. Il avait lu une partie de l'article, juste assez pour comprendre qu'elle n'était pas athlète mais auteur dramatique, que sa première pièce avait été appréciée des critiques et du public, et que la seconde devait inaugurer l'Azincourt. Il n'avait pas eu le temps d'en apprendre davantage, car un appel de Scotland Yard l'avait expédié vers Hyde Park, à la rencontre du corps nu d'une petite fille de cinq ans dissimulé dans les buissons sous le Serpentine Bridge.

Rien d'étonnant à ce qu'il ait oublié le nom de Sinclair. La vision terrible de Megan Walsham, la pensée de ce qu'elle avait subi avant de mourir avaient chassé de son esprit toute autre préoccupation pendant des semaines. Habité par la fureur, il n'avait vécu, dormi, bu et mangé que mû par un unique besoin, trouver l'assassin de Megan... Avant d'arrêter l'oncle maternel de l'enfant... Et d'avoir à révéler à la mère éperdue l'identité du responsable du viol, de la mutilation et du meurtre de la plus jeune de ses enfants.

Il sortait tout juste de cette affaire, brisé de tant de longues journées, et de nuits encore plus longues, avec une soif de repos inextinguible, un besoin d'ablutions spirituelles pour laver son âme des vices de l'humanité.

Le sort en avait décidé autrement. Pour l'instant, du moins. Il soupira, frappa le coffre d'un geste sec, et repartit faire ses préparatifs.

L'agent Kevin Lonan détestait boire son thé dans une thermos. Il se formait toujours à la surface du breuvage une pellicule répugnante qui évoquait une eau de bain sale. Lorsque les circonstances le forcèrent à prendre sa tasse de thé de l'après-midi tant attendue dans une vieille bouteille thermos ébréchée récupérée dans un coin poussiéreux du bureau du CID de Strathclyde, il se contenta donc d'en ingurgiter une goulée et jeta le reste sur la maigre piste d'envol de l'aérodrome local. Il grimaça, s'essuya la bouche d'un revers de gant, et battit des bras pour se réchauffer. Aujourd'hui, le soleil s'était montré, brillant comme l'illusion du printemps sur les monticules de neige, mais la température se maintenait bien au-dessous de zéro, et l'épais banc de nuages descendant du nord annonçait une nouvelle tempête. Si le groupe de Scotland Yard avait l'intention de se poser ici, il ferait bien de se grouiller, pensa-t-il avec morosité.

Comme en réponse à sa réflexion, le battement régulier des pales d'un rotor se fit entendre à l'est, et un hélicoptère de la police royale écossaise ne tarda pas à faire son apparition. L'appareil effectua le tour d'Ardmucknish Bay pour tenter de reconnaître le terrain d'atterrissage, puis se posa doucement sur un carré qu'un chasse-neige poussif avait dégagé une demi-heure auparavant. Les pales continuèrent de tourner dans un sifflement insupportable, faisant voltiger de minuscules flocons arrachés aux tas de neige bordant la piste.

Une silhouette courte et rebondie, entortillée des pieds à la tête comme une momie dans ce qui ressemblait à un vieux tapis marron, ouvrit la porte du côté passager. Il devait s'agir du sergent Barbara Havers, pensa Lonan. Elle fit basculer le marchepied comme on jetterait une échelle de corde d'une cabane perchée au sommet d'un arbre, balança par-dessus bord trois sacs de voyage qui tombèrent à terre avec un bruit sourd, et se projeta elle-même à leur suite. Très grand, très blond, tête nue dans le froid, n'arborant comme seules concessions à la température glaciale qu'un pardessus de cashmere de bonne coupe, une écharpe et des gants, un homme sortit derrière elle. Lui, ce devait être l'inspecteur Lynley, pensa Lonan, l'objet du vif intérêt du CID de Strathclyde, étant donné les manigances dont son arrivée avait été entourée depuis le début de cette affaire. Lonan le vit échanger quelques mots avec le sergent, qui eut un geste en direction de la fourgonnette, et il attendit qu'ils se dirigent vers lui. Au lieu de quoi, ils se retournèrent vers le marchepied de l'hélicoptère, dont une troisième personne, à la jambe gauche alourdie par un appareil orthopédique, négociait la descente avec difficulté. Le nouvel arrivant non plus ne portait pas de chapeau. Son pâle visage aux traits anguleux était encadré par une chevelure noire bouclée, beaucoup trop longue et indisciplinée, qui tournoyait dans le vent.

L'agent Lonan exprima un étonnement muet, et se demanda si l'inspecteur Macaskin était au courant. Londres leur envoyait la grosse artillerie : l'expert en médecine légale Simon Allcourt-Saint-James. Il quitta la fourgonnette près de laquelle il se tenait, et se dirigea d'un pas vif vers l'hélicoptère, dont les nouveaux arrivants remontaient le marchepied avant de ramasser leurs bagages.

— Vous est-il venu à l'esprit qu'il pouvait y avoir quelque chose de fragile dans *ma* valise, Havers ? demanda Lynley.

— De la bibine en service ? répliqua-t-elle d'un ton acerbe.

Si vous avez apporté votre propre whisky, ça vous apprendra. Autant se pointer à Newcastle avec son charbon, non ?

— Celle-là, il y a longtemps que vous deviez la garder en réserve, commenta Lynley, qui adressa un signe de remerciement au pilote de l'hélicoptère à l'instant où Lonan les rejoignait.

— Je vous ai entendu à Glasgow, lâcha celui-ci en serrant la main de Saint-James, une fois les présentations achevées. (Même à travers le gant, il sentit combien la main qui lui rendait son salut avec une force étonnante était frêle.) Votre conférence sur les meurtres Cradley.

— Ah oui. Le type qu'on a mis derrière les barreaux en s'appuyant sur ses poils pubiens, murmura le sergent Havers.

— Métaphore hasardeuse, sans parler du reste, ajouta Lynley.

Saint-James, visiblement habitué aux joutes verbales de ses deux compagnons, se contenta de sourire :

— Nous avons eu de la chance de les trouver. Dieu sait que nous n'avions rien d'autre que des empreintes dentaires en mauvais état sur le cadavre.

Lonan brûlait de discuter de toutes les circonvolutions de l'affaire avec l'homme qui, quatre ans auparavant, les avait dévoilées à un jury ébahi. Mais alors qu'il s'apprêtait à faire une réflexion d'une perspicacité confondante, il se souvint de l'inspecteur Macaskin, qui attendait leur arrivée au poste de police, avec sans aucun doute son impatience habituelle.

« Le fourgon est là » remplaça donc sa remarquable observation sur la distorsion des empreintes de dents conservées sur la chair dans le formol. Il leur désigna le véhicule d'un signe de tête, avec une grimace muette pour s'excuser. Il n'avait jamais pensé qu'ils seraient trois, ni que le troisième serait Saint-James. S'il avait su, il aurait insisté pour conduire un véhicule plus approprié, peut-être la nouvelle Volvo de l'inspecteur Macaskin qui, à défaut d'autre chose, disposait au moins de sièges avant et arrière, et d'un chauffage.

La fourgonnette vers laquelle il les guida n'était équipée que de deux sièges avant dévoilant tous deux leurs entrailles et leurs ressorts, et d'un unique strapontin coincé à l'arrière entre deux nécessaires à relever les empreintes, trois longueurs de corde, plusieurs bâches repliées, une échelle, une boîte à outils et un tas de vieux chiffons graisseux. Il y avait là de quoi se sentir confus, mais si le trio de Londres remarqua l'état du véhicule, il ne fit aucun commentaire et s'installa de la façon la plus logique, Saint-James à l'avant et les deux autres à l'arrière, Lynley prenant le strapontin sur l'insistance de Havers.

— Je ne voudrais pas que vous salissiez votre beau manteau, dit-elle en se laissant tomber sur les bâches et en déroulant cinquante bons centimètres de l'écharpe dans laquelle elle était emmitouflée.

Lonan en profita pour la détailler. Le genre pas terrible, pensa-t-il en passant en revue son nez camus, ses sourcils épais et ses joues pleines. Ce n'était sûrement pas son physique qui lui avait valu de se retrouver en compagnie de telles personnalités. Il en conclut qu'elle devait être une sorte de prodige en matière de criminologie, et envisagea fort sérieusement d'observer le moindre de ses gestes.

— Merci, Havers, répondit Lynley avec placidité. Dieu seul sait qu'une infime tache de graisse me réduirait à l'impuissance totale en moins de trente secondes.

— Bon, si on se fumait une sèche, dit le sergent avec un grognement.

Lynley lui tendit avec obligeance un étui à cigarettes en or, suivi d'un briquet en argent. Lonan défaillit. Des fumeurs, se dit-il avec désespoir avant de se résigner à endurer yeux piquants et sinus bouchés. Cependant, Havers n'alluma pas sa cigarette car Saint-James, à la suite de cet échange, venait de baisser sa vitre et de laisser pénétrer un vif courant d'air glacial qui l'atteignit en plein visage.

— D'accord, j'ai compris, pas besoin de me faire un dessin, rouspéta-t-elle en rendant son étui à Lynley, non sans avoir au préalable empoché sans vergogne cinq cigarettes. Saint-James est toujours aussi subtil ?

— Il est né comme ça, répliqua Lynley.

Lonan fit démarrer la fourgonnette dans une embardée, et ils s'acheminèrent vers le bureau du CID à Oban.

Pour l'inspecteur Ian Macaskin, du CID de Strathclyde, la fierté était le seul moteur de l'existence. Elle revêtait un certain nombre de formes distinctes et variées, et s'incarnait d'abord dans le domaine familial. Il aimait que les gens sachent qu'il avait surmonté tous les obstacles. Ayant épousé à vingt ans une jeune fille de dix-sept, il était marié depuis vingt-sept ans, avait élevé deux fils, qu'il avait guidés et soutenus tout au long de leurs études universitaires et jusqu'à ce qu'ils se lancent dans la carrière, l'un de vétérinaire, l'autre de biologiste. Sa fierté s'exerçait également dans le domaine physique. Mesurant un mètre soixante-dix, il ne pesait guère plus qu'à vingt et un ans, lorsqu'il avait débuté dans la police. La traversée aller-retour du détroit de Kerrera à la rame tous les soirs en été et l'équivalent sur un rameur mécanique dans son salon en hiver le maintenaient en forme parfaite. Sa chevelure, bien que complètement grise depuis dix ans, était encore fournie, et flamboyait comme de l'argent sous les néons du poste de police. Ce même poste de police constituait sa dernière source de fierté. Il n'avait jamais une seule fois dans toute sa carrière bouclé une affaire sans effectuer une arrestation, et il dépensait une énergie considérable à s'assurer que ses hommes puissent en dire autant. Il dirigeait une équipe d'enquêteurs dont tous les membres traquaient le moindre détail comme des chiens de chasse. Il y veillait personnellement. Il était donc omniprésent au bureau. La nervosité personnifiée, il se rongeait les ongles jusqu'à l'os, tentant de se débarrasser de cette unique mauvaise habitude en suçant des pastilles de menthe, en mâchant du chewing-gum ou en grignotant des chips à longueur de journée.

Au lieu de la recevoir dans son bureau, l'inspecteur Macaskin rencontra l'équipe de Londres dans une salle de réunion, cagibi de cinq mètres carrés au mobilier inconfortable, à l'éclairage pauvre et à la ventilation défaillante. Ce choix était délibéré.

Il n'était guère ravi de la façon dont débutait cette enquête. Macaskin aimait les choses bien ordonnées, qui se mettaient en place sans histoire. Chaque individu concerné était censé remplir son rôle. Les victimes meurent, la police interroge, les suspects répondent, et les enquêteurs procèdent à l'examen de la scène du crime. Mais en l'occurrence, à l'exception de la victime, dont l'absence de vie était tout à fait coopérative, c'étaient les suspects qui n'avaient cessé de poser des questions et la police d'y répondre. Quant aux indices, c'était une autre affaire.

— Réexpliquez-moi tout ça, dit l'inspecteur Lynley d'un ton égal, dont les inflexions sévères révélèrent néanmoins à

Macaskin qu'il n'avait pas été informé des circonstances particulières qui avaient motivé son affectation sur cette enquête.

Voilà qui était très bien, et qui poussa Macaskin à apprécier sur-le-champ l'homme de Scotland Yard.

Ils s'étaient débarrassés de leurs manteaux, et s'étaient tous assis autour de la table en pin, à l'exception de Lynley, demeuré debout, les mains dans les poches, et dont le regard avait une lueur menaçante.

Macaskin ne se priva pas de répéter son histoire :

— Je n'étais pas à Westerbrae depuis une demi-heure, ce matin, quand j'ai reçu un message me demandant de contacter le CID. Le chef du CID de Strathclyde m'a informé que Scotland Yard se chargeait de l'enquête. C'est tout. Je n'ai pas pu en tirer autre chose, si ce n'est l'ordre de laisser des hommes sur place, de revenir ici et de vous y attendre. Pour moi, c'est un gros bonnet de chez vous qui a pris cette décision, qui a refilé la consigne à notre chef de la police, et pour respecter les apparences, nous avons aimablement « demandé de l'aide ». Et vous voilà.

Lynley et Saint-James échangèrent des regards impénétrables.

— Mais pourquoi avez-vous déplacé le corps ? demanda ce dernier.

— Cela faisait partie des ordres, dit Macaskin. Et c'était plutôt curieux, si vous voulez mon avis. Je devais apposer les scellés sur les chambres, ramasser le paquet et le ramener pour l'autopsie après que notre médecin légiste fut venu sur les lieux nous faire l'honneur habituel de la déclarer morte.

— Diviser pour régner, quoi, observa le sergent Havers.

— Ça m'en a tout l'air, non ? répliqua Lynley. Le CID de Strathclyde se charge des preuves matérielles, et Londres des suspects. Si quelque part quelqu'un a la chance que l'échange d'informations s'effectue mal, on s'empressera de tout enfouir au fond d'un placard.

— Oui, mais le placard de qui ?

— Toute la question est là, n'est-ce pas ? dit Lynley en fixant les taches formées par des myriades de tasses de café à la surface de la table. Que s'est-il exactement passé ? demanda-t-il à Macaskin.

— La jeune fille, Mary Agnes Campbell, a découvert le

corps ce matin à six heures cinquante. On nous a appelés à sept heures dix. Nous sommes arrivés là-bas à neuf heures.

— Vous avez mis deux heures ?

— Les routes ont été fermées à cause de la tempête d'hier soir, inspecteur, expliqua Lonan. Westerbrae est à huit kilomètres du village le plus proche, et aucune des voies d'accès n'avait encore été dégagée.

— Pourquoi diable des Londoniens sont-ils venus s'installer dans un endroit aussi reculé ?

— Francesca Gerrard, la veuve propriétaire de Westerbrae, est la sœur de lord Stinhurst, dit Macaskin. Elle a apparemment entrepris de transformer son domaine en relais hôtelier huppé. Il est situé sur les bords du loch Achiemore, et je suppose qu'elle considère ça comme le dernier endroit romantique à la mode, la destination idéale pour une lune de miel, enfin, vous voyez ce que je veux dire. (Macaskin eut une grimace, et estimant sans doute qu'il ressemblait plus à un publicitaire qu'à un policier, il se hâta de conclure :) Elle a procédé à de nouveaux aménagements, et d'après ce que j'ai pu comprendre ce matin, lord Stinhurst a amené ces gens pour lui donner une chance de se faire la main avant d'ouvrir pour de bon au public.

— Et la victime, Joy Sinclair ? Que savez-vous d'elle ?

Macaskin croisa les bras, se renfrogna et regretta de ne pas avoir réussi à extorquer plus d'informations des gens de Westerbrae avant qu'on ne lui donne l'ordre de quitter les lieux.

— Peu de chose. C'était l'auteur de la pièce qu'ils venaient travailler. Une femme de lettres, d'après ce que m'en a dit Vinney.

— Vinney ?

— Le journaliste. Jeremy Vinney, critique dramatique du *Times*. Il paraît avoir été assez intime avec Sinclair, et plus touché par sa mort que n'importe lequel d'entre eux. Ça aussi, c'est un peu bizarre, quand on y pense.

— Pourquoi ?

— Parce que la sœur de Sinclair est également sur place. Mais alors que Vinney réclamait qu'on arrête le coupable dans la minute, Irene Sinclair n'a absolument rien trouvé à dire. Elle n'a même pas demandé comment on avait tué sa sœur. Elle s'en fichait, si vous voulez mon avis.

— Bizarre, vous avez raison, remarqua Lynley.

— Vous avez bien parlé de plus d'une chambre ? intervint Saint-James.

Macaskin hocha la tête. Il prit sur une seconde table calée contre le mur plusieurs dossiers et un rouleau de papier. Il déroula celui-ci avec précaution, révélant un plan de la maison extraordinairement détaillé, si l'on tenait compte des contraintes de temps qui lui avaient été imposées ce matin-là. Il sourit avec un plaisir sincère devant son travail et, calant chaque extrémité de la feuille avec les dossiers, il en désigna le côté droit.

— La chambre de la victime se trouve dans l'aile est. (Il ouvrit l'un des dossiers et jeta un coup d'œil à ses notes avant de continuer :) D'un côté, la chambre de Joanna Ellacourt et son mari... David Sydeham, de l'autre, celle d'une jeune femme... voilà : lady Helen Clyde. C'est la seconde chambre que nous avons scellée. (Il leva les yeux à temps pour distinguer la surprise sur les visages de ses trois auditeurs.) Vous connaissez ces gens ?

— Uniquement lady Helen Clyde. Elle travaille avec moi, répondit Saint-James, qui regarda Lynley. Tu savais qu'Helen venait en Ecosse, Tommy ? Je pensais qu'elle avait prévu d'aller en Cornouailles avec toi.

— Elle a décommandé lundi dernier, je suis donc parti seul. (Lynley promena les doigts d'un air pensif sur le plan.) Pourquoi la chambre d'Helen a-t-elle été fermée ?

— Elle est contiguë à celle de la victime, répondit Macaskin.

— En voilà, une chance ! dit Saint-James avec un sourire. C'est bien de notre Helen, ça, de se faire attribuer une chambre qui communique avec celle du crime. Il faudra lui parler dès notre arrivée.

Sur ces mots, Macaskin fronça les sourcils et se pencha, se plaçant entre les deux hommes pour attirer leur attention par une intrusion physique, à laquelle succéda une intrusion verbale :

— Inspecteur, à propos de lady Helen Clyde...

Quelque chose dans sa voix suspendit la conversation des deux hommes, et ils se regardèrent avec prudence tandis que Macaskin poursuivait d'un air résolu ;

— A propos de sa chambre...

— Eh bien ?

— Il semble que ce soit par là que le meurtrier s'est introduit.

Lynley tentait encore de comprendre ce que pouvait bien fabriquer Helen en Ecosse avec une troupe de comédiens lorsque l'inspecteur Macaskin lui confia cette nouvelle information.

— D'où tirez-vous cette conclusion ? demanda-t-il enfin, bien que son esprit soit surtout absorbé par le souvenir de sa dernière conversation avec Helen, qui s'était déroulée moins d'une semaine auparavant dans sa bibliothèque à Londres.

Elle portait le plus ravissant des ensembles de laine couleur de jade, avait goûté son nouveau xérès, riant et bavardant avec son enjouement habituel, puis l'avait quitté à la hâte pour aller dîner avec quelqu'un. *Qui ?* se demandait-il maintenant. Elle ne le lui avait pas dit, et il ne le lui avait pas demandé.

Il remarqua que Macaskin le regardait comme un homme qui a beaucoup de choses à dire et qui n'attend que le moment opportun pour s'en soulager.

— Parce que la porte de la chambre de la victime donnant sur le couloir était verrouillée, répliqua-t-il. Lorsque Mary Agnes a tenté en vain de la réveiller ce matin, elle a dû utiliser le passe...

— Où celui-ci est-il rangé ?

— Dans le bureau, au rez-de-chaussée de l'aile nord-ouest, dit Macaskin en montrant le plan. Elle a déverrouillé la porte et trouvé le corps.

— Qui a accès à ce passe ? En existe-t-il un autre jeu ?

— Il n'y en a qu'un, et seules Francesca Gerrard et la jeune fille, Mary Agnes, l'utilisent. Il est enfermé dans le tiroir du bas du bureau de Mrs Gerrard, et elle est la seule avec la fille Campbell à disposer des clés pour l'ouvrir.

— Personne d'autre ? demanda Lynley.

Macaskin examina le plan d'un air pensif, son regard s'attardant sur le corridor nord-ouest du rez-de-chaussée. Celui-ci, qui longeait un des côtés d'une cour qui devait être un ajout à la construction d'origine, débouchait dans le grand hall, non loin de l'escalier. Macaskin désigna du doigt la première chambre de ce corridor.

— Il y a bien Gowan Kilbride. Une sorte d'homme à tout

faire. Il a pu se procurer les clés s'il savait qu'elles se trouvaient là.

— Le savait-il ?

— C'est possible. Je crois qu'il n'a pas besoin d'un passe parce que ses tâches ne le conduisent pas dans les étages, mais il a pu savoir où le trouver si Mary Agnes le lui a dit.

— Et pourrait-elle l'avoir fait ?

— Peut-être, dit Macaskin en haussant les épaules. Ce sont des jeunes, vous savez. Les jeunes essayent quelquefois de s'impressionner de façon stupide, surtout s'ils ont un faible l'un pour l'autre.

— Mary Agnes a-t-elle dit si le passe était à sa place ce matin ? Ou si quelqu'un y avait touché ?

— Apparemment non, puisque le tiroir était comme d'habitude fermé. Mais ce n'est pas le genre de chose qu'elle est susceptible d'avoir remarqué. Elle a ouvert le bureau, pris les clés dans le tiroir. Elle ne sait pas si elles se trouvaient à l'endroit exact où elle les avait mises, puisque la dernière fois elle les y avait simplement laissées tomber sans réfléchir plus avant.

La quantité d'informations que Macaskin avait réunie dans le peu de temps qui lui avait été imparti émerveilla Lynley, qui le considéra avec un respect grandissant.

— Tous ces gens se connaissaient, n'est-ce pas ? Pourquoi la porte de Joy Sinclair était-elle donc fermée à clé ?

— Y a eu du pétard la nuit dernière, lança Lonan de sa chaise dans son coin.

— Une dispute ? De quel ordre ?

Macaskin jeta à l'agent Lonan un regard chagrin, lui reprochant visiblement de s'être laissé aller à des familiarités de langage auxquelles ses hommes n'étaient pas censés condescendre.

— C'est tout ce que nous avons pu tirer de Gowan Kilbride, dit-il en s'excusant, avant que Mrs Gerrard ne nous le retire des mains avec l'ordre d'attendre Scotland Yard. Nous savons simplement qu'ils se sont sans doute tous querellés, qu'il y a eu de la vaisselle cassée, et un incident dans le hall avec des bouteilles d'alcool. Un de mes hommes a trouvé des débris de porcelaine et de verre dans la poubelle, et du cristal de Waterford, aussi. Je pense que la bagarre a été rude.

— Helen y était impliquée ? demanda Saint-James qui, sans

attendre la réponse, continua : Elle connaît bien ces gens, Tommy ?

— Je ne savais même pas qu'elle les connaissait, répondit-il en hochant la tête.

— Elle ne t'a pas dit...

— Elle s'est contentée de décommander le voyage en Cornouailles. Elle ne m'a pas dit pourquoi, et je ne le lui ai pas demandé. (Levant les yeux, il distingua un imperceptible changement sur le visage de Macaskin, un mouvement soudain des lèvres et du regard.) Qu'y a-t-il ?

Macaskin parut réfléchir un instant avant d'ouvrir un dossier et d'en tirer une feuille de papier. Il ne s'agissait pas d'un rapport, mais d'une note, de ces notes confidentielles qui se transmettent d'un professionnel à un autre.

— Les empreintes, expliqua-t-il. Sur la clé de la porte qui communique entre la chambre d'Helen Clyde et celle de la victime. (Et comme s'il avait conscience de manœuvrer sur la frontière extrêmement mince séparant la désobéissance aux ordres et le désir d'aider un confrère, il ajouta :) Je vous saurais gré de ne pas mentionner dans votre futur rapport que vous tenez ça de moi mais, lorsque nous nous sommes aperçus que le seul moyen d'accès à la chambre de la victime était cette porte, nous avons rapporté la clé ici pour procéder à un examen confidentiel et comparer les empreintes avec celles que nous avons relevées sur des verres à eau dans les autres pièces.

— Les autres pièces ? La clé ne porte donc pas les empreintes d'Helen ? demanda Lynley.

Macaskin secoua la tête et, lorsqu'il répondit, ce fut sur un ton suffisamment réservé pour être éloquent :

— Non. Ce sont celles du metteur en scène. Un Gallois, un type qui s'appelle Rhys Davies-Jones.

Lynley laissa s'écouler un instant avant de remarquer :

— Alors, Helen et Davies-Jones ont dû échanger leurs chambres.

En face de lui, il vit le sergent Havers tressaillir, mais au lieu de le regarder, elle promena un doigt boudiné sur l'arête de la table sans quitter Saint-James des yeux.

— Inspecteur... commença-t-elle d'une voix prudente.

Mais Macaskin l'interrompit.

— Non. D'après Mary Agnes Campbell, personne n'a dormi dans la chambre de Davies-Jones. .

— Mais alors où diable Helen a-t-elle... (Lynley s'interrompit, sentant quelque chose de terrible s'emparer de lui, semblable à une maladie déferlant dans son organisme.) Oh, dit-il, désolé. Je ne sais pas ce qui me passait par la tête.

Et il s'absorba dans la contemplation du plan de la maison.

Il entendit le sergent Havers grommeler un juron. Elle tira de sa poche les cinq cigarettes qu'elle lui avait prises dans la fourgonnette. Elle en jeta une, cassée, dans la corbeille et en prit une autre, qu'elle lui tendit.

— Tenez, monsieur, dit-elle en soupirant.

Lynley découvrit qu'une seule cigarette n'améliorait guère la situation. Tu n'as aucun droit sur Helen, se morigéna-t-il. Ce qui vous lie, c'est l'amitié, les choses vécues en commun, des années de rires partagés. Rien d'autre. Elle était sa compagne de divertissement, sa confidente, son amie. Mais pas sa maîtresse. Ils avaient toujours été tous les deux trop prudents, trop circonspects, ils s'étaient toujours tenus suffisamment sur leurs gardes pour ne pas en arriver là.

— Vous avez commencé l'autopsie? demanda-t-il à Macaskin.

Il était évident que l'Ecossais attendait cette question depuis leur arrivée. Avec les gestes à l'ampleur exagérée d'un prestidigitateur, il tira d'un dossier plusieurs exemplaires impeccables d'un rapport qu'il distribua en leur en soulignant l'information la plus pertinente : la victime avait été poignardée à l'aide d'une dague des Highlands de quarante centimètres de long qui lui avait traversé le cou et tranché la carotide. Elle avait été saignée à blanc.

— Nous n'avons cependant pas terminé l'examen *postmortem*, ajouta-t-il avec regret.

— Aurait-elle pu émettre un bruit quelconque? demanda Lynley en se tournant vers Saint-James.

— Pas avec ce genre de blessure. Tout au plus des gargouillis, je dirais. Rien que quiconque ait pu entendre d'une autre pièce. (Il parcourut la page des yeux.) Vous avez procédé à une recherche des substances chimiques?

— Page trois, s'empressa Macaskin. Recherche négative. Pas de barbituriques, pas d'amphétamines, aucune toxine.

— Vous avez fixé l'heure de la mort entre deux et six?

— D'après les premières constatations. Nous n'avons pas encore analysé les intestins. Mais notre expert a trouvé des fibres dans la plaie. Du cuir et de la fourrure de lapin.

— L'assassin portait des gants ?

— C'est ce qu'il semble. Mais on ne les a pas retrouvés, et nous n'avons pas eu le temps de fouiller grand-chose avant d'être rappelés ici. Tout ce qu'il est possible de dire, c'est que la fourrure et le cuir ne proviennent pas de l'arme. D'ailleurs, à l'exception du sang de la victime, l'arme ne présentait aucune trace de quoi que ce soit. Le manche avait été essuyé.

Le sergent Havers feuilleta son exemplaire du rapport puis le jeta sur la table.

— Une dague de quarante centimètres, dit-elle lentement. Où peut-on trouver une chose pareille ?

— En Ecosse ? intervint Macaskin, l'air surpris de son ignorance. Mais chez n'importe qui. Il fut un temps où pas un Ecossais ne sortait sans son poignard à la ceinture. Et ici, dans cette demeure, ajouta-t-il en pointant son doigt sur la salle à manger du plan, il y en a une panoplie sur le mur. Avec des gardes sculptées à la main, et des lames de rapières. De véritables pièces de musée. Il semble que l'arme du crime provienne de là.

— Où dort Mary Agnes, d'après votre plan ?

— Dans une chambre du corridor nord-ouest, située entre celle de Gowan et le bureau de Mrs Gerrard.

Tandis que l'inspecteur parlait, Saint-James prenait des notes dans la marge de son rapport.

— Qu'en est-il des mouvements de la victime ? demanda-t-il. La blessure n'a pas provoqué la mort instantanée. A-t-elle essayé de chercher du secours ?

— Impossible, dit Macaskin avec une moue en secouant la tête.

— Pourquoi ?

L'inspecteur ouvrit son dernier dossier et en sortit une pile de photographies.

— Le poignard l'a empalée sur le matelas, annonça-t-il sans ménagement. Elle pouvait difficilement aller où que ce soit.

Il laissa tomber sur la table les photos en couleur grand format sur papier glacé. Lynley les ramassa.

Il était habitué au spectacle de la mort. Au cours de ses années à Scotland Yard, il l'avait vue revêtir toutes les formes imaginables. Mais il ne l'avait jamais vue infligée avec une telle sauvagerie préméditée.

Le meurtrier avait enfoncé la dague jusqu'à la garde, comme mû par une rage atavique qui n'avait pu se contenter de la simple disparition de Joy Sinclair. Elle gisait les yeux ouverts, mais leur fixité dans la mort avait modifié leur couleur en les obscurcissant. En regardant cette femme, Lynley se demanda combien de temps elle avait encore vécu, une fois la gorge transpercée par la lame. Il se demanda si elle avait jamais su ce qui lui arrivait dans l'instant nécessaire à l'assassin pour plonger son arme. Le choc l'avait-il instantanément anéantie, lui offrant la bénédiction de l'oubli ? Ou était-elle demeurée étendue, impuissante, dans l'attente de l'inconscience et de la mort ?

C'était un crime horrible, un crime dont la monstruosité se lisait dans les détails accablants révélés par les clichés : le matelas qui avait bu le sang de la victime jusqu'à saturation, la main tendue vers une aide qui ne viendrait jamais, les lèvres entrouvertes en un cri muet.

Il passa les photographies à Saint-James, puis regarda Macaskin.

— Et maintenant, suggéra-t-il, si nous nous attardions un peu sur ce qui a pu se passer à Westerbrae entre six heures cinquante, heure à laquelle Mary Agnes a découvert le corps, et sept heures dix, heure à laquelle quelqu'un s'est enfin débrouillé pour appeler la police ?

3

La route de Westerbrae était très mal entretenue. En été, négocier ses virages, ses nids-de-poule, ses côtes escarpées débouchant sur la lande et ses descentes abruptes vers les vallées devait être une tâche difficile, mais en hiver, c'était l'enfer ; même avec Lonan au volant de la Land Rover du CID de Strathclyde, bien équipée pour affronter le périlleux trajet, ils n'atteignirent la maison qu'un peu avant le crépuscule. A la sortie de la forêt, un dérapage sur une plaque de verglas dans le dernier virage fit jurer à l'unisson avec ferveur Lonan et Macaskin, et l'agent de police franchit les cinquante mètres restant à une allure respectable de tortue avant de couper enfin le contact avec un soulagement non dissimulé.

Devant eux, plongée dans l'obscurité et environnée d'un silence mortel, la maison se détachait sur le paysage comme un cauchemar gothique. De cette construction de granit gris, à la mode des pavillons de chasse prévictoriens, jaillissaient des ailes, surgissaient des cheminées et, malgré la neige accumulée sur le toit comme de la crème fraîche grumeleuse, l'ensemble parvenait à se donner un air menaçant. La bâtisse arborait d'étranges pignons à redents taillés dans des blocs de granit disposés en quinconce. Derrière l'un de ces pignons, une tour au toit d'ardoise, curieux appendice architectural, était blottie sous les contreforts de la maison, et ses fenêtres sans lumière étaient profondément encastrées dans la pierre. Sur le portique à colonnes doriques protégeant la porte d'entrée, les tortillons d'une vigne dénudée s'efforçaient héroïquement d'atteindre le toit. La structure tout entière combinait les humeurs de trois périodes architecturales et d'au moins autant de cultures différentes. Lynley comprit en l'examinant qu'elle offrait effectivement aux yeux de Macaskin peu d'attraits susceptibles de la transformer en refuge romantique pour jeunes mariés. Les ornières profondes et bien marquées de l'allée dans laquelle ils se garèrent témoignaient des allées et venues de nombreux véhicules dans la journée. Pourtant, à cette heure, Westerbrae paraissait déserté, et l'étendue de neige recouvrant la pelouse qui descendait en pente douce vers le loch était vierge.

L'espace d'un instant, personne ne bougea. Puis Macaskin, jetant un regard à ses visiteurs de Londres, ouvrit la portière d'un coup d'épaule. Un air glacial les assaillit, et ils descendirent à contrecœur.

Un vent mauvais soufflait en bourrasques à la surface de l'eau, rappelant de façon impitoyable combien Westerbrae et le loch Achiemore se situaient loin au nord. Venu de l'Arctique, il piquait les joues et déchirait les poumons, transportant avec lui l'odeur des pins avoisinants et le parfum musqué des feux de tourbe aux alentours. Se recroquevillant pour se protéger de sa morsure, ils traversèrent rapidement l'allée, et Macaskin frappa à la porte.

L'un des deux hommes laissés sur place le matin même les fit entrer. Le visage constellé de taches de rousseur, il avait des mains comme des battoirs et un corps massif et musclé que son uniforme contenait à grand-peine. Chargé d'un plateau couvert de ce genre de sandwiches peu substantiels qu'on sert pour le thé, il mangeait avec voracité, comme un orphelin grandi trop vite qui n'a pas vu de nourriture depuis des siècles et qui craint de ne pas en revoir avant longtemps. Il leur fit signe d'avancer dans le grand hall, et claqua la porte derrière eux en déglutissant.

— La cuisinière est arrivée il y a une demi-heure, se hâta-t-il d'expliquer à Macaskin, dont les lèvres serrées trahissaient la réprobation. J'étais juste en train de leur apporter ça. Ils ont pas l'air de pouvoir tenir plus longtemps sans manger.

L'expression de Macaskin le réduisit au silence ; le désarroi lui colora les joues, et il se dandina d'un pied sur l'autre, hésitant sur l'attitude à adopter pour s'excuser auprès de son supérieur.

Lynley demanda :

— Où sont-ils ?

Il embrassa le hall du regard, remarquant les boiseries sculptées et le gigantesque lustre éteint. Le sol nu avait été récemment ciré, et encore plus récemment souillé par une large tache qui s'étalait comme de la mélasse. Toutes les portes d'accès étaient fermées, et l'unique éclairage provenait du bureau de la réception placé sous l'escalier. Celui-ci, jonché de tasses à thé et de magazines, avait visiblement servi de poste de garde à l'agent.

— Dans la bibliothèque, répondit Macaskin. (Il lança un regard soupçonneux à son subordonné, comme si avoir eu la prévenance de nourrir les suspects avait pu le conduire à d'autres civilités qu'il n'aurait pas trop de toute sa vie pour regretter.) Ils sont là depuis que nous sommes partis ce matin, n'est-ce pas, Euan ?

— Oui, dit le jeune agent avec un sourire. Avec des petites visites aux toilettes dans le corridor nord-ouest. Pas plus de deux minutes, avec la porte pas fermée, et moi ou William juste de l'autre côté. (Il continua tandis que Macaskin les guidait à travers le hall :) Y en a une qu'est drôlement en rage, inspecteur. Je parie qu'elle est pas habituée à passer la journée dans sa chemise de nuit.

Lynley découvrit rapidement que la description de l'état d'esprit de lady Helen Clyde était plus qu'adéquate. Lorsque Macaskin déverrouilla puis poussa la porte de la bibliothèque, elle fut la première à bondir, comme si ce qui bouillonnait en elle s'apprêtait à exploser. Elle fit trois pas en avant, chaussée de pantoufles, piétinant sans bruit ce qui ressemblait à un tapis d'Aubusson, mais ne pouvait décemment pas en être un.

— Maintenant, écoutez-moi bien ! J'insiste pour que...

Son expression de fureur se mua en stupéfaction à la vue des nouveaux arrivants.

C'était sans doute la première fois qu'il voyait Helen à court de repartie, pensa brusquement Lynley.

— Tu as toujours su t'habiller selon les circonstances, remarqua-t-il d'un ton sec.

— Tommy, dit-elle en portant une main à ses cheveux, plus par étonnement que pour chercher à rectifier sa coiffure. Tu n'es pas en Cornouailles, ajouta-t-elle bêtement.

— Non, je ne suis pas en Cornouailles.

Ce bref échange déclencha l'hystérie du groupe réuni dans la bibliothèque. Eparpillés dans la pièce, qui assis près du feu, qui debout au bar, qui installé devant les rayonnages vitrés, ils bondirent tous en hurlant. Des voix s'élevèrent de toutes les directions, jetant des questions qui n'attendaient aucune réponse, laissant libre cours aux imprécations. Ce fut un chahut instantané.

— Mon avocat sera informé...

— Ces foutus flics nous ont laissés enfermés...

— ... la conduite la plus scandaleuse que j'aie jamais vue !

— Nous sommes censés vivre dans une nation civilisée...

— Pas étonnant que le pays aille à vau-l'eau !

Imperturbable, Lynley effectua du regard un bref examen de la pièce. Malgré les lourdes tentures roses tirées, et seulement deux lampes allumées, l'éclairage était suffisant pour lui permettre d'étudier l'assistance, qui continuait de vociférer des exigences qu'il continua d'ignorer.

Il reconnut les principaux acteurs du drame, surtout parce que ceux-ci s'étaient groupés autour de celle qui constituait de toute évidence l'attraction et la force dominante de la pièce : Joanna Ellacourt, la comédienne la plus en vue d'Angleterre. Le pull-over blanc angora et le pantalon de laine assorti dont était vêtue cette beauté blonde et glaciale, debout près du bar, semblaient souligner le degré du dédain avec lequel elle venait d'accueillir l'arrivée de la police. A ses côtés, comme prêt à satisfaire le moindre de ses désirs, se tenait un homme plus âgé, massif, aux paupières lourdes et à l'abondante chevelure grise — sans aucun doute son mari, David Sydeham. A deux pas, de l'autre côté, son partenaire, Robert Gabriel, replongea brusquement le nez dans son verre. Les nouveaux venus ne l'intéressaient pas, ou bien peut-être préférait-il ne pas être vu avant d'avoir ingurgité le remontant adéquat. Devant lui, Stuart Rintoul, lord Stinhurst, qui s'était levé précipitamment de son canapé, étudiait Lynley avec attention, comme s'il envisageait de l'engager dans une future production.

Lynley dut à cet instant se contenter de deviner l'identité des autres : deux femmes âgées près du feu, probablement l'épouse de lord Stinhurst et sa sœur, Francesca Gerrard ; un homme rondouillard d'une trentaine d'années, qui fumait la pipe, l'air irrité, costume de tweed neuf, et qui devait être le journaliste Jeremy Vinney, partageait un canapé avec une vieille fille d'âge mûr, particulièrement mal habillée et peu séduisante, d'une extrême maigreur, dont la ressemblance avec lord Stinhurst, indiquait qu'elle devait en être la fille ; les deux jeunes employés de l'hôtel, ensemble dans le coin le plus éloigné ; et, assise sur une chaise basse, quasiment dissimulée dans l'ombre, une femme à la chevelure brune qui leva vers Lynley un visage hagard, aux joues creuses et aux yeux noirs habités d'une passion maîtrisée. Il s'agissait sans doute d'Irene Sinclair, la sœur de la victime.

Mais la personne que cherchait Lynley ne se trouvait pas parmi eux, et il passa de nouveau l'assistance en revue, jusqu'à découvrir le metteur en scène de la pièce, l'identifiant à sa peau olivâtre, sa chevelure brune et ses yeux sombres de Gallois. Rhys Davies-Jones se tenait près de la chaise que venait de quitter lady Helen. Lorsque celle-ci s'était dressée, il avait esquissé un geste pour la retenir et l'empêcher d'affronter seule la police. Ce geste, il l'avait suspendu quand il était apparu évident à tout le monde que ce policier en particulier n'était pas étranger à lady Helen Clyde.

De l'autre côté de la pièce, de l'autre côté du gouffre qui séparait leurs cultures respectives, Lynley regarda Davies-Jones, et une aversion si forte qu'elle ressemblait à une atteinte physique s'empara de lui. L'amant d'Helen, pensa-t-il, puis, pour se convaincre encore plus farouchement de l'inéluctabilité du fait : voici l'amant d'Helen.

Personne ne paraissait plus inapte à remplir ce rôle. Le Gallois avait au moins dix ans de plus qu'Helen, si ce n'était davantage. Les cheveux bouclés grisonnants sur les tempes, le visage mince et buriné aux traits anguleux et impassibles, il était sec et noueux, à l'image de ses ancêtres celtes. Et comme eux, il n'était ni beau ni grand. Mais Lynley ne pouvait nier l'intelligence et la force qui émanaient de lui, qualités qu'Helen avait dû distinguer — et apprécier — avant toutes autres.

La voix de Lynley coupa court aux protestations :

— Sergent Havers, emmenez lady Helen dans sa chambre et laissez-la s'habiller. Où sont les clés ?

Une jeune fille pâle aux yeux exorbités s'avança. Mary Agnes Campbell, celle qui avait découvert le corps. Elle tendit un plateau d'argent sur lequel quelqu'un avait déposé toutes les clés de l'hôtel, mais ses mains tremblaient tellement que l'ensemble tintait de façon discordante.

— J'ai fermé toutes les chambres et réuni l'ensemble des clés tout de suite après qu'elle a... que le corps a été découvert ce matin, dit lord Stinhurst, qui reprit sa place près du feu, sur un canapé qu'il partageait avec l'une des femmes d'un certain âge. (Celle-ci lui agrippa la main, et leurs doigts s'entrelacèrent.) Je ne connais pas la procédure à suivre dans une affaire de ce genre, conclut-il en guise d'explication, mais cela m'a paru la meilleure chose à faire.

Lynley ne paraissant guère disposé à le féliciter de ses initiatives, Macaskin intervint :

— Tout le monde se trouvait dans le salon lorsque nous sommes arrivés ce matin. Sa Seigneurie nous avait rendu le service de tous les enfermer.

— Quelle amabilité de sa part, remarqua le sergent Havers d'un ton si poli qu'il en était tranchant.

— Cherche ta clé, Helen, dit Lynley. (Dès le premier instant où il s'était adressé à elle, les yeux d'Helen n'avaient pas quitté son visage, et il sentait la chaleur de son regard, comme une caresse.) Les autres auront à supporter les désagréments présents un peu plus longtemps.

Lady Helen voulut répondre, au milieu du nouveau concert de protestations qui accueillit cette remarque, mais Joanna Ellacourt lui vola la vedette avec adresse en traversant la pièce en direction de Lynley. L'éclairage lui seyait, sa longue chevelure dénouée flottait sur ses épaules comme une soierie inondée de soleil, et sa démarche était assurée.

— Inspecteur… murmura-t-elle en se dirigeant avec grâce vers la porte, je *sens* que je peux vous le demander… si vous n'y voyez pas d'inconvénient. Je vous serais infiniment reconnaissante de m'accorder quelques instants d'intimité, quelque part, hors de cette pièce. Dans ma propre chambre, si c'est possible, ou bien dans une autre. N'importe où. Je n'ai besoin que d'une chaise, sur laquelle je puisse m'asseoir, réfléchir et reprendre mes esprits. Ne serait-ce que cinq minutes. Après cette épouvantable journée, je serais votre éternelle débitrice si vous aviez la bonté de m'accorder cette faveur.

Sa représentation de Blanche Du Bois[1] en Ecosse était parfaite, mais Lynley n'avait pas l'intention de lui donner la réplique.

— Désolé, répliqua-t-il, je crains que vous ne soyez obligée

---

1. Blanche Du Bois, principale héroïne de la pièce de Tennessee Williams, *Un tramway nommé Désir*.

de faire appel à la bonté de quelque autre étranger. Cherche ta clé, Helen, répéta-t-il.

Celle-ci ébaucha un geste qu'il reconnut comme un prélude à une déclaration, et il se détourna.

— Nous serons dans la chambre de Sinclair, signala-t-il à Havers. Prévenez-moi quand elle sera prête. Agent Lonan, veillez à ce que les autres ne bougent pas d'ici.

Ignorant les protestations qui s'élevaient, il quitta la pièce, suivi de Saint-James et Macaskin.

Demeurée seule avec ce groupe de suspects snobinards, tellement différents de ce que l'on rencontrait d'habitude au cours d'une enquête judiciaire, Barbara Havers, en attendant lady Helen qui échangeait quelques mots à voix basse avec Rhys Davies-Jones dans le tohu-bohu d'imprécations qui avait suivi le départ de Lynley, fut plus que ravie de pouvoir exercer sa perspicacité sur la culpabilité éventuelle de tout un chacun.

Ils étaient plus vrais que nature. Chics, divinement élégants et magnifiquement vêtus. A l'exception de lady Helen, ils constituaient une véritable réclame pour « Comment s'habiller pour un meurtre ». Et comment se comporter à l'arrivée de la police : faire preuve d'une vertueuse indignation, exiger un avocat, décocher des remarques désagréables. Jusqu'à présent, aucun d'eux ne l'avait déçue dans son comportement, et il s'en trouverait bien un d'ici peu pour faire état d'une étroite relation avec son député, de son intimité avec Mrs Thatcher, ou d'une figure notable de son arbre généalogique. Ils étaient tous pareils, des aristos, du gratin.

Tous sauf cette femme au visage pincé qui avait réussi à recroqueviller sa silhouette imposante jusqu'à ne former qu'un tas informe sur le canapé, aussi loin que possible de l'homme avec lequel elle le partageait. Elizabeth Rintoul, pensa Barbara. Plus exactement, *lady* Elizabeth Rintoul, la fille unique de lord Stinhurst.

Elle se comportait comme si son voisin était affligé d'une maladie particulièrement contagieuse. Rencognée à une extrémité du siège, elle maintenait le col de son cardigan bleu marine fermé contre sa gorge et serrait ses bras contre son corps de toutes ses forces. Ses pieds anguleux, plantés devant elle et chaussés de cette sorte de souliers noirs à talons plats généralement qualifiés de « confortables », dépassaient d'une jupe de flanelle noire sans apprêt abondamment parsemée de peluches. Elle n'intervenait en aucune façon dans la conversation qui se déroulait autour d'elle, mais quelque chose dans son attitude indiquait un équilibre fragile et prêt à se rompre.

— Elizabeth, ma chérie, murmura la femme en face d'elle avec le sourire éloquent que l'on adresse à un enfant qui se conduit mal en public.

De toute évidence, il s'agissait de maman, décréta Barbara, lady Stinhurst en personne, vêtue d'un twin-set de couleur fauve orné d'un collier d'ambre, jambes soigneusement croisées et mains sur les genoux.

— Peut-être Mr Vinney aimerait-il qu'on lui réserve à boire.

Le regard morne d'Elizabeth Rintoul se leva sur sa mère.

— Peut-être, répondit-elle, et dans sa bouche le mot parut grossier.

Après un coup d'œil suppliant pour quêter l'appui de son mari, lady Stinhurst insista. Elle avait une voix douce et hésitante, comme une vieille fille peu habituée à s'adresser à des enfants. Avec nervosité, elle porta une main à ses cheveux, adroitement teints et coiffés de façon à combattre une vieillesse gagnant à grands pas.

— Tu comprends, ma chérie, nous sommes assis là depuis si longtemps, et je crois vraiment que Mr Vinney n'a rien bu depuis deux heures et demie.

L'allusion n'était pas seulement transparente, elle était lourde. Le bar se trouvait à l'extrémité opposée de la bibliothèque, et Elizabeth devait servir Mr Vinney comme une débutante son premier chevalier servant. Les directives étaient suffisamment claires, mais Elizabeth peu disposée à les suivre. Un éclair de mépris traversa son regard, elle baissa les yeux sur la revue posée sur ses genoux, et sans un son, articula un mot, un seul mot singulièrement peu approprié dans la bouche d'une dame, et sur la signification duquel sa mère ne pouvait en aucun cas se tromper.

Barbara observa cet échange avec une certaine fascination. Lady Elizabeth paraissait avoir dépassé la trentaine depuis longtemps, et même frôler la quarantaine. Elle n'était plus à l'âge où l'on a besoin d'un coup de pouce maternel pour aborder un monsieur, et pourtant c'était bien cela que maman avait en tête ; malgré l'hostilité non déguisée d'Elizabeth, elle esquissa un mouvement qui laissait entendre qu'elle allait pousser sa fille dans les bras de Mr Vinney.

Jeremy Vinney non plus ne faisait guère preuve de bonne volonté en la matière. Assis à côté d'Elizabeth, le journaliste du *Times* ignorait de son mieux la conversation. Nettoyant sa pipe à l'aide d'un instrument d'acier, il tendait l'oreille sans vergogne pour saisir de l'autre côté de la pièce les paroles de Joanna Ellacourt. Celle-ci était furieuse, et ne s'en cachait pas.

— Elle nous a bien eus, hein ? Quelle bonne blague, pour elle ! Quelle rigolade ! (La comédienne jeta un regard assassin à Irene Sinclair, toujours assise dans son coin à l'écart, comme si la mort de sa sœur rendait sa propre présence indésirable.) Et à ton avis, à qui bénéficie la petite modification de la pièce d'hier au soir ? A moi ? Jamais de la vie ! Je te préviens, David, je n'accepterai pas ça. Pas une seconde !

— Rien n'est encore réglé, Jo, répondit David Sydeham d'un ton conciliant. Loin de là. Le fait qu'elle ait modifié le texte de la pièce peut très bien entraîner l'annulation de ton contrat.

— C'est ce que tu penses. Mais tu ne l'as pas ici, ce contrat, n'est-ce pas ? Nous ne pouvons pas le consulter ? Tu n'en sais rien. Et tu cherches à me faire croire — à me convaincre sur parole, après tout ce qui s'est passé — qu'un simple changement de personnage peut invalider un contrat ? Pardonne mon scepticisme ! Pardonne mon hurlement de rire incrédule ! Et donne-moi un autre gin. *Tout de suite.*

Sans un mot, Sydeham adressa un signe de tête à Robert Gabriel, qui poussa la bouteille de Beefeaters aux trois quarts vide dans sa direction. Sydeham servit un verre à sa femme et rendit la bouteille à Gabriel, qui l'agrippa et murmura, avec un brin d'hilarité :

— « Je ne te tiens pas, et cependant, je te vois toujours... Allons, empoignons-le ! » (Il lorgna vers Joanna et se versa un autre verre.) Doux souvenirs de tournées, ma chérie. N'était-ce point notre première fois ? Hmm, non, peut-être pas.

Il avait réussi à donner l'impression de parler de rapports sexuels et non d'une représentation de *Macbeth*.

Quinze ans auparavant, le charme de Gabriel, un charme enfantin qui évoquait Peter Pan, avait fait se pâmer des dizaines de ses camarades d'école, mais Barbara Havers n'avait jamais été sensible à son charme, non plus que Joanna Ellacourt, apparemment. Celle-ci le gratifia d'un sourire plus meurtrier que le poignard de *Macbeth* :

— Chéri, comment pourrais-je *jamais* oublier ? Tu as laissé tomber dix lignes au milieu de l'acte deux, et j'ai dû te soutenir jusqu'à la fin. Pour parler franchement, il y a dix-sept ans que j'attends que ta main « teigne en incarnat les mers innombrables ».

Gabriel ricana.

— La garce du West End. Fidèle à sa réputation.

— Tu es ivre.

Ce qui était plus qu'à moitié vrai. Comme en réponse à cet échange, Francesca Gerrard se leva maladroitement du sofa qu'elle partageait avec son frère, lord Stinhurst. Elle parut vouloir prendre le contrôle de la situation, jouer peut-être son rôle de propriétaire d'hôtel, même de la façon peu conséquente qu'elle choisit en se tournant vers Barbara.

— Si nous pouvions avoir du café... (Elle porta une main tremblante aux colliers de perles de couleur accumulés en travers de sa poitrine comme une cotte de mailles, et leur contact parut lui donner du courage. Elle reprit, avec plus d'autorité :) Nous aimerions du café. Pouvez-vous vous en charger ?

Barbara ne répondit pas. Mrs Gerrard se tourna alors vers lord Stinhurst.

— Stuart...

Il prit la parole.

— Je vous serais reconnaissant de nous faire préparer du café. Certaines personnes ont besoin de se dessoûler.

Barbara eut une pensée fugitive et ravie pour le peu d'occasions qu'elle aurait jamais de remettre un comte à sa place.

— Désolée, répliqua-t-elle d'un ton acerbe puis, se tournant vers lady Helen : Si vous voulez bien m'accompagner maintenant, je pense que l'inspecteur voudra vous voir en premier.

Lady Helen traversa la bibliothèque d'un pas maladroit, complètement transie. Elle se persuada que c'était le résultat du manque de nourriture, de cette journée interminable et horrible, de l'épouvantable inconfort éprouvé à rester assise des heures en vêtements de nuit dans une pièce où l'on se sentait à la fois transie et menacée de claustrophobie. Arrivée à la porte, elle se drapa dans le pardessus avec toute la dignité qu'elle parvint à rassembler, et pénétra dans le hall, suivie du sergent Havers en dame de compagnie forcée.

— Tout va bien, Helen ?

Lady Helen se retourna avec gratitude pour constater que Saint-James l'avait attendue, debout dans la pénombre juste derrière la porte. Lynley et Macaskin avaient déjà disparu dans les escaliers.

Passant la main dans ses cheveux, elle tenta d'ordonner sa coiffure, mais y renonça avec un petit sourire chagrin.

— Peux-tu imaginer ce que c'est que de passer une journée entière dans une pièce avec des individus qui sont en communication directe avec Thespis ? lui demanda-t-elle. Depuis ce matin sept heures, nous avons parcouru toute la gamme, de la rage à la paranoïa en passant par l'hystérie et le chagrin. Je dois avouer qu'à midi, j'aurais volontiers vendu mon âme contre un des pistolets d'Hedda Gabler [1]. (Elle resserra le col de son pardessus en réprimant un frisson.) Mais je vais bien. Enfin, je crois. (Elle lança un regard vers l'escalier, puis revint à Saint-James.) Qu'est-ce qui se passe, avec Tommy ?

Derrière elle, le sergent Havers eut un geste d'une brusquerie inexplicable, mais qu'elle ne distingua pas clairement. Saint-James, remarqua-t-elle, prit son temps pour lui répondre, brossant sur la jambe de son pantalon une poussière qui ne s'y trouvait pas, et, lorsqu'il se décida à parler, ce fut pour lui adresser une question en retour.

— Qu'est-ce que tu fabriques ici, Helen ?

Elle eut un coup d'œil en direction de la bibliothèque.

— Rhys m'a invitée. Il doit mettre en scène la nouvelle production de lord Stinhurst pour l'ouverture de l'Azincourt, et ce week-end devait être une sorte de défrichage... de lecture préliminaire du nouveau script.

— Rhys ? répéta Saint-James.

— Rhys Davies-Jones. Tu ne te souviens pas de lui ? C'était un ami de ma sœur, il y a des années de cela. Avant qu'il ne... (Lady Helen tortilla un bouton de son manteau, hésitant,

---

1. C'est le personnage principal de la pièce d'Henrik Ibsen, qui porte le même nom.

cherchant à expliquer, puis se décida :) Ces deux dernières années, il a travaillé dans des théâtres de province. Ce devait être aujourd'hui sa première mise en scène depuis... *La Tempête*, il y a quatre ans. Nous y étions. Tu dois t'en souvenir.

Effectivement.

— Seigneur, dit-il avec une certaine admiration, c'était Davies-Jones ? J'avais complètement oublié.

Lady Helen se demanda comment une telle chose pouvait être possible, car elle était certaine de ne jamais oublier cette épouvantable soirée au théâtre lorsque Rhys Davies-Jones avait déboulé sur scène, à deux doigts de la crise de démence, bousculant comédiens et comédiennes, pourchassant des démons qu'il était seul à voir. Elle revoyait encore la scène, le chahut, le désastre qu'il avait attiré sur sa propre tête lorsqu'au milieu du monologue de l'acte quatre sa folie éthylique avait interrompu le texte magnifique, effaçant en un instant son passé et son avenir, ne laissant que ruines.

— Après cela, il a passé quatre mois à l'hôpital. Il est aujourd'hui... rétabli. Je l'ai rencontré par hasard le mois dernier dans Brompton Road. Nous avons dîné ensemble, et... eh bien, nous nous sommes beaucoup vus depuis.

— Son rétablissement doit effectivement être complet s'il travaille avec Stinhurst, Ellacourt et Gabriel. Noble compagnie pour...

— Un homme de sa réputation ? (Lady Helen fronça les sourcils en baissant les yeux, effleurant le plancher du bout de sa pantoufle.) Tu as sans doute raison. Mais Joy Sinclair était sa cousine. Ils étaient très intimes, et je pense qu'elle a vu là l'occasion de lui offrir une seconde chance à Londres. Elle a contribué à persuader lord Stinhurst d'engager Rhys.

— Elle avait de l'influence sur Stinhurst ?

— J'ai eu l'impression que Joy avait de l'influence sur tout le monde.

— C'est-à-dire ?

Lady Helen hésita. Elle n'était pas femme à dénigrer qui que ce soit, même dans le cadre d'une enquête criminelle. L'attitude allait à l'encontre de sa nature, même avec Saint-James, un homme en qui elle avait toujours eu une confiance implicite. Aussi répondit-elle à contrecœur, jetant d'abord un rapide coup d'œil au sergent Havers comme pour jauger la discrétion dont celle-ci pouvait faire preuve.

— Apparemment, Simon, elle a eu une liaison avec Robert Gabriel l'année dernière. Pas plus tard qu'hier après-midi, ils ont eu une formidable dispute sur le sujet. Gabriel voulait que Joy dise à son ex-femme qu'il n'avait couché avec elle qu'une fois, ce à quoi Joy se refusait... La querelle devenait de plus en plus violente lorsque Rhys a fait irruption dans la chambre de Joy et y a mis fin.

— Je ne comprends pas, dit Saint-James, perplexe. Joy Sinclair connaissait la femme de Robert Gabriel ? Elle savait qu'il était marié ?

— Bien sûr. Robert Gabriel a été marié dix-neuf ans à Irene Sinclair, la sœur de Joy.

L'inspecteur Macaskin déverrouilla la porte et introduisit Lynley et Saint-James dans la chambre de Joy Sinclair. Il tâtonna à la recherche de l'interrupteur, et deux plafonniers de bronze tarabiscotés répandirent leur lumière sur une scène pleine de contradictions. C'était une pièce magnifique, de celles que l'on s'attend à voir attribuer à la star de la pièce, et non à l'auteur. Ornée d'un riche papier peint vert et jaune, elle était meublée d'un lit victorien, d'une commode, d'une armoire et de chaises XIXe. Un tapis d'Axminster agréablement usé recouvrait le parquet de chêne, dont les lames grinçaient sous les pieds.

Et pourtant, la chambre, dans laquelle l'air glacial charriait le sang et la destruction, demeurait plus que jamais le théâtre d'un crime. Le lit y jouait le premier rôle, avec son désordre de linges imbibés de sang, et son unique et fatale entaille, qui démontrait avec éloquence la façon dont la femme était morte. Enfilant des gants de latex, les trois hommes s'approchèrent avec un respect certain. Lynley parcourut la pièce d'un seul regard, tandis que Macaskin rempochait les clés de Francesca Gerrard, et que Saint-James scrutait ces quelques centimètres d'horrible catafalque comme s'ils pouvaient lui révéler l'identité du coupable.

Sous le regard des deux autres, il sortit de sa poche un petit mètre pliant, et se pencha sur le lit pour sonder avec délicatesse l'affreuse crevasse. Le matelas était recouvert d'une housse de laine qui devait lui donner un moelleux confortable, épouser les épaules, les hanches et le creux des reins. Il offrait l'avantage supplémentaire de s'être complaisamment modelé autour de l'arme du crime, reproduisant de manière impeccable le sens de l'impact.

— Un seul coup, dit Saint-James par-dessus son épaule. Porté de la main droite, sur le côté gauche du lit.

— Une femme en aurait-elle été capable ? demanda Macaskin sèchement.

— Si la dague était suffisamment effilée, cela n'aurait pas demandé une grande force. Une autre femme aurait pu le faire. (Il eut un regard pensif.) Mais pourquoi a-t-on du mal à imaginer une femme en train de commettre un tel crime ?

Macaskin fixait l'immense tache sur le matelas, pas encore tout à fait sèche.

— Effilée, bien sûr. Sacrément effilée, dit-il d'un air morose. Et un assassin couvert de sang ?

— Pas sûr. Il a dû en recevoir sur le bras et la main droits, mais s'il a agi rapidement et s'est protégé avec le drap, il a très bien pu ne s'en tirer qu'avec une ou deux taches. Et s'il n'a pas paniqué, il a pu s'essuyer sur ce même drap, et le sang répandu par la blessure s'est mêlé à la tache.

— Et ses vêtements ?

Saint-James examina les deux oreillers, les posa sur une chaise, puis tira le drap du dessous avec précaution, centimètre par centimètre.

— Le meurtrier pouvait ne rien porter du tout, remarquat-il. La chose aurait été bien plus facile à accomplir tout nu. L'homme, ou la femme, dit-il avec un hochement de tête à l'adresse de Macaskin, pouvait ensuite retourner dans sa chambre, et se laver, tout bonnement, si tant est que le sang ait jailli sur lui.

— Mais ce serait risqué, non ? Sans parler de se geler les fesses.

Saint-James s'interrompit pour comparer la déchirure du drap à celle du matelas.

— Le meurtre dans son entier était risqué. Joy Sinclair aurait très bien pu se réveiller et hurler comme un putois.

— A supposer d'abord qu'elle ait été endormie, remarqua Lynley qui s'était approché de la table placée devant la fenêtre.

Celle-ci était jonchée d'une masse d'objets : articles de maquillage, brosses et séchoir à cheveux, mouchoirs en papier, amoncellement de bijoux. parmi lesquels trois bagues, cinq bracelets en argent, et deux rangs de perles colorées. Une boucle d'oreille en or était tombée par terre.

— Saint-James, reprit Lynley, lorsque tu vas à l'hôtel avec Deborah, tu fermes la porte à clé ?

— Dès que possible, répliqua-t-il avec un sourire. Mais je suppose que c'est dû au fait de vivre dans la même maison que son beau-père. Quelques jours loin de lui, et nous nous transformons en affreux dépravés, je dois l'avouer. Pourquoi ?

— Où laisses-tu la clé ?

Le regard de Saint-James quitta Lynley pour se fixer sur la porte.

— Dans la serrure, en général.

— Oui. (Lynley ramassa la clé de la porte, reliée à son étiquette de plastique par un anneau métallique.) Comme la plupart des gens. Alors, pourquoi penses-tu que Joy Sinclair a fermé la porte puis mis la clé sur la table ?

— Une dispute s'est déroulée hier soir, non ? Elle y a participé. Peut-être était-elle distraite, ou bouleversée, lorsqu'elle est entrée dans sa chambre. Elle a pu fermer et jeter la clé dans un accès de mauvaise humeur.

— Peut-être. Ou bien peut-être n'est-ce pas elle qui a fermé la porte. Peut-être n'est-elle pas revenue toute seule, mais avec quelqu'un qui a verrouillé tandis qu'elle attendait au lit. Vous n'êtes pas d'accord ? dit Lynley en remarquant que Macaskin se tripotait la lèvre.

Celui-ci se mordilla le pouce un instant, puis laissa retomber sa main avec un air de dégoût, comme si celle-ci s'était portée à sa bouche de son propre gré.

— Pas sur la présence de quelqu'un d'autre, non, dit-il enfin.

Lynley laissa retomber la clé et se dirigea vers l'armoire, dont il ouvrit les portes. Des vêtements y étaient suspendus en désordre, des chaussures jetées dans le fond. Un blue-jean gisait en boule, et une valise béante laissait entrevoir des bas et des soutiens-gorge.

Lynley les passa en revue, puis se retourna vers Macaskin.

— Pourquoi ? demanda-t-il tandis que Saint-James traversait la chambre en direction de la commode pour la fouiller.

— A cause de sa tenue, expliqua Macaskin. On ne voyait pas grand-chose sur les photos du CID, mais elle portait une veste de pyjama d'homme.

— Est-ce que cela ne rend pas encore plus plausible une seconde présence ?

— Vous pensez qu'elle avait enfilé la veste de pyjama de celui qui est venu la retrouver ? Moi pas.

— Pourquoi ? demanda Lynley, qui referma l'armoire et s'y adossa en regardant Macaskin.

— Soyons réalistes, commença Macaskin avec l'assurance d'un conférencier qui s'est longuement penché sur son sujet, est-ce qu'un homme qui a en tête de séduire se rend dans la chambre d'une femme avec son plus vieux pyjama ? La veste qu'elle portait était élimée, usée jusqu'à la trame aux coudes, vieille de six ou sept ans, je pense, peut-être même plus. Ce n'est pas exactement le genre de vêtement qu'un homme porterait ou même abandonnerait comme souvenir à une femme après une nuit d'amour.

— Maintenant que vous l'avez décrite, réfléchit Lynley, on dirait plutôt un talisman, non ?

— Tout à fait. (L'assentiment de Lynley parut encourager Macaskin à s'échauffer, et il se mit à faire les cent pas de la table à l'armoire, à grand renfort de gestes.) Et si l'on admet que cette veste lui appartenait, aurait-elle attendu un amant dans sa plus vieille tenue ? Cela me paraît peu probable.

— Je suis d'accord, intervint Saint-James. Et en tenant compte du fait que nous ne disposons d'aucun indice témoignant d'une lutte, nous devons en conclure que même si elle ne dormait pas lorsque le meurtrier est entré — peut-être quelqu'un qu'elle a invité pour bavarder — il est en tout cas certain qu'elle était endormie lorsqu'il lui a plongé la dague à travers la gorge.

— Ou bien, dit lentement Lynley, peut-être pas endormie, mais prise complètement par surprise, par quelqu'un en qui elle avait confiance. Mais dans ce cas, n'aurait-elle pas elle-même fermé la porte ?

— Pas nécessairement, dit Macaskin. L'assassin a pu la fermer, tuer Joy Sinclair, et...

— Regagner la chambre d'Helen, acheva Lynley d'un ton froid. Bon Dieu... jeta-t-il en se tournant vers Saint-James.

— Pas encore, dit celui-ci.

Assis autour d'une petite table couverte de revues près de la fenêtre, ils contemplèrent la pièce tout à leur aise. Lynley feuilleta l'assortiment de magazines, Saint-James souleva le couvercle de la théière abandonnée sur le plateau du petit déjeuner et s'absorba dans l'étude de la pellicule transparente qui s'était formée sur le breuvage, tandis que Macaskin tapotait en cadence sur la semelle de ses chaussures avec un crayon.

— Nous avons deux plages horaires sans justification, dit Saint-James. Un peu plus de vingt minutes entre la découverte du corps et le coup de téléphone à la police. Puis plus de deux heures entre l'appel et l'arrivée de la police. Et vos hommes chargés d'examiner la scène du crime, dit-il en se tournant vers Macaskin, n'ont pas eu le temps d'effectuer convenablement leur travail avant que vous ne receviez l'ordre de rentrer au poste ?

— C'est exact.

— Si vous voulez les appeler, vous pouvez les faire venir, maintenant. Mais je crains que nous n'y gagnions pas grand-chose. Des tonnes d'indices apocryphes ont pu être introduits ici entre-temps.

— Ou bien soustraits, remarqua Macaskin d'un air sombre. Et nous n'avons que la parole de lord Stinhurst pour nous assurer qu'il a fermé toutes les portes à clé et nous a attendus sans rien faire d'autre.

La remarque éveilla l'attention de Lynley.

Il se leva et se dirigea sans un mot vers la commode, puis la penderie et la table. Il ouvrit les portes, les tiroirs, regarda derrière les meubles sous le regard des deux autres.

— Le script, dit-il. Ils étaient là pour travailler sur le texte de la pièce, non ? Joy Sinclair en était l'auteur. Où est-il ? Pourquoi n'y a-t-il pas de papiers, de notes ? Où sont tous les exemplaires du script ?

Macaskin bondit.

— Je m'en occupe.

Tandis qu'il refermait derrière lui, la seconde porte s'ouvrit.

— Nous sommes prêtes, dit le sergent Havers, depuis la chambre de lady Helen.

Lynley regarda Saint-James, et ôta ses gants.

— Ce qui nous attend ne m'enthousiasme pas, reconnut-il.

Lady Helen n'avait jamais réalisé à quel point sa confiance en elle dépendait d'un bain quotidien. Ce simple luxe lui ayant été refusé, le besoin de se laver l'avait saisie de façon tout à fait disproportionnée, mais le sergent Havers s'était exprimée avec concision : « Désolée. Je dois rester avec vous, et je suppose que vous n'avez guère envie que je vienne vous frotter le dos. » Le résultat, c'est qu'elle se sentait mal à l'aise, comme obligée d'endosser une peau qui n'était pas la sienne.

Le maquillage avait fait l'objet d'un compromis, mais procéder à celui-ci sous l'œil vigilant du sergent avait redoublé l'inconfort de lady Helen, qui avait éprouvé le sentiment d'être un mannequin en vitrine. Cette sensation n'avait fait que croître lorsqu'elle s'était habillée, enfilant ce qui lui tombait sous la main sans le moindre souci d'harmonie. Elle n'avait senti que le frais glissement de la soie, le toucher rêche de la laine. Quant à savoir de quels vêtements il s'agissait, ou s'ils n'étaient que cacophonie de couleurs qui sabotaient son apparence, elle n'aurait pu le dire.

Durant tout ce temps, elle n'avait cessé d'entendre parler Saint-James, Lynley et Macaskin dans la pièce voisine. Ils ne s'exprimaient pas particulièrement fort, mais leurs voix lui parvenaient. Elle se demanda ce qu'elle allait bien pouvoir leur répondre lorsqu'ils lui demanderaient — ce qu'ils ne manqueraient sûrement pas de faire — pour quelle raison elle n'avait absolument rien entendu cette nuit-là en provenance de la chambre de Joy Sinclair. Elle ressassait encore le problème lorsque le sergent Havers ouvrit la porte et fit entrer Saint-James et Lynley.

Elle se retourna.

— J'ai une tête épouvantable, Tommy, déclara-t-elle avec un large sourire. Tu dois me jurer que tu ne révéleras jamais à personne que tu m'as trouvée en robe de chambre et pantoufles à quatre heures de l'après-midi.

Lynley s'arrêta sans répondre près d'un fauteuil à haut dossier, tapissé d'un tissu au motif — des roses sur fond ivoire — coordonné au papier peint, et placé en biais à un mètre de la porte. Il parut l'examiner un bon moment sans raison particulière, puis se baissa, et ramassa derrière une cravate d'homme noire qu'il posa sur le dossier avec une lenteur délibérée. Il parcourut la pièce des yeux, puis adressa un hochement de tête au sergent Havers, qui ouvrit son calepin. Les points que lady

Helen entendait gagner grâce à la légèreté de ses remarques préliminaires, destinées à percer la réserve professionnelle affichée par Lynley dans la bibliothèque, ne lui furent d'aucune utilité. Il avait tous les atouts en main, et elle saisit en un instant la façon dont il avait l'intention de s'en servir.

— Assieds-toi, Helen. A la table, s'il te plaît, ajouta-t-il alors qu'elle aurait choisi un autre endroit.

La table, comme dans la chambre de Joy Sinclair, se trouvait sous la baie vitrée dont les rideaux étaient tirés. L'obscurité était tombée rapidement, et la vitre reflétait les deux tentures et le pinceau de lumière dorée provenant de la lampe de chevet sur le mur opposé. Comme une toile d'araignée, une pellicule de givre s'était formée à l'extérieur de la vitre, et lady Helen sentit que, si elle posait sa main sur le panneau, elle éprouverait la brûlure du froid.

Elle se dirigea vers l'une des chaises XVIIIe recouvertes d'une tapisserie représentant une scène mythologique. Elle savait qu'elle aurait dû reconnaître le jeune homme et la nymphe qui s'enlaçaient dans un décor pastoral — et que Lynley, lui, savait certainement leur nom. Mais s'agissait-il de Pâris savourant sa récompense après son jugement, ou d'Echo et Narcisse, elle l'ignorait, et qui plus est s'en fichait, à cet instant.

Lynley la rejoignit, et son regard s'attarda sur les objets lourds de signification posés sur la table : une bouteille de cognac, un cendrier plein, et des oranges dans une assiette de porcelaine de Delft. L'un des fruits était à demi épluché, et répandait encore une légère odeur acide. Le sergent Havers rapprocha le tabouret de la coiffeuse pour s'asseoir avec eux, tandis que Saint-James effectuait lentement le tour des lieux.

Lady Helen avait été témoin du travail de Saint-James des centaines de fois, elle savait qu'aucun détail ne lui échapperait. Mais cette fois-ci, la routine familière s'exerçait à son encontre, et elle se raidit lorsqu'il entama l'examen hâtif de la commode et de la coiffeuse, de la penderie et du plancher. Elle le ressentit comme une violation, et quand il rejeta les couvertures du lit défait pour détailler les draps, elle perdit tout sang-froid.

— Seigneur, est-ce vraiment nécessaire, Simon ?

Aucun d'eux ne répondit, mais leur silence suffit. Le fait d'avoir été enfermée pendant près de neuf heures comme une vulgaire criminelle, joint à celui d'être maintenant assise là tandis qu'ils se préparaient à l'interroger avec détachement —

comme s'ils n'étaient pas tous les trois liés par des années d'amitié et de souffrance —, fit monter en elle la colère, comme une tumeur. Elle lutta contre celle-ci, avec un succès limité. Elle fixa son regard sur Lynley, et se força à ignorer les mouvements de Saint-James derrière elle.

— Parle-nous de la dispute qui a eu lieu hier soir.

Elle s'était préparée à ce que la première question de Lynley concerne sa chambre, et ce début inattendu la démonta un instant, ce qui était sans aucun doute dans les intentions de Lynley.

— Je ne sais pas grand-chose. Ce qui est certain, c'est qu'elle avait un rapport avec la pièce de Joy Sinclair. Lord Stinhurst et elle ont eu une scène affreuse, et Joanna Ellacourt était elle aussi furieuse.

— Pourquoi ?

— D'après ce que j'ai compris, la pièce que Joy a apportée ce week-end présentait de singulières différences avec celle pour laquelle tout le monde avait signé à Londres. Elle a annoncé au dîner qu'elle avait effectué quelques modifications ici et là, mais celles-ci étaient à l'évidence plus importantes que prévu. Il s'agissait toujours d'une pièce policière, mais tout le reste avait changé. La dispute est née de là.

— Quand tout cela s'est-il produit ?

— Nous étions installés dans le salon pour une première lecture. La querelle a éclaté au bout de cinq minutes. C'était tellement bizarre, Tommy. Ils venaient à peine de commencer quand Francesca, la sœur de lord Stinhurst, a littéralement bondi sur ses pieds, comme si elle venait de recevoir le choc de sa vie. Elle a crié quelque chose à lord Stinhurst, comme « Non ! Stuart, empêche-la de faire ça ! ». Puis elle a voulu sortir, mais dans son trouble, a reculé droit sur une vitrine de bibelots, dont elle a réduit la glace en miettes. Je ne sais pas comment elle s'est débrouillée pour ne pas se blesser, mais elle était indemne.

— Que faisaient les autres, pendant ce temps-là ?

Elle décrivit l'attitude de chacun, autant qu'elle s'en souvenait : Robert Gabriel fixait Stuart Rintoul, attendant de toute évidence que celui-ci s'occupe, soit de Joy, soit de sa sœur ; Irene Sinclair était livide ; Joanna Ellacourt, folle de rage, jetait son script par terre et sortait de la pièce, suivie quelques instants plus tard par son mari David Sydeham. De l'autre côté de la table, Joy Sinclair souriait à lord Stinhurst, et ce sourire le poussait visiblement à agir, puisqu'il se levait alors, l'agrippait par le bras, et la traînait dans le petit salon voisin, claquant la porte derrière eux.

— Puis Elizabeth Rintoul est allée s'occuper de sa tante Francesca, conclut lady Helen. Il me semble... Il me semble qu'elle pleurait, ce qui ne lui ressemble pas.

— Pourquoi ?

— Je ne sais pas. Elizabeth paraît avoir renoncé aux pleurs depuis bien longtemps. Je crois qu'elle a renoncé à beaucoup de choses, notamment à Joy Sinclair. Elles ont été très amies, d'après ce que m'a dit Rhys.

— Tu ne m'as pas parlé de ce qu'il avait fait, lui, après la lecture, remarqua Lynley. La dispute ne concernait que Stinhurst et Joy Sinclair, donc ? ajouta-t-il sans lui laisser le temps de répondre. Les autres n'étaient pas impliqués ?

— Non. Uniquement Stinhurst et Joy. J'entendais leurs voix dans la pièce voisine.

— Ils criaient ?

— Joy, un peu. Mais je n'ai pas entendu grand-chose de la part de Stinhurst, en fait. Il n'est pas du genre à élever la voix pour attirer l'attention, non ? En fait, la seule chose que j'aie distinctement perçue, c'est Joy qui poussait des cris hystériques à propos d'un dénommé Alec. Elle a dit qu'Alec savait et que lord Stinhurst l'avait tué à cause de cela.

Lady Helen sentit le sergent Havers sursauter à ses côtés, puis la vit jeter un regard interrogateur à Lynley. Elle s'empressa :

— Mais il s'agissait sans aucun doute d'une métaphore, Tommy. Un peu comme : « Si tu fais ça, tu vas tuer ta mère. » Tu comprends ce que je veux dire. Et lord Stinhurst n'a même pas répondu. Il est parti, en disant en substance qu'en ce qui le concernait, leurs relations s'arrêtaient là. Quelque chose dans ce genre.

— Et après ?

— Joy et Stinhurst sont montés séparément, mais ils faisaient une tête épouvantable, comme si aucun d'eux n'était sorti vainqueur de cette scène, et qu'ils regrettaient qu'elle ait eu lieu. Jeremy Vinney a essayé de parler à Joy lorsqu'elle est sortie dans le hall, mais elle a refusé. Peut-être pleurait-elle également, je ne sais pas.

— Et toi, qu'as-tu fait ensuite, Helen ? demanda-t-il en étudiant le cendrier, les mégots qui jonchaient celui-ci, et les cendres qui parsemaient la table en deuil, le gris se mêlant au noir.

— J'ai entendu quelqu'un dans le salon de musique, et je suis allée voir de qui il s'agissait.

— Pourquoi ?

Lady Helen faillit mentir, et concocter une amusante description d'elle-même, dévorée par la curiosité, rôdant dans la maison comme une jeune miss Marple, mais préféra la vérité.

— En fait, je cherchais Rhys.

— Ah. Il avait disparu, hein ?

Le ton de Lynley la hérissa.

— Tout le monde avait disparu.

Elle s'aperçut que Saint-James avait fini son examen de la pièce. Il s'installa dans le fauteuil près de la porte, à l'écoute de leur conversation. Elle savait qu'il ne prendrait pas de notes, mais se souviendrait du moindre mot.

— Davies-Jones était dans le salon de musique ?

— Non. C'était lady Stinhurst, Marguerite Rintoul, en compagnie de Jeremy Vinney. Il avait peut-être flairé une bonne histoire pour son journal, parce qu'il essayait visiblement de lui soutirer des renseignements, mais sans succès. Je me suis adressée à elle parce que... parce qu'elle paraissait hébétée. Elle m'a à peine remarquée, mais curieusement elle a dit quelque chose qui ressemblait beaucoup à ce qu'avait dit Francesca à lord Stinhurst : « Empêchez-la de faire ça. »

— Elle parlait de Joy ?

— Ou peut-être d'Elizabeth, sa fille. Je venais de la mentionner. Je crois que j'ai dit : « Voulez-vous que j'aille chercher Elizabeth ? »

Tout en s'expliquant, avec le sentiment qu'elle n'était qu'une éventuelle suspecte interrogée par la police, lady Helen prit conscience des bruits qui agitaient la maison : le crissement du crayon du sergent Havers sur son calepin ; des portes qui s'ouvraient à l'autre extrémité du corridor ; la voix de Macaskin dirigeant une fouille des lieux, et à l'étage en dessous, dans la bibliothèque, des cris de colère, deux voix masculines qu'elle ne put identifier.

— A quelle heure es-tu montée, Helen ?

— Je n'ai pas fait attention, mais il devait être minuit et demi.

— Qu'as-tu fait une fois dans ta chambre ?

— Je me suis déshabillée, je me suis couchée, et j'ai lu un moment.

— Et puis ?

Elle ne répondit pas tout de suite. Elle observait Lynley sans détour, puisqu'il refusait de rencontrer son regard. En temps normal, ses traits pouvaient être considérés comme caractéristiques de la beauté masculine classique, mais tandis qu'il l'interrogeait, son visage s'était couvert d'un masque impénétrable et sévère qu'elle ne lui avait jamais connu, et dont elle n'avait même jamais imaginé qu'il puisse l'arborer. Pour la première fois dans l'histoire de leur amitié, elle se sentit totalement coupée de lui, et comme pour conjurer cette séparation, elle lui tendit la main. Il ne répondit pas à son geste, et elle se sentit obligée de parler franchement.

— Tu as l'air terriblement en colère, Tommy. Dis-moi pourquoi. S'il te plaît. Que se passe-t-il ?

Dans un mouvement si bref qu'il parut presque un réflexe, il serra et desserra le poing droit.

— Depuis quand fumes-tu ?

Elle entendit le sergent Havers interrompre brusquement sa transcription, et saisit, derrière Lynley, le mouvement de Saint-James dans son fauteuil. Sans savoir pourquoi, elle comprit que la question qu'elle avait posée avait permis à Lynley de prendre une décision qui lui faisait abandonner le strict travail de police pour s'aventurer sur un nouveau terrain. Un terrain où les manuels, les codes et les procédures qui délimitaient son rôle ne s'appliquaient pas.

— Tu sais bien que je ne fume pas, dit-elle en retirant sa main.

— Qu'as-tu entendu la nuit dernière ? demanda-t-il. Joy Sinclair a été assassinée entre deux heures et six heures du matin.

— Rien, j'en ai peur. Le vent soufflait avec violence, et faisait vibrer les fenêtres, ce qui a dû étouffer tout bruit. Si bruit il y a eu.

— Et bien sûr, même s'il n'y avait pas eu de vent, tu n'étais pas seule, n'est-ce pas ? Tu as dû être... distraite, je suppose.

— C'est exact. Je n'étais pas seule.

Il demeura immobile. Seules ses mâchoires se crispèrent.

— A quelle heure Davies-Jones est-il venu dans ta chambre ?

— Une heure.

— Et il est parti ?

— Peu après cinq heures.

— Tu as vu l'heure ?

— Il m'a réveillée. Il était habillé. Je lui ai demandé l'heure, il me l'a donnée.

— Et entre une heure et cinq heures, Helen ?

Une vague d'incrédulité la submergea.

— Que veux-tu savoir exactement ?

— Je veux savoir ce qui s'est passé dans cette pièce entre une heure et cinq heures. Exactement, comme tu l'as dit toi-même, dit-il d'un ton glacial.

Au-delà du dégoût que provoqua chez elle la question, qui pénétrait brutalement son intimité et présumait qu'elle allait y répondre avec la meilleure volonté du monde, lady Helen vit le sergent Havers ouvrir la bouche de stupéfaction, puis la refermer vivement sous le regard froid de Lynley.

— Pourquoi me demandes-tu cela ?

— Désires-tu qu'un avocat t'explique précisément ce que je peux ou pas te demander dans le cadre d'une enquête criminelle ? Si tu penses que c'est nécessaire, nous pouvons en appeler un.

L'homme qu'elle avait en face d'elle n'était pas son ami, pensa-t-elle avec désespoir. Ce n'était pas son compagnon de rires depuis plus de dix ans. Celui-ci était un Tommy qu'elle ne connaissait pas, un homme à qui elle ne pouvait pas offrir de réponse rationnelle. Les émotions, colère, angoisse, chagrin, se livraient bataille en elle, l'assaillant avec une force impitoyable et épuisante. Lorsqu'elle réussit enfin à s'exprimer, elle tenta désespérément d'envelopper ses paroles d'indifférence.

— Rhys m'a apporté du cognac, dit-elle en montrant la bouteille. Nous avons parlé.

— Tu as bu ?

— Non. J'en avais pris un peu plus tôt, je n'en voulais plus.

— Il a bu ?

— Non. Il... Il ne peut pas.

Lynley regarda Havers.

— Dites aux hommes de Macaskin de vérifier la bouteille.

Lady Helen comprit le sous-entendu qui se dissimulait derrière l'ordre.

— Elle est cachetée !

— Non. J'ai bien peur que non.

Lynley prit le crayon de Havers et souleva la capsule de métal qui enrobait le goulot de la bouteille. Elle glissa sans effort, comme si elle avait été enlevée puis remise pour simuler la fermeture.

La nausée envahit lady Helen.

— Qu'est-ce que tu insinues ? Que Rhys a apporté quelque chose pour me droguer ce week-end ? Pour se tirer du meurtre de Joy Sinclair — sa propre cousine ! — et m'utiliser comme alibi ? Voilà ce que tu penses ?

— Tu as dit que vous aviez parlé, Helen. Dois-je comprendre qu'après avoir refusé le cognac, ou quoi que ce soit qui se trouve dans cette bouteille, vous avez passé le reste de la nuit à converser brillamment ?

— Non. Il y a plus, bien sûr, Tommy. Il m'a fait l'amour. Nous avons dormi. Et puis, beaucoup plus tard, nous avons recommencé.

Quoi qu'elle ait pu espérer, Lynley demeura de marbre. Soudain, l'odeur de tabac froid qui s'élevait du cendrier était devenue insupportable. Elle eût envie de le jeter au loin. Envie de le lui jeter à la tête.

— C'est tout ? demanda-t-il. Il ne t'a pas quittée au cours de la nuit ? Il n'est pas sorti du lit ?

Son regard était bien trop acéré pour elle. Elle ne put empêcher la réponse de se lire sur son visage, et il dit :

— Ah. Il est sorti du lit. A quelle heure, s'il te plaît ?

— Je ne sais pas, dit-elle en baissant les yeux sur ses mains.

— Tu dormais ?

— Oui.

— Qu'est-ce qui t'a réveillée ?

— Un bruit. Je crois qu'il s'agissait d'une allumette. Il fumait debout près de la table.

— Habillé ?

— Non.

— Il fumait, simplement ?

Elle eut une seconde d'hésitation.

— Oui, il fumait. Oui.

— Mais tu as remarqué quelque chose d'autre, non ?

— Non. Simplement...

Il lui soutirait le moindre mot, l'obligeait à dire ce qui devait demeurer inexprimé.

— Simplement quoi ? Tu as remarqué quelque chose à son propos, quelque chose qui n'allait pas ?

— Non. Non. (Les yeux de Lynley, bruns, alertes, insistants, soutinrent son regard.) Je me suis approchée de lui, et sa peau était moite.

— Moite ? Il avait pris un bain ?

— Non. C'était salé. Ses épaules... il transpirait. Et il faisait tellement froid dans cette pièce.

Lynley lança automatiquement un regard vers la chambre de Joy Sinclair. Lady Helen continua.

— Tu ne comprends pas, Tommy ? C'était le cognac. Il en mourait d'envie. C'est comme une maladie. Cela n'a rien à voir avec Joy.

Elle aurait tout aussi bien pu s'abstenir de parler, car Lynley poursuivait visiblement sa propre réflexion.

— Combien a-t-il fumé de cigarettes, Helen ?

— Cinq. Six. Ce qu'il y a là.

Il échafaudait une théorie, elle le voyait. Si Rhys Davies-Jones avait pris le temps de fumer les six cigarettes écrasées dans le cendrier, si elle ne s'était pas réveillée avant qu'il n'en soit à la dernière, qu'avait-il bien pu faire d'autre ? Il avait combattu les légions de démons qui l'avaient attiré vers la bouteille. Mais qu'elle sache parfaitement comment il avait passé ce temps pendant qu'elle dormait n'avait aucune importance. Dans l'esprit de Lynley, il avait ouvert la porte, assassiné sa cousine, puis il était revenu, le corps couvert de la sueur de la peur. Tout cela, lady Helen le lut dans le silence semblable à un trou noir qui suivit sa déclaration.

— Il voulait boire. Mais il ne le peut pas. Alors, il a fumé. C'est tout.

— Je vois. Dois-je en conclure que c'est un alcoolique ?

Sa gorge se serra. « Ce n'est qu'un mot, aurait dit Rhys avec son sourire plein de bonté. Un mot n'a pas de pouvoir, Helen. »

— Oui.

— Ainsi, il a quitté le lit, et tu ne t'es pas réveillée. Il a fumé cinq ou six cigarettes, et à aucun moment tu ne t'es réveillée ?

— Tu veux ajouter qu'il a ouvert la porte pour assassiner Joy et que je ne me suis pas réveillée, n'est-ce pas ?

— La clé porte ses empreintes, Helen.

— Bien sûr, qu'elles y sont ! Il l'a tournée avant que nous nous couchions. Ou bien penses-tu que cela faisait partie de son plan ? S'assurer que je l'avais bien vu fermer, pour que je puisse plus tard justifier la présence de ses empreintes ? C'est ça, ce que tu as réussi à échafauder ?

— Ne viens-tu pas de le faire toi-même ?

Elle eut un hoquet.

— C'est une réflexion odieuse !

— Tu dormais lorsqu'il est sorti du lit, tu dormais lorsqu'il a fumé cigarette après cigarette. Vas-tu maintenant me dire que tu as en fait le sommeil très léger, et que tu t'en serais rendu compte s'il avait quitté la pièce ?

— Je m'en serais aperçue !

Lynley jeta un coup d'œil par-dessus son épaule.

— Saint-James ? demanda-t-il d'un ton égal.

Ces deux mots mirent le feu aux poudres.

Lady Helen bondit, et sa chaise se renversa. Sa main atterrit avec violence sur le visage de Lynley, dans un geste vif comme l'éclair, né de la puissance de sa fureur.

— Espèce de salopard ! hurla-t-elle en se dirigeant vers la porte.

— Reste où tu es, ordonna Lynley.

Elle se retourna et lui fit face.

— Arrêtez-moi donc, inspecteur.

Elle quitta la pièce en claquant la porte, et Saint-James la suivit immédiatement.

4

Barbara Havers ferma son calepin d'un geste très étudié, qui lui donnait le temps de réfléchir. En face d'elle, de l'autre côté de la table, Lynley plongea la main dans la poche de poitrine de sa veste. Sa joue était encore marbrée de rouge, à l'endroit où lady Helen l'avait frappé, mais ses mains ne tremblaient pas. Il sortit son étui à cigarettes et son briquet, puis les tendit à Barbara après s'en être servi. Celle-ci, avec une grimace, écrasa sa cigarette après la première bouffée.

Barbara n'était pas femme à analyser longuement ses émotions, et c'est pourtant ce qu'elle fit, comprenant avec un certain trouble qu'elle aurait désiré intervenir dans ce qui venait de se passer. Aucune des questions de Lynley n'était sortie du cadre strict de la procédure, mais la façon dont il les avait posées et les sous-entendus qu'il impliquait avaient donné envie à Barbara d'entrer en lice pour se faire le champion de lady Helen. Elle ne comprenait pas pourquoi, raison pour laquelle elle se pencha sur la question après le départ de la jeune femme, et trouva une réponse dans la myriade d'attentions dont celle-ci avait fait preuve à son égard depuis que Barbara travaillait en équipe avec Lynley.

— Je crois, dit-elle en lissant du pouce un pli sur la couverture de son calepin, que vous venez de dépasser un peu les bornes, inspecteur.

— L'heure n'est pas à discuter de la procédure, répliqua-t-il d'une voix froide dans laquelle elle perçut pourtant la tension.

— Ceci n'a rien à voir avec la procédure, mais avec la correction, non ? Vous avez traité Helen comme une putain, inspecteur, et si vous vous apprêtez à me répondre qu'elle a agi comme telle, je vous suggère de vous souvenir d'un ou deux détails de votre propre passé, et de vous demander sous quel jour ils pourraient apparaître si on les soumettait à l'examen que vous lui avez fait subir.

Lynley tira sur sa cigarette, puis l'écrasa dans le cendrier d'un geste dégoûté. Il eut un mouvement maladroit, et des cendres se répandirent sur le poignet de sa chemise. Tous deux fixèrent le contraste du noir sale sur le blanc immaculé.

— Helen a eu le malheur de se trouver au mauvais endroit au mauvais moment, répliqua-t-il. Il était impossible d'ignorer cela, Havers. Je ne peux pas lui appliquer un traitement de faveur sous prétexte qu'elle est mon amie.

— Vraiment ? Eh bien, vous voir respecter ce principe lorsque deux vieux amis vont se retrouver pour une petite conversation confidentielle va me fasciner.

— De quoi parlez-vous ?

— Des lords Asherton et Stinhurst et de leur entretien. J'attends avec impatience de vous voir traiter Stuart Rintoul avec la dureté dont vous avez usé à l'égard d'Helen Clyde. De pair à pair, d'égal à égal, d'Etonien à Etonien. C'est comme ça que ça marche, non ? Mais comme vous venez de le dire, tout ceci ne viendra certes pas se mettre en travers du fait que lord Stinhurst a eu le malheur de se trouver au mauvais endroit au mauvais moment.

Elle le connaissait assez pour s'apercevoir que la colère s'emparait rapidement de lui.

— Et que voulez-vous donc que je fasse, sergent ? Que j'ignore les faits ? dit-il avant de les énumérer froidement : La porte de la chambre de Joy Sinclair donnant sur le couloir est fermée à clé. Le passe n'est pas disponible. Les empreintes de Davies-Jones se trouvent sur la clé de l'unique porte qui donne accès à la pièce. Nous avons un laps de temps injustifié parce qu'Helen dormait. Et nous ne nous sommes même pas encore penchés sur le problème de savoir où se trouvait Davies-Jones avant une heure du matin, heure à laquelle il est apparu chez Helen, ni pourquoi c'est à Helen en particulier que cette chambre a été dévolue. Pratique, n'est-ce pas, cet homme qui comme par hasard vient ici séduire Helen au milieu de la nuit, tandis que sa cousine se fait assassiner dans la pièce voisine ?

— Voilà le hic, hein ? souligna Barbara. La *séduction*, pas le meurtre.

Lynley ramassa son étui à cigarettes et son briquet, les rangea et se leva sans répondre. Mais Barbara ne lui demandait pas de réponse. Celle-ci était inutile, car elle savait très bien qu'en cas de crise personnelle, il avait tendance à ne plus maîtriser l'art d'apparaître impassible en toute circonstance, résultat de son éducation. Le cœur du problème était qu'à l'instant où elle avait aperçu lady Helen dans la bibliothèque, à l'instant où elle avait vu l'expression de Lynley lorsque lady Helen avait traversé la pièce dans ce ridicule pardessus trop grand, elle avait compris que la situation pouvait prendre pour Lynley des proportions de crise.

L'inspecteur Macaskin apparut à la porte de la chambre, le visage crispé de fureur, le teint écarlate et les yeux brillants.

— Il n'y a pas un seul manuscrit dans la maison, inspecteur, annonça-t-il. Il semble que notre bon lord Stinhurst les ait brûlés jusqu'au dernier.

— Tiens, tiens, tiens, murmura Barbara à l'adresse du plafond.

Une porte donnant sur l'extérieur s'ouvrait dans le corridor nord du rez-de-chaussée. Ce corridor formait l'un des côtés d'un quadrilatère entourant une cour où la couche de neige vierge atteignait le rebord des fenêtres aux vitres plombées. Près de la porte, Francesca Gerrard avait aménagé une sorte de vestiaire où s'accumulaient vieilles bottes en caoutchouc, matériel de pêche, outils de jardin rouillés, imperméables, chapeaux, manteaux et écharpes. Lady Helen s'agenouilla devant ce bazar, écartant les bottes les unes après les autres avec frénésie, à la recherche du pendant de celle qu'elle avait déjà enfilée. Elle perçut l'écho caractéristique des pas maladroits de Saint-James, qui descendait l'escalier, et redoubla d'ardeur dans ses recherches, décidée à sortir de la maison avant qu'il ne la retrouve.

Mais l'acuité perverse qui avait toujours permis à Saint-James de connaître la plupart de ses pensées avant qu'elle n'en soit elle-même consciente le guida directement vers elle. Elle entendit sa respiration saccadée, consécutive à sa descente rapide, et n'eut pas besoin de lever les yeux pour savoir que l'irritation qu'il éprouvait à l'encontre de ses faiblesses physiques se lisait sur son visage. Elle sentit la main hésitante qui se posait sur son épaule, et s'écarta d'un geste brusque.

— Je sors.

— Tu ne peux pas, dit-il. Il fait trop froid. En plus, j'aurais beaucoup trop de mal à te suivre dans l'obscurité, Helen, et je veux te parler.

— Je crois que nous n'avons rien à nous dire. Tu as eu ta séance de voyeurisme, cela devrait te suffire, non ?

Elle leva le regard, et vit s'assombrir d'un seul coup ses yeux bleu-gris. Plutôt que de se réjouir à l'idée qu'elle était capable de le blesser, lady Helen se sentit désarmée. Elle se leva, une botte à la main et l'autre au pied. Il tendit le bras, et ses doigts froids et minces se refermèrent sur les siens.

— J'ai eu l'impression d'être une putain, murmura-t-elle, les yeux secs et brûlants. Je ne lui pardonnerai jamais.

— Je ne te le demande pas. Je ne suis pas venu excuser Tommy, mais simplement dire qu'aujourd'hui quelques vérités fondamentales lui ont été assénées de plein fouet. Il n'était malheureusement pas préparé à les supporter. Mais c'est lui qui devra t'expliquer tout cela. Lorsqu'il en sera capable.

Lady Helen tripotait d'un air malheureux la botte qu'elle tenait à la main, gluante sous ses doigts.

— Aurais-tu répondu à sa question ? demanda-t-elle abruptement.

Saint-James sourit, et la chaleur de son sourire transforma son visage anguleux, d'ordinaire peu séduisant.

— Tu sais, j'ai toujours envié ta capacité à dormir quelles que soient les circonstances, incendie, inondation, orage. Il m'est arrivé de rester éveillé des heures à tes côtés, et de te maudire pour avoir la conscience si nette que rien ne venait jamais entraver ton sommeil. J'ai souvent pensé que j'aurais pu faire défiler le régiment de cavalerie de la reine dans la chambre sans que tu bouges un cil. Mais je n'aurais pas répondu à sa question. En dépit de tout ce qui s'est passé, il y a des choses qui restent privées, et franchement, celle-ci en fait partie.

C'est alors que les larmes se pressèrent sous les paupières de lady Helen en un flot brûlant qu'elle contint en clignant des paupières. Elle détourna le regard et tenta de retrouver la voix, mais Saint-James, sans attendre, la conduisit vers un banc étroit aux pieds fendus placé le long d'un mur. Des manteaux étaient suspendus au-dessus. Il en prit deux, un qu'il drapa autour des épaules d'Helen, et l'autre dont il s'enveloppa pour combattre le froid qui avait envahi le vestiaire.

— A l'exception des modifications apportées à la pièce, as-tu remarqué autre chose, susceptible d'avoir provoqué la dispute d'hier soir ? demanda-t-il.

Elle réfléchit aux heures qui avaient précédé la tempête dans le salon.

— Rien de précis, mais je crois que tout le monde était sur les nerfs.

— Qui, plus particulièrement ?

— D'abord, Joanna Ellacourt. D'après ce que j'ai compris à l'heure de l'apéritif, l'idée que Joy était peut-être en train d'écrire une pièce destinée à relancer la carrière de sa sœur commençait à la travailler.

— Voilà qui l'aurait certainement ennuyée, non ?

Lady Helen hocha la tête.

— Cette production n'était pas seulement destinée à inaugurer le nouvel Azincourt, elle devait célébrer les vingt ans de théâtre de Joanna. Tout devait donc être centré sur elle, pas sur Irene Sinclair. Mais j'ai eu l'impression qu'elle était persuadée qu'il allait en être différemment.

Lady Helen rapporta la brève scène dont elle avait été témoin dans le salon de musique, lorsqu'ils s'étaient tous réunis pour le dîner. Lord Stinhurst se trouvait près du piano en compagnie de Rhys Davies-Jones. Tous deux examinaient des projets de costumes lorsque Joanna Ellacourt les avait rejoints d'une démarche ondoyante, dans une robe scintillante au décolleté vertigineux qui donnait une nouvelle signification à l'expression « s'habiller pour dîner ». Elle avait pris les croquis pour y jeter un coup d'œil, et ce qu'elle en pensait s'était instantanément lu sur son visage.

— Elle n'a pas apprécié les costumes, devina Saint-James.

— Elle a prétendu qu'ils mettaient tous Irene en valeur... comme une vamp, je crois qu'elle a employé ce mot. Elle a chiffonné les dessins, et les a jetés au feu en avertissant lord Stinhurst qu'il avait intérêt à en faire concevoir de nouveaux s'il tenait à ce qu'*elle,* Joanna, joue dans cette pièce. Elle était livide. Je crois que, lorsqu'elle a commencé à lire la pièce dans le salon, ses pressentiments à propos des modifications de Joy se sont révélés exacts, voilà pourquoi elle a jeté le script et a quitté la pièce. Quant à Joy... Eh bien, j'ai senti qu'elle se délectait d'avoir semé le trouble et la perturbation.

— Comment était-elle ?

La question n'était pas facile. Joy Sinclair était physiquement saisissante. Pas belle, expliqua lady Helen, mais elle ressemblait à une gitane, le teint olivâtre et les yeux noirs, avec des traits semblables à ceux des profils de médaille romains, finement ciselés, empreints de force et d'intelligence. Elle rayonnait de vie et de sensualité, et même un simple geste pour ôter une boucle d'oreille pouvait paraître chargé de promesses.

— A l'adresse de qui ? demanda Saint-James.

— Difficile à dire, mais je pense que le plus intéressé était Jeremy Vinney. Il a bondi pour la rejoindre dès qu'elle s'est montrée dans le salon de musique — elle était la dernière à descendre — et il est resté collé à ses basques tout au long du dîner également.

— Ils étaient amants ?

— Son attitude à elle n'indiquait rien de plus que de l'amitié. Lorsqu'il a raconté avoir essayé de la joindre par téléphone toute la semaine précédente en laissant des dizaines de messages sur son répondeur, elle s'est contentée de rire et de s'excuser en disant qu'elle n'écoutait même plus son répondeur parce qu'elle avait six mois de retard pour un livre qui lui avait été commandé par son éditeur, et qu'elle ne voulait pas se sentir coupable en écoutant ses rappels à l'ordre.

— Un livre ? Elle écrivait à la fois un livre et une pièce de théâtre ?

Lady Helen rit à contrecœur.

— Incroyable, hein ? Quand je pense que je suis fière de moi lorsque j'arrive à répondre à une lettre dans les cinq mois qui suivent sa réception.

— Ta description laisse à penser que c'était le genre de femme qui pouvait inspirer la jalousie.

— Peut-être. Mais je crois plutôt qu'inconsciemment elle se mettait les gens à dos.

Elle lui raconta comment Joy Sinclair avait eu pendant l'apéritif des commentaires enjoués sur un tableau de Reingale placé au-dessus de la cheminée, qui représentait une femme de l'époque Régence en robe blanche, entourée de ses deux enfants et d'un petit terrier qui jouait avec une balle.

— Elle a dit qu'elle n'avait jamais oublié ce tableau, et que, lorsqu'elle était venue à Westerbrae enfant, elle s'était imaginée à la place de cette femme, menant une vie préservée, en toute sécurité, admirée, avec deux enfants parfaits en adoration devant elle. Elle a ajouté quelque chose du style « que demander de plus », et « les détours de l'existence ne sont-ils pas curieux ». Sa sœur était assise juste au-dessous du tableau, et je me souviens qu'elle a horriblement rougi.

— Pourquoi ?

— Eh bien, Irene avait eu tout cela, non ? Une vie préservée, un mari et deux enfants. Et Joy avait tout détruit.

Saint-James eut une moue sceptique. .

— Comment peux-tu être sûre que cette réaction était due aux paroles de sa sœur ?

— Je ne peux pas, bien sûr. Mais au dîner, tandis que Joy et Jeremy Vinney discutaient, et que Joy parlait avec humour de son nouveau livre, faisant rire toute la table avec des anecdotes au sujet d'un homme qu'elle essayait d'interviewer dans la région des Fens, Irene... (Elle hésita. Décrire le frisson qu'avait fait naître chez elle la conduite d'Irene Sinclair s'avérait difficile.) Elle était assise sans bouger, le regard fixé sur les bougies sur la table et elle... c'était affreux, Simon. Elle s'est enfoncé la fourchette dans le pouce, et je ne crois pas qu'elle ait ressenti quoi que ce soit.

Saint-James réfléchit en regardant l'extrémité de ses chaussures. Celle-ci était maculée de boue séchée, et il se pencha pour les essuyer.

— Alors, Joanna Ellacourt a dû se tromper sur le rôle d'Irene dans la nouvelle version de la pièce. Pourquoi Joy Sinclair aurait-elle écrit pour sa sœur si elle continuait de se l'aliéner à la moindre occasion ?

— Je te l'ai dit, je crois que c'était inconscient, chez elle. Quant à la pièce, peut-être Joy se sentait-elle coupable. Après tout, elle avait détruit le mariage de sa sœur. Cela, elle ne pouvait rien y faire, mais elle pouvait peut-être l'aider dans sa carrière.

— Dans une pièce avec Robert Gabriel ? Après un divorce pénible auquel elle avait contribué ? Ça ne te paraît pas un peu sadique ?

— Pas si personne d'autre à Londres n'était prêt à laisser

une chance à Irene. Il y a bien longtemps qu'elle n'a pas reparu sur scène, c'était peut-être une occasion unique pour elle.

— Parle-moi de la pièce.

D'après les souvenirs de lady Helen, la première description de la nouvelle version faite par Joy Sinclair — avant la lecture effective des acteurs — avait été délibérément provocante. Lorsque Francesca Gerrard l'avait interrogée, elle avait eu un sourire à l'adresse de toute la table, avant d'expliquer : « Elle se déroule dans une maison tout à fait semblable à celle-ci, en plein cœur de l'hiver. La route est verglacée, il n'y a pas âme qui vive à des kilomètres, et aucun moyen de quitter la maison. Elle parle d'une famille. D'un homme qui meurt. Des gens qui ont été obligés de le tuer, et pourquoi. Surtout pourquoi. »

Lady Helen n'attendait plus que le hurlement des loups pour compléter le tableau.

— On dirait un message adressé à quelqu'un.

— Tu trouves aussi, n'est-ce pas ? Lorsque nous nous sommes réunis dans le salon, et qu'elle a commencé à passer en revue les modifications, elle a répété à peu près la même chose.

L'intrigue tournait autour d'une famille, au cours d'un réveillon de Nouvel An raté. D'après ce qu'en disait Joy, le frère aîné était détenteur d'un terrible secret, un secret qui allait ébranler les fondements de l'existence de tous les membres de la famille.

— Ils ont alors commencé à lire, dit-elle. Je regrette de ne pas avoir prêté suffisamment attention au texte, mais l'atmosphère était étouffante — on se serait cru dans une marmite bouillante — et je n'ai pas vraiment suivi ce qui se disait. Ce dont je suis sûre, c'est que juste avant que Francesca Gerrard ne fasse son éclat, le frère aîné — lord Stinhurst lisait le rôle, qui n'avait pas encore été distribué — venait de recevoir un coup de téléphone. Il avait décidé de partir immédiatement, en disant qu'après vingt-sept ans, il n'était pas prêt à se transformer en un autre vassal. Je suis pratiquement sûre qu'il s'agissait de ces mots-là. C'est à ce moment que Francesca Gerrard a bondi, et que la soirée a mal tourné.

— Un vassal ? répéta Saint-James sans comprendre.

Elle hocha la tête.

— Bizarre, hein ? Bien entendu, comme la pièce n'avait rien à voir avec la féodalité, j'ai pensé qu'il devait s'agir d'une expression d'avant-garde que mon esprit obtus était incapable de saisir.

— Mais eux ont compris ?

— Lord Stinhurst, sa femme, Francesca Gerrard, et Elizabeth, sans aucun doute. Mais je crois que, mise à part l'irritation provoquée par les changements de dernière minute, les autres n'ont pas plus compris que moi. En fin de compte, j'ai eu l'impression que cette pièce se montait dans un but très noble pour tout le monde, mais que ce but était raté. Elle devait servir à rendre hommage à lord Stinhurst pour son travail à l'Azincourt, célébrer la carrière théâtrale de Joanna Ellacourt, relancer celle d'Irene Sinclair, permettre à Rhys de diriger de nouveau une grosse production à Londres. Joy avait même peut-être en vue un rôle pour Jeremy Vinney. Quelqu'un a remarqué qu'il avait commencé comme comédien avant de se tourner vers la critique dramatique, et en toute franchise, il ne semble pas qu'il ait eu de véritable raison de venir. Tu vois, conclut-elle d'un ton dont elle ne put lui dissimuler l'anxiété, il n'est pas logique que l'un d'entre eux ait pu assassiner Joy, non ?

Il eut un sourire affectueux.

— Et surtout pas Rhys, dit-il d'une voix particulièrement douce.

Elle croisa son regard, y lut bonté et compassion, et détourna les yeux, incapable de le supporter. Pourtant, elle savait qu'il était le seul à pouvoir comprendre, aussi parla-t-elle.

— La nuit dernière, avec Rhys, c'était... la première fois depuis des années que je me suis sentie aimée à ce point, Simon. Aimée pour moi-même, pour mes défauts et mes qualités, mon passé et mon futur. Je n'ai pas eu ce genre d'expérience avec un homme depuis... (Elle hésita, puis acheva ce qui avait besoin d'être dit.) Ce que j'ai vécu avec toi. Et je ne pensais pas le revivre un jour. Je considérais cela comme une punition, comprends-tu ? Pour ce qui s'était passé entre nous tous il y a des années. Je le méritais.

Saint-James secoua vivement la tête sans répondre. Au bout de quelques instants, il demanda :

— Si tu te concentres, es-tu certaine de n'avoir rien entendu la nuit dernière ?

Elle lui répondit par une autre question.

— La première fois que tu as fait l'amour à Deborah, as-tu remarqué quelque chose d'autre qu'elle ?

— Tu as raison. La maison aurait pu s'écrouler sans que je m'en aperçoive. Ou même sans que j'y attache une quelconque importance.

Il se leva, raccrocha son manteau, et lui tendit la main.

Il fronça les sourcils lorsqu'elle la prit dans la sienne.

— Seigneur, qu'est-ce que tu t'es fait ? demanda-t-il.

— Fait ?

— Ta main.

Elle baissa les yeux, et s'aperçut que ses doigts étaient entrelacés d'un ruban de sang, qui paraissait noir sous ses ongles. Elle sursauta.

— Où... Je ne...

Une traînée de sang devenu brun en séchant sur la laine maculait le côté de sa jupe. Elle chercha la source de celui-ci, ramassa la botte qu'elle avait tenue à la main, et examina la substance poisseuse qui en couvrait le rebord, noire sur noir dans la pénombre du vestiaire. Sans un mot, elle la tendit à Saint-James.

Il renversa la botte sur le banc, frappa avec force contre le bois, et délogea un gant de grande taille, accessoire de cuir et de fourrure qui n'était plus qu'une masse de sang. Le sang de Joy Sinclair, encore frais.

Le salon de Westerbrae, situé à gauche du large escalier seigneurial, et deux fois plus petit que la bibliothèque, parut à Lynley un choix curieux pour réunir une nombreuse assistance. Pourtant, il était encore aménagé pour la lecture de la pièce de Joy Sinclair, les chaises disposées en cercle pour les acteurs, et des postes d'observation périphériques installés le long des murs pour tous les autres. Même les odeurs qui régnaient dans la pièce témoignaient de la malheureuse réunion de la veille : odeurs de tabac, d'allumettes brûlées, de café et de brandy.

Lorsque lord Stinhurst entra sous l'œil vigilant du sergent Havers, Lynley lui indiqua une chaise à haut dossier d'aspect peu confortable près de la cheminée. Un feu de charbon brûlait dans le petit foyer, et dissipait un peu le froid. Derrière la porte close, les hommes du CID de Strathclyde chargés d'examiner la scène du crime effectuaient une arrivée anormalement bruyante.

Stinhurst prit le siège désigné sans rechigner, croisa des jambes de pantalon impeccablement coupé et refusa une cigarette. Sa tenue incarnait à la perfection le week-end-à-la-campagne. Pourtant, en dépit de ses mouvements qui trahissaient l'assurance d'un homme habitué à la scène, habitué à évoluer sous les yeux de centaines de gens, il paraissait physiquement vidé. Etait-ce l'épuisement, ou l'effort qu'il avait dû fournir pour empêcher les femmes de sa famille de s'écrouler au cours de cette crise, Lynley n'en savait rien. Mais il profita de l'occasion pour l'observer tandis que le sergent Havers parcourait son calepin.

Cary Grant. Ainsi Lynley résuma-t-il l'apparence de Stinhurst, satisfait de sa comparaison. Stinhurst était âgé de plus de soixante-dix ans, mais son visage n'avait rien perdu de la belle vigueur de sa jeunesse, soulignée par des mâchoires bien dessinées, et sa chevelure, toujours aussi riche, baignée par la douce lumière de la pièce, n'était que reflets argentés. Doté d'un corps dépourvu d'une once de graisse, il démentait le terme de vieillard, preuve vivante de ce qu'un travail acharné était la clé de la jeunesse.

Et pourtant, sous cette agréable perfection de surface, Lynley pressentit que se dissimulaient de fortes pulsions, et que, pour comprendre cet homme, il fallait tenir compte de la maîtrise de lui-même à laquelle il excellait : il contrôlait son corps, ses émotions, son esprit. Celui-ci était particulièrement vif, et parfaitement capable, pour autant que Lynley pouvait en juger, de décider de la meilleure façon d'effacer une montagne d'indices. Lord Stinhurst ne trahissait pour l'instant qu'un seul signe d'agitation à la perspective de l'entretien : d'un mouvement saccadé et répétitif, il pressait l'un contre l'autre le pouce et l'index de sa main droite. Sous les ongles, la peau blanchissait puis rougissait alternativement au rythme de l'interruption de la circulation sanguine. Lynley trouva le geste intéressant, et se demanda si son corps allait continuer à révéler ainsi la montée de la tension.

— Vous ressemblez beaucoup à votre père, dit Stinhurst. Mais je suppose qu'on vous le dit souvent.

Havers releva vivement la tête, et Lynley s'en aperçut.

— Pas dans mon travail, non, répliqua-t-il. J'aimerais que

vous m'expliquiez pourquoi vous avez brûlé les scripts de Joy Sinclair.

Si Stinhurst fut déconcerté par le refus affiché par Lynley de reconnaître entre eux un quelconque lien, il ne le montra pas.

— Pas en présence du sergent, s'il vous plaît, rétorqua-t-il.

Serrant son crayon avec force, Havers répondit à ce congé exprimé à la façon du seigneur du château par un regard chargé de mépris. Elle attendit la réplique de Lynley et eut un bref sourire satisfait lorsqu'il répondit avec fermeté :

— C'est impossible.

Stinhurst demeura immobile. Il n'avait d'ailleurs même pas jeté un coup d'œil au sergent Havers avant de demander son éviction.

— Je me vois dans l'obligation d'insister, Thomas.

L'emploi du prénom agit sur Lynley comme un stimulant, qui lui rappela, non seulement que Havers l'avait mis au défi de traiter lord Stinhurst avec la même dureté qu'Helen, mais également le frisson qu'il avait ressenti lorsqu'il avait été désigné sur cette affaire. Tous les signaux d'alarme clignotèrent.

— J'ai bien peur que ceci ne rentre pas dans le cadre de vos droits.

— Mes... droits ? dit Stinhurst avec le sourire d'un joueur de cartes qui a tous les atouts en main. Cette fiction qui veut que je sois obligé de vous parler n'est rien d'autre qu'une fiction, Thomas. Nous n'avons pas ce type de système juridique, et nous le savons très bien tous les deux. Le sergent quitte cette pièce, ou bien nous attendons mon avocat. De Londres, conclut-il comme s'il réprimandait un enfant hargneux.

Mais il disait vrai et, dans le temps où il avait parlé, Lynley avait vu l'alternative : un ballet légal avec l'avocat, ou bien un compromis momentané qui pouvait peut-être acheter une parcelle de vérité. Il n'avait pas le choix.

— Sortez, sergent, enjoignit-il à Havers sans quitter l'autre homme des yeux.

— Inspecteur... dit celle-ci d'une voix tendue.

— Interrogez Gowan Kilbride et Mary Agnes Campbell. Nous gagnerons du temps.

Havers prit une profonde inspiration.

— Puis-je vous parler en privé, monsieur ?

Lynley céda sur ce point, et la suivit dans le grand hall, fermant la porte derrière lui. Havers jeta un coup d'œil à droite et à gauche pour s'assurer que personne n'écoutait.

— Qu'est-ce que vous fabriquez, inspecteur ? dit-elle dans un murmure furieux. Vous ne pouvez pas l'interroger seul. Si on discutait un peu de cette foutue procédure que vous n'avez pas cessé de me flanquer à la figure ces quinze derniers mois ?

Son éclat de passion n'entama pas Lynley.

— En ce qui me concerne, sergent, Webberly a expédié la procédure aux orties dès l'instant où il nous a envoyés sur cette affaire sans qu'il y ait eu demande formelle du CID de Strathclyde. Ce n'est pas maintenant que je vais perdre mon temps à me torturer l'esprit là-dessus.

— Mais vous devez avoir un témoin ! Des notes ! A quoi ça rime de l'interroger si vous n'avez rien d'écrit à utiliser contre... (La révélation se fit jour sur son visage.) A moins, bien sûr, que vous ne sachiez dès maintenant que vous allez croire le moindre mot de ce que va vous raconter Sa Seigneurie !

Lynley travaillait avec le sergent depuis suffisamment longtemps pour savoir à quel moment une escarmouche verbale allait se transformer en guerre des mots. Il l'interrompit :

— Barbara, il faudra bien un jour ou l'autre que vous vous décidiez à savoir si un facteur aussi incontrôlable que la naissance de quelqu'un est un élément suffisant pour ne pas lui faire confiance.

— Qu'est-ce que ça veut dire, ça ? Je suis censée *faire confiance* à Stinhurst ? Il a détruit des indices, il est jusqu'au cou dans une affaire de meurtre, il refuse de coopérer, et je dois lui *faire confiance ?*

— Je ne parlais pas de Stinhurst, mais de moi.

Elle le regarda bouche bée. Il retourna vers le salon, et s'arrêta un instant, la main sur la poignée de la porte.

— Voyez Gowan et Mary Agnes. Je veux des notes, précises. Prenez l'agent Lonan pour vous assister. C'est clair ?

Elle lui lança un regard meurtrier.

— Parfaitement... monsieur.

Et refermant son calepin avec un claquement, elle s'éloigna d'un pas raide.

De retour dans le salon, Lynley constata que Stinhurst s'était adapté aux nouvelles conditions de la conversation. Le dos et les épaules moins crispés, il paraissait soudain plus vulnérable. Il fixa sur Lynley des yeux couleur de brouillard à l'expression indéchiffrable.

— Merci, Thomas.

Ce changement de personnalité plein d'aisance, ce passage de l'arrogance à la gratitude en l'espace d'un instant, rappelèrent avec éclat à Lynley que la vitalité de Stinhurst naissait du théâtre et non du sang qui coulait dans ses veines.

— Revenons aux scripts, dit-il.

— Ce meurtre n'a rien à voir avec la pièce de Joy Sinclair.

L'attention de lord Stinhurst s'était fixée sur le panneau brisé de la vitrine de bibelots placée près de la porte. Il abandonna son siège, alla retirer, du tas de porcelaine en miettes qui gisait sur l'étagère inférieure, la tête arrachée d'une bergère de Dresde, puis retourna s'asseoir.

— Je crois que Francie ne sait même pas encore qu'elle a cassé cette figurine, remarqua-t-il. Ce sera un choc. Notre frère aîné la lui avait donnée. Ils étaient très proches.

Lynley n'était guère disposé à entendre l'histoire familiale de lord Stinhurst.

— Si Mary Agnes Campbell a découvert le corps ce matin à six heures cinquante, pourquoi la police n'a-t-elle enregistré votre appel qu'à sept heures dix ? Pourquoi vous a-t-il fallu vingt minutes pour la contacter ?

— Je n'avais même pas encore réalisé que vingt minutes s'étaient écoulées, rétorqua Stinhurst.

Lynley se demanda combien de temps il avait répété sa réplique. Réponse qui n'en était pas une, à laquelle on ne pouvait rien ajouter, qui désarmait toute accusation, elle était parfaite.

— Alors, pourquoi ne me racontez-vous pas dans le détail ce qui s'est produit ce matin ? demanda-t-il avec une courtoisie délibérée. Peut-être pourrons-nous ainsi meubler ces vingt minutes.

— Mary Agnes a trouvé le... Joy. Elle s'est précipitée chez ma sœur, Francesca. Qui est venue me trouver. (Il parut anticiper la réflexion suivante de Lynley, car il continua :) Ma sœur était terrifiée, prise de panique. Je ne crois pas qu'il lui soit venu à l'idée d'appeler elle-même la police. Elle s'est toujours déchargée sur son mari Phillip de toutes les situations déplaisantes. Aujourd'hui, veuve, elle s'est tournée vers moi. Sa conduite n'était pas anormale, Thomas.

— Et c'est tout ?

Stinhurst fixait la tête de porcelaine qu'il tenait avec précaution.

— J'ai demandé à Mary Agnes de réunir tout le monde dans le salon de musique.

— Ils ont coopéré ?

— Ils étaient bouleversés, dit-il en levant les yeux. Personne ne s'attendait vraiment à ce que l'un d'entre nous soit assassiné cette nuit d'un coup de poignard dans la nuque. (Lynley haussa un sourcil, et il expliqua :) J'ai regardé le corps ce matin avant de fermer la chambre à clé.

— Pour un homme qui vient de voir son premier cadavre, vous avez fait preuve de sang-froid.

— Je crois qu'il faut savoir faire preuve de sang-froid lorsqu'un assassin se trouve parmi nous.

— Vous êtes certain de cela ? Vous n'avez jamais envisagé que le meurtrier puisse venir de l'extérieur ?

— Le village le plus proche se trouve à sept kilomètres. La police a mis quasiment deux heures à arriver ce matin. Vous croyez vraiment que quelqu'un a pu venir à skis dans la nuit pour se débarrasser de Joy ?

— D'où avez-vous téléphoné à la police ?

— Du bureau de ma sœur.

— Combien de temps y êtes-vous resté ?

— Cinq minutes. Peut-être même moins.

— Vous n'avez pas donné d'autre coup de fil ?

La question prit visiblement Stinhurst au dépourvu, et son visage se ferma.

— Si. J'ai appelé ma secrétaire à Londres. Chez elle.

— Pourquoi ?

— Je voulais qu'elle soit au courant de… la situation. Je voulais qu'elle décommande mes rendez-vous de dimanche soir et lundi.

— Quelle prévoyance. Mais tout bien considéré, vous ne trouvez pas un peu étrange d'avoir pensé à vos engagements personnels immédiatement après avoir découvert qu'un des membres de votre troupe avait été assassiné ?

— Je n'y peux rien. Je l'ai fait, c'est tout.

— Et quels étaient ces rendez-vous que vous deviez annuler ?

— Je n'en ai aucune idée. Ma secrétaire conserve par-devers elle mon agenda. Je ne fais que me conformer à l'emploi du temps qu'elle me donne. Je suis souvent absent du bureau, conclut-il avec impatience, comme s'il se défendait. C'est plus facile.

Pourtant, pensa Lynley, Stinhurst n'était pas le genre d'homme à avoir besoin que sa vie soit agencée en fonction d'éléments qui la rendent plus facile et vivable. Ses deux dernières déclarations ne servaient donc qu'à biaiser. Lynley se demanda pourquoi il avait même pris la peine de les faire.

— Quel est le rôle de Jeremy Vinney dans ce week-end ?

Stinhurst fut de nouveau pris de court. Mais cette fois-ci, son hésitation porta la marque de la réflexion plutôt que de la dérobade.

— Joy voulait qu'il vienne, dit-il enfin. Elle lui avait parlé de cette première lecture. Il avait couvert la rénovation de l'Azincourt dans une série d'articles pour le *Times*. Ce week-end devait paraître la suite logique de ces reportages. Il m'a téléphoné pour me demander de venir. La perspective d'un peu de bonne presse avant l'ouverture ne pouvait pas faire de mal. Et puis, Joy et lui semblaient bien se connaître. Elle a insisté.

— Pour quelle raison pouvait-elle désirer sa présence ? Il est critique dramatique, n'est-ce pas ? Pourquoi aurait-elle pu avoir envie de lui faire découvrir sa pièce à un stade aussi peu avancé ? Etait-il son amant ?

— Peut-être. Les hommes ont toujours trouvé Joy extrêmement séduisante. Jeremy Vinney n'aurait pas été le premier.

— Ou bien peut-être son intérêt se bornait-il uniquement au texte de la pièce. Pourquoi l'avez-vous brûlé ?

Lynley fit en sorte que la question paraisse inévitable, et le visage de Stinhurst refléta qu'il l'avait parfaitement compris.

— Le fait que j'aie brûlé les scripts n'a rien à voir avec la mort de Joy, Thomas. La pièce telle qu'elle était n'aurait jamais été montée. Une fois que je me retirais de l'affaire — ce que j'ai fait hier soir —, elle mourait d'elle-même.

— Intéressante façon d'exprimer les choses. Alors pourquoi brûler les scripts ?

Stinhurst ne répondit pas. Le regard fixé sur le feu, il était évident qu'il débattait intérieurement d'une décision. Mais quelles étaient les forces qui s'opposaient en lui, et quel était l'enjeu de la lutte, voilà qui demeurait obscur.

— Les scripts, répéta Lynley, implacable.

Stinhurst eut un mouvement semblable à un frisson.

— Je les ai brûlés à cause du thème que Joy entendait privilégier, dit-il. La pièce avait pour sujet ma femme, Marguerite. Ainsi que sa liaison avec mon frère aîné, et l'enfant qu'ils ont eu il y a trente-six ans. Elizabeth.

5

Gowan Kilbride était la proie d'une nouvelle angoisse. Elle s'était emparée de lui à l'instant où l'agent Lonan avait ouvert la porte de la bibliothèque et informé Mary Agnes que la police de Londres désirait s'entretenir avec elle. Son martyre n'avait fait que croître lorsque la jeune fille avait bondi en manifestant un empressement certain, et atteignait sa plénitude maintenant que, depuis un quart d'heure, Mary Agnes ne se trouvait plus sous sa surveillance et sa protection, sinon efficace, du moins déterminée. Pire encore, elle était passée sous la protection parfaitement efficace et plus que virile de New Scotland Yard.

Là était le cœur du problème.

Lorsque les policiers venus de Londres — et plus particulièrement l'inspecteur grand et blond qui paraissait être le responsable de l'équipe — avaient quitté la bibliothèque pour leur entrevue avec lady Helen Clyde, Mary Agnes s'était tournée vers Gowan, le regard illuminé.

— Il est fantastique ! lui avait-elle soufflé.

La remarque était de mauvais augure, mais comme un idiot, Gowan s'était cru obligé de répondre.

— Fantastique ? avait-il demandé avec irritation.

— Ce policier !

Mary Agnes avait alors entrepris d'énumérer avec enthousiasme les vertus de l'inspecteur Lynley, qui s'étaient imprimées au fer rouge dans l'esprit de Gowan. Les cheveux d'Anthony Andrews, le nez de Charles Dance, les yeux de Ben Cross, et le sourire de Sting. Que l'homme ne se soit pas donné la peine de sourire une seule fois importait peu ; Mary Agnes était parfaitement capable, si nécessaire, d'ajouter elle-même les détails.

La vaine rivalité avec Jeremy Irons était déjà pénible, mais Gowan devait maintenant affronter l'ensemble des comédiens anglais incarnés dans un seul individu. Il serra les dents avec amertume et se tortilla sur son siège, un fauteuil tapissé d'une cretonne qui au bout de plusieurs heures lui donnait l'impression d'une seconde peau empesée. Près de lui, la précieuse mappemonde de Mrs Gerrard — soigneusement écartée du chemin un quart d'heure après l'incarcération forcée de leur petit groupe — reposait sur son piédestal doré et tarabiscoté. Gowan regarda l'objet d'un air morose, avec l'envie d'y flanquer un coup de pied, ou, mieux encore, de le balancer par la fenêtre. Il éprouvait le besoin désespéré de s'évader.

Pour se calmer, il se força à passer en revue les charmes de la bibliothèque, qu'il trouva inexistants. Les caissons octogonaux en stuc du plafond avaient besoin d'un coup de peinture, de même que les guirlandes qui en ornaient le centre. Des années de chauffage au charbon et de fumée de cigarettes avaient produit leur effet, et les ombres esquissées dans les coins et les recoins de l'ornementation n'étaient en réalité que de la suie, le genre de crasse qui promettait encore au moins deux semaines de dur labeur. Les rayonnages aussi annonçaient des réjouissances supplémentaires. Ils contenaient des centaines — peut-être même des milliers — de volumes reliés qui, derrière les vitrines, sentaient tous la poussière et l'abandon. Encore des heures de nettoyage, de réparation, de… Mais *où* pouvait bien être Mary Agnes ? Il devait la trouver. Il devait sortir.

Près de lui, une voix féminine au bord des larmes s'éleva en suppliant :

— Seigneur, par pitié ! Je ne peux supporter ceci plus longtemps !

Au cours des dernières semaines, Gowan avait nourri une légère aversion pour les acteurs en général. Les neuf dernières heures avaient fait naître chez lui une haine tenace pour une partie d'entre eux en particulier.

— David, j'ai atteint mon point de rupture. Tu ne peux pas faire *quelque chose* pour nous sortir d'ici ?

Joanna Ellacourt se tordit les mains en s'adressant à son mari et continua de faire les cent pas en tirant sur sa cigarette. Elle avait fumé toute la journée sans interruption, pensa Gowan, et c'était en grande partie à cause d'elle si la pièce sentait aussi mauvais. Il était également intéressant de constater qu'elle n'avait atteint ce dernier degré de nervosité que lorsque lady Helen Clyde était revenue, risquant ainsi de détourner l'attention de l'assistance de la grande star.

Les yeux mi-clos, David Sydeham suivait de son siège la mince silhouette de sa femme.

— Que veux-tu que je fasse, Jo ? Que je défonce la porte et que j'assomme l'agent ? Nous sommes à leur merci, ma belle.

— Assieds-toi, chérie, dit Robert Gabriel en tendant une main soigneusement manucurée, l'invitant à le rejoindre sur le canapé près du feu. Inutile de t'énerver davantage. C'est exactement ce que la police attend de toi, de nous tous. Cela leur facilite la tâche.

— Et vous êtes bien décidé à ne rien faire en ce sens, intervint Jeremy Vinney à peine un ton au-dessus du *sotto voce*.

Gabriel s'emporta.

— Qu'est-ce que ça veut dire, ça ?

Vinney l'ignora, frotta une allumette et alluma sa pipe.

— Je vous ai posé une question !

— Et je choisis de ne pas y répondre.

— Espèce de sale petit...

— Nous savons tous que Gabriel a eu une scène avec Joy hier, dit Rhys Davies-Jones d'un ton apaisant.

Le plus éloigné du bar, il était assis sur un siège près de la fenêtre, dont il venait d'ouvrir les rideaux. Les ténèbres de la nuit béaient derrière la vitre.

— Je crois, poursuivit-il, qu'il est inutile de faire assaut de sous-entendus dans l'espoir que la police saisisse le message.

— Le message ? répéta Robert Gabriel d'une voix que la colère rendait tranchante. Merci de me désigner, *moi*, comme coupable, Rhys, mais ça ne marchera pas. Pas une seconde.

— Pourquoi ? Tu as un alibi ? demanda David Sydeham. A mon avis, tu fais partie des quelques suspects à haut risque. A moins, bien sûr, que tu ne sois capable de présenter un témoin avec qui tu as passé la nuit, ajouta-t-il avec un sourire sardonique. Peut-être la gamine ? C'est donc cela que Mary Agnes est en train de faire, se répandre à propos de ta merveilleuse technique ? Voilà qui doit passionner les flics, une description intime du bonheur qu'une femme peut éprouver à t'avoir entre les cuisses. Ou bien était-ce à ce genre de révélation que devait aboutir la pièce de Joy ?

Gabriel se dressa, renversant un lampadaire de cuivre dont le pinceau de lumière se projeta dans tous les sens.

— Bon Dieu, je devrais...

— Arrêtez ! cria Joanna Ellacourt en se bouchant les oreilles. Je n'en peux plus ! Arrêtez !

Mais il était trop tard. Le bref échange avait frappé Gowan avec la violence d'un coup de poing. Il bondit de son siège, traversa la pièce en quatre enjambées, et fit pivoter violemment l'acteur.

— Espèce d'ordure ! hurla-t-il. Vous avez touché à Mary Agnes ?

Mais la réponse lui importait peu. Gowan n'avait pas besoin de réponse devant l'expression de Gabriel. Ils étaient de même corpulence, mais la fureur du garçon décuplait sa force. Son unique coup de poing expédia Gabriel à terre, et il se jeta sur lui, le maintenant à la gorge d'une main, tandis que, de l'autre, il lui martelait le visage avec application.

— Qu'est-ce que vous avez fait à Mary Agnes ? rugit-il.

— Seigneur !

— Arrêtez-le !

La fragile coquille de courtoisie qu'est la maîtrise de soi vola en éclats. Bras et jambes battirent l'air avec violence. L'atmosphère se chargea de cris rauques. Des verres se brisèrent sur la cheminée. Des meubles furent écartés à coups de pied. Le bras de Gowan enserra le cou de Gabriel, et il traîna celui-ci, haletant et sanglotant, vers le feu.

— Allez, dites-le ! Dites-moi, espèce de salopard ! répéta-t-il en pressant le beau visage tordu de douleur de Gabriel par-dessus le pare-feu, à quelques centimètres des charbons ardents.

— Rhys ! cria Irene Sinclair, livide, en se redressant sur son siège. Arrête-le ! Arrête-le !

Davies-Jones et Sydeham enjambèrent les meubles renversés tandis que lady Stinhurst et Francesca Gerrard demeuraient pétrifiées, semblables à deux versions de la femme de Loth. Ils tentèrent de séparer les deux hommes, en vain, tant la passion donnait de force à Gowan.

— Ne crois pas ce qu'il te dit, souffla Davies-Jones à l'oreille du garçon. Reprends-toi. Laisse-le, petit, *ça suffit.*

Dieu sait comment, ces mots — et ce qu'ils impliquaient — parvinrent à franchir le voile rouge de la colère de Gowan. Lâchant Robert Gabriel, il s'arracha à l'étreinte de Davies-Jones et se laissa tomber sur le sol en haletant.

Bien entendu, il réalisait la gravité de son acte, il comprenait qu'à cause de celui-ci, il allait perdre son travail, et Mary Agnes. Pourtant, au-delà de l'énormité de son geste, ce fut le tourment d'aimer sans être payé de retour, le désir de faire souffrir comme lui avait souffert, qui lui arracha la menace, sans entrevoir un instant l'impact qu'elle allait avoir sur les autres.

— Je sais tout, et j'vais tout dire à la police ! Et vous paierez !

— Gowan ! s'écria Francesca Gerrard avec horreur.

— Explique-toi tout de suite, petit, dit Davies-Jones. Ne sois pas stupide, ne parle pas comme ça alors qu'il y a un assassin dans cette pièce.

Elizabeth Rintoul, qui n'avait pas bougé d'un pouce pendant l'altercation, parut émerger d'un profond sommeil.

— Non. Il n'est pas là. Père est parti dans le salon, n'est-ce pas ?

— Je suppose que vous voyez Marguerite telle qu'elle est aujourd'hui, une vieille femme de soixante-neuf ans qui a perdu presque tous ses attraits. Mais à trente-quatre ans, lorsque tout ceci est arrivé, elle était vive et jolie. Passionnée, et pleine de vie.

Lord Stinhurst avait changé de siège avec agitation, et s'était installé sur une des chaises à l'écart de la lumière. Penché en avant, les coudes appuyés sur ses genoux, il fixait en parlant le tapis à fleur, comme si le motif passé recélait des réponses aux questions qu'il se posait. Il s'exprimait d'une voix monocorde, comme un homme qui récite un texte dans lequel aucun sentiment ne doit transparaître.

— Marguerite et mon frère Geoffrey sont tombés amoureux l'un de l'autre peu après la guerre.

Lynley ne dit rien, mais se demanda comment, même après trente-six ans, un homme pouvait parler d'une telle trahison avec autant d'indifférence. L'absence d'émotion de Stinhurst révélait un homme chez qui tout était mort, un homme qui ne pouvait plus se permettre d'être ému par quoi que ce soit, qui recherchait avant tout la perfection dans son travail, pour ne pas avoir à faire face à l'échec de sa vie privée.

— Geoff avait été décoré plusieurs fois, il était revenu de la guerre en héros. Je suppose qu'il était tout naturel que Marguerite soit séduite. Tout le monde l'était. Il avait quelque chose... une présence.

Stinhurst s'interrompit, pensif, et serra les mains avec force.

— Vous aussi avez fait la guerre ? demanda Lynley.

— Oui, mais pas comme Geoffrey. Sans sa perspicacité, son enthousiasme. Mon frère était flamboyant. Une flamme l'animait, et, comme la flamme, il attirait à lui les créatures plus fragiles, les faibles. Marguerite fut un de ces papillons. Elizabeth fut conçue lors d'un voyage que Marguerite effectua seule dans le Somerset, dans notre maison de famille. C'était l'été, et j'étais absent depuis deux mois, en déplacement à travers tout le pays pour diriger des troupes théâtrales de province. Marguerite avait voulu venir avec moi, mais très franchement, je m'étais dit qu'elle serait un poids, que je serais obligé de... m'occuper d'elle. J'avais pensé, ajouta-t-il sans chercher à dissimuler son mépris de lui-même, qu'elle m'embarrasserait. Ma femme n'était pas une imbécile, Thomas. Elle ne l'est toujours pas, d'ailleurs. Elle avait deviné mes réticences, et avait cessé de m'importuner. J'aurais dû comprendre, mais j'étais trop absorbé par le théâtre pour saisir que Marguerite prenait ses propres dispositions. A l'époque, je ne savais pas qu'elle allait vers Geoffrey. A la fin de l'été, j'ai seulement appris qu'elle était enceinte. Elle a toujours refusé de me dire qui était le père de l'enfant.

L'attitude de lady Stinhurst parut tout à fait logique à Lynley. Mais que Stinhurst, mis au courant, n'ait pas dénoncé le mariage, voilà qui lui parut incohérent.

— Pourquoi ne pas divorcer ? Malgré le scandale, vous y auriez sans doute gagné une certaine sérénité.

— A cause d'Alec. Notre fils. Comme vous venez de le dire, un divorce de ce genre aurait provoqué un scandale, étalé à la première page des journaux pendant des mois. Je ne pouvais pas laisser torturer Alec de cette façon. Je ne le voulais pas. Il était trop important pour moi. Plus que mon mariage, je suppose.

— Hier soir, Joy vous a accusé d'avoir tué Alec.

Stinhurst esquissa un sourire las, mélange de tristesse et de résignation.

— Alec... Mon fils était dans la RAF. Son avion est tombé lors d'un essai au-dessus des îles Orcades en 1978. Il s'est abîmé dans... dans la mer du Nord, dit-il avec un battement de paupières en changeant de position.

— Joy le savait ?

— Bien sûr. Elle était amoureuse d'Alec. Ils voulaient se marier. Sa mort l'a anéantie.

— Vous vous opposiez au mariage ?

— Il ne m'enchantait guère, mais je ne m'y suis pas opposé de façon active. J'ai simplement suggéré qu'ils patientent jusqu'à ce qu'Alec ait accompli son temps dans l'armée.

— Accompli son temps ? répéta Lynley.

— Tous les hommes de ma famille sont toujours passés par l'armée. Lorsque la tradition est respectée depuis trois cents ans, on ne tient pas à ce que son propre fils soit le premier Rintoul à la transgresser. Mais Alec ne voulait pas entrer dans l'armée, dit-il avec pour la première fois un soupçon d'émotion dans la voix. Il voulait étudier l'histoire, Thomas, épouser Joy, écrire, peut-être enseigner à l'université. Et moi — moi, espèce d'imbécile, qui portais plus d'amour à mon arbre généalogique qu'à mon propre fils —, je ne lui ai pas laissé de répit jusqu'à ce que je l'aie convaincu de faire son devoir. Il a choisi l'aviation, sans doute parce qu'elle lui permettrait de voir le conflit du plus loin possible, je pense. (Il leva vivement les yeux et expliqua, comme pour défendre son fils :) Il n'avait pas peur du danger. Simplement, il ne supportait pas la guerre, ce qui, après tout, n'est qu'une réaction tout à fait naturelle pour un historien digne de ce nom.

— Alec était-il au courant de la liaison de sa mère et de son oncle ?

Stinhurst baissa de nouveau la tête. La conversation semblait le vieillir, épuiser ses dernières ressources, opérant en lui un changement tout à fait extraordinaire chez un homme d'apparence jusque-là si juvénile.

— Je pensais que non. J'espérais que non. Mais je sais maintenant, après ce qu'a dit Joy, qu'il l'était.

Ainsi les années gâchées, toute cette comédie destinée à protéger Alec, n'avaient servi à rien. Les paroles de Stinhurst firent alors écho aux pensées de Lynley.

— J'ai toujours été tellement fichtrement civilisé. Alors, nous avons prétendu qu'Elizabeth était ma fille jusqu'au réveillon du Nouvel An 1962.

— Que s'est-il passé ?

— J'ai découvert la vérité. Une remarque par hasard, une étourderie, qui a révélé la présence de mon frère dans le Somerset alors qu'il était censé se trouver à Londres cet été-là. Alors, j'ai su. Mais je crois que je l'avais toujours soupçonné.

Stinhurst se leva brusquement. Il marcha jusqu'à la cheminée, jeta du charbon dans le foyer, et regarda les flammes s'en emparer. Lynley patienta en se demandant si le mouvement était destiné à calmer son émotion ou dissimuler son passé.

— Il y a eu... une bagarre épouvantable. Je ne parle pas d'une dispute, nous nous sommes battus physiquement, ici, à Westerbrae. Phillip Gerrard, le mari de ma sœur, y a mis un terme. Mais Geoffrey est sorti perdant de l'affrontement, et il a quitté la maison peu après minuit.

— Il était en état de partir ?

— Il a dû juger qu'il l'était. Dieu sait que je n'ai rien fait pour l'en empêcher. Marguerite a essayé de l'arrêter, mais il a refusé de la laisser approcher. Il est parti dans un état de fureur aveugle, et moins de cinq minutes plus tard, il s'est tué sur la route juste au-dessous de Hillview Farm. Il a dérapé sur le verglas, raté le virage. La voiture a fait un tonneau, il s'est brisé la nuque. Il a... brûlé.

Le silence tomba. Un morceau de charbon dégringola et consuma légèrement le bord du tapis. L'odeur âcre de la laine carbonisée s'éleva. Stinhurst balaya les braises et acheva son récit.

— Joy Sinclair se trouvait à Westerbrae ce soir-là. C'était une des camarades d'école d'Elizabeth, venue en vacances. Elle a dû saisir des bribes de la scène, et tout reconstituer. Dieu sait qu'elle aimait passionnément mettre les choses au clair. Et quel meilleur moyen de se venger de moi pour avoir involontairement causé la mort d'Alec ?

— Mais il y a dix ans de cela. Pourquoi avoir attendu aussi longtemps ?

— Qui était Joy Sinclair, il y a dix ans ? Comment une jeune femme de vingt-cinq ans dont la carrière débutait à peine aurait-elle pu se venger ? Qui l'aurait écoutée ? Elle n'était rien. Mais aujourd'hui... aujourd'hui c'est un auteur couronné de prix, réputé pour la précision de son style, qui a son public. Et quelle intelligence dans le fait d'écrire une pièce à Londres et d'en apporter une autre ici, à Westerbrae, sans que personne ne soupçonne rien jusqu'au moment où nous avons réellement commencé la lecture, hier soir. En présence d'un journaliste qui peut rapporter les faits les plus ridicules. Bien sûr, nous ne sommes pas allés aussi loin qu'elle l'avait espéré. La réaction de Francesca a mis un terme à la lecture bien avant que les pires détails de notre sordide petite saga familiale n'apparaissent. Et maintenant, c'est à toute la pièce qu'un terme a été mis.

Ces paroles, et l'évidence de culpabilité qu'elles recouvraient, étonnèrent Lynley. Stinhurst ne réalisait-il donc pas à quel point elles l'incriminaient ?

— Vous devez comprendre sous quel jour défavorable apparaît le fait que vous ayez brûlé les scripts ?

Le regard de Stinhurst s'attarda sur le feu. Une ombre s'étira sur son front, obscurcit sa joue.

— Je n'y peux rien, Thomas. Je devais protéger Marguerite et Elizabeth. Dieu sait que je leur dois au moins ça. Surtout Elizabeth. Elles sont ma famille. (Son regard, qu'une génération de souffrance rendait opaque, croisa celui de Lynley.) J'aurais pensé que toi, entre tous, tu comprendrais ce que représente la famille.

Et le pire, c'est que Lynley le comprenait. Complètement.

Pour la première fois, il remarqua le papier peint qui ornait les murs du salon. Il s'aperçut que c'était le même qui décorait le boudoir de sa mère à Howenstow, le même qui décorait sans doute les boudoirs, les chambres et les salons d'innombrables grandes résidences à travers le pays. Son motif de roses jaune pâle entrelacées de feuilles que l'âge et la fumée avaient rendues plus grises que vertes datait de la fin de l'ère victorienne.

Sans poursuivre son examen plus avant, Lynley aurait pu fermer les yeux et décrire le reste de la pièce, tant elle ressemblait à celle de sa mère en Cornouailles : une cheminée de fonte, de marbre et de chêne, deux porcelaines à chaque extrémité du manteau, une horloge à balancier en noyer dans un coin, une petite bibliothèque abritant les livres favoris. Et les photos, sur une table de bois satiné dans l'embrasure de la fenêtre.

Il lisait les ressemblances jusque dans ces moindres détails.

L'histoire illustrée de leurs familles appartenait au même genre.

Il comprenait donc. Et à quel point, Seigneur ! Le sens de la famille, le devoir et la dévotion, engendrés par le fait d'être né avec un sang bien particulier dans les veines, avaient effectivement hanté Lynley quasiment tout au long de ses trente-quatre années d'existence. Les liens du sang le freinaient, brisaient ses élans, l'enchaînaient à la tradition. Pourtant, il n'existait pas d'issue, car même si l'on renonçait aux titres et à la terre, on ne pouvait renier ses racines. On ne pouvait renier son sang.

L'éclairage de la salle à manger de Westerbrae était de ceux qui rajeunissent tous les convives de dix ans, grâce à des appliques de cuivre sur les murs lambrissés et des candélabres placés à intervalles réguliers sur le plateau rutilant de la longue table d'acajou. Barbara Havers était installée à une extrémité, le plan de l'inspecteur Macaskin étalé devant elle, et comparait celui-ci à ses notes. La cendre incroyablement longue qui pendait au bout de la cigarette entre ses lèvres donnait l'impression qu'elle tentait de battre un record mondial, et elle plissait les yeux dans la fumée. Non loin de là, un des hommes de Macaskin, qui sifflait *Memories* avec une conviction passionnée, relevait les empreintes sur des dagues écossaises exposées en cercle au-dessus d'un buffet. Celles-ci faisaient partie d'une large panoplie de hallebardes, mousquets et haches de Lochaber, tous aussi meurtriers les uns que les autres.

Les sourcils froncés, Barbara tentait de concilier ce que lui avait appris Gowan Kilbride avec ce qu'elle voulait croire des faits. Ce n'était guère facile, et peu crédible. Elle fut soulagée lorsque l'écho d'un pas qui descendait le hall lui fournit un prétexte pour reporter son attention ailleurs. Elle leva les yeux, et la cendre de sa cigarette tomba sur son pull ras du cou. Elle la balaya d'un geste irrité, laissant sur la laine une trace grise.

Lynley entra. Evitant l'homme qui relevait les empreintes, il désigna d'un signe de tête une porte à l'autre bout de la salle à manger. Barbara ramassa son calepin, et le suivit à travers la pièce destinée à réchauffer les plats, puis la pièce où était préparée la vaisselle, et enfin dans la cuisine. Celle-ci embaumait d'une odeur de viande assaisonnée au romarin et de tomates mijotant sur la cuisinière. Penchée sur une planche à découper placée sur la table de travail au centre de la pièce, une femme tranchait des pommes de terre avec un couteau menaçant. Elle était entièrement vêtue de blanc des pieds à la tête, ce qui lui donnait l'air d'une laborantine plutôt que d'une cuisinière.

— Faut bien que les gens aient de quoi dîner, expliqua-t-elle avec brusquerie à la vue de Barbara et Lynley, brandissant son instrument dans un geste qui relevait plus de la défense que de l'art culinaire.

Lynley marmonna une réponse appropriée et continua son chemin, faisant franchir à Barbara une autre porte au fin fond de la cuisine, puis descendre trois marches pour atteindre l'arrière-cuisine. Encombrée et mal éclairée, elle offrait cependant les avantages combinés de l'intimité et de la chaleur, cette dernière émanant d'une énorme vieille chaudière qui crachotait bruyamment dans un coin et répandait goutte à goutte sur le carrelage craquelé une eau couleur de rouille. L'atmosphère évoquait celle d'un bain de vapeur, enrichi d'un soupçon de moisissure et de bois humide. Derrière la chaudière, un escalier de service menait à l'étage supérieur.

— Que vous ont dit Gowan et Mary Agnes ? demanda Lynley lorsqu'il eut refermé la porte.

Barbara alla éteindre sa cigarette sous le robinet de l'évier, puis la jeta dans la poubelle. Elle repoussa derrière ses oreilles ses cheveux bruns coupés court et prit le temps d'ôter un brin de tabac demeuré sur sa langue avant d'accorder toute son attention à son calepin. Lynley la contrariait. Etait-ce parce qu'il l'avait écartée de l'entretien avec Stinhurst, ou parce qu'elle anticipait la façon dont il allait réagir à ses notes, elle n'en savait rien. Mais quelle que puisse être la source de son mécontentement, elle ressentait celui-ci comme une écharde qui, tant qu'elle n'aurait pas été extraite, infecterait la chair qui l'abritait.

— Gowan, dit-elle brièvement en s'appuyant contre un comptoir de bois gauchi.

Celui-ci venait d'être lavé, et l'humidité traversa ses vêtements. Elle s'écarta.

— Tout à l'heure, il a eu un sale accrochage avec Robert Gabriel dans la bibliothèque, ce qui a peut-être largement contribué à lui délier la langue.

— Un accrochage de quelle sorte ?

— Une brève bagarre au cours de laquelle notre bon Mr Gabriel s'est apparemment fait tabasser. Gowan a pris bien soin de m'en informer, en même temps que de la scène qu'il a surprise hier après-midi entre Gabriel et Joy Sinclair. Visiblement, ils avaient eu une liaison, et Gabriel essayait de convaincre Joy de dire à son ancienne femme — Irene Sinclair, la sœur de Joy, en l'occurrence — qu'il n'avait couché avec elle qu'une fois.

— Pourquoi ?

— J'ai l'impression que Robert Gabriel tient beaucoup à reconquérir Irene Sinclair, et qu'il pensait que Joy pouvait l'aider en affirmant à Irene que leur liaison n'avait pas été plus loin. Mais Joy a refusé en disant qu'elle ne voulait pas pratiquer le mensonge.

— Le mensonge ?

— Oui. Il est évident que leur liaison avait été plus suivie, parce que d'après Gowan, lorsque Joy a refusé de coopérer, Gabriel lui a dit quelque chose du style : « Espèce de petite hypocrite. On a baisé ensemble pendant un an dans tous les hôtels pouilleux de Londres, et tu as le culot de me dire que tu ne pratiques pas le mensonge ! » Ils ont continué à s'engueuler jusqu'à ce que Gabriel finisse par lui tomber dessus. Il l'avait même carrément flanquée par terre, quand Rhys Davies-Jones est entré et les a séparés. Gowan portait des bagages à l'étage pendant toute la scène. Il en a vu pas mal parce que Davies-Jones a laissé la porte ouverte quand il est entré dans la chambre de Joy.

— Et dans la bibliothèque, qu'est-ce qui a déclenché l'altercation entre Gowan et Gabriel ?

— Quelqu'un — Sydeham, je crois — a fait une remarque à propos de Mary Agnes Campbell, suggérant qu'elle était l'alibi de Gabriel pour la nuit dernière.

— Et quelle est la part de vérité dans tout ça ?

Barbara réfléchit un moment avant de répondre.

— Difficile à dire. Mary Agnes a l'air mordue par le théâtre. Elle est mignonne, bien faite... mais, ajouta-t-elle en secouant la tête, inspecteur, ce type a bien vingt-cinq ans de plus qu'elle. Que lui soit prêt à se l'envoyer, je comprends, mais je ne vois pas pourquoi elle se laisserait faire. A moins, bien sûr...

Elle s'interrompit, curieuse de constater qu'il existait tout de même une raison pour laquelle Mary Agnes aurait pu céder.

— Alors, Havers ?

— Hein ? Eh bien, Robert Gabriel a pu lui apparaître comme le moyen de s'embarquer pour une nouvelle existence. Vous voyez le genre. La jeune admiratrice rencontre l'acteur confirmé, entrevoit le genre de vie dont elle rêve, et se donne à lui dans l'espoir qu'il l'emmènera en partant.

— Vous lui avez posé la question ?

— Je n'en ai pas eu l'occasion. Je n'ai appris la scène entre Gowan et Gabriel qu'après avoir interrogé Mary Agnes, et je ne l'ai pas encore revue.

Tout cela à cause de ce que lui avait dit Gowan, et parce qu'elle savait ce que Lynley ferait de l'information fournie par le garçon.

Il parut lire dans ses pensées.

— Gowan vous a-t-il dit quoi que ce soit à propos d'hier soir ?

— Il a été témoin de pas mal de choses, parce qu'il a dû nettoyer un plateau de liqueurs qu'il a renversé lorsque Francesca Gerrard lui est rentrée dedans en sortant du salon. Cela lui a pris près d'une heure, même avec l'aide d'Helen, d'ailleurs.

Lynley ignora cette dernière remarque, se contentant d'ajouter :

— Et ?

Elle savait ce que voulait Lynley, mais prit son temps en se concentrant sur les allées et venues des personnages secondaires du drame, dont Gowan se souvenait avec une exactitude stupéfiante. Lady Stinhurst, vêtue de noir, qui avait erré sans but entre le salon, la salle à manger, le salon de musique et le hall au-delà de minuit, jusqu'à ce que son mari descende la chercher. Jeremy Vinney, qui avait trouvé des excuses pour suivre lady Stinhurst, murmurant des questions qu'elle avait ignorées avec obstination. Joanna Ellacourt, qui avait parcouru un des corridors de l'étage en fulminant après une scène bruyante avec son mari ; Irene Sinclair et Robert Gabriel, qui s'étaient enfermés dans la bibliothèque. La maison n'avait regagné un calme relatif que vers minuit et demi.

— Mais je suppose que ce n'est pas tout ce qu'a vu Gowan, remarqua Lynley avec sa perspicacité habituelle.

Elle se mordit la lèvre inférieure.

— Non, ce n'est pas tout. Après être allé se coucher, il a

entendu des pas dans le couloir derrière sa porte. Sa chambre se trouve au coin, là où l'aile nord-ouest rejoint le grand hall. Même s'il n'est pas sûr de l'heure, il est certain que c'était bien après minuit et demi. Aux environs de une heure, pense-t-il. Toute l'agitation de la soirée l'avait rendu curieux, aussi a-t-il quitté son lit, entrouvert sa porte, et écouté.

— Et ?

— Les pas ont continué. Puis une porte s'est ouverte et fermée.

Barbara renâclait à raconter le reste et savait que son manque d'enthousiasme se lisait sur son visage. Elle n'en continua pas moins, et décrivit comment Gowan avait quitté sa chambre, atteint l'extrémité du couloir, et jeté un coup d'œil dans le hall. Celui-ci était plongé dans l'ombre — c'était lui-même qui avait éteint peu de temps auparavant — mais l'éclairage extérieur projetait une faible lumière.

La vivacité avec laquelle l'expression de Lynley se modifia lui apprit qu'il savait ce qui allait suivre.

— Il a vu Davies-Jones, dit-il.

— Oui. Mais il sortait de la bibliothèque, et non de la salle à manger où se trouvent les poignards, inspecteur. Il avait une bouteille à la main, sans doute le cognac qu'il a apporté à Helen.

Elle attendit que Lynley offre l'inévitable conclusion à laquelle elle avait elle-même abouti. Aller jusqu'à la salle à manger pour prendre une dague était tout aussi faisable que de se rendre à la bibliothèque chercher du cognac à cinq mètres de là. Et que la porte de la chambre de Joy Sinclair donnant sur le couloir ait été fermée demeurait indiscutable.

Mais Lynley se contenta d'ajouter :

— Et quoi d'autre ?

— Rien. Davies-Jones est monté à l'étage.

— Si nous faisions de même, suggéra-t-il avec un hochement de tête sévère.

Il la guida vers l'escalier de service. Etroit et nu, éclairé uniquement par deux ampoules, celui-ci allait les conduire dans l'aile ouest.

— Et Mary Agnes ? demanda-t-il tandis qu'ils grimpaient.

— Si l'on en croit son témoignage avant que je n'apprenne ce nouveau développement à propos de Gabriel, elle n'a pas perçu un bruit de la nuit. Rien que le vent. Mais ça, bien sûr, elle a pu l'entendre de la chambre de Gabriel tout autant que de la sienne. Toutefois, il y a un petit détail curieux, dont je pense que vous devez être informé.

Elle attendit que Lynley s'arrête et se retourne sur les marches pour la regarder. Près de sa main gauche, une large tache, probablement d'humidité, souillait le mur de ses contours qui rappelaient le continent australien.

— Ce matin, tout de suite après avoir découvert le corps, Mary Agnes a averti Francesca Gerrard. Elles sont allées ensemble trouver lord Stinhurst. Il est entré chez Joy, est ressorti un peu plus tard, et a ordonné à Mary Agnes de regagner sa chambre et d'attendre que Mrs Gerrard vienne la chercher.

— Je ne comprends pas où vous voulez en venir, sergent.

— Je veux en venir au fait que Francesca Gerrard n'est revenue chercher Mary Agnes dans sa chambre que vingt minutes plus tard, et que ce n'est qu'à ce moment-là que lord Stinhurst a demandé à Mary Agnes de réveiller tout le monde et de les faire descendre dans le salon de musique. Entre-temps, il a téléphoné depuis le bureau de Francesca — celui-ci est voisin de la chambre de Mary Agnes, aussi a-t-elle entendu sa voix. De plus, il a *reçu* deux coups de fil.

Lynley ne manifestant aucune réaction, Barbara sentit l'irritation la gagner de nouveau.

— Monsieur, vous n'avez pas oublié lord Stinhurst, n'est-ce pas ? Vous savez, l'homme qui devrait être en route pour le poste de police, sous l'accusation de destruction d'indices, ingérence dans le travail de la police, et meurtre.

— Ça, c'est un peu prématuré, remarqua Lynley, dont le calme ne fit qu'exaspérer davantage Barbara Havers.

— Vraiment ? Et à quel moment l'avez-vous décidé ?

— Je n'ai jusqu'à présent rien entendu qui puisse me convaincre que lord Stinhurst ait assassiné Joy Sinclair, dit-il d'un ton qui était un modèle de patience. Mais même si je pensais qu'il l'a peut-être fait, je ne vais pas arrêter un homme simplement parce qu'il a brûlé un paquet de manuscrits.

— *Quoi ?* dit-elle d'une voix grinçante. Alors, ça y est, vous vous êtes fait votre opinion sur lord Stinhurst, n'est-ce pas ? Sur la foi d'une conversation avec un homme qui a passé les dix premières années de sa carrière sur une scène de théâtre, et qui a sans aucun doute donné sa meilleure représentation ici ce soir, en s'expliquant devant vous ! C'est fantastique, inspecteur ! Voilà du travail d'investigation dont vous pouvez être fier !

— Havers, ce n'est pas à vous d'en juger, dit-il doucement.

Il faisait jouer la hiérarchie, et elle saisit parfaitement le rappel à l'ordre. Elle aurait dû obtempérer, mais s'y refusa parce qu'elle était convaincue d'être dans le vrai.

— Que vous a-t-il donc dit pour vous persuader de son innocence, inspecteur ? Que votre père et lui étaient camarades d'école à Eton ? Qu'il aimerait vous rencontrer plus souvent à votre club de Londres ? Ou, mieux encore, que le fait qu'il ait détruit des indices n'avait rien à voir avec le meurtre, et que vous pouvez lui faire confiance, il vous dit la vérité, parce que c'est un vrai gentleman, comme vous !

— Il y a plus que cela, et je ne suis pas disposé à en débattre...

— Avec des gens comme moi ! Foutaises !

— Si vous étiez un peu moins aigrie, on pourrait peut-être avoir envie de se confier à vous ! jeta-t-il d'un ton cassant.

Il se détourna vivement, mais sans continuer son chemin. Elle comprit qu'il regrettait instantanément d'avoir perdu son sang-froid. Elle l'avait poussé dans ses retranchements, parce qu'elle voulait voir sa colère déborder, exactement comme la sienne lorsqu'il l'avait évincée du salon. Mais elle savait également qu'elle ne gagnerait pas grand-chose à ce genre de manipulation.

— Désolée, dit-elle au bout d'un moment. Je suis sortie du rang. Encore une fois.

Il ne répondit pas tout de suite. Chacun enfermé dans sa détresse individuelle, pris dans une tension qui paraissait douloureusement inaltérable, ils demeurèrent immobiles dans l'escalier. Lynley parut se secouer avec effort.

— Barbara, on opère une arrestation quand on a des preuves.

Elle hocha la tête calmement, son bref éclat de passion évanoui.

— Je sais, monsieur. Mais je pense...

Il refuserait d'entendre ce qui allait suivre. Il allait la détester pour cela, mais elle se lança :

— Je pense que vous ignorez l'évidence pour pouvoir vous en prendre directement à Davies-Jones, sans pour cela vous

baser sur des indices, mais sur quelque chose d'autre, que...
que vous avez peut-être peur de reconnaître.

— C'est faux, répliqua-t-il en reprenant son ascension.

A l'étage, Barbara lui désigna chacune des pièces au fur et à
mesure qu'ils passaient devant : la chambre de Gabriel, la plus
proche de l'escalier de service, puis celle de Vinney, celle
d'Elizabeth Rintoul et la chambre d'Irene Sinclair. Vis-à-vis de
cette dernière se trouvait celle de Davies-Jones, à l'endroit où
le corridor ouest bifurquait à droite et conduisait au corps
principal. Là, toutes les portes étaient fermées, et ils descen-
daient le couloir où des portraits de plusieurs générations de
Gerrard au visage grave alternaient avec des appliques délicatement ouvragées répandant des demi-cercles de lumière sur les
murs pâles, lorsque Saint-James vint à leur rencontre, et tendit
à Lynley un sac en plastique.

— Helen et moi avons trouvé ça fourré dans une des bottes,
en bas. David Sydeham dit que c'est à lui.

6

Au premier abord, David Sydeham ne semblait pas le genre d'homme auquel une femme aussi célèbre que Joanna Ellacourt puisse rester mariée près de vingt ans. Lynley connaissait la version « conte de fées » de leur histoire, les fadaises que les feuilles de chou offrent en pâture à leurs clients pour lecture rapide dans le métro aux heures de pointe. Histoire plutôt banale, celle d'un jeune employé d'agence théâtrale de vingt-neuf ans, fils d'un ecclésiastique de campagne, avec pour seuls atouts un physique avantageux et une assurance inébranlable, qui avait découvert une jeune fille de dix-neuf ans originaire de Nottingham qui jouait les Ophélie dans un théâtre de troisième zone. Il l'avait persuadée de joindre son sort au sien, la sortant ainsi du milieu ouvrier sinistre dans lequel elle avait grandi, lui avait offert professeurs d'art dramatique et leçons de diction, l'avait accompagnée pas à pas dans sa carrière jusqu'à ce qu'elle se révèle la comédienne la plus prisée du pays, et sans jamais cesser de croire en elle.

Vingt ans plus tard, Sydeham était encore d'une beauté chargée de sensualité, mais une beauté décatie et une sensualité qui avait trop souvent pris le pas sur le reste, avec des conséquences malheureuses. Les premiers signes de la détérioration apparaissaient. La chair s'était amassée sous son menton, son visage et ses mains étaient nettement bouffis. Pas plus que les autres hommes de Westerbrae, il n'avait eu le loisir de se raser ce matin-là, et son aspect en pâtissait. Une barbe drue lui assombrissait les joues, accentuant les cernes de ses yeux aux paupières lourdes. Pourtant, il avait l'art de s'habiller en tirant le meilleur parti de son aspect physique. Sa carrure de taureau était prise dans une chemise, une veste et des pantalons visiblement taillés sur mesure, qui sentaient l'argent, de même que sa montre et sa chevalière, qui étincela à la lueur du feu lorsqu'il s'assit dans le salon.

Il s'était installé dans un confortable fauteuil plongé dans la pénombre, au fond de la pièce, remarqua Lynley, et non sur une chaise à haut dossier.

— Je ne suis pas sûr de très bien saisir votre rôle ici, ce week-end, entama Lynley, tandis que le sergent Havers fermait la porte et s'asseyait à la table.

— Ni même mon rôle tout court ? rétorqua Sydeham avec une légère ironie.

Point intéressant.

— Comme vous voudrez.

— Je gère la carrière de ma femme. Je m'occupe de ses contrats, de ses engagements, je sers d'intermédiaire lorsque la pression des événements est trop forte. Je lis ses manuscrits, répète ses dialogues avec elle, gère son argent. Oui, répéta-t-il lorsqu'il parut percevoir un changement dans l'expression de Lynley. Je gère son argent. En totalité. Et il y en a pas mal, croyez-moi. Elle le gagne, je l'investis. Je suis donc un homme entretenu, inspecteur.

Il sourit sur cette dernière remarque, mais sans aucune trace d'humour, visiblement assez susceptible sur le sujet des inégalités apparentes de son couple.

— Vous connaissiez bien Joy Sinclair ? demanda Lynley.

— Vous voulez dire suffisamment pour la tuer ? Je l'avais rencontrée pour la première fois à sept heures et demie. Joanna n'était pas vraiment ravie de la façon dont Joy avait revu sa pièce, mais d'habitude c'est moi qui négocie les améliorations avec les auteurs. Sans pour autant les tuer lorsque je n'aime pas ce qu'ils écrivent.

— Pourquoi votre femme était-elle mécontente du script ?

— Dès le début, Joanna a soupçonné Joy de forger pour sa sœur une pièce qui lui permettrait de remonter sur la scène. Aux dépens de Joanna. Le nom de celle-ci servant à appâter le public et les critiques, mais le rôle d'Irene Sinclair mis en valeur. Enfin, c'était ce que craignait Jo, et quand elle a vu le texte révisé, elle en a immédiatement conclu que le pire s'était produit. (Il haussa les épaules.) Je... Pour parler franc, nous

nous sommes pas mal disputés là-dessus, après la première lecture.

— Une dispute de quelle nature ?

— Oh, une querelle de ménage. Du style, regarde-dans-quel-pétrin-tu-m'as-fourrée. Joanna était décidée à ne plus travailler sur la pièce.

— Et quelqu'un s'est chargé de lui faciliter les choses, n'est-ce pas ? remarqua Lynley.

Sydeham s'emporta.

— Ma femme n'a pas tué Joy Sinclair, inspecteur. Pas plus que moi, d'ailleurs. Tuer Joy n'aurait pas résolu notre véritable problème.

Il détourna brusquement la tête, et son regard se fixa sur les photos disposées sur la table sous la fenêtre dans leurs cadres en argent.

Lynley interpréta la remarque comme un appât, et choisit de mordre à l'hameçon.

— Votre véritable problème ?

— Robert Gabriel, dit-il d'un air sombre. Cet emmerdeur de Robert Gabriel.

Lynley savait depuis bien des années qu'au cours d'un interrogatoire, le silence est une arme tout aussi utile que les questions. La tension qu'il ne manque pas de susciter est un apanage, un des quelques avantages offerts par une plaque de police. Aussi demeura-t-il muet, laissant mijoter Sydeham. Le besoin de parler ne tarda pas à se révéler le plus fort.

— Gabriel a toujours couru après Joanna, révéla-t-il. Il s'est toujours considéré comme une espèce de Casanova, seulement, malgré tous ses efforts, ça n'a jamais marché avec Jo. Elle ne peut pas supporter ce type. Elle n'a jamais pu.

La révélation stupéfia Lynley, étant donné la réputation du couple Ellacourt-Gabriel. A l'évidence, Sydeham sentit sa réaction, car il sourit, et continua.

— Ma femme est une sacrément bonne actrice, inspecteur. Elle l'a toujours été. Mais la vérité, c'est que pendant la dernière saison d'*Othello*, Gabriel lui a vraiment mis la main aux fesses une fois de trop, et elle a jugé qu'elle en avait assez. Malheureusement, elle m'a dit trop tard qu'elle était décidée à ne plus jamais monter sur une scène avec lui, et j'avais déjà conclu un accord avec Stinhurst pour cette nouvelle production. En outre, j'avais personnellement veillé à ce que Gabriel y ait un rôle.

— Pourquoi?

— Le sens des affaires, tout simplement. Gabriel et Ella-court font des étincelles ensemble. Les gens payent pour voir ça. Et je pensais que Joanna pouvait très bien s'en sortir si elle rejouait avec Gabriel. Dans *Othello*, elle lui a mordu la langue quand il a voulu faire plus qu'un baiser de scène. Elle en a ri aux larmes pendant des jours. Je ne pensais donc pas que la perspective de jouer encore une fois avec lui la mettrait dans cet état. Puis, comme un imbécile, quand j'ai découvert à quel point elle était remontée contre lui, je lui ai menti, en lui disant que Stinhurst avait insisté pour avoir Gabriel. Malheureuse-ment, hier soir, Gabriel a laissé échapper que c'était moi qui l'avais réclamé. C'est ce qui a en partie déclenché la fureur de Joanna.

— Et maintenant qu'il est certain qu'il n'y aura plus de pièce?

Sydeham dissimula mal son impatience.

— La mort de Joy ne change rien au fait que par contrat, Joanna doit une pièce à Stinhurst. Ainsi que Gabriel. Et Irene Sinclair, d'ailleurs. Jo va devoir travailler avec les deux, que cela lui plaise ou non. A mon avis, Stinhurst va les ramener à Londres, et tenter de monter une nouvelle pièce aussi vite que possible. Donc, si je voulais aider Joanna — ou tout au moins apaiser la querelle qui nous divise —, je serais en train d'orchestrer la disparition rapide de Gabriel ou bien de Stinhurst. La mort de Joy a mis un terme à la pièce de Joy, mais croyez-moi, ça ne profite pas à Joanna.

— A vous, peut-être?

Sydeham lui lança un long regard.

— Je ne vois pas comment ce qui fait du tort à Jo peut me profiter, inspecteur.

Lynley reconnut qu'il y avait là une part de vérité.

— Quand avez-vous vu vos gants pour la dernière fois?

Sydeham paraissait vouloir continuer sur le même sujet, mais répondit néanmoins avec bonne volonté :

— Hier après-midi, je pense, lorsque nous sommes arrivés. Francesca m'a demandé de signer le registre, et pour cela, j'ai probablement dû ôter mes gants. Franchement, je ne me souviens pas de ce que j'en ai fait après. Je n'ai pas le souvenir de les avoir remis, mais je les ai peut-être fourrés dans la poche de mon manteau.

— C'est la dernière fois que vous les avez vus ? Vous ne les avez pas cherchés ?

— Je n'en avais pas besoin. Ni Joanna ni moi ne sommes ressortis. Je ne savais même pas qu'ils avaient disparu jusqu'à ces dernières minutes, quand votre homme en a apporté un dans la bibliothèque. L'autre est peut-être dans la poche de mon manteau, ou même à la réception. Je ne m'en souviens pas, tout bonnement.

— Sergent ? dit Lynley à Havers avec un signe de tête.

Celle-ci quitta la pièce, puis revint au bout de quelques instants avec le second gant.

— Il était par terre, entre le mur et le comptoir de la réception, dit-elle en le posant sur la table.

Tous trois examinèrent un moment l'objet en silence. Coupé dans un beau cuir souple et un peu usé, il portait à l'intérieur du poignet les initiales DS en caractères tarabiscotés. Une légère odeur de crème nourrissante laissait à penser qu'il avait été nettoyé récemment, mais les coutures ne portaient aucune trace du produit.

— Qui se trouvait dans le voisinage de la réception lorsque vous êtes arrivés ? demanda Lynley.

Sydeham arbora l'expression méditative de celui qui revoit en pensée une action jugée sans importance sur le moment pour replacer personnes et événements dans leur juste contexte.

— Francesca Gerrard, annonça-t-il lentement. Jeremy Vinney a fait une apparition sur le seuil du salon de musique pour dire bonjour. (Il s'interrompit. Il représentait la position de chacun par un geste de la main, pour mieux visualiser la situation.) Le garçon. Gowan était là. Peut-être pas sur le moment, mais il a bien dû venir chercher les bagages et nous montrer nos chambres. Et puis... je n'en suis pas absolument certain, mais je crois que j'ai aperçu du coin de l'œil Elizabeth Rintoul, la fille de Stinhurst, pénétrer en trombe dans une des pièces situées dans le corridor qui part du hall d'entrée. En tout cas, il y avait quelqu'un par là.

Lynley et Havers échangèrent un regard. Lynley attira l'attention de Sydeham sur le plan de la maison, que Havers avait apporté et étalé sur la table centrale, à côté du gant.

— Quelle pièce ?

Sydeham se leva, s'approcha, et examina consciencieusement le plan avant de répondre.

— Difficile à dire. Je n'ai fait que l'entrevoir, comme si elle essayait de nous éviter. J'en ai conclu que c'était Elizabeth, parce que c'est tout à fait son genre. Mais je dirais celle-ci, ajouta-t-il en pointant du doigt le bureau.

Lynley réfléchit à ce que cela impliquait. Les clés de la maison se trouvaient dans le bureau, enfermées dans un tiroir, avait dit Macaskin. Mais il avait ajouté que Gowan pouvait y avoir eu accès. La fermeture du tiroir n'était peut-être qu'un geste de principe, loin d'être systématique. Le jour où tant d'invités débarquaient, il était fort possible que le tiroir soit demeuré ouvert, et les clés accessibles à quiconque s'occupait de préparer les chambres. Ou même quiconque connaissait l'existence de ce bureau : Elizabeth Rintoul, sa mère, son père, et peut-être même Joy Sinclair.

— Quand avez-vous vu Joy pour la dernière fois ? demanda Lynley.

Sydeham s'agita avec nervosité, comme s'il désirait regagner son siège, mais Lynley décida qu'il voulait le garder debout.

— Un peu après la lecture, il devait être onze heures et demie, peut-être un peu plus, je ne faisais pas attention à l'heure.

— Où ?

— Dans le couloir là-haut. Elle se dirigeait vers sa chambre. Comme je vous l'ai déjà dit, continua-t-il mal à l'aise, j'avais eu une scène dans la galerie avec Joanna à propos de la pièce. Je n'aime pas me quereller avec ma femme. Je me sentais donc déprimé, et j'allais à la bibliothèque me chercher une bouteille de whisky. C'est à ce moment-là que j'ai vu Joy.

— Vous lui avez parlé ?

— Elle n'avait pas l'air disposée à parler à qui que ce soit. Je me suis contenté de rapporter le whisky dans ma chambre, de boire quelques verres… quatre ou cinq. Puis je me suis endormi.

— Où se trouvait votre femme pendant ce temps-là ?

Sydeham promena son regard sur la cheminée, tandis que ses mains se portaient automatiquement à ses poches, peut-être à la recherche d'une cigarette pour se calmer. De toute évidence, cette question était celle qu'il avait espéré éviter.

— Je ne sais pas. Elle avait quitté la galerie, mais j'ignore où elle est allée.

— Vous ne savez pas, répéta soigneusement Lynley.

— Non. Ecoutez, il y a bien longtemps que j'ai appris qu'il faut laisser Joanna tranquille lorsqu'elle est en colère. Alors, c'est ce que j'ai fait. J'ai bu, je me suis endormi, ou bien j'ai sombré dans l'inconscience, appelez ça comme vous voudrez. Tout ce que je peux dire, c'est que lorsque je me suis réveillé ce matin — quand la gamine a frappé à la porte et bredouillé que nous devions nous habiller et descendre — Joanna était au lit à côté de moi. (Il remarqua que Havers notait imperturbablement.) Joanna était fâchée, mais contre moi, et personne d'autre, affirma-t-il. Ça... Ça ne va pas très bien entre nous depuis un moment. Elle était en colère, et ne voulait pas me voir.

— Mais elle est revenue dans votre chambre la nuit dernière ?

— Bien sûr.

— Quand ? Une heure plus tard ? Deux ? Trois ?

— Je ne sais pas.

— Ses mouvements dans la pièce vous ont sûrement réveillé ?

— Vous avez déjà dormi après une cuite, inspecteur ? dit Sydeham d'un ton impatient. Pardonnez-moi l'expression, mais autant essayer de réveiller un mort.

— Vous n'avez rien entendu ? insista Lynley. Pas de vent qui soufflait, pas de voix ? Rien du tout ?

— Je vous ai déjà dit que non.

— Rien en provenance de la chambre de Joy Sinclair ? Celle-ci se trouvait de l'autre côté de la vôtre. Il est difficile de croire qu'une femme ait pu trouver la mort sans le moindre bruit. Ou que votre femme ait pu entrer et sortir sans que vous en soyez conscient. Qu'a-t-il bien pu se passer d'autre sans que vous le sachiez ?

Sydeham leur lança à tous deux un regard vif.

— Si vous essayez de mettre ça sur le dos de Jo, pourquoi pas sur le mien aussi ? J'ai été seul une partie de la nuit, non ? Mais votre problème est là, hein ? Parce qu'à l'exception de Stinhurst, c'est le cas de tout le monde.

Lynley ignora la colère qui perçait dans le ton de son interlocuteur.

— Parlez-moi de la bibliothèque.

Le changement d'orientation de l'interrogatoire ne provoqua aucune altération dans l'expression de Sydeham.

— Que voulez-vous savoir ?

— Il y avait quelqu'un lorsque vous êtes allé chercher le whisky ?

— Juste Gabriel.

— Que faisait-il ?

— La même chose que ce que je me préparais à faire. Il buvait. Du gin, à en juger par l'odeur. Et il attendait sûrement aussi qu'un jupon passe par là.

— Vous n'aimez guère Robert Gabriel, remarqua Lynley, frappé par le ton mordant de Sydeham. Uniquement à cause des avances qu'il a faites à votre femme, ou bien avez-vous d'autres raisons ?

— Inspecteur, personne n'aime beaucoup Gabriel ici. Personne ne l'aime nulle part. On le supporte parce que c'est un sacré bon acteur, mais franchement, je me demande pourquoi ce n'est pas lui qui a été assassiné, parce qu'il l'a bien cherché.

Remarque intéressante, pensa Lynley. Mais plus intéressant encore était le fait que Sydeham n'avait pas répondu à sa question.

L'inspecteur Macaskin et la cuisinière de Westerbrae avaient apparemment décidé de venir simultanément présenter leurs doléances dans le salon. Macaskin insista pour être entendu le premier, tandis que la cuisinière vêtue de blanc rôdait à l'arrière-plan, se tordant les mains comme si chaque seconde de perdue menaçait de faire rater un soufflé.

Macaskin examina Sydeham de la tête aux pieds lorsque celui-ci sortit dans le hall.

— Nous avons fait le nécessaire, informa-t-il Lynley. Nous avons pris les empreintes de tout le monde. Les scellés sont apposés sur les chambres de Clyde et Sinclair, mes hommes ont passé les lieux au peigne fin. Les appareils sanitaires sont immaculés, à propos. Aucune trace de sang nulle part.

— Donc, une exécution « propre », à l'exception du gant.

— Un de mes hommes va s'occuper de l'objet. (Il eut un signe de tête en direction de la bibliothèque, et demanda sèchement :) Je les laisse sortir ? La cuisinière dit que le dîner est prêt et qu'ils ont demandé à se rafraîchir un peu.

Pour Macaskin, la requête sortait de l'ordinaire. L'Ecossais n'avait pas l'habitude de confier les rênes d'une enquête à un autre gradé, et l'extrémité de ses oreilles avait rougi lorsqu'il avait posé la question.

La cuisinière, comme si elle avait saisi dans les paroles de Macaskin un message caché, renchérit d'un air belliqueux :

— Vous pouvez pas les priver de nourriture. C'est pas bien. (Elle s'attendait visiblement à ce que la police mette tout le monde au pain sec et à l'eau jusqu'à ce que l'assassin soit retrouvé.) J'ai préparé un petit quelque chose. Ils ont eu qu'un tout p'tit sandwich, inspecteur. C'est pas comme la police, ajouta-t-elle avec un hochement de tête significatif, qu'a pas arrêté de s'empiffrer depuis ce matin, d'après c'qui reste dans ma cuisine.

Lynley consulta sa montre de gousset, surpris de constater qu'il était huit heures et demie. Lui n'avait absolument pas faim, mais comme les hommes de Macaskin avaient terminé, il ne rimait plus à rien de priver le groupe de nourriture, non plus que de la liberté de mouvement relativement réduite qu'offrait la maison. Il donna son consentement d'un signe de tête.

— Nous allons donc repartir, dit Macaskin. Je vous laisse Lonan, et je reviendrai demain matin. J'ai un homme prêt à emmener Stinhurst au poste de police.

— Inutile.

Macaskin ouvrit la bouche, la ferma, l'ouvrit de nouveau, jetant le protocole aux orties un court instant :

— Et ces scripts, inspecteur ?

— Je m'en occuperai, affirma Lynley avec fermeté. Brûler des indices n'est pas assassiner. Nous en tiendrons compte le moment venu.

Il vit le sergent Havers esquisser un geste de recul, comme si elle se désolidarisait d'une décision qu'elle jugeait déplorable.

Macaskin, quant à lui, parut envisager de discuter le problème, puis céda, et leur adressa un bonsoir officiel en quelques mots brusques :

— Nous avons mis vos affaires dans l'aile nord-ouest. Vous êtes dans la même pièce que Saint-James, à côté de la nouvelle chambre d'Helen Clyde.

Ni les manœuvres politiques ni la répartition des invités

n'intéressaient la cuisinière, qui était demeurée sur le pas de la porte, décidée à résoudre le problème culinaire pour lequel elle était venue.

— Dans vingt minutes, inspecteur, jeta-t-elle avant de tourner les talons. Soyez à l'heure.

Une excellente conclusion, et c'est ainsi que Macaskin l'entendit.

Enfin relâchés après une journée de confinement dans la bibliothèque, les invités se trouvaient encore pour la plupart dans le hall lorsque Lynley demanda à Joanna Ellacourt d'entrer dans le salon. La requête suivait de si près son entrevue avec le mari de Joanna que le petit groupe retint son souffle, comme s'il attendait de voir la réaction de la comédienne. Bien que Lynley ait formulé sa demande sous forme d'invitation, personne ne fut dupe au point de croire que Joanna pouvait la refuser, s'il lui en prenait l'envie.

Elle parut pourtant envisager cette possibilité, et balancer entre un refus abrupt et une coopération hostile. Cette dernière l'emporta, et elle donna la mesure de sa contrariété après une journée d'incarcération en refusant à Lynley aussi bien qu'à Havers l'aumône d'un seul mot lorsqu'elle passa devant eux avant d'aller s'asseoir sur le siège de son choix, la chaise à haut dossier située près du feu que Sydeham avait évitée et Stinhurst occupée à contrecœur. Démarche curieuse : ou bien elle entendait montrer ainsi qu'elle était décidée à subir cet entretien de la façon la plus directe qui soit, ou bien elle avait choisi l'endroit où les flammes jouant sur son teint et sa chevelure pouvaient distraire un observateur peu attentif à un moment crucial. Joanna Ellacourt savait manipuler le public.

Lynley éprouva du mal à croire qu'elle approchait de la quarantaine. Elle paraissait dix ans de moins, et à la lueur clémente du feu, qui donnait à sa peau des reflets dorés presque translucides, Lynley se souvint de la *Diane au repos* de Boucher, car l'éclat du teint, les joues délicatement colorées et la courbe fragile de l'oreille lorsqu'elle rejetait sa chevelure en arrière étaient identiques. Elle resplendissait, et si ses yeux, au lieu d'être couleur de bleuet, avaient été bruns, elle aurait pu servir de modèle au tableau de Boucher.

Pas étonnant que Gabriel lui ait couru après, pensa Lynley.

Il lui offrit une cigarette qu'elle accepta. Sa main aux longs doigts ornés de plusieurs anneaux de diamants se posa sur la sienne pour maintenir le briquet, dans un mouvement très étudié et séducteur.

— Pourquoi vous êtes-vous querellée avec votre mari hier soir ? demanda-t-il.

Joanna leva un sourcil à l'arc parfait et examina un moment le sergent Havers de la tête aux pieds, comme pour mesurer celle-ci à l'aune de sa jupe minable et de son pull taché de cendre.

— Parce que j'étais fatiguée de servir de cible à la lubricité de Robert Gabriel depuis six mois, répliqua-t-elle avec franchise avant d'opérer une pause, comme si elle attendait une réponse — un hochement de tête compatissant, ou bien un ricanement désapprobateur.

Lorsqu'il apparut que ni l'un ni l'autre ne venaient, elle fut obligée de continuer son récit.

— Tous les soirs, dans ma dernière scène d'*Othello*, il avait une jolie petite érection, inspecteur. Tous les soirs, au moment où il est censé m'étrangler, il commençait à se tortiller sur le lit comme un gamin pubère qui vient de découvrir combien il peut s'amuser avec la petite saucisse qu'il a entre les jambes. Je ne voulais plus entendre parler de lui, et je pensais que David l'avait compris. Apparemment non, puisqu'il a négocié un nouveau contrat qui m'oblige à travailler avec Gabriel.

— Vous vous êtes disputés à propos de la nouvelle pièce ?

— Nous nous sommes disputés à propos de tout. La nouvelle pièce n'était qu'un élément de la querelle.

— Et vous vous opposiez également au rôle d'Irene Sinclair.

Joanna projeta ses cendres de cigarette dans la cheminée.

— Mon mari a traité cette affaire de la façon la plus stupide qui soit. Il m'a placée dans une position où je vais devoir, d'une part repousser les assauts de Robert Gabriel pendant un an, d'autre part empêcher l'ex-femme de Gabriel de m'utiliser comme marchepied pour se lancer dans sa nouvelle carrière. Inspecteur, je ne vous cacherai pas que je suis ravie que la pièce de Joy tombe à l'eau. Vous pouvez interpréter cela comme un signe de culpabilité si vous le désirez, mais je ne vais sûrement pas jouer les affligées alors que je connaissais à peine cette femme. Je suppose que cela me donne également un mobile, mais je n'y peux rien.

— Votre mari dit que vous vous êtes absentée de votre chambre une partie de la nuit.

— J'avais donc l'occasion de trucider Joy ? Oui, je suppose qu'on peut voir les choses sous cet angle.

— Où êtes-vous allée après votre scène dans la galerie ?

— D'abord, dans notre chambre.

— Quelle heure était-il ?

— Peu après onze heures, je pense. Mais je n'y suis pas restée. Je savais que David allait revenir, contrit, et prêt à la réconciliation habituelle. Je ne voulais pas de cette réconciliation, ni de lui, d'ailleurs. Je me suis donc rendue dans le petit salon qui se trouve à côté de la galerie. Il y a là un antique gramophone, et des disques encore plus antiques. J'ai écouté de vieux airs de music-hall. Francesca Gerrard doit être une sacrée fan d'Ethel Merman, d'ailleurs.

— Quelqu'un a-t-il pu vous entendre ?

— Pour confirmer mon alibi, vous voulez dire ? (Elle secoua la tête, apparemment indifférente au fait que celui-ci ne reposait donc sur rien.) Ce petit salon est à l'écart, dans le corridor nord-ouest. Je doute que quiconque ait pu entendre quoi que ce soit. A moins qu'Elizabeth n'ait été en train de sacrifier à sa bonne habitude d'écouter aux portes. Elle paraît exceller à ce sport.

— Qui se trouvait à la réception lorsque vous êtes arrivée hier ? demanda Lynley sans relever.

Joanna tripota une mèche de cheveux.

— A part Francesca, je ne me souviens de personne en particulier. (Elle fronça les sourcils d'un air pensif.) Sauf Jeremy Vinney. Il s'est montré à la porte du salon de musique et a dit quelques mots. Ça, je m'en souviens.

— Curieux, que la présence de Vinney subsiste dans votre esprit.

— Pas du tout. Il a eu un petit rôle dans une pièce dans laquelle je jouais, à Norwich, il y a des années. Lorsque je l'ai vu hier, je me souviens avoir pensé qu'il avait toujours autant de présence qu'à l'époque. C'est-à-dire aucune. Il a perpétuellement l'air de quelqu'un qui vient de sauter quinze lignes de texte et qui n'est pas fichu d'improviser pour se sortir du pétrin. Il n'arriverait même pas à murmurer correctement. Le pauvre, il n'a vraiment aucun talent pour le théâtre, j'en ai peur. De toute façon, il est bien trop courtaud pour jouer un rôle de premier plan.

— A quelle heure avez-vous regagné votre chambre ?

— Je ne sais pas exactement, je n'ai pas regardé. J'ai simplement écouté des disques jusqu'au moment où je me suis suffisamment reprise. (Son regard s'attarda sur le feu. Son calme s'altéra légèrement tandis qu'elle lissait du doigt le pli de son pantalon.) Non, ce n'est pas tout à fait vrai, n'est-ce pas ? Je voulais être certaine que David ait le temps de s'endormir. Une histoire d'amour-propre, je suppose, encore que je me demande maintenant pourquoi diable j'ai pu vouloir lui donner une chance de sauver la face.

— De sauver la face ? s'enquit Lynley.

Elle eut un sourire vif, sans raison apparente. Une façon de concentrer automatiquement l'attention du public sur sa beauté plutôt que sur la qualité de son interprétation.

— Inspecteur, David est entièrement dans son tort, dans cette histoire de contrat avec Robert Gabriel. Et si j'étais revenue plus tôt, il aurait essayé d'apaiser nos dissensions. Mais... (Elle détourna de nouveau le regard, passant l'extrémité de sa langue sur ses lèvres comme pour gagner du temps.) Je m'excuse, mais je ne crois pas pouvoir vous confier... C'est idiot de ma part, n'est-ce pas ? Vous allez peut-être même vouloir m'arrêter. Mais il y a des choses... Je sais que David ne vous l'aurait jamais dit lui-même. Mais je ne pouvais pas revenir dans notre chambre avant qu'il ne soit endormi, je ne pouvais tout simplement pas. Comprenez-moi, s'il vous plaît.

Lynley devina qu'elle lui demandait la permission de cesser de parler, mais il demeura silencieux, attendant simplement qu'elle continue. Lorsqu'elle reprit enfin ses explications, ce fut en détournant le visage, après avoir écrasé sa cigarette.

— David aurait voulu se racheter. Mais il est incapable de... Depuis près de deux mois, maintenant. Oh, il aurait quand même essayé, parce qu'il aurait eu le sentiment qu'il me le devait. Et s'il avait échoué, la situation aurait été encore pire. Aussi, j'ai attendu jusqu'au moment où j'ai pensé qu'il devait être endormi. C'était le cas, et j'en ai été ravie.

Voilà qui constituait une information sensationnelle, qui rendait d'autant plus difficile à comprendre la longévité du couple Ellacourt-Sydeham. Comme si elle s'en était rendu compte, Joanna Ellacourt reprit la parole, d'une voix tranchante qu'aucun sentiment ne venait embarrasser.

— David fait partie de mon histoire personnelle, inspecteur. Je n'éprouve aucune honte à avouer que c'est lui qui m'a faite ce que je suis. Il est depuis vingt ans mon meilleur appui, mon meilleur critique, mon meilleur ami. On ne renonce pas à tout cela simplement parce que, de temps en temps, la vie vous inflige quelques désagréments.

Voilà qui était la plus éloquente affirmation de confiance conjugale que Lynley ait jamais entendue. Il n'en demeurait pas moins qu'il ne pouvait ignorer l'appréciation que David Sydeham avait donnée de sa femme. C'était effectivement une sacrément bonne actrice.

La chambre de Francesca Gerrard se trouvait éloignée au fin fond du corridor nord-est du second étage, là où le couloir se rétrécissait et où une vieille harpe abandonnée jetait une ombre à la Quasimodo. Ici, aucun portrait n'ornait les murs, aucune tapisserie ne protégeait du froid. Ici, les manifestations du confort et de la sécurité étaient absentes. Il n'y avait rien d'autre qu'un plâtre monochrome fissuré par l'âge, et un tapis fin comme du papier à cigarettes.

Après avoir jeté derrière elle un regard hâtif, Elizabeth Rintoul se glissa le long de ce couloir, s'arrêta devant la porte de sa tante, et tendit l'oreille. Un brouhaha de voix s'élevait du corridor ouest, mais l'intérieur de la chambre était silencieux. De ses ongles, elle frappa contre le bois, en un geste nerveux qui ressemblait aux coups de bec d'un petit oiseau. Personne ne l'invita à entrer. Elle frappa de nouveau.

— Tante Francie ? dit-elle sans se risquer à autre chose qu'un murmure.

Encore une fois, il n'y eut pas de réponse.

Elle savait que sa tante se trouvait à l'intérieur, car elle l'avait vue emprunter le couloir à peine cinq minutes après que la police les eut autorisés à regagner leurs chambres. Elle tourna donc la poignée, au toucher glissant dans sa main moite.

La pièce sentait la pomme d'ambre moisie, la poudre de riz douceâtre, l'analgésique âcre et l'eau de Cologne bon marché. Le mobilier était le pendant sinistre de l'indigence décorative du corridor : un lit étroit, une armoire et une commode, une psyché qui renvoyait d'étranges reflets verts distordants, rapetissant les mentons et gonflant les fronts.

Cette chambre n'avait pas toujours été celle de sa tante. Elle n'avait emménagé dans cette partie de la demeure qu'après la mort de son mari, comme si son inconfort et son absence de raffinement participaient du rituel du deuil. A cet instant, elle avait d'ailleurs l'air de sacrifier à celui-ci car, assise à l'extrême bord de son lit, le dos droit, elle était absorbée dans la contemplation d'un portrait photographique de son mari suspendu au mur, et qui constituait la seule et unique décoration de la pièce. C'était un portrait solennel, qui ne ressemblait pas du tout à l'oncle Phillip qu'Elizabeth avait connu dans son enfance, mais indiscutablement à l'homme mélancolique qu'il était devenu. Après le réveillon du Nouvel An. Après oncle Geoffrey.

Elizabeth referma doucement la porte derrière elle, mais lorsque le battant grinça contre la serrure, sa tante eut un hoquet étouffé, bondit et se retourna, les mains levées comme des griffes pour se défendre.

Elizabeth se raidit. Comment un geste aussi simple pouvait-il tout ressusciter, ramener à la surface un souvenir soigneusement enfoui et qu'on croyait oublié ? Une petite fille de six ans, dans le Somerset, qui se dirigeait joyeusement vers les écuries, qui voyait les filles de cuisine lorgner à travers une brèche dans le mur de pierre du bâtiment, qui les entendait murmurer, « Viens donc voir des tapettes, petite », sans savoir ce que cela signifiait, mais mourant d'envie — et à quel point, toujours — de se faire des amis, qui collait son œil à la fente, et voyait deux valets d'écurie, leurs vêtements éparpillés dans une stalle, l'un d'entre eux à quatre pattes et l'autre allant et venant derrière lui en grognant, et leurs deux corps couverts d'une sueur qui luisait comme de l'huile ; une petite fille qui, effrayée, reculait, pour entendre le rire étouffé des filles de cuisine. Un rire qui se moquait d'*elle*. De son innocence et sa naïveté. Et elle avait voulu les frapper, les blesser, leur arracher les yeux avec des griffes comme celles de tante Francie.

— Elizabeth ! s'exclama Francesca en baissant les bras. Tu m'as fait peur, ma chérie.

Celle-ci la regarda avec prudence, redoutant de devoir affronter d'autres souvenirs indésirables ranimés par d'autres gestes. Elle constata que Francesca avait commencé à se préparer pour le dîner lorsque le portrait de son mari l'avait plongée dans la rêverie qu'Elizabeth venait d'interrompre. Sa tante se regarda dans la glace en brossant ses cheveux gris clairsemés, et lui sourit, mais le tremblement de ses lèvres démentait le calme qu'elle tentait d'afficher.

— Tu sais, quand j'étais enfant, je me suis habituée à me regarder dans un miroir sans voir mon propre visage. Les gens disent que c'est impossible, mais j'y suis parvenue. Je peux comme cela me coiffer, me maquiller, mettre mes boucles d'oreilles, sans être obligée de voir combien je suis laide.

Elizabeth ne se donna même pas la peine d'offrir une protestation rassurante. Celle-ci aurait été une insulte, car sa tante disait vrai. Elle *était* laide, et l'avait toujours été, affligée d'un long visage chevalin, de dents proéminentes et d'un menton inexistant. Dotée d'un corps dégingandé, tout en bras et en jambes, elle était le réceptacle de toutes les tares génétiques de la famille Rintoul. Elizabeth avait souvent pensé que sa laideur constituait la raison pour laquelle sa tante arborait tant de bijouterie de pacotille, comme pour détourner l'attention de son infortune physique.

— N'y fais pas attention, Elizabeth, lui dit-elle gentiment. Elle est pleine de bonnes intentions. Vraiment, tu sais. Ne prends pas cela tellement à cœur.

La gorge d'Elizabeth se serra. Sa tante la connaissait tellement bien, l'avait toujours tellement bien comprise.

— « Donne donc un verre à Mr Vinney, ma chérie... » dit. Elizabeth en imitant la voix effacée de sa mère. J'aurais voulu mourir sur place. Même en présence de la police, même avec Joy, elle n'arrête pas, elle ne peut pas s'en empêcher. Il n'y aura jamais de fin.

— Elle veut ton bonheur, ma chérie, et elle le voit dans le mariage.

— Un mariage comme le sien ? remarqua-t-elle avec amertume.

Sa tante fronça les sourcils, posa sa brosse sur la commode, et plaça soigneusement le peigne dessus.

— Je t'ai montré les photos que m'a données Gowan ? dit-elle avec entrain en ouvrant le tiroir supérieur, qui grinça et se coinça. Brave garçon. Il a vu une revue avec ces photos, tu sais, avant et après, et a décidé que nous allions faire la même chose, prendre des clichés de chaque pièce au fur et à mesure de la rénovation. Et puis peut-être les exposerons-nous lorsque tout sera terminé. Ou bien peut-être intéresseront-elles un historien. A moins que nous ne les utilisions pour...

Elle lutta en vain avec le tiroir, dont l'humidité avait fait jouer le bois.

Elizabeth la regarda en silence. Ainsi fonctionnait toujours le cercle de famille : questions sans réponses, secrets, repli sur soi. Tous les membres étaient des conspirateurs occupés à ignorer le passé dans l'espoir qu'il finisse par s'évanouir. Son père, sa mère, oncle Geoffrey, grand-père. Et maintenant tante Francie. Elle aussi devait fidélité aux liens du sang.

Inutile de demeurer plus longtemps dans cette chambre. Une seule chose encore devait être dite, et Elizabeth prit son courage à deux mains pour l'exprimer.

— Tante Francie. S'il te plaît.

Celle-ci leva les yeux. Elle tirait toujours en vain sur le tiroir, sans se rendre compte qu'elle ne faisait que le coincer davantage.

— Je voulais que tu saches. Il faut que tu saches... Je... Je crois que je ne me suis pas du tout débrouillée comme il le fallait, hier soir.

Francesca finit par abandonner son tiroir.

— Que veux-tu dire par là, ma chérie ?

— C'est juste que... Elle n'était pas seule. Elle n'était même pas dans sa chambre. Je n'ai donc pas eu l'occasion de lui parler, de lui transmettre ton message.

— Aucune importance, ma chérie. Tu as fait de ton mieux, n'est-ce pas ? Et de toute façon...

— Non ! S'il te plaît !

Comme toujours, la voix de sa tante, chargée de compassion, comprenait parfaitement le sentiment qui l'habitait, celui d'être dénuée de toute capacité, de tout talent, de tout espoir. Elizabeth sentit sa gorge se nouer dans un sanglot sec devant cette acception inconditionnelle. Elle ne supportait pas de pleurer, que ce soit de tristesse ou de douleur, aussi se détourna-t-elle et quitta-t-elle la pièce.

— Saleté de truc !

Gowan Kilbride venait d'atteindre le point de non-retour dans sa capacité à survivre aux contrariétés ininterrompues. Ce qui s'était passé dans la bibliothèque avait déjà été suffisamment pénible, mais n'avait fait qu'empirer avec la certitude que Mary Agnes avait accordé à Robert Gabriel les privautés interdites à Gowan — la jeune fille n'avait ni confirmé ni nié. Et maintenant, voilà que Mrs Gerrard l'expédiait dans l'arrière-cuisine pour qu'il fasse quelque chose à propos de cette foutue chaudière, qui n'avait jamais marché convenablement en cinquante ans... C'en était trop pour la même personne.

Il jura de nouveau, et jeta violemment sa clé anglaise. Celle-ci ébrécha le carrelage, rebondit, et glissa sous cette maudite chaudière.

— Bon Dieu de bon Dieu de bon Dieu ! fulmina-t-il.

Il s'accroupit, tâtonna sous la machine, et se brûla au métal surchauffé.

— Sacré bon sang ! hurla-t-il en se rejetant en arrière et en regardant la vieille mécanique comme s'il s'agissait d'un être malveillant.

Il flanqua successivement deux coups de pied dedans. A la pensée de Mary Agnes et Robert Gabriel ensemble, il lui expédia un troisième coup, qui délogea un des tuyaux. Un arc d'eau bouillante jaillit.

— Oh merde ! Tu peux crever, saleté !

Il attrapa un torchon près de l'évier, qu'il enroula autour du tuyau pour éviter de se brûler davantage. Luttant pour maintenir le tuyau rebelle, essayant de détourner le jet de gouttelettes brûlantes de son visage et de ses cheveux, il s'aplatit sur le ventre. D'un main, il tenta de reloger le tuyau en place, tandis que, de l'autre, il cherchait sa clé, qu'il finit par localiser contre le mur du fond. Il rampa pour se rapprocher, et ses doigts ne se trouvaient plus qu'à quelques centimètres de l'outil lorsque toute la pièce plongea dans l'obscurité. Pour couronner le tout, l'unique ampoule venait de sauter. Il ne demeurait que la lueur provenant de la chaudière elle-même, un mince filet rougeoyant qui brûlait droit devant ses yeux. Ça, c'était le bouquet.

— Espèce de vieille saloperie de merde ! Espèce de vieux tas rouillé ! Espèce de...

Et soudain, Gowan sut qu'il n'était pas seul.

— Qui est là ? Venez donc m'aider !

Pas de réponse.

— Ici ! Là, par terre !

Toujours pas de réponse.

Il tourna la tête, et tenta de percer la pénombre. Il allait de nouveau appeler — plus fort, cette fois-ci, car il sentait sa nuque se hérisser — lorsqu'il y eut un mouvement dans sa direction. Il eut l'impression qu'une douzaine de personnes se précipitaient sur lui en même temps.

— Hé...

Un coup étrangla le cri dans sa gorge. Une main lui agrippa la nuque et lui cogna violemment la tête contre le sol. La douleur gronda dans ses tempes. Ses doigts relâchèrent leur prise sur le tuyau, et l'eau lui éclaboussa le visage, l'aveugla, l'ébouillanta. Il se débattit de toutes ses forces, mais fut projeté sauvagement sur le tuyau, qui lui brûla la poitrine, l'estomac, les jambes. Ses vêtements de laine imprégnés de l'eau comme d'un acide se collèrent à sa peau.

— Haaa...

Il tenta de crier tandis que la douleur et la terreur le dévastaient, mais un genou se logea au creux de ses reins, la main qui s'enroulait dans ses cheveux l'obligea à tourner la tête et projeta son front, son nez et son menton dans la flaque d'eau bouillante qui se formait sur le carrelage.

Il sentit l'arête de son nez se briser, la peau de son visage s'écorcher. Et, à l'instant où il commençait à comprendre que son invisible assaillant voulait le noyer dans un centimètre d'eau, il perçut le claquement reconnaissable entre tous du métal sur le carrelage.

Une seconde plus tard, le couteau plongea dans son dos.

La lumière se ralluma.

Des pas vifs grimpèrent les marches.

7

— Le plus important, c'est de savoir si tu crois à l'histoire de Stinhurst, souligna Saint-James.

Il se trouvait avec Lynley dans la chambre située à l'angle de l'aile nord-ouest et du corps principal. C'était une petite pièce meublée de pin et de hêtre, avec un papier peint au motif de guirlandes d'herbe aux écus sur un fond bleu pâle. La vague odeur chimique d'un détergent ou d'un désinfectant y flottait, désagréable mais peu tenace. A travers la fenêtre, Lynley apercevait l'aile ouest, où Irene Sinclair faisait les cent pas dans sa chambre. Elle paraissait se demander si elle devait mettre ou non la robe qu'elle portait au creux du bras. Son visage, un ovale blanc étiré encadré de cheveux noirs, semblable à une étude de peintre sur les contrastes, paraissait fané. Lynley laissa retomber le rideau, et découvrit en se retournant que son ami avait commencé à s'habiller pour le dîner.

La tâche était malaisée, rendue plus difficile encore par le fait que le beau-père de Saint-James n'était pas là pour l'assister, et qu'il n'avait besoin de cette aide pour les gestes les plus simples que depuis une nuit bien particulière d'imprudente soûlerie de Lynley. Il regarda Saint-James, désireux de lui offrir ses services tout en sachant que ceux-ci seraient poliment refusés. Son ami découvrit l'appareil orthopédique soutenant sa jambe, utilisa les béquilles, délaça ses chaussures, sans que son visage n'affiche autre chose que de l'indifférence, comme si l'agilité et la souplesse dont il faisait preuve à peine dix ans auparavant n'avaient jamais existé.

— Le récit de Stinhurst sonnait vrai, Saint-James. Ce n'est pas exactement le genre d'histoire qu'on invente pour se soustraire à une accusation de meurtre, non? Que diable pourrait-il gagner à donner une image peu flatteuse de sa propre femme? Au contraire, il n'a fait qu'aggraver son cas, car il dispose maintenant d'un solide mobile.

— Invérifiable, remarqua légèrement Saint-James, à moins que tu ne poses directement la question à lady Stinhurst. Et quelque chose me dit que Stinhurst parie sur le fait que tes manières de gentleman t'en empêcheront.

— Je le ferai, bien entendu. Si cela se révèle nécessaire.

Saint-James laissa tomber sur le sol une de ses chaussures, et entreprit d'en fixer une autre à son appareil orthopédique.

— Autre chose, Tommy. Considérons un instant que son histoire est vraie. Ce serait bien malin de sa part de souligner qu'il a un mobile de façon aussi évidente. Ainsi, tu n'as pas besoin de fouiller plus avant. On peut même aller jusqu'à penser que tu ne pourras pas le soupçonner de meurtre puisqu'il s'est montré parfaitement honnête avec toi depuis le début. Malin, n'est-ce pas? Un peu trop malin. Et quel meilleur moyen d'accentuer encore la nécessité de détruire des indices que d'accepter la venue de Jeremy Vinney, un homme susceptible de révéler n'importe quelle histoire embarrassante après la mort de Joy?

— Dans ce cas, tu considères que Stinhurst savait déjà que les modifications de la pièce de Joy allaient mettre en lumière la liaison de sa femme et de son frère. Mais à ce moment-là, ça ne colle pas avec le fait d'attribuer à Helen la chambre voisine de celle de Joy, non? Ni avec la porte donnant sur le couloir fermée à clé. Ni avec les empreintes de Davies-Jones sur cette clé.

Saint-James n'exprima aucun désaccord, mais se contenta de remarquer:

— Si on va par là, Tommy, ça ne colle pas non plus avec le fait que Sydeham s'est trouvé seul une partie de la nuit, de même que sa femme. L'un et l'autre avaient la possibilité de la tuer.

— La possibilité, oui. Il semble que tout le monde l'ait eue. Mais le problème, c'est le mobile. Sans compter le fait que la porte de Joy était fermée, et donc que le meurtrier, soit avait accès aux clés, soit est passé par la chambre d'Helen. On en revient toujours là, vois-tu.

— Stinhurst pouvait avoir accès aux clés, non ? Il t'a dit lui-même qu'il était déjà venu ici.

— De même que sa femme, sa fille, et Joy. Même David Sydeham a pu s'emparer des clés si, plus tard dans l'après-midi, il a eu la curiosité d'aller voir dans quelle pièce avait disparu Elizabeth Rintoul à leur arrivée. Mais c'est un peu tiré par les cheveux, non ? Pourquoi cette curiosité ? Mieux encore, pourquoi Sydeham aurait-il tué Joy Sinclair ? Pour éviter à sa femme de jouer avec Robert Gabriel ? Ça ne marche pas. Apparemment, le contrat est bien ficelé. La mort de Joy ne lui a servi à rien.

— Nous en revenons donc au même point, non ? La mort de Joy ne paraît profiter qu'à une seule personne : Stuart Rintoul, lord Stinhurst. La pièce qui promettait d'être tellement embarrassante pour lui ne sera jamais montée, par personne. Je ne vois pas comment tu peux ignorer un tel mobile.

— Ecoute...

On frappa à la porte. Lynley ouvrit à l'agent Lonan, qui brandissait devant lui un sac dans une pochette de plastique. Il le tenait des deux mains de l'air guindé d'un maître d'hôtel présentant un plateau de hors-d'œuvre de qualité douteuse.

— C'est celui de Sinclair, expliqua-t-il. L'inspecteur a pensé que vous auriez envie d'y jeter un coup d'œil avant que le labo ne l'examine.

Lynley posa l'objet sur le lit, et enfila les gants de latex que Saint-James tira du sac de voyage ouvert à ses pieds.

— Où a-t-il été retrouvé ?

— Dans le salon de musique. Sur la banquette sous la fenêtre, derrière les rideaux.

— Dissimulé ? demanda Lynley avec un regard vif.

— Non. Comme si elle l'avait jeté là de la même façon qu'elle jetait tout dans sa chambre.

Lynley ouvrit la pochette de plastique, et fit glisser le sac sur le lit. Les deux hommes l'observèrent avec curiosité, tandis qu'il l'ouvrait et en renversait le contenu. Puis il entreprit de le trier lentement en deux piles. Dans l'une, il plaça les objets communs à des centaines de sacs à main portés par des centaines de femmes : un trousseau de clés reliées par un gros anneau de cuivre, deux stylos à bille bon marché, un paquet de chewing-gum entamé, une pochette d'allumettes, et une paire de lunettes noires dans un étui de cuir neuf.

Il forma une seconde pile avec le reste, qui témoignait de ce que Joy Sinclair, comme beaucoup de femmes, avait imprimé la marque de sa personnalité à un objet aussi banal qu'un sac à bandoulière noir. Il feuilleta d'abord son carnet de chèques, sans rien découvrir de particulier. L'état de ses finances n'avait de toute évidence intéressé sa propriétaire que de façon toute relative, puisqu'elle n'avait pas fait ses comptes depuis au moins six semaines. Quant à son portefeuille, il contenait près de cent livres en billets divers. Mais ni le chéquier ni le portefeuille ne retinrent l'attention de Lynley lorsque son regard tomba sur les deux derniers objets conservés dans son sac par Joy Sinclair : un agenda et un petit magnétophone.

L'agenda était neuf, à peine utilisé. Le week-end à Westerbrae était noté, tout comme un déjeuner avec Jeremy Vinney deux semaines auparavant. Etaient notés également une soirée au théâtre, un rendez-vous chez le dentiste, une sorte d'anniversaire, et trois rendez-vous marqués « Upper Grosvenor Street », mais tous ces événements étaient rayés, comme s'ils avaient été annulés. Lynley consulta l'emploi du temps du mois suivant, vierge, puis le suivant. Là, un seul mot, « P. Green », était écrit sur toute une semaine, puis « Chapitres 1-3 » la semaine suivante. A l'exception d'une note, le 25, « Anniversaire de S. », il n'y avait rien d'autre.

— J'aimerais garder ça, pour l'instant, dit Lynley d'un ton pensif. Le contenu, pas le sac. Voulez-vous en informer Macaskin avant qu'il ne s'en aille ?

Lonan acquiesça et quitta la pièce. Lynley attendit que la porte se soit refermée sur lui pour ramasser le magnétophone et le mettre en marche après avoir jeté un coup d'œil à Saint-James.

Elle avait une voix de gorge harmonieuse et très agréable. Le genre de voix rauque et aguichante porteuse d'une sorte de sensualité naturelle que certaines femmes considèrent comme un don du ciel et d'autres comme une malédiction. La bande s'interrompait puis repartait, avec des tempos et des bruits de fond différents — la circulation, le métro, un peu de musique —, comme si elle avait sorti le magnétophone de son sac pour enregistrer ses réflexions au moment où elles lui traversaient l'esprit.

« Essayer de reporter Edna au moins pendant deux jours encore. Peut-être croira-t-elle à la grippe... Ce pingouin ! Elle adorait les pingouins, ce sera parfait... Par pitié, ne pas laisser maman oublier Sally encore une fois cette année... John Darrow pensait le plus grand bien d'Hannah jusqu'à ce que les circonstances l'obligent à en penser le pire... S'occuper des billets et d'un endroit décent où séjourner. Cette fois-ci, prendre un manteau plus épais... Jeremy. Jeremy. Seigneur, pourquoi se torturer à son propos ? Ce n'est pas pour toute la vie... Il faisait nuit, et bien que la tempête d'hiver... Fantastique, Joy. Pourquoi pas une nuit noire de tempête, et jeter la créativité au diable une fois pour toutes... Se souvenir de cette odeur étrange : celle des épaves et des légumes en décomposition emportés par le courant de la rivière à la suite de la dernière tempête... Le bruit des grenouilles, les pompes, et la terre plate à perte de vue... Pourquoi ne pas demander à Rhys la meilleure façon de l'aborder ? Il a un bon contact avec les gens. Il pourra sûrement m'aider... Rhys veut... »

Lynley arrêta le magnétophone sur ces mots. Il leva les yeux, et vit que Saint-James l'observait. Pour gagner du temps en attendant que l'inévitable ne se produise entre eux, Lynley ramassa le contenu du sac de Joy et le plaça dans une nouvelle pochette en plastique que Saint-James avait sortie de son sac de voyage. Il replia celle-ci, et la porta sur la commode.

— Pourquoi n'as-tu pas interrogé Davies-Jones ? demanda Saint-James.

Lynley retourna au pied du lit, ouvrit sa valise, et en sortit sa tenue de soirée, se donnant le temps de réfléchir à la question de son ami.

Il aurait été facile de répondre que les circonstances ne lui avaient pas laissé le loisir d'interroger le Gallois, que cette affaire s'était jusqu'à présent déroulée suivant une certaine logique, et qu'il avait intuitivement suivi celle-ci pour voir où elle menait. L'explication n'était pas dénuée d'un fond de vérité. Mais, au-delà de cette vérité, Lynley reconnaissait une autre réalité désagréable. Il luttait avec le besoin d'éviter la confrontation, un besoin qu'il n'avait pas encore réussi à admettre, tant il lui était étranger.

Il entendait Helen dans la pièce voisine, ses mouvements légers, vifs, et efficaces. Il les avait entendus des milliers de fois au cours des ans, sans jamais les remarquer. A cet instant, ils résonnaient comme amplifiés, comme pour s'imprimer de façon permanente dans son esprit.

— Je ne veux pas la blesser, dit-il enfin.

Saint-James était en train de fixer une chaussure noire à son appareil, et s'interrompit dans l'effort, l'air surpris, lui qui demeurait d'habitude réservé.

— Tu as une drôle de façon de le montrer, Tommy.

— Tu parles comme Havers. Mais que veux-tu que je fasse ? Helen est décidée à demeurer aveugle à l'évidence. Dois-je lui démontrer les faits maintenant, ou bien tenir ma langue et la laisser s'enfoncer à corps perdu dans sa liaison avec ce type, pour qu'elle soit complètement désespérée lorsqu'elle s'apercevra à quel point il l'a manipulée ?

— *Si* il l'a manipulée.

Lynley sortit une chemise propre, la boutonna avec une nervosité mal dissimulée, et noua sa cravate.

— *Si* ? Et à quoi crois-tu donc que rimait sa visite chez elle la nuit dernière, Saint-James ?

Sa question ne reçut pas de réponse. Il sentit sur lui le regard de son ami, et s'énerva sur son nœud de cravate.

— Oh, merde ! marmonna-t-il, furieux.

On frappa à la porte. Lady Helen s'attendait à trouver dans le couloir le sergent Havers, ou bien Lynley ou Saint-James, venus l'escorter à la salle à manger comme la principale suspecte ou le témoin clé placé sous la protection de la police. Il s'agissait de Rhys, qui demeura silencieux, visiblement nourri de doutes sur la façon dont il allait être reçu. Lady Helen sourit ; il pénétra dans la pièce et referma la porte derrière lui.

Ils se regardèrent comme des amants coupables mourant d'envie d'une rencontre clandestine. La nécessité d'agir avec discrétion intensifiait leurs sensations, leur désir, renforçait le lien nouvellement formé entre eux. Lorsqu'il tendit les bras, lady Helen s'y réfugia plus que spontanément.

Il lui embrassa le front, les paupières, les joues, et enfin la bouche. Elle répondit à son baiser, le pressant contre elle comme si sa présence pouvait lui faire oublier cette journée. Le contact de son corps contre le sien fit naître une douce impatience, et elle se mit à trembler, transpercée par un éclair de désir inattendu, jailli de nulle part, qui court dans ses veines comme un feu liquide. Elle enfouit son visage contre son épaule, et il resserra son étreinte d'un geste familier et possessif.

— Mon amour, murmura-t-il.

A ces mots, elle tourna la tête et chercha de nouveau sa bouche. Au bout d'un moment, il chuchota :

— *Aw bey browden on ye, lassie.* Je me languissais de toi, ma belle, mais je suppose que tu l'as remarqué, ajouta-t-il avec un petit rire.

Elle leva la main pour caresser ses tempes poivre et sel, et sourit, rassurée sans très bien savoir pourquoi.

— Et où diable un sombre Gallois a-t-il appris l'écossais ?

Sa bouche se crispa, il se raidit imperceptiblement, et lady Helen comprit qu'elle avait innocemment posé la mauvaise question.

— A la clinique, répondit-il.

— Mon Dieu, je suis désolée. Je ne pensais pas...

Il secoua la tête et la pressa contre lui, posant sa joue contre ses cheveux.

— Je ne t'ai rien raconté, n'est-ce pas, Helen ? Je crois que c'est quelque chose que je ne voulais pas que tu saches.

— Alors, ne me...

— Non. La clinique se trouvait à Portree, sur l'île de Skye. En plein cœur de l'hiver. Une mer grise, un ciel gris, une terre grise. Les bateaux partant pour le continent, et moi qui aurais donné n'importe quoi pour me trouver sur l'un d'entre eux. J'ai parfois pensé que Skye me pousserait à boire de façon définitive et permanente. C'est le genre d'endroit parfait pour mettre sa résistance à l'épreuve. Pour survivre, il n'y avait que deux solutions : une lampée de whisky en cachette de temps en temps, ou bien apprendre l'écossais. J'ai choisi l'écossais, qui lui, au moins, m'était garanti par mon voisin de chambre, qui se refusait à parler quoi que ce soit d'autre.

Il effleura sa chevelure en un geste hésitant.

— S'il te plaît, Helen. Pour l'amour de Dieu. Je ne veux pas de ta pitié.

Il agissait toujours de la même façon, pensa-t-elle. Il coupait court à toute ombre de compassion qui aurait pu se dresser entre lui et le reste du monde. La pitié le maintenait en position de faiblesse, prisonnier d'une maladie incurable. Elle fit sienne sa souffrance.

— Comment as-tu pu penser une seconde que j'éprouvais de

la pitié ? Tu crois que ce qu'il y a eu entre nous la nuit dernière était de la pitié ?

Il eut un soupir las.

— J'ai quarante-deux ans. Tu sais cela, Helen ? J'ai quinze ans de plus que toi. Mon Dieu, plus peut-être ?

— Douze.

— Je me suis marié à vingt-deux ans. Toria en avait dix-neuf. Tous les deux sortant de nos théâtres de province, et persuadés de devenir les prochaines gloires du West End.

— J'ignorais cela.

— Elle m'a quitté. Je venais de passer la saison d'hiver dans le Norfolk et le Suffolk — deux mois par-ci, un mois par-là. A coucher dans des hôtels sordides et puants et à penser que ce n'était pas si mal, puisque ça permettait de se nourrir et d'habiller les enfants. Mais quand je suis rentré à Londres, elle était partie, partie chez elle en Australie, retrouver papa, maman, et la sécurité. Avoir plus que du pain à manger, et se payer des chaussures.

— Combien de temps êtes-vous restés mariés ?

— Cinq ans, seulement. Mais suffisamment pour que Toria affronte ce qu'il y avait de pire en moi.

— Ne dis pas...

— Si. J'ai vu mes enfants une fois en quinze ans. Ce sont des adolescents, aujourd'hui, un garçon et une fille qui ne me connaissent même pas. Et le pire est que c'est entièrement ma faute. Toria ne m'a pas quitté parce que ma carrière théâtrale était un échec, et Dieu sait pourtant que mes chances de succès étaient infimes. Elle m'a quitté parce que j'étais alcoolique. Je le suis toujours, Helen. Un alcoolique, Helen, tu ne dois jamais l'oublier. Je ne dois pas te le laisser oublier.

Elle répéta ce qu'il avait lui-même dit un soir de vent tandis qu'ils se promenaient dans Hyde Park :

— Après tout, ce n'est qu'un mot, n'est-ce pas ? Il n'a que le pouvoir qu'on veut bien lui accorder.

Il secoua la tête. Elle sentait le lourd battement de son cœur.

— Non, dit-il en posant ses doigts au creux de sa nuque. Ils croient que je l'ai tuée, n'est-ce pas, Helen ? ajouta-t-il en s'exprimant avec précaution par-dessus sa tête, comme s'il avait soigneusement pesé chaque mot.

Ses bras se resserrèrent autour de lui de leur propre gré, lui évitant de répondre.

— Je me suis demandé comment ils voyaient les choses, continua-t-il. Je suis venu dans ta chambre, je t'ai apporté du cognac pour te soûler, je t'ai fait l'amour pour détourner ton attention, puis j'ai poignardé ma cousine. Pourquoi, cela reste à découvrir, bien sûr. Mais ils ne tarderont pas à trouver quelque chose, je n'en doute pas.

— Le cognac était ouvert, chuchota lady Helen.

— Ils pensent que j'ai mis quelque chose dedans ? Seigneur ! Et toi ? Tu le penses aussi ? Tu penses que je suis venu avec l'intention de te droguer puis d'assassiner ma cousine ?

— Bien sûr que non.

Elle leva les yeux, et vit se peindre sur le visage de Rhys un mélange de fatigue et de tristesse, tempéré par le soulagement.

— Je l'ai ouvert lorsque je suis sorti du lit, dit-il. Dieu sait que j'en avais envie. J'en mourais d'envie. Mais tu t'es réveillée, tu es venue vers moi, et très franchement j'ai découvert que je te désirais davantage.

— Tu n'as pas besoin de me le dire.

— J'étais à deux doigts de boire. A deux centimètres. Il y a des mois que cela ne m'était pas arrivé. Si tu n'avais pas été là…

— Cela n'a pas d'importance. J'étais là. Je suis là.

Des voix s'élevèrent de la pièce voisine : celle de Lynley, emportée, suivie du murmure placide de Saint-James. Ils écoutèrent. Puis Rhys parla :

— Ta loyauté va se trouver cruellement mise à l'épreuve dans cette affaire, Helen. Tu le sais, n'est-ce pas ? Et même si on te soumet des vérités irréfutables, tu vas devoir décider par toi-même pourquoi je suis venu dans ta chambre hier soir, pourquoi je voulais être avec toi, pourquoi je t'ai fait l'amour. Et surtout, décider de ce que j'ai pu faire tout ce temps pendant que tu dormais.

— C'est inutile, déclara-t-elle. En ce qui me concerne, il n'y a pas deux versions de cette histoire.

— Oh mais si, dit-il avec un regard sombre. Il y a la sienne et la mienne. Et tu le sais.

Lorsque Saint-James et Lynley pénétrèrent dans le salon de musique, ils constatèrent que la soirée s'apprêtait à être fort désagréable. Les assistants n'auraient pas montré avec plus de conviction le déplaisir qu'ils éprouvaient à être obligés de dîner avec New Scotland Yard s'ils avaient été mis en scène.

Joanna Ellacourt avait choisi de se placer au centre de la scène. Elle avait adopté une position mi-assise, mi-allongée sur un siège en bois de rose, et elle gratifia les deux arrivants d'un regard glacial avant de se détourner pour boire une gorgée d'une sorte de sirop rose surmonté de blanc, et de fixer la cheminée de style George II comme si ses deux pilastres vert pâle devaient à tout prix s'imprimer dans son esprit. Les autres étaient réunis autour d'elle sur des canapés ou des fauteuils, et leur conversation décousue cessa net à l'entrée des deux hommes.

Lynley parcourut l'assistance du regard, remarqua que certains étaient absents, et parmi eux plus particulièrement lady Helen et Rhys Davies-Jones. Tel un ange gardien, l'agent Lonan se tenait près d'un chariot à boissons dans le coin le plus reculé de la pièce, surveillant la compagnie d'un œil acéré, comme s'il attendait que l'un ou l'autre d'entre eux se livre à un nouvel acte de violence. Lynley et Saint-James le rejoignirent.

— Où sont les autres ? demanda Lynley.

— Pas encore descendus. Et cette dame-là vient juste d'arriver.

La dame en question était la fille de lord Stinhurst, Elizabeth Rintoul, qui approchait du chariot à boissons comme une femme marchant à la potence. A l'inverse de Joanna Ellacourt, qui s'était habillée pour le dîner de satin moulant comme si l'occasion était exceptionnelle, Elizabeth portait une jupe de tweed marron et un gros pull vert — à la fois vieux et peu seyants —, ce dernier décoré de trois trous de mites qui dessinaient un triangle isocèle sur son épaule gauche.

Lynley savait qu'elle avait trente-cinq ans, mais elle paraissait bien plus âgée, comme une vieille fille approchant l'âge mûr de la pire façon. La teinture marron choisie pour ses cheveux, peut-être dans une tentative de blond vénitien, avait pris des reflets cuivrés, et une frange rigide formait un écran derrière lequel elle pouvait observer le monde. La couleur et le style de sa coiffure suggéraient la copie malheureuse d'une photo de magazine et non une réflexion en fonction de son teint ou de la forme de son visage, un visage creux aux traits tirés, dont la lèvre supérieure commençait à se rider.

L'inquiétude se lisait dans son attitude, et elle triturait d'une main le tissu de sa jupe. Elle ne prit même pas la peine de les saluer, ou d'exprimer une quelconque formule de politesse. Il paraissait évident qu'elle attendait de poser sa question depuis plus de douze heures, et qu'elle n'attendrait pas plus longtemps. Pourtant, lorsqu'elle parla, ce fut sans réellement regarder Lynley. Ses yeux, qu'une ombre de maquillage bleu-vert mal appliqué soulignait, effleurèrent à peine son visage pour établir le contact, et demeurèrent ensuite obstinément rivés sur le mur derrière lui, comme si elle s'adressait au tableau suspendu là.

— Vous avez le collier ? demanda-t-elle sèchement.

— Je vous demande pardon ?

Les mains d'Elizabeth s'aplatirent contre sa jupe.

— Le collier de perles de ma tante. Je l'ai donné à Joy hier soir. Il est dans sa chambre ?

Un murmure s'éleva du groupe, et Francesca Gerrard se leva. Elle vint prendre sa nièce par le coude, et tenta de la ramener vers les autres, évitant de regarder les policiers.

— Ce n'est pas grave, Elizabeth, dit-elle à voix basse. Je t'assure. Pas grave du tout.

Elizabeth se dégagea.

— Si, c'est grave, tante Francie. Je n'étais pas d'accord pour le donner à Joy. Je savais que ça ne marcherait pas. Maintenant qu'elle est morte, je veux que tu le récupères, dit-elle en continuant de ne regarder personne en particulier.

Ses yeux étaient injectés de sang, ce que son maquillage ne faisait qu'accentuer.

Lynley s'adressa à Saint-James :

— Il y avait un collier de perles dans la chambre ?

Saint-James secoua la tête.

— Mais je le lui ai apporté. Elle n'était pas revenue dans sa chambre. Elle était dans la... Alors je lui ai demandé, à lui... (Elle s'interrompit, ses yeux cherchèrent et trouvèrent Jeremy Vinney.) Vous ne lui avez pas donné, hein ? Vous aviez dit que vous le feriez, mais non. Qu'avez-vous fait du collier ?

Le verre de gin-tonic de Vinney s'arrêta à mi-chemin de ses lèvres, et ses doigts boudinés et poilus se resserrèrent dessus. L'accusation le prenait visiblement par surprise.

— Moi ? Bien sûr que si, je le lui ai donné. Ne soyez pas stupide.

— Vous mentez ! s'écria-t-elle d'une voix perçante. Vous

m'avez dit qu'elle ne voulait parler à personne ! Et vous l'avez mis dans votre poche ! Je vous ai entendus tous les deux dans votre chambre ! Je sais ce que vous cherchiez ! Mais quand elle n'a pas voulu, vous l'avez suivie dans sa chambre, hein ? Vous étiez furieux ! Vous l'avez tuée, et puis vous avez pris les perles !

Vinney bondit avec vivacité, malgré son poids. Il tenta d'écarter David Sydeham, qui l'avait agrippé par le bras.

— Espèce de sale mégère desséchée ! explosa-t-il. Vous étiez tellement jalouse que c'est probablement vous qui l'avez tuée ! Toujours en train d'espionner et d'écouter aux portes. Vous n'avez sûrement jamais tâté de la chose de plus près, hein ?

— Bon Dieu, Vinney...

— Et vous, qu'est-ce que vous faisiez avec elle ? (La colère avait fait naître des taches rouges sur les joues d'Elizabeth, et un rictus de mépris tordit sa bouche.) Vous espériez stimuler votre imagination créatrice en lui pompant la sienne ? Ou vous étiez à lui renifler les jupes comme tous les hommes ici ?

— Elizabeth ! supplia faiblement Francesca Gerrard.

— Parce que je sais pourquoi vous êtes venu ! Je sais ce que vous cherchiez !

— Elle est folle ! marmonna Joanna Ellacourt avec dégoût.

Sur ces mots, lady Stinhurst éclata, et cracha en réponse à la comédienne :

— Je vous interdis de dire ça ! Comment osez-vous ! Alors que vous vous pavanez comme une Cléopâtre mûrissante qui a besoin des hommes pour...

— *Marguerite* ! tonna la voix de son mari, qui réduisit tout le monde au silence.

Des pas qui résonnaient dans les escaliers puis le hall brisèrent la tension. Quelques secondes plus tard, les derniers convives pénétrèrent dans la pièce : le sergent Havers, lady Helen, Rhys Davies-Jones. Robert Gabriel fit son apparition derrière eux moins d'une minute plus tard.

Ses yeux naviguèrent du groupe tendu assis devant la cheminée à celui debout près du chariot à boissons, en passant par Elizabeth et Vinney remâchant leur colère. Instant rêvé pour un acteur, dont il savait parfaitement tirer parti.

— Ah, fit-il avec un sourire enjoué. Nous sommes tous en train de nous rouler dans la fange, si je ne m'abuse ? Qui d'entre nous lèvera donc le regard vers les étoiles ?

— Sûrement pas Elizabeth, en tout cas, rétorqua Joanna Ellacourt avant de replonger dans son verre.

Du coin de l'œil, Lynley vit Davies-Jones tirer lady Helen vers le chariot à boissons et lui servir un sherry. Il connaît même ses goûts, pensa-t-il d'un air sombre, avant de décider qu'il en avait assez de tout ce petit monde.

— Parlez-moi du collier de perles, demanda-t-il.

Francesca Gerrard palpa le collier bon marché qu'elle portait autour du cou, et dont les perles couleur puce juraient affreusement avec son chemisier vert. Elle baissa la tête et porta à sa bouche une main nerveuse, comme pour dissimuler ses dents proéminentes.

— Je... C'est ma faute, inspecteur. J'ai... J'ai bien demandé à Elizabeth d'offrir les perles à Joy. Elles ne sont pas inestimables, bien sûr, mais j'ai pensé que, si elle avait besoin d'argent...

— Ah, je vois. Un pot-de-vin.

Francesca Gerrard regarda lord Stinhurst.

— Stuart, tu ne veux pas... ? hésita-t-elle, mais son frère ne répondit pas. Oui. J'ai pensé qu'elle accepterait peut-être de renoncer à la pièce.

— Dis-lui combien valent les perles, insista brutalement Elizabeth. Dis-le-lui !

Francesca eut une délicate moue de dégoût, visiblement peu habituée à débattre de tels sujets en public.

— C'était un cadeau de mariage de Phillip. Mon mari. Elles étaient... parfaitement assorties, et...

— Elles valaient plus de huit mille livres ! jeta Elizabeth.

— Bien sûr, j'ai toujours eu l'intention de les transmettre à ma propre fille. Mais étant donné que je n'ai pas d'enfant...

— C'est notre petite Elizabeth qui les aurait récupérées ! acheva Vinney d'un ton triomphant. Alors qui d'autre aurait pu les piquer dans la chambre de Joy ? Espèce de petite salope, c'est astucieux de m'accuser !

Elizabeth bondit, mais son père se leva et l'intercepta. A cet instant, Mary Agnes apparut sur le seuil, hésitante, les yeux écarquillés, tripotant l'extrémité de ses cheveux. Pour tenter d'apaiser la vague de passions, Francesca s'adressa à elle.

— Le dîner est prêt, Mary Agnes ? demanda-t-elle stupidement.

La jeune fille parcourut le salon des yeux.

— Où est Gowan ? Il est pas avec vous ? Ni avec la police ? La cuisinière le réclame... Vous l'avez pas vu...

Lynley regarda Saint-James, puis Havers. L'impensable leur traversa l'esprit à tous trois. Ils bondirent en même temps.

— Veillez à ce que personne ne sorte d'ici, ordonna Lynley à l'agent Lonan.

Ils se séparèrent. Havers prit l'escalier, Saint-James le corridor nord-est, et Lynley traversa la salle à manger, puis les deux pièces précédant la cuisine, avant de débouler dans celle-ci. La cuisinière sursauta, une bouilloire fumante à la main. De l'eau se renversa. A l'étage au-dessus, Lynley entendait Havers dévaler le corridor ouest, ouvrir des portes à la volée, appeler le garçon par son nom.

En sept enjambées, Lynley était à la porte de l'arrière-cuisine. La poignée tourna dans sa main, mais le battant refusa de s'ouvrir. Quelque chose bloquait le passage.

— Havers ! hurla-t-il. Havers, bon Dieu ! répéta-t-il avec une inquiétude grandissante devant l'absence de réponse.

Puis il l'entendit dévaler l'escalier de service, s'arrêter. Il entendit son exclamation incrédule, le bruit invraisemblable de l'eau, le clapotement, comme un enfant qui patauge dans une mare. De précieuses secondes s'écoulèrent. Puis la voix de Barbara s'éleva, nouée comme celle de quelqu'un qui espère ne pas avoir à avaler un médicament amer :

— Seigneur ! Gowan !

— Havers, bon Dieu...

Il perçut un mouvement, quelque chose qu'on tirait. La porte s'entrouvrit, laissant Lynley pénétrer au cœur de la chaleur et de la vapeur, au cœur du mal. Le dos souillé et gluant d'écarlate, Gowan gisait sur le ventre, sur la dernière marche donnant accès à la cuisine. Il avait apparemment essayé de sortir et d'échapper à l'eau bouillante qui jaillissait de la chaudière et se mêlait à la flaque qui refroidissait sur le sol sur quelques centimètres de profondeur. Havers retourna à la chaudière, et chercha la valve de sécurité pour arrêter la machine. Lorsqu'elle la manœuvra, un silence lugubre s'abattit.

La voix de la cuisinière s'éleva de l'autre côté du battant.

— C'est Gowan ? C'est le gamin ?

Elle se lança alors dans une lamentation qui résonna dans la cuisine comme une étrange musique.

Mais, lorsqu'elle s'interrompit, un autre son troubla l'air chaud. Gowan respirait. Il était vivant.

Lynley retourna le corps du garçon. Son visage et sa gorge n'étaient plus qu'une masse rouge de chair ébouillantée. Sa chemise et son pantalon s'étaient incrustés dans son corps.

— Gowan! cria Lynley. Havers, appelez une ambulance! Allez chercher Saint-James!

Elle ne bougea pas.

— Bon sang, Havers! Faites ce que je vous dis!

Mais les yeux de Havers demeuraient cloués sur le visage du garçon. Lynley se retourna, vit le regard vitreux de Gowan, sut ce qu'il signifiait.

— Non! Gowan!

L'espace d'un instant, le garçon parut tenter désespérément de réagir à l'appel, d'accepter de répondre au cri qui l'arrachait aux ténèbres. Il eut un souffle rauque, embarrassé de flegme sanguinolent.

— Pas... vu...

— Quoi? le pressa Lynley. Pas vu quoi?

Havers se pencha.

— Qui, Gowan, *qui*?

Dans un effort démesuré, ses yeux cherchèrent Barbara. Mais il ne dit plus rien. Un frisson le parcourut, et il ne bougea plus.

Lynley s'aperçut qu'il avait agrippé la chemise de Gowan dans une tentative effrénée d'insuffler la vie à son corps torturé. Il la relâcha, et le laissa reposer sur les marches. Une monstrueuse indignation s'empara de lui, de ses muscles, de ses organes, comme un hurlement prêt à éclater. Il pensa à cette vie gâchée — à ces générations de vies détruites sans pitié — dans cet unique garçon qui avait fait... quoi? Qu'avait-il fait? Pour quel crime avait-il payé? Quelle remarque? Quelle information?

Les yeux brûlants, le cœur battant, il choisit un instant d'ignorer le fait que le sergent Havers lui parlait, mais la voix de celle-ci se brisa pitoyablement.

— Il avait réussi à enlever ce fichu truc! Mon Dieu, inspecteur, il a dû l'arracher tout seul!

Elle était retournée près de la chaudière dans le coin de la pièce. Agenouillée sur le sol, sans souci de l'eau, elle utilisa un morceau de torchon déchiré pour sortir quelque chose de la mare. Lynley vit qu'il s'agissait d'un couteau de cuisine, un couteau identique à celui qu'il avait aperçu dans les mains de la cuisinière de Westerbrae quelques heures auparavant.

8

Il n'y avait pas assez de place dans l'arrière-cuisine, aussi l'inspecteur Macaskin faisait-il les cent pas dans la cuisine. De la main gauche, il frôlait toute la longueur de la table de travail placée au centre de la pièce, tandis qu'il se rongeait les ongles de la main droite avec une furieuse concentration. Son regard allait des fenêtres qui ne lui renvoyaient que son propre reflet à la porte fermée qui menait à la salle à manger. De là s'élevaient une plainte féminine et une voix masculine rauque de colère. Les parents de Gowan Kilbride, venus de Hillview Farm, qui infligeaient sans répit à Lynley la violence de leur chagrin. Au-dessus de leurs têtes, à l'étage, les suspects attendaient d'être convoqués par la police derrière des portes closes et gardées. Encore une fois, pensa Macaskin. Il se maudit copieusement, déchiré par la certitude que, s'il n'avait pas suggéré de laisser sortir tout le monde de la bibliothèque pour le dîner, Gowan Kilbride serait peut-être encore en vie.

Il se retourna lorsque la porte de l'arrière-cuisine s'ouvrit, et que Saint-James sortit en compagnie du médecin légiste de Strathclyde. Derrière eux, il vit deux hommes encore au travail dans la petite pièce, s'efforçant de recueillir le peu d'indices laissés par l'eau et la vapeur.

— En attendant un examen *post mortem* complet, je dirais la branche droite de l'artère pulmonaire, murmura le médecin à Macaskin en ôtant une paire de gants qu'il fourra dans la poche de sa veste.

Macaskin jeta un regard inquisiteur à Saint-James.

— Il est possible que ce soit le même assassin, dit celui-ci avec un hochement de tête. Droitier. Un seul coup.

— Homme ou femme ?

Saint-James réfléchit.

— Je dirais un homme, mais sans écarter totalement l'éventualité d'une femme.

— Mais il a fallu faire preuve d'une force considérable !

— Ou obéir à une poussée d'adrénaline. Une femme en serait capable si la pulsion était suffisamment forte.

— La pulsion ?

— La rage, la panique, la peur.

Macaskin se mordit l'ongle jusqu'au sang, dont le goût lui inonda la bouche.

— Mais qui ? *Qui* ? demanda-t-il à la cantonade.

Lorsque Lynley déverrouilla la porte de la chambre de Robert Gabriel, il trouva celui-ci assis comme un prisonnier dans sa cellule, sur le siège le moins confortable, penché en avant, les bras sur les cuisses, ses mains soigneusement manucurées pendant devant lui.

Lynley avait vu Gabriel sur scène quatre ans auparavant dans *Hamlet*, mais l'homme de près était très différent de l'acteur qui subjuguait le public et lui faisait partager les tourments du prince danois. Bien qu'il ait dépassé de peu la quarantaine, Gabriel commençait à avoir l'air usé. Il avait des poches sous les yeux, et sa taille s'était assurément épaissie. Ses cheveux étaient bien coupés et parfaitement peignés, mais malgré le gel qui tentait de les coiffer à la mode, ils se faisaient rares sur le sommet du crâne, suffisant à peine à masquer une calvitie avancée, et leur couleur paraissait artificiellement rehaussée. Il arborait un pantalon et une chemise dont la coupe, la couleur et le matériau paraissaient plus appropriés à un été à Miami Beach qu'à un hiver en Ecosse, et qui révélaient une certaine instabilité chez cet homme dont on aurait pu croire qu'il débordait d'assurance et d'aisance.

Lynley indiqua une chaise à Havers d'un signe de tête, et demeura debout près d'une magnifique commode en bois dur, d'où il distinguait parfaitement le visage de Gabriel.

— Parlez-moi de Gowan, dit-il tandis que le sergent feuilletait son calepin.

— J'ai toujours pensé que ma mère parlait comme un

policier, répondit Gabriel d'un ton las. Je vois que j'avais raison.

Il se frotta la nuque, comme pour se détendre, se redressa sur son siège et attrapa le réveil de voyage posé sur la table de chevet.

— C'est mon fils qui me l'a donné. Regardez ce truc idiot. Il ne donne même plus l'heure exacte depuis longtemps, mais je n'ai pas encore réussi à le flanquer à la poubelle. Moi, j'appelle ça de l'amour paternel, ma mère dirait que c'est de la culpabilité.

— Vous vous êtes battus cet après-midi dans la bibliothèque.

— Effectivement, dit-il avec un grognement. Gowan était visiblement persuadé que j'avais goûté à quelques-uns des avantages de Mary Agnes, et il n'appréciait pas beaucoup.

— Etait-ce le cas ?

— Seigneur, maintenant vous parlez comme mon ex-femme.

— Vraiment ? Mais cela ne répond pas à ma question.

— J'avais parlé à la gamine, jeta Gabriel d'un ton brusque. C'est tout.

— Quand ?

— Je ne sais pas. Hier, probablement peu de temps après mon arrivée. Je défaisais mes bagages, et elle a frappé, pour m'apporter des serviettes propres dont je n'avais nul besoin. Elle est restée à bavarder, suffisamment longtemps pour savoir si je connaissais toute une série d'acteurs qui paraissaient se trouver au sommet de sa liste de maris potentiels. (Il s'interrompit mais, lorsque aucune question supplémentaire ne vint, il ajouta d'un air belliqueux :) D'accord, d'accord ! Je l'ai peut-être un peu caressée. Je l'ai probablement embrassée, je ne sais pas.

— Vous l'avez *peut-être* caressée ? Vous ne savez pas si vous l'avez embrassée ?

— Je ne faisais pas attention, inspecteur. Je ne savais pas que j'aurais à rendre compte de chaque seconde de mon emploi du temps à la police de Londres.

— Vous parlez comme si embrasser et caresser étaient des réflexes physiques, souligna Lynley avec une courtoisie impassible. Que vous faut-il pour que vous vous souveniez de votre comportement ? Une séduction complète ? Une tentative de viol ?

— D'accord ! Elle était plus que consentante ! Et je n'ai pas tué ce gamin pour ça !

— Ça quoi ?

Il restait tout de même à Gabriel suffisamment de conscience pour avoir l'air mal à l'aise.

— Bon Dieu, juste un peu de tripotage. Je lui ai peut-être mis la main sous la jupe, mais je n'ai pas couché avec.

— Tout au moins, pas à ce moment-là.

— A aucun moment ! Demandez-lui, elle vous dira la même chose ! (Il pressa ses doigts contre ses tempes, le visage tiré par la fatigue.) Ecoutez, je ne savais même pas que Gowan avait des vues sur la fille. Je ne l'avais même pas encore rencontré à ce moment-là. Je ne savais pas qu'il existait. Pour moi, elle était libre, et par Dieu, elle n'a guère protesté.

— Parlez-moi de la nuit dernière.

— Il n'y a rien à dire. J'ai pris un verre dans la bibliothèque. J'ai parlé à Irene, puis je suis allé me coucher.

— Seul ?

— Oui. Aussi difficile à croire que cela puisse vous paraître, j'étais seul. Sans Mary Agnes. Sans qui que ce soit d'autre.

— Voilà qui vous prive d'un alibi, pourtant ?

— Et pourquoi diable aurais-je besoin d'un alibi, inspecteur ? Pourquoi aurais-je voulu tuer Joy ? D'accord, j'avais eu une liaison avec elle. Je reconnais que cela a brisé mon mariage. Mais si j'avais voulu la tuer, je l'aurais fait l'année dernière, quand Irene a tout découvert et a divorcé. Pourquoi attendre maintenant ?

— Joy avait refusé de coopérer à votre plan pour reconquérir votre femme, non ? Peut-être saviez-vous qu'Irene vous reviendrait si Joy lui disait qu'elle n'avait couché avec vous qu'une fois. Mais Joy n'avait pas l'intention de mentir pour vous.

— Et je l'ai tuée à cause de cela ? Quand ? Comment ? Il n'y a pas une personne dans cette maison qui ne sache que sa porte était fermée à clé. Qu'est-ce que j'ai fait ? Je me suis caché dans le placard en attendant qu'elle s'endorme ? Ou mieux encore, j'ai traversé la chambre d'Helen Clyde sur la pointe des pieds en espérant qu'elle ne me verrait pas ?

Lynley refusa de se laisser entraîner dans la querelle.

— Où êtes-vous allé après avoir quitté la bibliothèque, ce soir ?

— Je suis venu ici.

— Immédiatement ?

— Bien sûr. Je voulais me laver. J'étais dans un état épouvantable.

— Quel escalier avez-vous emprunté ?

Gabriel battit des paupières.

— Que voulez-vous dire ? Il y a un autre escalier ? J'ai pris celui du hall.

— Vous n'avez pas pris celui qui se trouve juste à côté de cette pièce ? L'escalier de service, qui mène à l'arrière-cuisine ?

— Je ne savais même pas qu'il y en avait un. Il n'est pas dans mes habitudes de rôder dans les maisons où je suis reçu à la recherche d'un deuxième accès à ma chambre, inspecteur.

La réponse était judicieuse, impossible à vérifier si personne ne l'avait aperçu dans la cuisine ou l'arrière-cuisine au cours des dernières vingt-quatre heures. Et pourtant, Mary Agnes avait certainement utilisé l'escalier pour travailler à l'étage. Il n'était pas sourd, et les murs n'étaient pas si épais qu'il n'ait pu entendre ses pas.

Lynley eut le sentiment que Robert Gabriel venait de commettre sa première erreur, et il se demanda à quel autre moment il avait pu mentir.

L'inspecteur Macaskin passa la tête par la porte entrouverte, pour annoncer d'un ton calme, mais néanmoins triomphant :

— Nous avons trouvé le collier de perles.

— C'est Mrs Gerrard qui les avait depuis le début, expliqua Macaskin. Elle n'a fait aucune difficulté pour les donner quand un de mes hommes est allé fouiller sa chambre. Je l'ai installée dans le salon.

Depuis leur dernière rencontre, Francesca Gerrard avait à un moment quelconque décidé de se parer d'un ensemble discordant de bijoux fantaisie. Sept rangs de perles de couleurs différentes, de l'ivoire à l'onyx, avaient rejoint le collier couleur puce, et elle exhibait une rangée de bracelets métalliques qui, au moindre de ses gestes, donnaient l'impression qu'elle était enchaînée. Deux disques de plastique rayés noir et violet lui ornaient les oreilles. Pourtant, cet étalage tapageur ne semblait pas le résultat d'une quelconque excentricité. Il apparaissait plutôt comme le substitut des cendres que des femmes d'une autre culture se répandent sur la tête pour pleurer les morts.

S'il y avait une chose évidente, c'est que Francesca Gerrard était accablée de chagrin. Assise à la table au centre de la pièce, un bras pressé contre sa taille et le poing serré contre le front, se balançant lentement d'avant en arrière, elle pleurait. Et Lynley avait été témoin de suffisamment de deuils pour savoir que ses larmes n'étaient pas feintes.

— Apportez-lui quelque chose à boire, demanda-t-il à Havers. Du whisky ou du cognac. N'importe quoi. Dans la bibliothèque.

Havers revint au bout de quelques instants avec une bouteille et des verres. Elle versa quelques gorgées de whisky, et l'odeur fumée de l'alcool déchira l'air.

Avec une bonté inhabituelle, Havers pressa le verre dans la main de Francesca.

— Buvez un peu. S'il vous plaît. Juste pour vous calmer.

— Non ! Je ne peux pas !

Francesca Gerrard laissa pourtant le sergent Havers lever le verre à ses lèvres, avala une gorgée avec une grimace, toussa, but encore une fois, puis dit d'une voix brisée :

— Il était... Je m'imaginais quelquefois qu'il était mon fils. Je n'ai pas d'enfants. Gowan... C'est ma faute s'il est mort. Je lui ai demandé de travailler pour moi. Il n'en avait pas vraiment envie. Il voulait aller à Londres, il voulait jouer les James Bond. Il avait des rêves. Il est mort, et je suis coupable.

— Le sentiment de culpabilité fait partie intégrante de la mort, dit doucement Lynley. Je suis tout aussi responsable de ce qui est arrivé à Gowan, et je ne suis pas prêt de l'oublier.

Francesca leva les yeux, surprise. Elle ne s'attendait apparemment pas à ce que la police reconnaisse une telle chose.

— Une partie de moi se sent perdue. Comme si... Non, je ne peux pas expliquer... dit-elle d'une voix tremblante.

La mort d'un seul homme m'amoindrit, car je suis lié à l'humanité tout entière. Confronté depuis des années à la mort, sous mille et une formes plus horribles les unes que les autres, Lynley comprenait mieux encore que Francesca Gerrard n'aurait jamais pu l'imaginer. Mais il se contenta de dire :

— Vous découvrirez que, dans un cas comme celui-ci, le

chagrin ne s'atténue que lorsque la justice est rendue. Pas tout de suite, bien entendu, mais plus tard.

— Et vous avez besoin de moi pour cela. Oui, je comprends.

Elle se redressa, se moucha maladroitement avec un Kleenex froissé tiré de sa poche, puis avala une autre gorgée de whisky avec hésitation. Ses yeux s'emplirent de nouveau de larmes, qui coulèrent le long de ses joues jusqu'à ses lèvres.

— Comment se fait-il que le collier de perles se soit trouvé dans votre chambre? demanda Lynley tandis que Havers sortait son crayon.

Francesca hésita, et elle referma deux fois de suite la bouche avant d'articuler :

— Je l'ai repris la nuit dernière. Je vous l'aurais dit, tout à l'heure dans le salon de musique, je voulais vous le dire, mais quand Elizabeth et Mr Vinney ont commencé... Je ne savais plus quoi faire. Tout s'est passé tellement vite. Et puis Gowan... dit-elle en trébuchant sur le nom.

— Je vois. Vous vous êtes rendue dans la chambre de Joy, pour le collier, ou bien elle vous l'a rapporté?

— Je suis allée dans sa chambre. Il se trouvait sur la commode près de la porte. Je... j'avais changé d'avis.

— Vous l'avez repris aussi facilement? Il n'y a pas eu de discussion?

— Il ne pouvait pas y en avoir, dit-elle en secouant la tête. Elle dormait.

— Vous l'avez vue? Vous êtes entrée dans la chambre? La porte n'était pas fermée à clé?

— Si. Je n'avais pas pris mon trousseau, parce que j'ai d'abord pensé que la porte ne serait pas fermée. Après tout, tout le monde se connaissait. Il n'y avait aucune raison de verrouiller. Mais la sienne l'était, alors je suis allée chercher le passe dans le bureau.

— La clé ne se trouvait pas dans la serrure à l'intérieur?

— Non... dit-elle en fronçant les sourcils. Elle ne pouvait pas y être, sinon je n'aurais pas pu ouvrir avec la mienne, non?

— Racontez-nous exactement ce que vous avez fait, Mrs Gerrard.

Sans hésiter, Francesca retraça son itinéraire, de sa propre chambre jusqu'à celle de Joy, dont elle avait trouvé la porte fermée en manœuvrant la poignée; de la chambre de Joy à la sienne, où elle avait pris dans sa commode la clé de son bureau;

de sa chambre à la pièce où elle avait récupéré le passe dans le tiroir de son bureau, et de là à la chambre de Joy, dont elle avait déverrouillé la porte sans bruit, où elle avait vu le collier dans la lumière du couloir, avait pris celui-ci, puis refermé la porte à clé ; et enfin, de la chambre de Joy à son bureau, dans lequel elle avait replacé le passe, avant de regagner sa propre chambre, où elle avait rangé le collier dans sa boîte à bijoux.

— Quelle heure était-il ? demanda Lynley.

— Trois heures et quart.

— Précisément ?

Elle acquiesça d'un hochement de tête et expliqua :

— Je ne sais si vous avez jamais cédé à une impulsion que vous avez ensuite déplorée, inspecteur, mais à peine Elizabeth était-elle partie les offrir à Joy que j'ai regretté de m'être séparée de ces perles. Etendue dans mon lit, j'ai longuement hésité. Je ne voulais pas d'une confrontation avec Joy, et je ne voulais pas encombrer mon frère Stuart d'un fardeau supplémentaire. Alors, j'ai... eh bien, je suppose qu'on peut dire que je les ai volées, n'est-ce pas ? Et je sais qu'il était trois heures et quart parce que je suis restée éveillée à regarder la pendule, et que c'est à ce moment-là que je me suis enfin décidée à agir pour récupérer mon collier.

— Joy dormait, dites-vous. Vous l'avez vue ? Vous l'avez entendue respirer ?

— L'obscurité était totale. J'ai... j'ai supposé qu'elle était endormie. Elle n'a pas bougé, n'a rien dit. Elle... (Ses yeux s'agrandirent.) Vous voulez dire qu'elle était peut-être morte ?

— L'avez-vous réellement vue dans cette pièce ?

— Dans le lit ? Non, je ne voyais pas celui-ci. La porte me le cachait, et je n'ai ouvert le battant que de quelques centimètres. J'ai simplement pensé...

— Et votre bureau ? Etait-il fermé à clé ?

— Oh oui. Il est toujours fermé.

— Qui en possède les clés ?

— J'en ai une, et Mary Agnes a la seconde.

— Quelqu'un a-t-il pu vous voir lorsque vous vous êtes rendue chez Joy ? Ou dans votre bureau ?

— Je n'ai remarqué personne, mais je suppose... Je ne sais vraiment pas, dit-elle en hochant la tête.

— Mais vous avez dû passer devant plusieurs pièces, durant ces allers et retours, non ?

— Bien sûr, n'importe qui a pu me voir dans le corridor central, mais je l'aurais sûrement remarqué, ou j'aurais entendu une porte s'ouvrir.

Lynley rejoignit Macaskin, qui s'était déjà levé pour examiner le plan des lieux toujours étalé sur la table depuis leur entrevue avec David Sydeham. En plus des chambres de lady Helen et Joy Sinclair, quatre autres donnaient directement sur le couloir : celle de Joanna Ellacourt et David Sydeham, celle de lord Stinhurst et sa femme, celle de Rhys Davies-Jones, demeurée vide, et celle d'Irene Sinclair, à l'angle du corridor et de l'aile ouest.

— Ce qu'elle raconte doit être vrai, marmonna Macaskin. Elle aurait sûrement entendu ou vu quelque chose, elle n'aurait pas manqué de sentir qu'on l'observait.

— Mrs Gerrard, demanda Lynley par-dessus son épaule, vous êtes absolument certaine que la porte de Joy était fermée à clé la nuit dernière ?

— Bien sûr, répliqua-t-elle. J'ai pensé lui adresser un mot avec son petit déjeuner, ce matin, pour l'avertir que j'avais repris le collier. J'aurais peut-être dû le faire, mais...

— Et vous avez remis les clés dans votre bureau ?

— Oui. Pourquoi toutes ces questions à propos de la porte ?

— Et vous avez fermé votre bureau à clé ?

— Oui, j'en suis certaine. Je le fais toujours.

Lynley se retourna et regarda Mrs Gerrard.

— Pouvez-vous m'expliquer pourquoi la chambre voisine de celle de Joy Sinclair a été attribuée à Helen Clyde ? S'agissait-il d'une coïncidence ?

— Helen Clyde ? répéta-t-elle en portant la main à son collier d'un geste automatique. Peut-être Stuart a-t-il suggéré... Non, non, ce n'est pas cela. C'est Mary Agnes qui a pris le coup de téléphone de Londres. Je m'en souviens parce que son orthographe est plutôt phonétique, et le nom qu'elle avait inscrit ne m'était pas familier. J'ai dû le lui faire dire à haute voix.

— Le nom ?

— Oui. Elle avait écrit *Joyce Encare*, ce qui bien entendu ne m'évoquait rien, jusqu'au moment où elle l'a dit. *Joy Sinclair*.

— Joy vous avait téléphoné ?

— Oui. Je l'ai donc rappelée. C'était... ce devait être lundi

144

dernier, dans la soirée. Elle m'a demandé si Helen Clyde pouvait avoir la chambre voisine de la sienne.

— Joy a demandé Helen ? s'enquit Lynley d'un ton vif. Par son nom ?

Francesca hésita. Elle baissa les yeux sur le plan, puis regarda de nouveau Lynley.

— Non. Pas exactement par son nom. Elle a simplement dit que son cousin amenait une invitée, et a demandé si on pouvait attribuer à celle-ci la chambre voisine de la sienne. Je suppose que j'ai cru qu'elle la connaissait... acheva-t-elle d'une voix hésitante tandis que Lynley s'écartait de la table.

Il regarda successivement Macaskin, Havers puis Saint-James. Inutile de reculer davantage.

— Je vais voir Davies-Jones, maintenant, annonça-t-il.

Bien qu'escorté par l'agent Lonan, qui l'avait suivi comme une mauvaise réputation depuis la porte de sa chambre jusqu'à celle du salon, en passant par les escaliers, Rhys Davies-Jones ne paraissait pas intimidé par la présence de la police. Le Gallois considéra Saint-James, Macaskin, Lynley et Havers d'un regard franc, le regard réfléchi d'un homme décidé à montrer qu'il n'avait rien à cacher. D'un signe de tête, Lynley lui indiqua un siège à la table.

— Parlez-moi de la nuit dernière, dit-il.

Davies-Jones ne parut pas réagir à la question autrement qu'en déplaçant la bouteille d'alcool qui se trouvait dans son champ de vision. Il joua du bout des doigts avec un paquet de Players sorti de sa poche, mais sans allumer de cigarette.

— Que voulez-vous savoir de la nuit dernière ?

— Parlez-moi de vos empreintes sur la clé de la porte qui communique entre la chambre d'Helen et celle de Joy, du cognac que vous avez apporté à Helen, de l'endroit où vous vous trouviez avant une heure du matin, lorsque vous vous êtes présenté chez elle.

Davies-Jones ne réagit pas davantage, ni aux mots en eux-mêmes ni à leur hostilité sous-jacente, et dit avec franchise :

— J'ai monté du cognac à Helen parce que je voulais la voir, inspecteur. C'était stupide de ma part, un prétexte un peu adolescent pour entrer chez elle quelques instants.

— Cela semble vous avoir réussi.

Davies-Jones ne répondit pas. Lynley comprit qu'il était déterminé à en dire le moins possible, tout comme lui se sentait immédiatement résolu à lui extorquer le moindre détail.

— Et vos empreintes sur la clé ?

— J'ai fermé la porte à clé. Les deux portes, en fait. Nous voulions être tranquilles.

— Vous êtes entré avec une bouteille de cognac et vous avez fermé les deux portes ? C'était une façon très claire de faire connaître vos intentions, n'est-ce pas ?

Davies-Jones se tendit imperceptiblement.

— Les choses ne se sont pas passées ainsi.

— Alors dites-moi comment elles se sont passées.

— Nous avons discuté un moment de la lecture de la pièce. Celle-ci devait inaugurer ma rentrée au théâtre après ma... mes ennuis, et j'étais donc inquiet de l'évolution de la situation. Il me paraissait évident que, quelles qu'aient pu être les intentions de ma cousine en nous réunissant tous ici, la production d'une pièce de théâtre n'avait pas grand-chose à voir là-dedans. J'étais furieux d'avoir été manipulé, dans ce qui était de toute évidence une vengeance de Joy vis-à-vis de Stinhurst. Helen et moi avons donc parlé de tout cela : de la séance de lecture, de ce que je pourrais bien faire. Puis, au moment où j'allais partir, Helen m'a demandé de passer la nuit avec elle. J'ai donc fermé les portes. (Il regarda Lynley droit dans les yeux, un léger sourire aux lèvres.) Vous ne vous attendiez pas à cela, n'est-ce pas, inspecteur ?

Celui-ci ne répondit pas. Au lieu de quoi, il attira à lui la bouteille de whisky, dévissa le bouchon et se versa un verre. L'alcool qui se répandit dans ses veines lui fit du bien. D'un geste délibéré, il posa sur la table entre eux deux le verre encore plein. Davies-Jones détourna le regard, mais Lynley saisit la raideur de ses mouvements, la tension de sa nuque, qui trahissaient son besoin. Davies-Jones alluma une cigarette d'une main tremblante.

— J'ai cru comprendre que vous vous étiez volatilisé après la lecture, et que vous n'étiez reparu qu'à une heure du matin. Qu'avez-vous fait pendant ce laps de temps ? Pendant quatre-vingt-dix minutes, presque deux heures ?

— Je suis allé me promener.

Lynley n'aurait pas été plus étonné s'il avait annoncé qu'il était allé piquer une tête dans le loch.

— Dans la tempête de neige ? Avec une température à Dieu sait combien au-dessous de zéro, vous êtes allé vous promener ?

— La marche est un parfait substitut à l'alcool, inspecteur, se contenta de répondre Davies-Jones. Très franchement, hier soir, j'aurais préféré l'alcool, mais la marche m'est apparue comme une alternative plus intelligente.

— Où êtes-vous allé ?

— J'ai suivi la route qui mène à Hillview Farm.

— Vous avez vu quelqu'un ? Parlé à quelqu'un ?

— Non. Personne ne peut donc confirmer ce que je viens de vous dire. Je le réalise très bien. Néanmoins, c'est ce que j'ai fait.

— Vous réalisez donc également qu'en ce qui me concerne, vous pouvez avoir fait à peu près n'importe quoi pendant ce temps-là ?

— C'est-à-dire ? demanda Davies-Jones en mordant à l'hameçon.

— C'est-à-dire vous procurer ce dont vous aviez besoin pour tuer votre cousine.

Le Gallois eut un sourire méprisant.

— Oui. J'aurais pu. J'aurais pu emprunter l'escalier de service pour descendre dans l'arrière-cuisine, traverser la cuisine puis la salle à manger et m'emparer de la dague sans que personne ne me voie. Le gant de Sydeham pose un problème, mais vous pouvez sans aucun doute me dire comment je me suis débrouillé pour le subtiliser sans qu'il s'en aperçoive.

— Vous semblez bien connaître les lieux, souligna Lynley.

— C'est exact. J'ai passé une partie de l'après-midi à visiter la maison. Mais mon intérêt pour l'architecture n'est pas d'ordre criminel.

Lynley fit tournoyer d'un air pensif son verre de whisky.

— Combien de temps êtes-vous resté en clinique ? demanda-t-il.

— Ceci ne sort-il pas un peu du cadre de vos attributions, inspecteur Lynley ?

— Tout ce qui touche à cette affaire est dans le cadre de mes attributions. Combien de temps êtes-vous resté en clinique pour soigner votre alcoolisme ?

— Quatre mois, dit Davies-Jones, impassible.

— En clinique privée ?

— Oui.

— Séjour coûteux.

— Qu'est-ce que vous insinuez ? Que j'ai poignardé ma cousine pour son argent ? Pour payer mes factures ?

— Joy avait de l'argent ?

— Bien sûr, elle avait de l'argent. Beaucoup d'argent. Et je peux vous assurer qu'elle ne m'en a pas laissé un sou.

— Vous connaissez donc ses dispositions testamentaires ?

Davies-Jones réagit à la pression, à la proximité de l'alcool, au fait d'avoir été si habilement piégé. Il écrasa violemment sa cigarette.

— Oui, bon Dieu ! Et elle a tout laissé à Irene et ses enfants. Mais ce n'est pas ce que vous vouliez savoir, n'est-ce pas, inspecteur ?

Lynley saisit l'opportunité que lui offrait la colère de son adversaire.

— Lundi dernier, Joy a demandé à Francesca Gerrard d'attribuer à Helen Clyde la chambre voisine de la sienne. Vous pouvez m'éclairer là-dessus ?

— A Helen... (Il ramassa son paquet de cigarettes, puis le repoussa.) Non. Je ne vois pas pourquoi.

— Pouvez-vous expliquer comment elle savait qu'Helen vous accompagnerait ce week-end ?

— J'avais dû lui dire. Je lui ai probablement dit.

— Vous avez peut-être suggéré qu'elle pourrait faire plus ample connaissance avec Helen ? Et quel meilleur moyen pour cela que de demander des chambres communicantes ?

— Comme deux écolières ? Un peu simpliste, comme stratagème, non ?

— Je suis disposé à accepter toutes vos explications.

— Bon Dieu, je n'en ai pas, inspecteur. Mais je dirais que Joy voulait faire jouer à Helen le rôle de tampon. Helen n'avait rien à voir avec la pièce de Joy. Elle n'allait pas venir frapper à sa porte pour discuter d'une réplique ou d'une modification de scène. Les acteurs sont comme ça, vous savez. Ils laissent rarement l'auteur en paix.

— Alors, vous lui avez parlé d'Helen. Vous lui avez mis l'idée dans la tête.

— Je n'ai jamais rien fait de la sorte. Vous m'avez demandé une explication. C'est la meilleure que j'aie trouvée.

— Oui, bien sûr. Sauf que celle-ci ne tient pas, au regard du fait que l'autre chambre adjacente à celle de Joy était occupée par Joanna Ellacourt. Là, pas de tampon. Comment expliquez-vous cela ?

— Je ne l'explique pas. Je n'ai aucune idée de ce que pouvait bien penser Joy. Peut-être elle-même n'en avait-elle aucune idée. Peut-être cherchez-vous à toute force un sens caché là où il n'y en a pas.

Lynley hocha la tête, imperméable à la colère contenue dans le sous-entendu.

— Où êtes-vous allé, lorsque nous avons laissé sortir tout le monde de la bibliothèque, ce soir ?

— Dans ma chambre.

— Qu'y avez-vous fait ?

— Je me suis douché et changé.

— Puis ?

Le regard de Davies-Jones trouva la bouteille de whisky. Le silence régnait, à l'exception d'un froissement, celui de Macaskin sortant un rouleau de pastilles de menthe de sa poche.

— Je suis allé voir Helen.

— Encore ? demanda Lynley d'un ton narquois.

Il releva brusquement la tête.

— Que diable insinuez-vous ?

— Je pensais que c'était évident. Elle vous a fourni plusieurs bons alibis, non ? D'abord la nuit dernière, et maintenant ce soir.

Davies-Jones le fixa avec incrédulité avant d'éclater de rire.

— Mon Dieu, c'est invraisemblable ! Vous prenez donc Helen pour une imbécile ? Vous la croyez naïve au point d'accepter qu'un homme lui fasse une chose pareille ? Et pas une fois, mais deux ? En vingt-quatre heures ? Quelle sorte de femme croyez-vous donc qu'elle soit ?

— Je sais exactement quelle sorte de femme est Helen, répondit Lynley. Une femme complètement vulnérable face à un homme qui prétend faire preuve d'une faiblesse qu'elle est la seule à pouvoir guérir. Et c'est ce coup-là que vous lui avez fait, non ? Tout droit jusque dans son lit. Si je la fais descendre maintenant, je parie que je découvrirai que cette entrevue ce soir dans sa chambre n'a été qu'une variation du thème sentimental de la nuit dernière.

— Et c'est bien cette idée que vous ne pouvez pas supporter, hein, bon Dieu ? Vous êtes tellement malade de jalousie que vous avez cessé d'y voir clair du moment où vous avez compris que j'avais couché avec elle. Regardez les choses en face, inspecteur. Ne déformez pas la réalité pour me mettre quelque chose sur le dos, simplement parce que vous avez bien trop peur de m'affronter sur un autre terrain.

Lynley eut un mouvement vif sur sa chaise, mais Macaskin et Havers étaient déjà debout. Il retrouva ses esprits.

— Faites-le sortir, dit-il.

Barbara Havers attendit que Macaskin ait lui-même raccompagné Davies-Jones, et s'assura qu'ils demeuraient bien seuls avant de jeter un long regard suppliant à Saint-James. Celui-ci vint les rejoindre à la table où Lynley, qui venait de mettre ses lunettes, parcourait les notes de Barbara. La pièce, parsemée de verres, d'assiettes à moitié pleines, de cendriers débordants et de papiers, avait perdu de sa solennité, et l'atmosphère était chargée d'une odeur de maladie contagieuse.

— Monsieur...

Lynley leva la tête, et Barbara constata avec un serrement de cœur qu'il avait l'air défait, épuisé par la torture qu'il s'était inventée.

— Passons en revue les éléments dont nous disposons, suggéra-t-elle.

Par-dessus ses lunettes, Lynley regarda successivement Barbara puis Saint-James.

— Nous avons une porte close, répliqua-t-il d'une voix mesurée. Nous avons Francesca Gerrard, qui la ferme avec la seule clé disponible en plus de celle qui se trouve là devant la fenêtre. Dans la pièce voisine, nous avons un homme avec un moyen d'accès évident. Nous cherchons maintenant un motif.

Non, pensa faiblement Barbara, qui s'exprima d'un ton calme et impartial :

— Vous devez admettre que c'est pure coïncidence si la chambre d'Helen et celle de Joy sont voisines. Il ne pouvait pas le savoir à l'avance.

— Vraiment ? Un homme qui reconnaît lui-même s'intéresser à l'architecture ? Des demeures avec des pièces communicantes, il y en a dans tout le pays. Il n'était pas nécessaire d'être diplômé pour deviner qu'il y en aurait deux ici, et qu'on en attribuerait une à Joy, si elle insistait pour se trouver à côté d'Helen. Je ne pense pas que quelqu'un d'autre se soit amusé à téléphoner à Francesca Gerrard avec une requête de cette nature.

Barbara refusa de s'incliner.

— D'après ce que nous savons maintenant, Francesca elle-même aurait pu tuer Joy, monsieur. Elle se trouvait dans la pièce, elle le reconnaît. Ou bien elle aurait pu donner la clé à son frère, et le laisser faire le travail.

— Avec vous, on en revient toujours à lord Stinhurst, n'est-ce pas ?

— Non, ce n'est pas le cas.

— Si vous voulez aller par là, que faites-vous de la mort de Gowan ? Pourquoi Stinhurst l'a-t-il tué ?

— Je ne vous dis pas qu'il s'agit de Stinhurst, monsieur, reprit-elle en tentant de conserver son calme, et de réprimer son envie de hurler le motif de Stinhurst jusqu'à ce que Lynley soit en mesure de l'accepter par lui-même. Irene Sinclair pourrait tout aussi bien être coupable. Ou Sydeham, ou Ellacourt, puisqu'ils étaient tous les deux seuls. Ou bien encore Jeremy Vinney. Joy était chez lui un peu plus tôt, Elizabeth nous l'a dit. On peut aussi supposer qu'il désirait Joy, qu'il s'est fait envoyer sur les roses, qu'il s'est rendu dans sa chambre et qu'il l'a tuée dans un accès de colère.

— Et comment a-t-il fermé la porte à clé en partant ?

— Je ne sais pas. Il est peut-être sorti par la fenêtre.

— Dans la tempête, Havers ? Votre théorie est encore plus tirée par les cheveux que la mienne.

Il laissa tomber ses notes sur la table, ôta ses lunettes et se frotta les yeux.

— Je sais que Davies-Jones avait les moyens de pénétrer dans la chambre, inspecteur. Je sais également qu'il en avait l'occasion. Mais la pièce de Joy Sinclair devait relancer sa carrière, non ? Et il n'avait aucun moyen de savoir avec certitude si le spectacle tombait vraiment à l'eau simplement parce que Stinhurst se retirait. Quelqu'un d'autre aurait pu le financer. Il me semble donc qu'il est ici la seule personne à avoir eu intérêt à garder Joy en vie.

La voix de Saint-James s'éleva.

— Il n'est pas le seul. Nous avons quelqu'un d'autre, en matière de *come back*, non ? Irene Sinclair, sa sœur.

— Je me demandais quand vous alliez venir.

Irene Sinclair recula pour les laisser entrer, puis alla s'asseoir sur son lit, les épaules voûtées. L'heure tardive expliquait qu'elle soit en vêtements de nuit, et leur sobriété était à son image. Des chaussons plats, une robe de chambre de flanelle bleu marine sous laquelle le col fermé d'une chemise de nuit blanche montait et descendait au rythme régulier de sa respiration. Il y avait pourtant là quelque chose de bizarrement impersonnel. C'étaient des vêtements pratiques, certes, mais tellement aux normes de la bienséance qu'ils en donnaient le frisson, comme s'ils avaient été conçus et portés dans le but de maintenir toute vie à distance. Lynley se demanda si cette femme traînait jamais chez elle en vieux jean et pull-over. Il en doutait.

La ressemblance avec sa sœur était frappante. Bien qu'il n'ait pas vu Joy autrement que sur les photos de sa mort, Lynley reconnaissait chez Irene les traits qu'elles avaient eu en commun, et que les cinq ou six ans de différence n'atténuaient pas : les pommettes saillantes, le large front, la mâchoire légèrement carrée. Sculpturale, dotée du corps que toutes les femmes regrettent de ne pas avoir, et que tous les hommes rêvent de mettre dans leur lit, elle devait être âgée d'une quarantaine d'années. Elle avait un visage de Médée, et des cheveux noirs qu'une mèche grise partant de la tempe gauche zébrait de façon spectaculaire. Toute autre femme manquant un tant soit peu d'assurance l'aurait teinte depuis longtemps, mais Lynley se demanda si l'idée lui en avait même jamais effleuré l'esprit. Il l'observa sans un mot. Comment diable Robert Gabriel avait-il jamais éprouvé le besoin d'aller courir le jupon ailleurs ?

— Quelqu'un vous a probablement déjà dit que ma sœur et mon mari avaient eu une liaison l'année dernière, inspecteur, commença-t-elle d'une voix étouffée. Ce n'est pas vraiment un secret. Je ne pleure donc pas sa mort autant que je le devrais, et autant que je finirai sans doute par le faire. Mais, lorsque deux personnes que vous aimez ont dévasté votre vie, il est toujours difficile de pardonner et d'oublier. Joy n'avait pas besoin de Robert, comprenez-vous ? Moi, si. Mais elle l'a pris quand même, et j'en souffre toujours lorsque j'y pense, même maintenant.

— Leur liaison était-elle terminée ? demanda Lynley.

Irene détourna son attention du crayon de Havers pour fixer le sol.

— Oui.

Ce seul mot résonna comme un mensonge, et elle s'empressa de continuer, comme pour dissimuler celui-ci.

— Je sais même précisément comment cela a commencé. Lors d'une de ces soirées où les gens boivent trop et disent des choses qu'ils ne diraient jamais en temps normal. Ce soir-là, Joy a claironné qu'elle n'avait jamais rencontré l'homme capable de la satisfaire en une seule fois. Bien entendu, c'était le genre de chose que Robert prenait comme un défi personnel à régler sans délai. Ce dont je souffre le plus, quelquefois, c'est de savoir que Joy n'aimait pas Robert. Elle n'a jamais aimé personne après la mort d'Alec Rintoul.

— On n'a cessé de parler de Rintoul, ce soir. Se sont-ils jamais fiancés ?

— De façon informelle. La mort d'Alec a changé Joy.

— Comment cela ?

— Comment l'expliquer ? Ce fut comme un incendie qui ravage tout sur son passage. Comme si, une fois Alec disparu, elle avait décidé de ne plus vivre que pour la vengeance. Mais pas pour satisfaire celle-ci, plutôt pour s'autodétruire, et entraîner avec elle le plus grand nombre d'entre nous. C'était une maladie. Elle est passée d'homme en homme, les dévorant l'un après l'autre avec haine et avidité. Comme si elle défiait chacun d'eux de lui faire oublier Alec, sans qu'ils aient jamais la moindre chance.

Lynley s'approcha du lit, et y déposa le contenu du sac de Joy. Irene considéra les objets avec indifférence.

— C'est à elle ? demanda-t-elle.

Il lui tendit d'abord l'agenda de Joy, qu'elle parut prendre à contrecœur, comme si elle allait y découvrir des informations dont elle préférait se passer. Elle interpréta pourtant ce qu'elle pouvait : des rendez-vous avec un éditeur dans Upper Grosvenor Street, l'anniversaire de la fille d'Irene, Sally, le délai que Joy s'était elle-même imposé pour l'écriture de trois chapitres d'un livre.

Lynley souligna le nom inscrit sur une semaine entière : P. Green.

— Quelqu'un de nouveau dans sa vie ?

— Peter, Paul, Phillip ? Je ne sais pas, inspecteur. Elle partait peut-être en vacances avec quelqu'un, mais je ne peux rien vous assurer. Nous ne nous parlions pas très souvent. Et lorsque nous le faisions, nos conversations étaient d'ordre professionnel. Elle ne m'aurait probablement pas mentionné un nouvel homme dans sa vie. Mais cela ne me surprendrait guère d'apprendre qu'elle en avait un. Cela lui aurait tout à fait ressemblé. Vraiment.

Elle joua du bout des doigts avec quelques objets, le portefeuille, la pochette d'allumettes, le paquet de chewing-gum, les clés. Elle demeura silencieuse, inconsolable.

Tout en l'observant, Lynley appuya sur le bouton du petit magnétophone. Irene se contracta imperceptiblement lorsque la voix de sa sœur s'éleva. Il laissa défiler la bande, se dérouler les commentaires enjoués, l'enthousiasme, les projets d'avenir. En écoutant de nouveau Joy Sinclair, il ne put s'empêcher de penser qu'elle n'avait pas du tout l'air d'une femme acharnée à détruire qui que ce soit. A la moitié de la bande, Irene porta une main à ses yeux, et baissa la tête.

— Ceci a une signification pour vous ? demanda Lynley.

Elle eut un violent mouvement de dénégation, un second mensonge patent.

Lynley patienta. Elle semblait s'efforcer de s'éloigner de lui, de rentrer en elle-même, corps et âme, par sa seule volonté.

— Vous ne pouvez pas l'enterrer de cette façon, Irene, dit-il doucement. Je sais que c'est ce que vous voulez, et je comprends pourquoi. Mais si vous faites cela, elle vous hantera pour le restant de vos jours.

Il vit ses doigts se presser contre ses tempes, ses ongles s'enfoncer dans la chair.

— Vous n'avez pas à lui pardonner, reprit-il. Mais ne vous mettez pas en situation de faire quelque chose que vous né vous pardonnerez pas.

— Je ne peux pas, dit-elle, éperdue. La mort de ma sœur ne me touche pas. Je ne peux même pas m'aider, moi. Comment pourrais-je vous aider ?

— Vous pouvez me dire tout ce que vous savez sur cette bande.

154

Et impitoyablement, il remit le magnétophone en marche, se détestant d'agir de la sorte tout en sachant que c'était inévitable, que cela faisait partie de son travail. Pourtant Irene ne réagit pas. Alors, il rembobina la bande, et la remit une troisième fois. Puis une autre.

La voix de Joy donnait vie à une quatrième personne dans la pièce. Elle cajolait, riait, tourmentait, plaidait. Et la cinquième fois, elle brisa la résistance de sa sœur, sur les mots : « Par pitié, empêcher maman d'oublier encore Sally cette année. »

Irene s'empara du magnétophone, ses doigts tâtonnèrent pour trouver le bouton d'arrêt, et elle le rejeta sur le lit comme si ce simple contact l'avait contaminée.

— La seule raison pour laquelle ma mère s'est jamais souvenue de l'anniversaire de ma fille, c'est que Joy le lui rappelait ! cria-t-elle, le visage douloureux mais les yeux secs. Et pourtant je la détestais ! Il n'y a pas une seconde où je ne l'ai détestée, et où je n'ai prié pour qu'elle meure ! Mais pas comme ça, mon Dieu, pas comme ça ! Savez-vous ce que c'est, de désirer la mort de quelqu'un plus que tout au monde, et de voir son vœu s'exaucer, comme si un dieu moqueur vous écoutait, et ne réalisait que vos désirs les plus odieux ?

Seigneur, le simple pouvoir des mots. Il le connaissait. Bien sûr, il le connaissait. Dans le décès opportun de l'amant de sa propre mère, en Cornouailles, de bien des façons qu'Irene Sinclair ne comprendrait jamais.

— Certaines de ses paroles semblent faire référence à un nouvel ouvrage. Vous reconnaissez l'endroit qu'elle décrit ? Les légumes en décomposition, le bruit des grenouilles, la terre plate ?

— Non.

— La tempête d'hiver ?

— Non !

— L'homme qu'elle mentionne, John Darrow ?

Irene détourna la tête d'un mouvement brusque, et ses cheveux se déployèrent.

— John Darrow, reprit Lynley. Vous reconnaissez le nom.

— Joy a parlé de lui, hier soir au dîner. Elle a parlé d'un repas bien arrosé avec un homme ennuyeux qui s'appelle John Darrow.

— Quelqu'un avec qui elle a une nouvelle liaison ?

— Non, non, je ne crois pas. Quelqu'un — je crois qu'il

s'agit de lady Stinhurst — lui a posé des questions sur son nouveau livre. John Darrow a fait son apparition à ce moment-là. Joy riait comme elle se rit toujours des difficultés qu'elle éprouvait à écrire, a parlé d'informations dont elle avait besoin, et qu'elle recherchait, ce qui impliquait John Darrow. Je pense donc qu'il a un rapport avec le livre.

— Le livre ? Vous voulez dire une nouvelle pièce ?

Le visage d'Irene s'assombrit.

— Une pièce ? Non, vous faites erreur, inspecteur. A l'exception d'une pièce il y a six ans, et de la nouvelle pour lord Stinhurst, ma sœur n'était pas auteur dramatique. Elle écrivait des livres. Après avoir été journaliste, elle s'est consacrée à l'écriture de documents. Ses livres ont tous un rapport avec le crime. Des affaires criminelles réelles, surtout des meurtres. Vous ne le saviez pas ?

Surtout des meurtres. Des affaires réelles. Bien sûr. Lynley fixa le petit magnétophone, ayant peine à croire que la pièce manquante du puzzle triangulaire, motif-moyens-circonstances favorables, puisse lui être donnée si facilement. Mais ce qu'il avait cherché, ce qu'il savait d'instinct qu'il allait trouver, était bien là. Une raison de tuer. Encore obscure, mais n'attendant que les détails pour s'étoffer, et former une explication cohérente. Et le lien qu'il cherchait se trouvait là également, sur la bande, dans les derniers mots de Joy Sinclair : « Demander à Rhys comment l'aborder. Il sait s'y prendre avec les gens. »

Lynley entreprit de ranger les affaires de Joy dans le sac, à la fois rasséréné et empli d'une colère froide à l'idée de ce qui s'était passé là la nuit précédente, et du prix qu'il allait devoir payer personnellement pour veiller à ce que justice soit faite.

Sur le seuil de la porte, alors que Havers se trouvait déjà dans le couloir, les derniers mots d'Irene Sinclair l'arrêtèrent. Elle se tenait près du lit, sur l'arrière-plan d'inoffensif papier peint, dans cette chambre confortable. Une chambre qui ne demandait rien, n'offrait aucun défi, et dans laquelle pourtant elle paraissait prise au piège.

— Ces allumettes, inspecteur. Joy ne fumait pas.

Marguerite Rintoul, comtesse de Stinhurst, éteignit sa lampe de chevet. Pas parce qu'elle avait sommeil ; elle savait qu'il lui serait impossible de dormir. Son geste était plutôt un dernier vestige de vanité féminine. L'obscurité dissimulait le réseau de rides qui sillonnait et fripait sa peau. Au cœur de l'ombre, elle se sentait protégée, elle n'était plus la dame grassouillette dont les seins autrefois magnifiques pendaient maintenant jusqu'à la taille, dont la chevelure brune brillante était le produit des teintures orchestrées d'une main experte par le meilleur coiffeur de Knightsbridge, dont les mains manucurées aux ongles doucement polis portaient les taches de l'âge, et ne caressaient plus rien depuis longtemps.

Elle posa son roman sur la table de chevet, de façon à ce que sa couverture aux couleurs criardes s'aligne précisément sur la délicate incrustation de cuivre du plateau en bois de rose. Même dans le noir, le titre s'imposait à elle. *Une sauvage passion d'été.* Un étalage tellement pathétique, se dit-elle. Et tellement inutile.

Elle regarda son mari assis dans un fauteuil de l'autre côté de la pièce, absorbé par la nuit, par la faible lueur des étoiles filtrant à travers les nuages, les ombres et les formes indécises dessinées sur la neige. Lord Stinhurst était tout habillé. Elle aussi, adossée à la tête du lit, une couverture de laine jetée sur ses jambes. Elle n'était qu'à quelques mètres de lui, et pourtant un abîme de vingt-cinq ans de secrets et de sentiments refoulés les séparait. Il était temps de le combler.

Cette simple idée paralysait lady Stinhurst. Chaque fois qu'elle se persuadait que le souffle qu'elle prenait était enfin celui qui allait lui permettre de parler, son éducation, son passé, son milieu social se conjuguaient pour étrangler les mots dans sa gorge. Jamais rien dans sa vie ne l'avait préparée à une confrontation.

Elle savait que parler maintenant à son mari, c'était tout jouer, mettre un pied dans l'inconnu, risquer de se heurter à l'insurmontable mur des années de silence de lord Stinhurst. Pour avoir déjà périodiquement éprouvé ce terrain de la communication, elle savait combien elle avait peu à y gagner, et de quel poids encore plus horrible pèserait son échec. Il était temps, pourtant.

Elle posa les pieds par terre. Lorsqu'elle se leva, un léger vertige la saisit, mais il disparut rapidement. Elle se dirigea vers la fenêtre à pas feutrés, intensément consciente du froid qui régnait dans la pièce et du nœud qui lui tordait l'estomac. Un goût amer s'était répandu dans sa bouche.

— Stuart.

Lord Stinhurst demeura immobile. Sa femme choisit soigneusement ses mots.

— Tu dois parler à Elizabeth. Tu dois tout lui révéler. Il le faut.

— A en croire Joy, elle sait déjà. Comme Alec le savait aussi.

Comme toujours, ces trois derniers mots tombèrent lourdement entre eux, comme autant de coups assénés au cœur de lady Stinhurst. Elle le voyait encore si distinctement — plein de vie, sensible et douloureusement jeune, affrontant la mort terrifiante d'Icare. Mais brûlant dans le ciel au lieu de s'y fondre. Notre destin n'est pas de survivre à nos enfants, pensa-t-elle. Pas Alec, pas à ce moment-là. Elle avait aimé son fils, d'un amour viscéral et ardent, mais invoquer sa mémoire — comme une blessure à vif que le temps n'avait fait qu'infecter chez tous les deux — avait toujours été pour son mari une arme destinée à mettre fin aux conversations déplaisantes.

— Elle sait pour Geoffrey, c'est vrai. Mais elle ne sait pas tout. Tu comprends, elle a entendu la dispute cette nuit-là. Stuart, Elizabeth a tout entendu. (Elle s'interrompit, quêtant une réponse, un signe qui lui indiquerait qu'elle pouvait continuer sans crainte. Mais il ne lui donna rien, et elle se jeta à l'eau.) Tu as vu Francesca, ce matin, n'est-ce pas ? Elle t'a parlé de sa conversation avec Elizabeth, hier soir ? Après la lecture de la pièce ?

— Non.

— Alors, je vais le faire. Cette nuit-là, Elizabeth t'a vu partir, Stuart. De même que Joy et Alec. Ils regardaient tous depuis une fenêtre de l'étage. (Lady Stinhurst sentit sa voix trembler, mais se força à continuer.) Tu sais comment sont les enfants. Ils ne voient qu'un fragment, n'entendent qu'un fragment, et en déduisent un tout. Chéri. Francesca dit qu'Elizabeth est persuadée que tu as tué Geoffrey. Et elle semble le croire depuis... depuis la nuit où cela s'est passé.

Stinhurst ne répondit rien. Rien ne se modifia en lui, ni son souffle régulier, ni son attitude rigide, ni son regard fixé sur les terres glacées de Westerbrae. Sa femme posa timidement les doigts sur son épaule. Il tressaillit, et elle laissa retomber sa main.

— Stuart. S'il te plaît.

Lady Stinhurst se détesta pour le tremblement qui naissait derrière ses paroles, mais il était maintenant trop tard pour les arrêter.

— Tu dois lui dire la vérité. Depuis vingt-cinq ans, elle croit que tu es un assassin ! Tu ne peux pas laisser cela continuer. Tu ne peux pas !

Stinhurst ne la regarda pas.

— Non, dit-il à voix basse.

— Tu n'as pas tué ton frère ! s'exclama-t-elle, incrédule. Tu n'étais même pas responsable de sa mort ! Tu as fait tout ce qui était en ton pouvoir...

— Comment pourrais-je détruire les seuls souvenirs agréables d'Elizabeth ? Il lui en reste si peu. Par pitié, laisse-lui au moins cela.

— Au prix de son amour pour toi ? Non, je refuse de l'accepter.

— Tu l'accepteras, dit-il d'un ton implacable, chargé de cette indiscutable autorité à laquelle lady Stinhurst n'avait jamais, ne serait-ce qu'une seule fois, désobéi.

Car désobéir signifiait sortir du rôle qu'elle avait joué toute sa vie : celui de fille, d'épouse, de mère. Et rien d'autre. Au-delà des frontières étroites délimitées par ceux qui gouvernaient sa vie, il n'y avait à sa connaissance qu'un grand vide.

— Va te coucher, lui dit son mari. Tu es fatiguée. Tu as besoin de dormir.

Comme toujours, lady Stinhurst fit ce qu'on lui disait.

Il était plus de deux heures du matin lorsque l'inspecteur Macaskin quitta enfin Westerbrae, promettant de téléphoner dès que possible le résultat des autopsies et des analyses du laboratoire. Barbara Havers veilla à son départ, puis rejoignit Lynley et Saint-James dans le salon. Assis à la table, ils regardaient le contenu du sac de Joy Sinclair, étalé devant eux. Le magnétophone marchait de nouveau, et la voix de Joy s'élevait et s'effaçait au long de ces messages décousus que Barbara avait depuis longtemps mémorisés. Cette fois-ci, elle prit conscience que cet enregistrement devenait un cauchemar récurrent, et Lynley un homme en proie à une obsession. Ce n'étaient pas les éclairs d'intuition au cours desquels l'image floue de l'ensemble crime-mobile-assassin prend une forme reconnaissable qui le poussaient, mais plutôt une sorte de mécanique destinée à trouver et prouver la culpabilité là où elle ne pouvait exister qu'à l'aide d'une imagination délirante. Pour la première fois de cette interminable et déchirante journée, Barbara se sentit mal à l'aise.

Au cours de leurs longs mois d'association, elle avait fini par comprendre qu'en dépit de son vernis et de sa sophistication, en dépit de tous les ornements de la grandeur aristocratique qu'elle méprisait tant, Lynley était le meilleur inspecteur avec lequel elle ait jamais travaillé. Pourtant, Barbara sentait qu'aujourd'hui il se trompait, et que le dossier qu'il essayait de constituer reposait sur du sable. Elle s'assit, et s'empara avec nervosité de la pochette d'allumettes de Joy Sinclair.

Celle-ci portait une inscription curieuse, composée de trois mots, *Wine's the Plough*, l'apostrophe représentée par une chope renversée d'où coulait de la bière. Pas bête, pensa Barbara, le genre de souvenir amusant qu'on ramasse, qu'on fourre dans un sac et qu'on oublie. Mais elle savait qu'il ne s'écoulerait pas longtemps avant que Lynley ne s'empare de cette pochette comme d'un indice supplémentaire de la culpabilité de Davies-Jones, car Irene Sinclair avait dit que sa sœur ne fumait pas, et ils savaient tous que Davies-Jones, lui, fumait.

— Nous avons besoin de preuves concrètes, Tommy, disait Saint-James. Tu sais aussi bien que moi que tout ça n'est que pure conjecture. Même les empreintes de Davies-Jones sur la clé s'expliquent avec la déposition d'Helen.

— Je sais bien, répliqua Lynley. Mais nous allons recevoir les rapports de l'expertise médicale du CID de Strathclyde.

— Pas avant plusieurs jours, au moins.

Lynley continua comme s'il ne l'avait pas entendu.

— Je suis sûr qu'ils vont trouver quelque chose. Un cheveu, des fibres. Tu sais aussi bien que moi que le crime parfait n'existe pas.

— Mais même alors, si Davies-Jones s'est trouvé dans la chambre de Joy plus tôt dans la journée — ce qui est le cas, d'après le témoignage de Gowan —, que t'apporte la présence d'un de ses cheveux, ou d'une fibre de son manteau ? De plus, tu sais comme moi que l'enlèvement du corps a chamboulé la scène du crime, et pas un avocat dans ce pays ne l'ignorera. Pour moi, on en revient encore et toujours au mobile. Les preuves concrètes sont trop faibles. Seul un mobile valable peut donner du poids à l'accusation.

— Voilà pourquoi je vais à Hampstead demain. J'ai l'impression que les pièces du puzzle sont là-bas, dans l'appartement de Joy, prêtes à êtres assemblées.

Barbara accueillit cette déclaration avec incrédulité. Il était inconcevable qu'ils quittent les lieux aussi vite.

— Et Gowan, monsieur ? Vous oubliez ce qu'il a essayé de nous dire, c'est-à-dire qu'il n'avait pas vu quelqu'un. Il m'avait confié n'avoir vu que Davies-Jones la nuit dernière. Vous ne pensez pas que cela signifie qu'il s'était souvenu de quelque chose, et tentait de modifier sa déclaration ?

— Il n'a pas fini sa phrase, Havers, répliqua-t-il. Il a articulé deux mots : *pas vu*. Pas vu qui ? Pas vu quoi ? Davies-Jones ? Le cognac qu'il était censé porter ? Il s'attendait à lui voir quelque chose à la main parce qu'il sortait de la bibliothèque. De l'alcool. Un livre. Mais s'il s'était trompé ? S'il a compris plus tard qu'il avait vu quelque chose de très différent, une arme potentielle ?

— Ou bien ce n'était pas du tout Davies-Jones, et c'est ce qu'il essayait de nous dire. Peut-être a-t-il vu quelqu'un qui tentait de se faire passer pour Davies-Jones, qui avait enfilé son pardessus, qui sait ? Il pouvait s'agir de n'importe qui.

Lynley se leva brusquement.

— Pourquoi êtes-vous tellement décidée à prouver que cet homme est innocent ?

Barbara comprit à son ton coupant où il voulait en venir, mais elle était prête à relever le gant.

— Pourquoi êtes-*vous* tellement décidé à prouver qu'il est coupable ? rétorqua-t-elle.

Lynley rassembla les affaires de Joy.

— Je cherche des preuves de culpabilité, Havers. C'est mon travail. Et je suis persuadé que celles-ci sont à Hampstead. Tenez-vous prête à partir à huit heures et demie.

Il se dirigea vers la porte. Barbara supplia du regard Saint-James d'intervenir sur un terrain où elle savait ne pas pouvoir s'aventurer, où les liens de l'amitié étaient plus forts que la logique et les lois qui régissent une investigation criminelle.

— Es-tu certain qu'il soit bien sage de rentrer à Londres demain ? demanda lentement Saint-James. N'oublie pas l'enquête du coroner...

Lynley se retourna sur le seuil, le visage plongé dans l'obscurité caverneuse du hall.

— Ni Havers ni moi ne pouvons témoigner officiellement ici en Ecosse. Macaskin s'en occupera. En ce qui concerne les autres, nous allons prendre leurs adresses. Leurs vies sont liées à la scène londonienne, je ne crois pas qu'ils s'apprêtent à quitter le pays.

Sur ce, il sortit.

— Webberly ne laissera pas passer ça, dit Barbara d'une voix étranglée. Il va y laisser sa tête. Vous ne pouvez pas l'arrêter ?

— Je ne peux qu'essayer de le raisonner, Barbara. Mais Tommy n'est pas un imbécile, et il a un instinct sûr. S'il croit être sur une piste, il ne nous reste qu'à attendre de voir ce qu'il va découvrir.

Malgré l'assurance de Saint-James, Barbara avait la gorge sèche.

— Webberly peut-il le virer pour ça ?

— Je suppose que tout dépend de la façon dont l'affaire se dénouera.

Elle entrevit dans la prudence de sa déclaration tout ce qu'elle désirait savoir.

— Vous pensez qu'il se trompe, n'est-ce pas ? Vous aussi, vous pensez que c'est lord Stinhurst, hein ? Seigneur, mais qu'est-ce qu'il a ? Qu'est-ce qui lui arrive, Simon ?

— Helen, répondit simplement celui-ci en prenant la bouteille de whisky.

Lynley hésita devant la porte de la chambre de lady Helen, la clé à la main. Il était deux heures et demie. Elle était sans aucun doute endormie, et son intrusion ne serait guère bienvenue, mais il avait besoin de la voir, et ne se dissimulait pas la véritable raison de sa visite. Celle-ci n'avait rien à voir avec son travail d'enquêteur. Il frappa une fois, ouvrit la porte et entra.

Lady Helen traversait la pièce, mais s'arrêta net à sa vue. Il referma la porte, et demeura d'abord muet, se contentant de noter les détails du spectacle qui s'offrait à ses yeux pour tenter de les interpréter.

Le lit n'était pas défait, la courtepointe jaune et blanche remontée sur les oreillers, et ses fins escarpins noirs reposaient au pied. A l'exception de ses bijoux, c'était le seul effet qu'elle avait retiré : des boucles d'oreilles en or, une chaîne délicate et un mince bracelet étaient placés sur la table de chevet. Le bracelet retint son regard et, l'espace d'un instant douloureux, il pensa combien ses poignets devaient être fins pour qu'un tel objet puisse les encercler aussi facilement. Il n'y avait rien d'autre à examiner dans la pièce, sinon une commode, deux chaises et une coiffeuse.

Ils se reflétaient tous deux dans le miroir de celle-ci, se regardant avec circonspection, comme deux ennemis mortels qui se retrouvent brusquement face à face sans avoir l'énergie ou la volonté suffisante pour s'affronter de nouveau.

Lynley marcha jusqu'à la fenêtre. L'aile ouest de la maison s'étendait dans l'obscurité, parsemée de fentes de lumière brillante aux endroits où les rideaux n'étaient pas complètement tirés, là où d'autres, comme Helen, attendaient le matin. Il ferma les rideaux.

— Que fais-tu ? demanda-t-elle d'une voix prudente.

— Il règne un froid de canard, ici.

Il vérifia le soupçon de chaleur inefficace que diffusait le radiateur, et alla à la porte s'adresser au jeune agent en faction au sommet de l'escalier.

— Pourriez-vous nous trouver un radiateur électrique ? demanda-t-il.

L'homme acquiesça d'un hochement de tête. Lynley referma la porte, et fit face à Helen. La distance qui les séparait paraissait monstrueuse, et l'atmosphère était chargée d'hostilité.

— Pourquoi m'as-tu enfermée ici, Tommy ? Tu as peur que je n'attaque quelqu'un ?

— Bien sûr que non. Tout le monde est bouclé jusqu'à demain matin.

Un livre était posé par terre près de l'une des chaises. Lynley le ramassa. C'était un roman policier maintes fois lu et relu, dont les pages portaient en marge les commentaires fantasques habituels d'Helen : flèches, points d'exclamation, phrases soulignées, réflexions. Elle était décidée à ne jamais se laisser duper par un auteur, et persuadée qu'elle était capable de résoudre n'importe quelle énigme littéraire beaucoup plus tôt que lui. Depuis bientôt dix ans, il avait pour cette raison régulièrement hérité de ses livres fatigués et écornés. « Lis donc celui-là, mon petit Tommy. Tu ne trouveras jamais la solution. »

Sous la force brutale du souvenir, le chagrin le paralysa, et il se sentit désespérément seul, sachant que ce qu'il était venu dire ne ferait qu'empirer leurs relations. Mais il savait aussi qu'il devait lui parler, coûte que coûte.

— Helen, je ne peux supporter ce que tu es en train de te faire. Tu tentes de revivre ton histoire avec Saint-James en lui donnant une conclusion différente. Je ne veux pas de cela.

— Je ne comprends pas ce que tu veux dire. Tout ceci n'a aucun rapport avec Simon.

Elle demeura immobile, de l'autre côté de la pièce, comme si un simple pas dans sa direction eût été un aveu de défaite. Et jamais elle ne se rendrait.

Lynley crut distinguer un petit bleu à la base de son cou, là où l'encolure de son chemisier de soie plongeait vers ses seins. Mais lorsqu'elle bougea la tête, le bleu disparut, simple illusion d'optique, produit de son imagination malheureuse.

— Bien sûr que si. Tu n'as pas remarqué à quel point il ressemble à Saint-James ? Même son alcoolisme, qui n'est qu'une infirmité différente ? Mais cette fois-ci, tu ne le quitteras pas, n'est-ce pas ? Tu ne le quitteras pas avec reconnaissance lorsqu'il tentera de t'éloigner.

Lady Helen détourna la tête. Elle ouvrit la bouche, puis la referma. Il comprit qu'elle lui accorderait ces instants de punition, mais sans se défendre d'aucune façon. Son châtiment serait de ne jamais savoir, de ne jamais comprendre complètement ce qui l'avait attirée chez le Gallois, d'être obligé de deviner ce qu'elle ne confirmerait jamais. Il l'accepta avec une angoisse grandissante, sans perdre cette envie de la toucher, ce besoin désespéré d'un instant de chaleur de sa part, d'un contact quelconque.

— Je te connais, Helen. Et je comprends de quoi se nourrit ton sentiment de culpabilité. Qui mieux que moi pourrait le comprendre ? C'est moi qui ai rendu Saint-James infirme. Mais tu t'es toujours persuadée que ton péché était pire encore, n'est-ce pas ? Parce qu'au fond de toi, tu as été soulagée, lorsqu'il a rompu vos fiançailles. Ainsi, tu n'avais pas à affronter la vie avec un homme qui ne pouvait plus faire toutes ces choses qui paraissaient alors si absurdement importantes : skier, nager, danser, se promener, s'amuser.

— Que le diable t'emporte ! dit-elle dans un chuchotement.

Elle le regarda, livide. C'était un avertissement, mais il l'ignora, poussé par quelque chose d'irrésistible.

— Pendant dix ans, tu t'es torturée parce que tu avais abandonné Saint-James. Aujourd'hui, tu entrevois la possibilité de tout racheter : le fait de l'avoir laissé partir seul en convalescence en Suisse, d'avoir accepté si facilement de t'effacer alors qu'il avait besoin de toi, de t'être dérobée à un mariage dont les responsabilités s'annonçaient bien plus lourdes que les plaisirs. Davies-Jones est ta rédemption, n'est-ce pas ? Tu vas le guérir, en faire un homme neuf, exactement comme tu aurais pu — et aurais dû — le faire avec Saint-James. Et tu pourras alors enfin te pardonner. C'est cela, n'est-ce pas ? Le jeu va se jouer de cette façon.

— Je crois que tu en as assez dit, remarqua-t-elle froidement.

— Non, répliqua-t-il.

Il chercha les mots qui l'atteindraient au plus profond, car il était impératif qu'elle comprenne.

— Il ne ressemble pas du tout à Saint-James, continua-t-il. S'il te plaît, Helen, écoute-moi. Davies-Jones n'est pas un homme avec qui tu es intime depuis l'âge de dix-huit ans. C'est plus ou moins un étranger, quelqu'un que tu ne connais pas vraiment.

— En d'autres termes, un meurtrier ?

— Oui. Si tu veux.

La facilité avec laquelle il le reconnut la fit tressaillir, mais elle puisa dans l'intensité de sa réponse une force qui tendit son corps mince, raidit les muscles de son visage et de son cou, et même ceux de ses bras, sous les manches soyeuses de son chemisier, sembla-t-il à son imagination.

— Et moi, je suis trop aveuglée par l'amour, le remords, la culpabilité, ou quoi que ce soit pour voir ce qui est si évident à tes yeux ? (Elle pointa un doigt vers la porte, vers la maison derrière, la chambre qu'elle avait occupée et ce qui s'y était déroulé.) Quand a-t-il exactement commis ce meurtre ? Il a quitté la maison après la lecture de la pièce. Il n'est pas revenu avant une heure.

— D'après ce qu'il dit.

— Tu sous-entends qu'il m'a menti, Tommy. Mais je sais qu'il ne l'a pas fait. Je sais qu'il marche beaucoup lorsqu'il éprouve le besoin de boire. Il me l'a confié à Londres. Je me suis même promenée avec lui au bord du loch après qu'il eut interrompu la scène entre Joy Sinclair et Gabriel hier après-midi.

— Et tu n'as pas compris à quel point c'était intelligent, à quel point tout cela était calculé pour que tu le croies lorsqu'il te dirait qu'il était ressorti se promener la nuit dernière ? Helen, il avait besoin de ta compassion, pour avoir accès à ta chambre. Et quel meilleur moyen de l'obtenir que de dire qu'il était sorti marcher parce qu'il avait besoin de boire. S'il était resté à traîner sur place après la séance de lecture, il n'aurait pas gagné ta sympathie de façon aussi efficace, n'est-ce pas ?

— Tu cherches vraiment à me persuader que Rhys a assassiné sa cousine pendant que je dormais, avant de revenir dans ma chambre pour me faire l'amour une seconde fois ? C'est complètement absurde.

— Pourquoi ?

— Parce que je le connais.

— Tu as couché avec lui, Helen. Tu admettras que connaître un homme est une chose un peu plus complexe que de passer quelques heures torrides avec lui dans un lit, aussi agréable que cela puisse être.

Seul son regard répercuta le mal que lui infligeaient ces mots. Lorsqu'elle reprit la parole, ce fut avec une lourde ironie :

— Félicitations, tu sais choisir les termes blessants.

Le cœur de Lynley chavira.

— Je ne veux pas te blesser ! Seigneur, tu n'es pas capable de voir ça ? Tu ne vois pas que j'essaye de te protéger ? Je suis désolé de ce qui s'est passé. Je suis désolé de la façon détestable dont je t'ai traitée tout à l'heure. Mais tout cela ne change rien aux faits. Helen, Davies-Jones t'a utilisée pour avoir accès à la chambre de Joy, et il a bien l'intention de continuer, à moins que je ne l'en empêche, ce à quoi j'entends me consacrer, avec ou sans ton aide.

Elle porta une main à sa gorge, et agrippa le col de son chemisier.

— T'aider ? Mon Dieu, je préférerais mourir.

Son amertume frappa Lynley comme une gifle. L'arrivée de l'agent de police qui avait fini par dénicher un radiateur électrique qui tiendrait chaud à Helen pour la fin de la nuit lui épargna d'avoir à répondre.

9

Barbara Havers s'arrêta un instant dans l'allée avant de regagner la maison. La neige était de nouveau tombée durant la nuit, pas assez pour que la route soit condamnée, mais suffisamment pour rendre désagréable la marche sur un terrain froid et humide. Et pourtant, peu après l'aube, elle s'était levée, au terme d'une abominable nuit blanche, et s'était enfoncée dans la neige, décidée à se dépêtrer des sentiments contradictoires de loyauté qui la harcelaient.

La raison lui disait qu'elle se devait d'abord à New Scotland Yard. Qu'elle se conforme à la procédure, aux règlements de la police, voilà qui ne pouvait que renforcer l'éventualité de sa promotion dès qu'un poste d'inspecteur serait vacant. Après tout, elle avait passé l'examen le mois dernier — elle pouvait jurer qu'elle l'avait réussi, cette fois-ci — et les quatre derniers cours suivis au centre de formation lui avaient valu les meilleures notes. Le moment était propice, et même presque idéal, si elle jouait sa partie judicieusement dans cette affaire.

Le problème venait de Thomas Lynley. Au cours des quinze derniers mois, Barbara avait passé quasiment toutes ses heures de travail en sa compagnie, aussi était-elle parfaitement consciente des qualités qui faisaient de cet homme — qui s'était élevé du grade de sergent à celui d'officier puis d'inspecteur en cinq ans —, un élément exceptionnel des forces de police. Esprit vif et intuitif, plein de compassion et d'humour, il était apprécié de ses collègues, et le superintendant Webberly avait toute confiance en lui. Barbara savait que travailler avec Lynley était une chance pour elle, et qu'il méritait sa confiance absolue. Il s'accommodait de ses sautes d'humeur, l'écoutait délirer avec stoïcisme, même lorsque ses accès de fureur étaient dirigés contre lui, et l'encourageait à penser en toute liberté, à s'exprimer sans restriction, à le contredire ouvertement. Il ne ressemblait à aucun des officiers de police qu'elle avait connus et elle avait contracté à son égard des dettes qui allaient bien au-delà de sa réintégration au CID après quinze mois à la circulation en uniforme.

A cet instant, il lui fallait prendre une décision, savoir si c'était à Lynley ou à sa carrière qu'elle devait fidélité. En effet, ce matin-là, au cours de sa marche forcée à travers les bois, elle était tombée sur un élément d'information dont il était indéniable qu'il faisait partie du puzzle. Que faire de cet élément ? Elle devait choisir, et plus encore, quoi qu'elle fasse, il lui fallait en comprendre la signification.

La pureté glacée de l'air le rendait piquant et lui transperçait le nez, la gorge, les yeux et les oreilles. Pourtant, elle inspira cinq ou six fois à grandes goulées, les yeux plissés par la réverbération du soleil sur la neige. Puis, elle traversa l'allée, battit des semelles sur les marches de pierre, et pénétra dans le grand hall de Westerbrae.

Il était presque huit heures. La maison résonnait de pas dans le couloir de l'étage, de cliquetis de clés dans les serrures. Une odeur de bacon mêlée à l'arôme puissant du café rendait à la matinée une atmosphère quotidienne — comme si les événements des dernières trente-deux heures n'avaient été qu'un cauchemar prolongé — et un agréable murmure de voix s'élevait du salon de musique. Barbara y trouva lady Helen et Saint-James installés dans une flaque de soleil à l'extrémité de la pièce, occupés à converser en prenant le café. Ils étaient seuls. Tandis que Barbara les observait, Saint-James hocha la tête, tendit la main et la posa un instant sur l'épaule de lady Helen, en un geste d'une infinie douceur mêlée de compréhension, expression muette d'une amitié qui les rendait ensemble plus forts et plus sûrs qu'ils n'auraient pu l'être chacun de leur côté.

A leur vue, Barbara réalisa combien il était facile de prendre une décision à la lumière de l'amitié. En fait, elle n'avait pas le choix entre Lynley et sa carrière, car sans lui elle n'avait pas de carrière. Elle traversa la pièce pour se joindre à eux.

Tous deux paraissaient avoir également connu une nuit sans sommeil. Les traits de Saint-James étaient plus accusés qu'à l'habitude, et la peau de lady Helen semblait délicatement flétrie comme un pétale de gardénia qu'on a froissé. Lorsque Saint-James ébaucha un mouvement pour se lever, Barbara écarta d'un geste les civilités.

— Pouvez-vous sortir avec moi ? demanda-t-elle. J'ai trouvé dans les bois quelque chose que vous devriez voir, je pense.

Le visage de Saint-James exprima son incapacité à se déplacer dans la neige, mais Barbara le rassura :

— Les trois quarts du chemin sont pavés de briques, et j'ai damé le reste sous le bois.

— De quoi s'agit-il ? demanda lady Helen.

— D'une tombe, répliqua Barbara.

La forêt qui s'élevait au sud d'une allée qui encerclait la demeure n'était guère de celles qui surgissent naturellement dans cette région de landes écossaises. Un étroit sentier balisé de petits cercles jaunes peints sur les fûts serpentait à travers les plantations de chênes, noyers, hêtres et sycomores mêlés de pins.

L'endroit résonnait de ce silence irréel qui naît de l'épaisseur de la couche de neige sur les arbres et le sol. Il n'y avait pas un souffle de vent, et si un raté d'automobile déchira momentanément la quiétude, le bruit mourut rapidement, ne laissant dans son sillage que le clapotis incessant des eaux du loch situé sur leur gauche, une vingtaine de mètres plus bas. Bien que le sergent Havers ait en effet ébauché un sentier à travers les bois, la couche de neige et le sol irrégulier rendaient la progression pénible, surtout pour un homme qui éprouvait déjà des difficultés à se déplacer sur une surface plane et sèche.

Une marche de cinq minutes leur prit un quart d'heure et, malgré le bras secourable de lady Helen, le visage de Saint-James ruisselait de sueur lorsque Havers leur fit enfin quitter le chemin principal pour emprunter une bifurcation qui s'élevait doucement à travers les taillis en direction d'un tertre. En été, les noisetiers et les hortensias chargés de grappes bleues et roses auraient formé un écran de verdure protecteur le dissimulant à la vue de celui qui se trouvait sur le chemin de la maison, mais au cœur de l'hiver, dans leur nudité, ils laissaient libre accès au sommet du terre-plein, une esplanade d'environ sept mètres sur sept. La neige dissimulait la rouille qui mangeait depuis longtemps la balustrade de fer qui clôturait cette esplanade.

Lady Helen fut la première à intervenir :

— Un cimetière, ici ? Y a-t-il une église dans les parages ?

Havers désigna l'allée principale s'éloignant vers le sud.

— Il y a une chapelle, fermée, et un caveau de famille un peu plus loin par là. Et un vieux débarcadère sur le loch, juste en dessous. On dirait que les enterrements se faisaient par bateau.

— Comme chez les Vikings, remarqua distraitement Saint-James. Qu'est-ce que c'est que ça, Barbara ?

Il ouvrit la grille, et le grincement du métal rouillé le fit grimacer. Des empreintes de pas se distinguaient sur la neige.

— J'ai regardé, expliqua Havers. J'avais déjà jeté un coup d'œil à la chapelle, et quand j'ai aperçu ça, sur le chemin du retour, ma curiosité a été éveillée. Allez donc voir. Dites-moi ce que vous en pensez.

Et tandis que Havers patientait à la grille, Saint-James et lady Helen s'avancèrent jusqu'à l'unique pierre tombale grise émergeant de la neige qui crissait sous leurs pas, griffée par une branche d'orme qui s'appesantissait sur son sommet. La pierre n'était pas très ancienne, en tout cas sûrement pas autant que celles qui ornent les cimetières en ruine du pays. Pourtant, le résidu de lichen noir qui mangeait la maigre inscription manifestait l'abandon dans lequel elle était tenue, et Saint-James se douta qu'au printemps les mauvaises herbes et le cerfeuil sauvage devaient envahir le terre-plein. Malgré cela, l'inscription en partie effacée par le temps et la négligence demeurait lisible :

Geoffrey Rintoul, vicomte Corleagh
1914-1963

Ils observèrent en silence la sépulture solitaire. Un épais paquet de neige tomba d'une branche et se désintégra sur la pierre.

— C'est le frère aîné de lord Stinhurst ? demanda lady Helen.

— On le dirait bien, répondit Havers. Vous ne trouvez pas ça curieux ?

— Pourquoi ? dit Saint-James en cherchant d'autres tombes du regard, sans en trouver aucune.

— Parce que le berceau de la famille se trouve dans le Somerset, non ?

— C'est exact.

Saint-James savait que Havers l'observait, savait qu'elle tentait de déterminer l'étendue de ce que Lynley lui avait rapporté de sa conversation en tête à tête avec lord Stinhurst. Il s'efforça de paraître totalement détaché.

— Alors, pourquoi Geoffrey est-il enterré ici, et pas dans le Somerset ? demanda-t-elle.

— Je crois qu'il est mort ici, répliqua Saint-James.

— Simon, vous savez aussi bien que moi que les aristos de ce genre enterrent tous les leurs au même endroit. Pourquoi celui-ci en particulier n'a-t-il pas été ramené chez lui ? Ou bien, continua-t-elle avant qu'il ait pu répondre, si vous alliez me rétorquer que c'était impossible, alors pourquoi n'a-t-il pas été inhumé dans le caveau des Gerrard, qui se trouve à quelques centaines de mètres plus bas ?

Saint-James chercha ses mots avec soin.

— Peut-être était-ce l'un de ses endroits favoris, Barbara. C'est paisible, et sans doute magnifique en été, avec le loch juste en dessous. Je ne crois pas que cela signifie grand-chose.

— Même quand vous réfléchissez au fait que cet homme, Geoffrey Rintoul, était le frère aîné de Stinhurst, et donc le véritable lord Stinhurst ?

Saint-James haussa les sourcils d'un air narquois.

— Vous suggérez que lord Stinhurst a tué son frère pour hériter du titre ? Si c'était le cas, n'aurait-il pas été beaucoup plus judicieux, pour brouiller les pistes, de rapatrier le corps et de l'enterrer dans le Somerset en grande pompe ?

Lady Helen avait assisté à leur échange en silence, mais la mention d'enterrement la fit intervenir.

— Simon, c'est vrai qu'il y a là quelque chose d'étrange. Phillip Gerrard, le mari de Francesca, n'est pas enterré non plus avec le reste de la famille. Il repose sur une petite île, sur le loch, à peu de distance du rivage. Je l'ai vue de ma fenêtre en arrivant, et lorsque j'en ai fait la remarque à Mary Agnes — la tombe est curieuse, elle fait plutôt penser à une folie — elle m'a raconté que Phillip Gerrard avait insisté — insisté, entends-tu, il l'avait spécifié dans son testament — pour être enterré là. Je suppose que cela fait partie des curiosités locales, car Gowan m'a raconté exactement la même chose un quart d'heure plus tard lorsqu'il a monté les bagages.

— Voilà, intervint Havers. Il se passe quelque chose de très bizarre dans ces deux familles. Et vous n'allez pas me dire que ça, c'est un cimetière Rintoul, il n'y a pas d'autres sépultures. En plus, les Rintoul ne sont même pas écossais ! Pourquoi viendraient-ils enterrer ici un des leurs, à moins...

— A moins d'y être obligés, murmura lady Helen.

— Ou d'y tenir particulièrement, conclut Havers d'un ton triomphant. (Elle traversa le petit terre-plein et fit face à Saint-James.) L'inspecteur Lynley vous a parlé de son entretien avec lord Stinhurst, n'est-ce pas ? Il vous a tout raconté. Que se passe-t-il ?

L'espace d'un instant, Saint-James envisagea de mentir à Havers. Il envisagea également de lui dire tout bonnement la vérité, qui était que ce que lui avait confié Lynley en confidence ne la regardait pas. Mais il sentait qu'elle ne les avait pas fait venir jusque-là pour tenter de jeter la responsabilité des morts de ces deux derniers jours sur Stuart Rintoul. Pour cela, il lui aurait été plus facile d'insister pour que ce soit Lynley lui-même qui vienne découvrir cette tombe solitaire, pour souligner devant lui sa particularité. Qu'elle ne l'ait pas fait suggérait autre chose à Saint-James : soit elle recueillait ses propres indices pour se faire valoir et rabaisser Lynley aux yeux de leurs supérieurs hiérarchiques, soit elle recherchait son aide à lui, Saint-James, pour empêcher Lynley de commettre une monstrueuse erreur.

Havers tourna les talons et s'éloigna.

— D'accord. Je n'aurais pas dû vous poser la question. Vous êtes son ami, Simon, il est naturel qu'il vous ait parlé.

Elle enfonça son bonnet de laine d'un geste si décidé qu'il lui recouvrit le front et les oreilles, et demeura à contempler le loch d'un air morne.

Saint-James, la regardant, décida qu'elle méritait la vérité. Elle méritait que quelqu'un lui fasse confiance, pour avoir l'occasion de prouver qu'elle en était digne. Il lui raconta l'histoire de lord Stinhurst telle que Lynley la lui avait rapportée.

Havers l'écouta, se contentant de tripoter les mauvaises herbes le long de la balustrade tandis qu'il dévidait l'écheveau compliqué des amours et des trahisons qui avaient abouti à la mort de Geoffrey Rintoul. Les yeux plissés contre le soleil brûlant sur la neige, son regard s'attarda sur la pierre tombale. Lorsque Saint-James en eut fini, elle ne posa qu'une question.

— Vous croyez à cette histoire ?

— Je ne vois pas pour quelle raison un homme dans la position de lord Stinhurst irait diffamer sa femme auprès de qui que ce soit. Même pour sauver sa propre peau, ajouta-t-il alors qu'elle s'apprêtait à parler.

— Il est bien trop noble pour ça ? suggéra-t-elle d'un ton coupant.

— Oh non, pas du tout. Bien trop orgueilleux.

— Alors, si c'est une question d'orgueil, d'apparences à sauvegarder, pourquoi ne pas les sauvegarder jusqu'au bout ?

— Que voulez-vous dire ?

— Simon, intervint lady Helen, si lord Stinhurst avait voulu feindre de tout ignorer, n'aurait-il pas, outre continuer à sauvegarder un mariage de façade, fait inhumer Geoffrey dans le Somerset ? Il me semble qu'en tout état de cause il était à long terme moins douloureux de ramener le corps que de rester marié trente-six ans à une femme qui l'avait trompé avec son propre frère.

La remarque était frappée au coin du bon sens, caractéristique d'Helen, et Saint-James fut bien obligé de l'admettre intérieurement, même s'il n'en dit rien. Le sergent Havers lut néanmoins en lui à livre ouvert.

— S'il vous plaît, dit-elle d'un ton désespéré, aidez-moi à trouver ce qui se cache chez les Rintoul. Simon, je jurerais que Stinhurst a quelque chose à occulter, et je crois qu'on a fourni — peut-être le Yard, je n'en sais rien — à l'inspecteur Lynley les armes pour le dissimuler.

Saint-James hésita, réfléchissant aux difficultés qu'il allait se créer s'il acceptait de l'aider, tiraillé qu'il serait entre la confiance que Lynley mettait en lui et la conviction qu'avait Havers de la culpabilité de Stinhurst.

— Ce ne sera pas facile. Si Tommy découvre que vous avez fait votre propre enquête de votre côté, les représailles seront terribles. C'est de l'insubordination.

— C'en sera fini du CID pour vous, ajouta doucement lady Helen. Vous vous retrouverez à la circulation.

— Vous croyez que je ne le sais pas ? rétorqua-t-elle, le visage pâle mais résolu et stoïque. Mais qui sera fini si on cherche vraiment à étouffer l'affaire ? Et si cela se découvre grâce aux efforts d'un journaliste — bon Dieu, un type du genre de Jeremy Vinney — qui aura fouiné de son côté ? Au moins, de cette façon, si je suis impliquée dans les recherches à propos de Stinhurst, l'inspecteur, lui, est protégé. Pour ce qu'on en saura, j'aurai obéi à ses ordres.

— Vous avez de l'affection pour Tommy, n'est-ce pas ?

Havers se rétracta immédiatement devant la question abrupte de lady Helen.

— Les trois quarts du temps, je déteste ce sale dandy ! répliqua-t-elle. Mais si on le vire, je veillerai à ce que ce ne soit pas à cause d'un salopard comme Stinhurst.

Sa férocité fit sourire Saint-James.

— Je vous aiderai, dit-il.

Bien que la large desserte de noyer fût chargée d'une quantité de chauffe-plats exsudant des fumets de petit déjeuner qui variaient des harengs aux œufs, la salle à manger n'abritait qu'un seul convive lorsque Lynley y pénétra. Elizabeth Rintoul était assise le dos tourné à la porte et, apparemment indifférente à l'écho de son pas, ne tourna pas la tête pour voir qui venait se joindre à elle. Elle continua de jouer avec la saucisse dans son assiette, la faisant rouler avec sa fourchette, étudiant avec application la traînée de graisse brillante qu'elle laissait dans son sillage, comme un escargot. Lynley vint s'installer près d'elle avec une tasse de café et un unique toast froid.

Il supposa qu'elle était habillée en prévision du voyage de retour à Londres en compagnie de ses parents. Mais, comme la veille au soir, sa jupe noire et son pull gris étaient trop grands, et le petit accroc à la cheville de ses bas noirs assortis promettait de s'agrandir au fil de la journée. Une curieuse cape longue, de couleur bleu nuit, était drapée sur le dossier de sa chaise. Ce vêtement, plutôt destiné à prendre des poses dramatiques dans le style *Maîtresse du lieutenant français*, ne paraissait guère cadrer avec la personnalité d'Elizabeth.

Dès l'instant où il s'assit en face d'elle, il apparut évident qu'elle ne tenait pas à rester en sa présence. Le visage fermé, elle repoussa sa chaise et entreprit de se lever.

— J'ai cru comprendre que Joy Sinclair avait été fiancée à

votre frère Alec, remarqua Lynley comme si elle n'avait pas bougé.

Elle garda les yeux fixés sur son assiette, mais se rassit et se mit à découper sa saucisse en fines rondelles, sans en manger aucune. Même pour une femme de sa taille, elle avait des mains extraordinairement grandes, aux jointures noueuses et laides. Lynley remarqua qu'elles étaient couvertes de profondes égratignures, vieilles de plusieurs jours.

— Les chats, dit-elle d'une voix rien moins que maussade.

Lynley choisit de ne pas réagir à cette déclaration quasi monosyllabique, et elle continua :

— Vous regardez mes mains. Les égratignures viennent de mes chats. Ils n'aiment pas tellement qu'on interrompe leur copulation. Mais il y a des activités dont je préfère très franchement qu'elles ne s'exercent pas sur mon lit.

La remarque, à double sens, était révélatrice dans ce qu'elle reconnaissait par inadvertance. Lynley se dit qu'elle ferait les délices d'un psychanalyste.

— Aviez-vous envie que Joy épouse votre frère ?

— Quelle importance, maintenant ? Alec est mort depuis longtemps.

— Comment l'a-t-elle rencontré ?

— Joy et moi allions à l'école ensemble. Elle venait de temps en temps à la maison pour les vacances trimestrielles. Alec était là aussi.

— Et ils s'entendaient bien ?

Elizabeth leva la tête. Lynley s'émerveilla de ce qu'un visage féminin puisse être aussi totalement dénué d'expression. Il ressemblait à un masque peint d'une main malhabile.

— Joy s'entendait bien avec tous les hommes, inspecteur. C'était là son don particulier. Mon frère n'était qu'un autre de sa longue suite de soupirants.

— J'ai pourtant l'impression qu'elle l'a pris bien plus au sérieux que les autres.

— Bien sûr. Pourquoi pas ? Alec faisait suffisamment profession de son amour pour avoir l'air de la parfaite poire tout en flattant son ego. Et combien d'autres pouvaient lui offrir la perspective de devenir comtesse de Stinhurst une fois que papa aurait passé l'arme à gauche ?

Elle entreprit de disposer les morceaux de sa saucisse suivant un motif précis.

— Sa liaison avec votre frère a-t-elle mis en péril votre amitié ?

Son éclat de rire nasal résonna comme une rafale de vent mauvais.

— Notre amitié n'existait que par l'intermédiaire d'Alec, inspecteur. Lui mort, je n'avais plus aucune utilité pour Joy Sinclair. D'ailleurs, je ne l'ai revue qu'une fois après les funérailles d'Alec, et elle a disparu ensuite sans jamais me faire signe.

— Jusqu'à ce week-end.

— Oui, jusqu'à ce week-end. C'était cela, notre amitié.

— Vous avez l'habitude de voyager avec vos parents pour des réunions professionnelles comme celles-ci ?

— Pas du tout. Mais j'aime beaucoup ma tante. C'était une occasion de la voir, aussi suis-je venue. (Un sourire déplaisant se joua sur sa bouche, fit palpiter ses narines, puis disparut.) Bien entendu, maman avait également échafaudé pour moi une aventure torride avec Jeremy Vinney. Et je ne pouvais pas la décevoir, elle qui espérait tellement que ce week-end verrait enfin cueillir ma fleur, si la métaphore n'est pas trop poussée pour vous.

Lynley ignora le sous-entendu.

— Vinney connaît votre famille depuis très longtemps, conclut-il.

— Longtemps ? Il connaît papa depuis toujours, et des deux côtés des feux de la rampe. Il y a des années de cela, en tournée, il se prenait pour le nouveau Laurence Olivier, mais papa y a mis bon ordre. Alors il s'est rabattu sur la critique dramatique, qu'il n'a jamais abandonnée depuis, et il s'amuse comme un petit fou à descendre autant de spectacles qu'il lui est possible en une année. Mais cette nouvelle pièce... eh bien, mon père y tenait beaucoup. Vous savez, la réouverture de l'Azincourt, tout ça. Je suppose donc que mes parents voulaient que je sois là pour s'assurer de bonnes critiques. Au cas où Vinney déciderait d'accepter un... pot-de-vin bien peu ragoûtant, vous voyez ce que je veux dire ? ajouta-t-elle en balayant grossièrement son corps de sa main. Moi, en échange d'une critique favorable dans le *Times*. De quoi satisfaire les envies de mes deux parents, vous comprenez ? L'envie de ma mère de voir enfin quelqu'un « s'occuper » de moi, et celle de mon père de triompher à Londres.

Elle était de nouveau délibérément revenue à son thème précédent, malgré l'offre de Lynley de changer de sujet de conversation. Il décida donc de coopérer.

— Est-ce la raison pour laquelle vous vous êtes rendue dans la chambre de Jeremy Vinney la nuit où Joy est morte ?

Elle leva brusquement la tête.

— Bien sûr que non ! Ce petit lèche-bottes, avec des doigts comme des saucisses poilues. (Elle enfonça sa fourchette dans un restant de saucisse sur son assiette.) Pour ce qui me concerne, Joy pouvait bien faire ce qu'elle voulait de ce porc. Je le trouve pathétique, à se frotter aux gens de théâtre dans l'espoir qu'il drainera un peu du talent qui lui a manqué il y a des années. Pathétique !

Cet éclat de passion soudaine parut la déconcerter et, comme pour l'effacer, elle détourna le regard, et ajouta :

— Qui sait, c'est peut-être pour cela que maman le considérait comme un candidat idéal pour moi. Deux petites bulles de pathos s'éloignant ensemble vers le soleil couchant... Seigneur, quelle vision romantique !

— Mais vous êtes allée dans sa chambre...

— Je cherchais Joy. A cause de tante Francie et de son fichu collier de perles. Même si, maintenant que j'y réfléchis, je parie que maman et tante Francie avaient tout prévu à l'avance. Joy se serait précipitée en salivant à la pensée de sa nouvelle acquisition, me laissant seule avec Vinney. Maman s'était déjà sûrement rendue dans sa chambre avec des pétales de rose et de l'eau bénite, il ne restait plus qu'à consommer. Quel dommage, tous ces efforts gâchés, qui n'ont profité qu'à Joy.

— Vous paraissez bien sûre de ce qui se passait entre eux dans la chambre de Vinney. Je me pose des questions à ce sujet. Avez-vous vu Joy ? Etes-vous certaine qu'elle se trouvait avec lui ? Qu'il ne s'agissait pas de quelqu'un d'autre ?

— Je... (Elizabeth s'interrompit, jouant avec son couteau et sa fourchette.) Bien sûr, c'était Joy. Je les ai entendus, non ?

— Mais elle, vous ne l'avez pas vue ?

— J'ai entendu sa voix !

— Un chuchotement ? Un murmure ? Il était tard, elle devait parler bas, non ?

— C'était Joy ! Qui d'autre cela aurait-il pu être ? Et qu'aurait-il pu se passer entre eux après minuit, inspecteur ? Vous croyez qu'ils lisaient des poèmes ? Faites-moi confiance, quand Joy se rendait dans la chambre d'un homme, elle n'avait qu'une chose en tête, je le sais.

— C'est ce qu'elle faisait avec Alec quand elle venait vous rendre visite ?

Elizabeth serra les lèvres, et retourna à son assiette.

— Racontez-moi ce que vous avez fait lorsque vous avez quitté la séance de lecture de la pièce l'autre soir.

Elle dessina un petit triangle bien net avec ses rondelles de saucisse, puis se mit à les couper l'une après l'autre avec méticulosité et concentration. Il s'écoula un moment avant qu'elle ne réponde :

— Je me suis occupée de ma tante. Elle était bouleversée. Je voulais l'aider.

— Vous l'aimez beaucoup.

— Cela paraît vous surprendre, comme s'il était extraordinaire que je puisse aimer quelque chose. Non ?

Il refusa de mordre à l'hameçon. Elle posa alors son couteau et sa fourchette, repoussa complètement son siège et le regarda droit dans les yeux.

— J'ai emmené tante Francie dans sa chambre. Je lui ai posé une compresse sur le front. Nous avons parlé.

— De quoi ?

Elizabeth sourit une dernière fois, mais ce sourire semblait mêler de façon inexplicable l'amusement et le sentiment d'avoir triomphé d'un adversaire.

— Du livre de Kenneth Grahame, *Le Vent dans les saules*, si vous voulez tout savoir. Vous connaissez l'histoire, non ? Le crapaud, le blaireau, le rat et la taupe. (Elle se leva, ramassa sa cape et la posa sur ses épaules.) Maintenant, inspecteur, si vous n'avez plus rien à me demander, j'ai à faire ce matin.

Elle le quitta sur ces mots, et l'écho de son éclat de rire résonna dans le hall.

Irene Sinclair venait tout juste d'apprendre elle-même la nouvelle lorsque Robert Gabriel la trouva dans ce que Francesca Gerrard avait baptisé avec optimisme la salle de jeu. La pièce était totalement isolée, à l'abri derrière la dernière porte du corridor nord-est du rez-de-chaussée, presque entièrement dissimulée derrière une pile de vêtements chauds abandonnés. Irene Sinclair accueillit avec plaisir l'odeur de moisissure et de bois en décomposition, mêlée à l'accumulation de poussière et de crasse, qui régnait à l'intérieur. De toute évidence, l'entreprise de rénovation de la demeure n'avait pas encore atteint ce coin reculé, ce dont elle se réjouit.

Une vieille table de billard recouverte d'une couverture de serge mal tirée, et dont les filets constituant les poches étaient déchirés ou bien avaient totalement disparu, trônait au centre. Irene tripota distraitement les queues fixées au râtelier contre le mur en se dirigeant vers la fenêtre dépourvue de rideaux, ce qui ne faisait qu'accentuer l'absence de chaleur paralysante. Irene ne portait pas de veste. Se raidissant, elle se frotta vigoureusement les bras à travers les manches de lainage de sa robe, au point de se faire presque mal.

Il n'y avait pas grand-chose à voir de la fenêtre, sinon un bosquet d'aulnes dénudés par l'hiver au-delà duquel le toit d'ardoise d'un hangar à bateaux semblait jaillir d'une petite butte comme une excroissance triangulaire. Mais ce n'était qu'une illusion d'optique née de la combinaison de l'orientation de la fenêtre et de la hauteur de la colline. Irene s'attarda sur cette idée, remâchant avec amertume l'importance que les illusions semblaient tenir dans sa vie.

— Bon sang, Renie, je t'ai cherchée partout. Qu'est-ce que tu fabriques ici ?

Robert Gabriel la rejoignit. Il était entré sans bruit, et s'était débrouillé pour refermer en silence la porte gauchie. Il portait son pardessus, et expliqua :

— J'allais sortir, partir à ta recherche.

Il lui entoura les épaules de son manteau. Lorsqu'il l'effleura, en ce geste pourtant anodin, un sentiment d'aversion très net s'empara d'Irene. Il était si près qu'elle pouvait sentir son eau de toilette et, dans son souffle, un dernier parfum de café mêlé au dentifrice. Elle en eut la nausée.

Si Gabriel le remarqua, il n'en montra rien.

— Ils nous laissent partir. Ils ont arrêté quelqu'un ? Tu sais quelque chose ?

Elle ne put se forcer à le regarder.

— Non, dit-elle. Il n'y a pas eu d'arrestation. Pas encore.

— Bien sûr, nous devons rester disponibles pour l'enquête du coroner. Bon Dieu, quel embêtement d'avoir à faire des allers et retours entre Londres et ici. Enfin, c'est tout de même mieux que de rester dans cette glacière. Il n'y a plus du tout d'eau chaude, tu sais, et la vieille chaudière ne sera pas réparée avant au moins trois jours. C'est pousser le troisième degré un peu loin, non?

— Je t'ai entendu, dit-elle dans un chuchotement désespéré. Elle sentit qu'il la regardait.

— Entendu?

— Oui, Robert, entendu. Je t'ai entendu avec elle l'autre soir.

— Irene, qu'est-ce que tu...

— Oh, ne t'inquiète pas, je n'ai rien dit à la police. Je ne ferais pas ce genre de chose, n'est-ce pas? Mais je suppose que c'est pour cela que tu me cherchais. Pour t'assurer que mon amour-propre te garantirait le silence.

— Non! je ne sais même pas de quoi tu parles. Je suis là parce que je veux te ramener à Londres, je ne veux pas que tu repartes seule de ton côté. On ne sait jamais...

— Tu veux entendre le plus drôle de l'histoire? l'interrompit-elle d'un ton mordant. J'étais vraiment venue te voir de mon propre chef. Seigneur, je crois que j'étais prête à te reprendre, et j'avais même... (A sa grande honte, sa voix se brisa, et elle s'écarta de lui comme pour reprendre son sang-froid.) J'avais même apporté une photo de notre James. Tu sais qu'il a joué Mercutio cette année à l'école? J'ai fait faire deux portraits dans un double cadre, un de James et un de toi. Tu te souviens de cette photo de toi dans le rôle de Mercutio, il y a des années de cela? Bien sûr, vous ne vous ressemblez pas tant que ça, James a mon teint, mais je pensais que tu aimerais les avoir. Surtout à cause de James. Non, je me raconte des mensonges, et j'ai juré hier soir de cesser de m'aveugler. Je voulais te donner ces photos parce que je te détestais, que je t'aimais, et que l'espace d'un instant, l'autre soir, quand nous étions ensemble dans la bibliothèque, j'ai cru qu'il y avait une chance...

— Renie, pour l'amour de Dieu...

— Non! Je t'ai entendu! Je me suis crue à Hampstead, de nouveau! Tout recommençait, exactement de la même façon! Et on dit que la vie ne se répète pas? Quelle rigolade! Il ne me restait plus qu'à ouvrir la porte pour te retrouver une seconde fois en train de coucher avec ma sœur. Comme l'année dernière. La seule différence, c'est que j'étais seule, et qu'au moins une nouvelle vision de leur père suant, ahanant et gémissant sur leur charmante tante Joy aurait été épargnée à nos enfants.

— Ce n'était pas...

— Ce que je croyais ?

Irene sentit son visage trembler sous les larmes qui montaient, et la colère la saisit — parce qu'il était encore capable de la réduire à cela.

— Je ne veux rien entendre, Robert. Je ne veux plus de mensonges, de « Ça ne s'est produit qu'une fois ». Je ne veux plus rien.

Il lui agrippa le bras.

— Tu crois que j'ai tué ta sœur ? demanda-t-il les traits tirés, soit par le manque de sommeil, soit par la culpabilité.

Elle eut un rire rauque, et le repoussa.

— La tuer ? Non, ça n'est pas du tout ton genre. Une fois morte, Joy ne te servait plus à rien, non ? Ça ne t'intéresse pas le moins du monde de baiser un cadavre.

— Il ne s'est rien passé !

— Alors, qu'est-ce que j'ai entendu ?

— Je ne sais pas ! Je ne sais pas qui tu as entendu. Ce pouvait être n'importe qui.

— Dans ta chambre ?

La panique envahit les yeux de Gabriel.

— Dans ma... Renie, Seigneur, ce n'est pas ce que tu crois !

D'un mouvement d'épaules, elle rejeta son manteau, qui fit monter un nuage de poussière en tombant à terre.

— C'est pire que de savoir que tu as toujours été un sale menteur, Robert, parce que maintenant je réalise que moi aussi, je le suis devenue. Mon Dieu ! J'ai toujours pensé que si Joy mourait, je serais délivrée de la souffrance. Aujourd'hui, je crois que je ne serai libre que le jour où toi aussi tu seras mort.

— Comment peux-tu dire cela ? Est-ce vraiment ce que tu désires ?

— De tout mon cœur, dit-elle avec un sourire amer. Seigneur ! De toutes mes forces !

Il recula, livide, s'écarta du manteau qui reposait entre eux sur le sol.

— Qu'il en soit donc ainsi, mon amour, murmura-t-il.

Lynley découvrit Jeremy Vinney à l'extérieur, dans l'allée, en train de ranger sa valise dans le coffre d'une Morris de location. Emmitouflé dans son manteau, ses gants et son écharpe, il embuait l'air de son souffle. Son front haut avait des reflets rosés sous le soleil, et bizarrement il avait l'air de transpirer. Il était également, remarqua Lynley, le premier à partir. Curieuse réaction, de la part d'un journaliste. Lynley traversa l'allée, et ses chaussures grincèrent sur le gravier gelé. Vinney leva la tête.

— Vous partez bien tôt, remarqua Lynley.

Le journaliste eut un hochement de tête en direction de la maison et de ses murs de pierre sur lesquels les ombres matinales dessinaient des taches d'encre.

— Ce n'est pas le genre d'endroit où on a envie de s'attarder, non ?

Il claqua le coffre et s'assura qu'il était bien fermé. Il laissa maladroitement tomber ses clés et se pencha pour ramasser le porte-clés de cuir usé en s'éclaircissant la gorge. Lorsqu'il regarda enfin Lynley, son visage portait la marque indéfinissable du chagrin telle qu'elle apparaît souvent lorsque le choc initial est passé et que l'étendue de la perte que l'on vient de subir se mesure face à l'infinité du temps.

— J'aurais cru qu'un journaliste serait le dernier à partir, dit Lynley.

Vinney eut un petit rire abrupt et cruel qui parut dirigé contre lui-même, et destiné à le punir.

— Impatient d'avoir des détails croustillants sur les lieux du crime ? De torcher trois colonnes à la une ? Sans compter ma signature en toutes lettres et un titre de chevalier pour avoir résolu l'affaire à moi tout seul ? C'est comme ça que vous voyez les choses, inspecteur ?

Lynley répondit par une autre question.

— Quelle était réellement la raison de votre présence ici ce week-end, Mr Vinney ? D'une certaine façon, toutes les autres peuvent s'expliquer, mais la vôtre demeure un peu un mystère. Pouvez-vous m'éclairer là-dessus ?

— Comment, le tableau que vous a peint la séduisante Elizabeth ne vous a pas suffi ? Je mourais d'envie de mettre Joy dans mon lit. Ou mieux encore, je cherchais à lui extorquer de la documentation pour servir ma carrière. Vous avez le choix.

— Très franchement, je préférerais la vérité.

Vinney déglutit. Il paraissait déconfit, comme s'il avait attendu autre chose que de la sérénité de la part de la police. Une insistance belliqueuse, peut-être, ou bien un doigt agressif pointé sur sa poitrine.

— C'était mon amie, inspecteur. Sans doute ma meilleure amie. Il m'est arrivé de penser aussi qu'elle était mon unique amie. Et elle n'est plus là.

Il posa un regard las sur la surface paisible du loch.

— Mais les gens ne comprennent pas ce genre d'amitié entre un homme et une femme. Ils veulent toujours la salir, la déprécier.

Sa détresse ne laissa pas Lynley insensible, mais il observa que Vinney avait esquivé sa question.

— C'est Joy qui a arrangé votre venue ? Je sais que vous avez téléphoné à Stinhurst, mais vous a-t-elle facilité les choses ? L'idée venait-elle d'elle ? Pourquoi ? ajouta-t-il lorsque Vinney acquiesça d'un hochement de tête.

— Elle m'a dit qu'elle s'inquiétait de la réaction de Stinhurst et des acteurs aux modifications qu'elle avait apportées à la pièce. Elle voulait la compagnie d'un ami, si jamais la situation se retournait contre elle. Je suivais la rénovation de l'Azincourt depuis des mois, il était tout à fait normal que je demande à être invité à la préparation de la pièce. Je suis donc venu. Pour la soutenir, comme elle me l'avait demandé. Et en fin de compte, je n'ai servi à rien, n'est-ce pas ? Elle aurait tout aussi bien pu être seule ici.

— J'ai vu votre nom dans son carnet de rendez-vous.

— Cela ne m'étonne pas. Nous déjeunions ensemble régulièrement, depuis des années.

— Vous avait-elle parlé de ce week-end ? De ce à quoi il ressemblerait ? Ce à quoi vous alliez assister ?

— Elle m'a simplement dit qu'il s'agissait d'une première lecture, et que je pourrais trouver ça intéressant.

— La pièce en elle-même ?

Vinney ne répondit pas tout de suite, et demeura un moment le regard vide. Lorsqu'il parla enfin, ce fut d'une voix songeuse, comme si une idée qui ne lui avait jamais traversé l'esprit venait de le frapper.

— Joy voulait que je réfléchisse à un article en avant-première, un papier sur les acteurs, l'intrigue, la forme qu'elle allait donner à la pièce. Ici, je pourrais me faire une idée de la mise en scène. Mais... je... j'aurais pu très facilement obtenir toutes ces informations à Londres, n'est-ce pas ? Je la vois... la voyais suffisamment souvent. Vous... vous croyez qu'elle avait peur qu'il ne lui arrive quelque chose, inspecteur ? Mon Dieu, elle espérait peut-être que je veillerais à ce que la vérité éclate !

Vinney paraissait convaincu de l'incapacité de la police à élucider l'affaire, en même temps que de sa propre capacité, lui, unique journaliste, à le faire à leur place. Lynley s'abstint de tout commentaire, mais retint néanmoins le fait que la remarque de Vinney rejoignait de façon étonnante l'interprétation que lord Stinhurst avait donnée de sa présence.

— Vous voulez dire qu'elle craignait pour sa sécurité ?

— Elle n'a rien dit de la sorte, reconnut le journaliste avec franchise. Et elle n'avait pas l'air préoccupée.

— Pourquoi se trouvait-elle dans votre chambre l'autre soir ?

— Elle était trop agitée pour dormir, m'a-t-elle dit. Après sa scène avec Stinhurst, elle était remontée dans sa chambre, mais se sentait nerveuse. Elle est donc venue chez moi. Pour parler.

— Quelle heure était-il ?

— Un peu après minuit. Peut-être minuit un quart.

— De quoi a-t-elle parlé ?

— D'abord de la pièce. Combien elle était décidée à voir celle-ci mise en scène, avec ou sans Stinhurst. Puis d'Alec Rintoul, et de Robert Gabriel. Et d'Irene. Tout ce qui était arrivé à Irene la perturbait beaucoup, vous savez. Elle... elle voulait à toute force que sa sœur revienne à Gabriel. C'est pour cela qu'elle voulait lui donner un rôle. Elle pensait que, s'ils se côtoyaient assez, la nature reprendrait ses droits. Elle voulait le pardon d'Irene, tout en sachant que c'était impossible. Mais plus encore, je crois qu'elle voulait être capable de se pardonner à elle-même, et cela, elle ne le pouvait pas tant que Gabriel et sa sœur restaient séparés.

Le récit était suffisamment désinvolte et apparemment direct, mais l'instinct de Lynley lui soufflait qu'il y avait plus à dire sur la visite nocturne de Joy à Vinney.

— A vous entendre, elle a l'air d'une sainte.

— Ce n'était pas une sainte, fit Vinney en hochant la tête. Mais c'était une amie fidèle.

— A quelle heure Elizabeth Rintoul est-elle venue dans votre chambre avec les perles ?

Le journaliste débarrassa le toit de la Morris de la neige qui le recouvrait avant de répondre :

— Peu après l'arrivée de Joy. Je... Joy ne voulait pas lui parler, ne voulait pas d'une autre scène à propos de la pièce. Alors, j'ai empêché Elizabeth d'entrer. Je n'ai fait qu'entrebâiller la porte, elle ne pouvait pas distinguer l'intérieur de la chambre. Bien entendu, quand elle a vu que je ne voulais pas la laisser entrer, elle en a conclu que Joy était dans mon lit. C'est tout à fait dans son genre. Elizabeth ne peut pas concevoir que des gens de sexe opposé puissent être amis, sans plus. Pour elle, une conversation avec un homme n'est qu'un prélude à une rencontre de type sexuel. Je trouve ça plutôt triste.

— Quand Joy a-t-elle quitté votre chambre ?

— Peu avant une heure.

— Quelqu'un l'a-t-il vue sortir ?

— Il n'y avait personne. Je ne crois pas que quiconque l'ait vue, à moins qu'Elizabeth n'ait espionné de sa porte. Ou peut-être Gabriel. Ma chambre se trouvait entre les deux.

— Avez-vous raccompagné Joy ?

— Non, pourquoi ?

— Alors, peut-être n'est-elle pas retournée chez elle tout de suite si, comme vous l'avez dit, elle ne pensait pas être en état de dormir.

— Et où aurait-elle pu se rendre ? Vous pensez qu'elle aurait pu aller retrouver quelqu'un ? dit-il après un instant d'incompréhension. Non. Aucun de ces gens-là ne l'intéressait.

— Si Joy Sinclair n'était que votre amie, comme vous le prétendez, comment pouvez-vous être certain qu'elle ne partageait pas plus que de l'amitié avec quelqu'un d'autre ? L'un des autres hommes présents ici ce week-end. Ou l'une des femmes, qui sait ?

Le visage de Vinney s'assombrit à la seconde hypothèse. Il cligna des yeux et détourna le regard.

— Le mensonge n'existait pas entre nous, inspecteur. Elle savait tout, et je savais tout. Elle me l'aurait certainement dit si...

Il s'interrompit, soupira, et se frotta le front d'un air las du revers de son gant.

— Je peux partir ? Il n'y a rien d'autre à dire. Joy était mon amie, et elle est morte, conclut-il comme s'il y avait une relation entre ces deux faits.

Lynley ne put s'empêcher de se demander s'il y en avait effectivement une. Intrigué par le lien qui existait entre cet homme et Joy Sinclair, il choisit d'aborder un autre sujet.

— Que savez-vous d'un certain John Darrow ?

Vinney laissa retomber sa main.

— Darrow ? répéta-t-il faiblement. Rien. Je devrais le connaître ?

— Joy le connaissait, de toute évidence. Irene dit qu'elle l'a même mentionné au cours du dîner, peut-être à propos de son nouveau livre. Que pouvez-vous m'en dire ?

Il observa le visage du journaliste, à l'affût d'une réaction dans le regard de cet homme avec qui Joy avait en apparence tout partagé.

— Rien.

Visiblement embarrassé par ce qui semblait contredire ses précédentes déclarations, il ajouta :

— Elle ne parlait pas de son travail. Je ne suis pas au courant.

— Je vois, dit Lynley avec un hochement de tête songeur.

Vinney se balançait d'un pied sur l'autre, jouant avec ses clés.

— Joy transportait un magnétophone dans son sac, reprit Lynley. Vous le saviez ?

— Elle l'utilisait à chaque fois qu'une idée lui traversait l'esprit. Je le savais.

— Elle parlait de vous sur la bande, se demandait pourquoi elle se torturait à votre propos. Pourquoi aurait-elle dit une chose pareille ?

— Se torturer à mon propos ? dit-il d'une voix incrédule.

— « Jeremy. Jeremy. Seigneur, pourquoi se torturer à son propos ? Ce n'est pas pour toute la vie. » Voilà ce qu'elle disait. Vous pouvez m'expliquer cela ?

Vinney garda un visage serein, mais le trouble de son regard le trahit.

— Non. Je ne peux pas. Je ne vois pas du tout ce qu'elle voulait dire. Notre amitié n'était pas de ce genre. En tout cas pas de ma part. Pas du tout.

Six dénégations. Lynley le connaissait maintenant suffisamment pour distinguer le fait que ses dernières remarques n'avaient pour objet que de détourner la conversation.

Vinney mentait mal, mais il savait saisir l'opportunité et

l'utiliser intelligemment, ce qu'il venait de faire. Dans quel but ?

— Je ne vous retiendrai pas plus longtemps, Mr Vinney, conclut Lynley. Vous êtes sans doute impatient de regagner Londres.

L'autre parut vouloir ajouter quelque chose, puis grimpa dans la Morris et actionna le démarreur. La voiture commença par émettre le bruit caractéristique du moteur qui renâcle, avant de tousser puis de se mettre en marche en lâchant des gaz d'échappement dyspeptiques. Vinney baissa la vitre de sa portière tandis que les essuie-glaces débarrassaient le pare-brise chargé de neige.

— Elle était mon amie, inspecteur. C'est tout. Rien de plus.

Il effectua une marche arrière, les pneus patinèrent furieusement sur une plaque de glace avant de trouver le gravier, et il remonta l'allée en trombe en direction de la route.

Lynley le regarda s'éloigner, intrigué par ce besoin qu'il avait éprouvé de répéter sa dernière remarque, comme si elle recelait une signification cachée que le regard attentif d'un policier ne manquerait pas de mettre à jour. Dieu sait pour quelle raison — peut-être la présence d'Inverness au loin — il se trouva transporté des années en arrière, en classe à Eton, au cours d'un débat passionné sur les obsessions et les pulsions mises en évidence par Macbeth, un Macbeth torturé cherchant le sommeil une fois l'action accomplie, et aiguillonné par le remords. « Quel est donc le besoin qui demeure inassouvi chez cet homme, alors qu'il a mené à bien l'acte dont il pensait retirer satisfaction ? » Son professeur de littérature avait posé et reposé la question en arpentant l'estrade, interrogeant un garçon après l'autre, exigeant jugements, spéculations, arguments. « Les besoins engendrent les pulsions. Quel est donc ce besoin ? Quel est-il ? » C'était là une très bonne question, décréta Lynley.

Il chercha son étui à cigarettes et rebroussait chemin lorsque le sergent Havers et Saint-James débouchèrent à l'angle de la maison. De la neige collait à leurs jambes de pantalon, comme s'ils avaient longuement piétiné dedans. Lady Helen apparut à leur suite.

Un instant gênés, ils se regardèrent tous les quatre sans un mot. Puis Lynley parla :

— Havers, appelez le Yard, s'il vous plaît. Dites à Webberly que nous repartons pour Londres ce matin.

Havers acquiesça, et disparut par la porte d'entrée. Saint-James l'imita, après un bref coup d'œil à l'adresse de lady Helen et de Lynley.

— Tu rentres avec nous, Helen ? demanda Lynley une fois qu'ils se retrouvèrent seuls, tout en rangeant son étui à cigarettes auquel il n'avait pas touché. Le voyage sera plus rapide. Un hélicoptère nous attend près d'Oban.

— Je ne peux pas, Tommy. Tu le sais bien.

Sa réponse ne s'exprimait pas en termes cruels. Mais elle était définitive et impitoyable. Ils n'avaient, semblait-il, plus rien à se dire, et pourtant Lynley fit un effort pour briser à tout prix la réserve d'Helen. Il était inconcevable qu'il se sépare d'elle ainsi. Et ce fut là ce qu'il lui dit, avant que le bon sens, l'orgueil ou les convenances ne l'en empêchent.

— Je ne supporterai pas que tu t'éloignes de moi comme cela, Helen.

Elle fut prise sous ses yeux dans un rayon de soleil qui caressa sa chevelure et lui donna un beau reflet cuivré. L'espace d'un instant, une émotion impénétrable traversa son beau regard sombre, puis s'évanouit.

— Je dois y aller, dit-elle calmement.

Elle passa devant lui et pénétra dans la maison.

C'est comme une mort, pensa Lynley. Une mort sans enterrement approprié, sans période de deuil, sans terme aux lamentations.

A Londres, dans son bureau en désordre, le superintendant Malcolm Webberly raccrocha le récepteur du téléphone.

— C'était Havers, annonça-t-il.

D'un geste familier, il passa sa main droite dans ses cheveux blond roux clairsemés, et tira dessus brutalement, comme pour encourager sa calvitie précoce.

Sir David Hillier, le superintendant en chef, ne bougea pas de la fenêtre devant laquelle il était planté depuis un quart d'heure, observant d'un regard placide l'ensemble compact d'immeubles qui formait l'horizon de la ville. Impeccablement vêtu, comme à l'habitude, son attitude reflétait la personnalité d'un homme habitué au succès, et parfaitement à l'aise dans les traîtres méandres du pouvoir politique.

— Et alors ? demanda-t-il.

— Ils prennent le chemin du retour.

— C'est tout ?

— Non. D'après Havers, ils vont suivre une piste à Hampstead. Sinclair travaillait apparemment sur un livre, là-bas. Chez elle.

Hillier tourna lentement la tête mais, placé à contre-jour, son visage demeura dans l'ombre.

— Un livre ? En plus de la pièce ?

— Havers n'a pas été très claire. J'ai cependant eu l'impression que c'était quelque chose qui avait frappé Lynley, une piste qu'il se sentait obligé de suivre.

Hillier eut un sourire froid.

— Remercions le Seigneur pour l'intuition remarquablement créatrice de Lynley.

— C'est mon meilleur homme, David, souligna Webberly avec amertume.

— Et il obéira aux ordres, bien sûr. Comme vous, dit Hillier en retournant à sa contemplation de la ville.

10

Il était deux heures et demie lorsque Lynley et Havers atteignirent enfin leur destination, la petite maison d'angle de Joy Sinclair. Situé dans le quartier en vogue de Hampstead, le bâtiment de brique blanche témoignait du succès de l'auteur. Un bow-window décoré de rideaux ivoire diaphanes surplombait un petit jardin planté de rosiers bien taillés, de jasmin d'hiver et de camélias aux boutons abondants. Deux jardinières laissaient le lierre monter à l'assaut des murs, surtout près de la porte, dont l'étroit fronton à bardeaux disparaissait presque entièrement sous le feuillage luxuriant veiné de bronze. La maison faisait face à Flask Walk, mais l'entrée du jardin se trouvait sur Back Lane, étroite allée pavée qui montait vers Heath Street, où à quelques mètres de là les voitures passaient doucement, presque sans un bruit.

Lynley ouvrit la grille de fer forgé et traversa le sentier dallé, suivi de Havers. Il n'y avait pas de vent, mais l'air était vif, et un soleil d'hiver délavé scintillait sur l'applique de cuivre à gauche de la porte et la fente polie de la boîte aux lettres au centre du battant.

— Pas mal, la baraque, remarqua Havers avec une admiration réticente. Rien n'y manque : le petit jardin clos, le petit réverbère XIXe, la petite rue bordée d'arbres, sans oublier la petite BMW. Ça a dû lui coûter un paquet, ajouta-t-elle en désignant la maison du pouce.

— D'après ce que disait Davies-Jones des termes de son testament, j'ai eu l'impression qu'elle pouvait se le permettre, dit Lynley en ouvrant la porte et en faisant signe à Havers d'entrer.

Ils se trouvèrent dans un petit vestibule nu dallé de marbre. Une pile de lettres jetées par le facteur à travers la fente était éparpillée sur le sol. Il y avait là tout ce que l'on peut attendre du courrier d'un auteur à succès : cinq prospectus, une note d'électricité, onze lettres que son éditeur avait fait suivre, une note de téléphone, un certain nombre de petites enveloppes qui avaient l'air d'invitations, et plusieurs autres de format commercial, que Lynley tendit à Havers.

— Jetez un coup d'œil à ça, sergent.

Ils franchirent une porte vitrée opaque qui débouchait dans un grand hall. Là, deux portes s'ouvraient sur la gauche, et un escalier s'élevait sur la droite. A l'autre extrémité du corridor, les ombres de l'après-midi emplissaient ce qui leur parut être la cuisine.

Ils entrèrent d'abord dans le salon. Trois rayons obliques de lumière tamisée et dorée tombaient à travers le large bow-window sur une moquette beige rosé dont l'aspect et l'odeur laissaient supposer qu'elle avait été posée récemment. Bien peu d'autres choses révélaient la personnalité de la propriétaire. Des sièges profonds disposés autour de tables basses suggéraient un penchant pour la décoration moderne, confirmé par le choix artistique de Joy Sinclair, trois huiles à la manière de Jackson Pollock appuyées contre un mur, attendant d'être accrochées, et une sculpture de marbre toute en angles, posée sur une des tables, dont on ne pouvait guère deviner ce qu'elle représentait.

Une double porte ouvrait sur la salle à manger, meublée avec autant de sobriété que le salon, et affichant le même goût pour la pureté indigente du design. Lynley alla jeter un coup d'œil aux deux portes-fenêtres situées derrière la table de la salle à manger. Il constata avec désapprobation la simplicité des serrures et la facilité avec laquelle le moins doué des cambrioleurs pouvait se frayer un chemin. Evidemment, reconnut-il, Joy Sinclair ne possédait pas grand-chose de valeur, à moins que le marché des meubles scandinaves ne soit en plein boom, ou les toiles dans le salon authentiques.

Le sergent Havers tira une des chaises et s'assit à la table en étalant le courrier devant elle. Elle entreprit d'ouvrir les enveloppes avec une moue pensive.

— On se l'arrache, la dame. Il y a là une douzaine d'invitations.

— Hmm, se contenta de répondre Lynley en examinant le jardin clos de murs de brique, juste assez grand pour contenir un frêne fragile agrémenté d'une plate-bande et un carré de pelouse recouvert d'une mince couche de neige.

Il se dirigea vers la cuisine.

L'impression pénétrante d'anonymat était ici la même que dans les deux autres pièces. Les appareils de cuisine noirs rompaient le blanc d'une longue rangée de placards, une table de petit déjeuner en pin naturel accompagnée de deux chaises était disposée contre un mur, et des taches de couleurs primaires éclataient à des endroits stratégiques : ici un coussin rouge, là une bouilloire bleue, un tablier jaune suspendu à un crochet derrière la porte. Lynley s'appuya contre le plan de travail et étudia le tout. Les maisons avaient toujours une façon de lui révéler un peu de leurs propriétaires, mais celle-ci donnait une impression d'artifice délibéré, l'impression d'être la création d'un décorateur à qui une femme indifférente à son environnement personnel avait donné toute liberté. Le résultat était un étalage mesuré et de bon goût de sa réussite, mais il ne lui disait rien.

— Une facture de téléphone exorbitante, jeta Havers depuis la salle à manger. On dirait qu'elle passait son temps à bavarder avec une demi-douzaine de personnes aux quatre coins du monde. Elle a visiblement demandé un relevé détaillé de ses appels.

— Et ?

— Six appels à New York, quatre dans le Somerset, six au pays de Galles... et dix dans le Sussex. Tous très courts à l'exception de deux.

— Effectués au même moment ? L'un après l'autre ?

— Non. Sur un laps de temps de cinq jours, le mois dernier, et intercalés avec les appels au pays de Galles.

— Vérifiez tous les numéros, dit-il en se dirigeant vers l'escalier du hall tandis que Havers ouvrait une autre enveloppe.

— Voilà autre chose, monsieur. « Joy, se mit-elle à lire à haute voix, tu n'as répondu à aucun de mes appels, ni à aucune de mes lettres. J'attends de tes nouvelles d'ici vendredi, sinon l'affaire sera remise entre les mains de notre service juridique. Edna. »

Lynley s'arrêta sur la première marche de l'escalier.

— Son éditeur ?

— Sa directrice littéraire. Et sur le papier à en-tête de la maison d'édition. Plutôt menaçant, non ?

La référence à Edna sur la bande magnétique, les rendez-vous à Upper Grosvenor Street rayés sur l'agenda de Joy revinrent à la mémoire de Lynley.

— Appelez la maison d'édition, sergent. Dénichez ce que vous pourrez. Faites de même pour les appels longue distance du relevé. Je monte à l'étage.

Alors que la personnalité de Joy avait paru absente au rez-de-chaussée, sa présence s'imposa avec un abandon chaotique à peine Lynley eut-il atteint le sommet de l'escalier. Fouillis éclectique d'objets personnels entassés et chéris, le centre vital de la maison se trouvait là. Joy Sinclair était partout, dans les photos tapissant les murs de l'étroit couloir, dans un meuble de rangement débordant de tout et de n'importe quoi, de linge jusqu'à de vieux pinceaux pleins de peinture, dans l'étalage de lingerie suspendue dans la salle de bains, et même dans l'air où flottait une légère odeur de parfum et de sels de bain.

Lynley pénétra dans la chambre. C'était une débauche de coussins multicolores, de vieux mobilier de rotin et de vêtements. Sur la table près du lit défait était posée une photographie qu'il examina rapidement. Elle représentait un jeune homme élancé à l'air sensible debout près de la fontaine de la grande cour de Trinity College, à Cambridge. Lynley reconnut quelque chose de familier dans le port de tête et la carrure. Alec Rintoul, conclut-il en replaçant la photo. Il se dirigea vers le bureau de Joy. Il ne différait guère des autres pièces et, au premier abord, il se demanda comment il était possible d'écrire un livre dans un tel désordre.

Il enjamba une pile de manuscrits posés près de la porte et se dirigea vers le mur où deux cartes étaient accrochées au-dessus d'un ordinateur. La première était une grande carte d'état-major détaillée, de celle que les libraires vendent aux touristes qui veulent explorer une région dans les moindres recoins. Elle représentait le Suffolk, ainsi qu'une partie du Cambridgeshire et du Norfolk. Joy l'avait de toute évidence utilisée pour effectuer des recherches, nota Lynley, car un nom de village était entouré d'un gros trait rouge, et à quelques centimètres de là, non loin de Mildenhall Fen, un grand X était dessiné.

Lynley mit ses lunettes, et lut « Porthill Green » à l'intérieur du cercle rouge.

Un instant plus tard, il fit le rapprochement. Le « P. Green » de l'agenda de Joy. Il ne s'agissait pas d'une personne, mais d'un lieu.

D'autres cercles apparaissaient çà et là : Cambridge, Norwich, Ipswich, Bury St. Edmunds. De chacun de ces points, des itinéraires étaient tracés jusqu'à Porthill Green, et de là jusqu'au X près de Mildenhall Fen. Lynley réfléchit à ce que pouvait bien signifier la présence de cette carte, tandis qu'en dessous il entendait le sergent Havers passer coup de fil après coup de fil, marmonnant toute seule de temps en temps lorsqu'une réponse ne lui convenait pas, que la ligne était occupée, ou qu'on la faisait patienter.

Lynley regarda la seconde carte. Celle-ci, rudimentaire et tracée au crayon, représentait un village et ses bâtiments, communs à n'importe quel village d'Angleterre, identifiés simplement par le terme générique d' « église », « commerces », « pub », « cottage », « pompe à essence ». Cette carte ne lui suggérait rien, à moins, bien sûr, qu'il ne s'agisse de Porthill Green, et encore n'indiquait-elle rien d'autre que l'intérêt que Joy portait à l'endroit. Elle ne lui disait pas pourquoi Joy s'y intéressait, ou ce qu'elle y aurait fait si elle y était allée.

Lynley se consacra ensuite au bureau. Comme tout le reste de la pièce, il donnait une impression de confusion extrême, le genre de désordre où le créateur sait toujours parfaitement localiser la moindre chose, mais où tout autre être humain est incapable de déceler une logique. Il était jonché de livres, cartes, cahiers de notes, papiers, ainsi que d'une tasse à thé sale, de nombreux crayons, d'une agrafeuse et d'un tube de crème analgésique pour douleurs musculaires. Lynley le contempla plusieurs minutes tandis que la voix de Havers continuait de résonner en dessous.

Il devait bien exister là-dedans un quelconque système, pensa-t-il. Il ne tarda pas à comprendre : bien que les piles dans leur ensemble ne semblent rien signifier, prises individuellement elles étaient parfaitement rationnelles. Il y avait une pile d'ouvrages de référence, trois livres de psychologie consacrés à la dépression et au suicide, deux autres sur le fonctionnement de la police britannique. Un autre tas se

195

composait d'articles de journaux faisant tous référence à des morts diverses. Un troisième tas comprenait tout un assortiment de dépliants décrivant diverses régions. Il n'y avait dans la dernière pile que de la correspondance, qui n'avait probablement pas reçu de réponse.

Il parcourut celle-ci, ignorant les lettres d'admirateurs, se fiant à son instinct, espérant que celui-ci le guiderait vers un indice significatif. Il le trouva au bout de la treizième lettre.

C'était un mot succinct, moins de dix phrases, de la directrice littéraire de Joy. « Quand pouvons-nous espérer voir la première version de *Un châtiment trop doux* ? Vous avez six mois de retard et, comme le stipule votre contrat... »

D'un seul coup, tout ce qui se trouvait sur le bureau de Joy apparut sous un nouveau jour cohérent. Les textes sur le suicide, les procédures policières, les articles, le titre du nouvel ouvrage et son rapport avec la pendaison... Lynley ressentit le frisson d'excitation qui le parcourait toujours lorsqu'il se savait sur la bonne piste.

Il examina l'ordinateur, qui contenait deux disquettes, constata-t-il, sans doute la disquette du programme et celle qui devait porter le travail de Joy.

— Havers, vous vous y connaissez en ordinateurs ? cria-t-il.

— Une seconde, répliqua-t-elle. J'ai...

Elle baissa la voix en continuant sa conversation téléphonique.

Lynley alluma l'ordinateur sans attendre. Des instructions apparurent rapidement sur l'écran. C'était beaucoup plus facile qu'il ne l'avait imaginé. Quelques secondes plus tard, il avait sous les yeux le travail de Joy sur *Un châtiment trop doux*.

Malheureusement, le texte de son manuscrit comportait en tout et pour tout une seule phrase : « Hannah décida de se tuer la nuit du 26 mars 1973. » Rien de plus.

Lynley chercha en vain quelque chose d'autre, utilisant toutes les voies que lui offrait le programme informatique. Mais il n'y avait rien. Ou bien son travail avait été effacé, ou bien Joy Sinclair n'était jamais allée plus loin. Pas étonnant que son éditeur écume et la menace de poursuites, pensa-t-il.

Il éteignit la machine et reporta son attention sur son bureau. Il consacra dix minutes à un nouvel examen, sans succès, puis se mit à explorer les quatre tiroirs de son meuble de classement. Il s'attaquait au second lorsque Havers entra.

— Vous avez trouvé quelque chose ? demanda-t-elle.

— Un livre baptisé *Un châtiment trop doux*, quelqu'un du nom de Hannah qui a décidé de se suicider, et un endroit appelé Porthill Green, le « P. Green », je suppose. Et vous ?

— J'ai l'impression que personne ne travaille avant midi, à New York, mais j'ai quand même découvert que le numéro de téléphone est celui d'un agent littéraire.

— Et les autres ?

— Le numéro du Somerset est celui de Stinhurst.

— Et la lettre d'Edna ? Vous avez appelé l'éditeur ?

Havers acquiesça.

— Elle leur a vendu un projet au début de l'année dernière. Elle voulait écrire quelque chose de différent de l'étude d'une affaire criminelle, son domaine habituel. Elle voulait faire une étude sur le suicide, sur les raisons qui y poussent et sur les conséquences. L'éditeur lui a acheté — ils n'avaient jamais eu auparavant à s'inquiéter des délais, qu'elle respectait toujours. Et puis, plus rien. Elle ne leur a pas donné une ligne. Ils la harcèlent depuis des mois. Pour parler franc, ils ont réagi à l'annonce de sa mort comme si quelqu'un là-bas avait passé son temps à prier pour ça.

— Et les autres numéros ?

— Celui du Suffolk est intéressant. Un garçon a répondu, probablement un adolescent. Mais il n'avait pas la moindre idée de qui pouvait bien être Joy Sinclair ou de la raison pour laquelle elle pouvait appeler ce numéro.

— Qu'y a-t-il d'intéressant là-dedans ?

— Son nom, inspecteur. Teddy Darrow. Son père s'appelle John. Et il me parlait d'un pub, le *Wine's the Plough*, qui se trouve en plein centre de Porthill Green.

Lynley sourit, éprouva cette brusque bouffée d'énergie qui vous envahit lorsque vos théories reçoivent confirmation.

— Bon sang, Havers, je pense de temps en temps que nous formons une sacrée équipe ! Ça y est, nous y sommes. Vous le sentez ?

Havers ne répondit pas. Elle parcourait les documents éparpillés sur la table.

— Ainsi, réfléchit Lynley, nous avons trouvé le John Darrow dont Joy parlait sur la bande et au dîner. Nous avons l'explication du « P. Green » sur l'agenda, et de la présence de ces allumettes dans son sac — elle a dû aller au pub. Nous cherchons maintenant un lien entre le livre de Joy et John Darrow, entre John Darrow et Westerbrae. Mais il y avait une autre série de coups de fil, non ? ajouta-t-il en jetant un regard vif à Havers. Pour le pays de Galles.

Elle passa soigneusement en revue les coupures de journaux, tout en ne donnant cependant pas l'impression de les lire.

— Il s'agit d'un numéro à Llanbister. Une femme nommée Anghared Mynach.

— Pour quelle raison Joy l'a-t-elle appelée ?

Elle hésita de nouveau.

— Elle cherchait à joindre quelqu'un, monsieur.

Lynley plissa les yeux, et ferma le tiroir du classeur dont il venait d'examiner le contenu.

— Qui ?

Havers fronça les sourcils.

— Rhys Davies-Jones. Anghared Mynach est sa sœur. Il se trouvait chez elle.

Barbara lut sur le visage de Lynley le rapide enchaînement de ses idées, et la façon dont il agençait dans son esprit un ensemble de faits qu'elle connaissait parfaitement : le nom de John Darrow, mentionné au dîner le soir de l'assassinat de Joy Sinclair, l'allusion à Rhys Davies-Jones sur le magnétophone de Joy ; les dix coups de téléphone à Porthill Green combinés à ces six appels au pays de Galles. Six conversations avec Rhys Davies-Jones.

Pour éviter une discussion, Barbara se dirigea vers la pile de manuscrits près de la porte, qu'elle passa en revue avec curiosité, notant l'étendue de l'intérêt que portait Joy Sinclair au meurtre et à la mort : le brouillon d'une étude sur l'Etrangleur du Yorkshire, un article inachevé sur Crippen, au moins soixante pages de documentation sur le décès de lord Mountbatten, les épreuves d'un livre intitulé *Un seul coup de couteau*, et trois versions très travaillées d'un autre livre, *Mort dans l'obscurité*. Mais il manquait quelque chose.

Tandis que Lynley retournait à l'exploration du meuble de classement, Barbara s'intéressa au bureau, dont elle ouvrit le tiroir supérieur. Joy y conservait ses disquettes informatiques, deux longues rangées de carrés noirs souples soigneusement étiquetés dans le coin supérieur droit. Barbara les parcourut, déchiffrant les titres, tandis que, petit à petit, elle réalisait ce qui s'imposait à elle. Le deuxième et troisième tiroirs renfermaient papeterie, enveloppes, rubans d'imprimantes, agrafes, vieux papier carbone, ruban adhésif, ciseaux. Mais pas ce qu'elle recherchait. Rien qui y ressemblât de près ou de loin.

Lorsque Lynley se mit à examiner les étagères et leur contenu, Barbara alla au meuble de classement.

— Je l'ai déjà regardé, sergent, lui fit-il remarquer.

Elle chercha une excuse.

— Juste une idée que je viens d'avoir, monsieur. J'en ai pour une seconde.

En fait, elle y passa presque une heure. Entre-temps, Lynley, après avoir ôté la jaquette d'un des derniers livres de Joy Sinclair, l'avait fourrée dans sa poche, puis s'était rendu dans la chambre, et dans le cabinet de rangement sur le palier, où Barbara l'entendait tout passer systématiquement en revue. Il était plus de quatre heures lorsqu'elle acheva sa fouille des dossiers et s'autorisa un repos, satisfaite de la validité de son hypothèse. Elle n'avait plus qu'à prendre une décision : en parler à Lynley, ou bien tenir sa langue jusqu'à ce qu'elle dispose de davantage de faits, des faits qu'il serait incapable de réfuter.

Pourquoi ne l'avait-il pas remarqué lui-même ? se demandat-elle. Comment n'y avait-il pas pensé ? Alors que l'absence de ce détail aurait dû lui crever les yeux, il ne voyait que ce qu'il voulait voir, ce qu'il avait besoin de voir, la piste qui menait tout droit à la culpabilité de Rhys Davies-Jones.

Cette culpabilité était si séduisante qu'elle était devenue pour Lynley un écran de fumée efficace, qui lui avait dissimulé un détail essentiel. Joy Sinclair était en train d'écrire une pièce pour Stuart Rintoul, lord Stinhurst. Or, il n'y avait aucune trace de celle-ci dans le bureau. Pas un brouillon, pas un résumé, pas une liste des personnages, pas un bout de papier.

Quelqu'un avait fouillé la maison avant eux.

— Je vous dépose à Acton, sergent, dit Lynley lorsqu'ils furent ressortis.

Ils se dirigèrent vers sa voiture, une Bentley gris métallisé autour de laquelle se pressait un petit groupe d'écoliers admiratifs qui jetaient des coups d'œil à l'intérieur et caressaient pieusement ses ailes rutilantes.

— Essayons de partir tôt pour Porthill Green demain matin. Sept heures et demie, ça vous va ?

— Parfait, monsieur. Mais inutile de me déposer à Acton. Je prendrai le métro juste au coin de Heath Street.

Lynley s'arrêta et se retourna.

— Ne soyez pas ridicule, Barbara. Une correspondance et Dieu sait combien de stations, cela va vous prendre des heures. Montez dans la voiture.

Barbara entendit l'ordre comme ce qu'il était, et chercha un moyen de s'y soustraire sans déclencher sa colère. Elle ne pouvait pas se permettre de perdre le temps qu'il allait mettre à la raccompagner jusque chez elle. En dépit de ce qu'il pouvait penser, sa journée était loin d'être terminée.

Aussi improbable qu'elle puisse paraître aux oreilles de Lynley, elle s'accrocha à la première excuse qui lui traversa l'esprit.

— Eh bien, en fait, je sors avec quelqu'un, monsieur.

Sachant combien l'idée était ridicule, elle tenta d'en enrober l'absurdité en ajoutant :

— Enfin, pas vraiment. C'est quelqu'un que j'ai rencontré. On pensait... eh bien, peut-être aller dîner, et puis voir ce nouveau film à l'Odéon.

Cette dernière extravagance de son imagination la fit grimacer intérieurement et prier pour qu'il y ait effectivement un nouveau film à l'Odéon. Ou bien pour qu'il ne le sache pas, s'il n'y en avait pas.

— Oh, je vois. Bien. C'est quelqu'un que je connais ?

Bon Dieu, pensa-t-elle.

— Non, juste un type que j'ai rencontré la semaine dernière. Au supermarché, en fait. Nos caddies se sont rentrés dedans entre le thé et les conserves.

Lynley sourit.

— L'entrée en matière me paraît parfaite pour une relation importante. Je vous dépose au métro ?

— Non, je préfère marcher. A demain, monsieur.

Il acquiesça d'un signe de tête, et elle le regarda se diriger à grands pas vers sa voiture. En un instant, les enfants admiratifs l'entourèrent.

— C'est votre voiture, m'sieur ?

— Combien elle coûte ?

— C'est du cuir, les sièges ?

— J' peux la conduire ?

Elle l'entendit rire, le vit s'appuyer contre la voiture, croiser les bras et s'accorder un moment pour engager une conversation amicale avec les enfants. Cela lui ressemble bien, pensa-t-elle. Il n'a pas dormi plus de trois heures en deux jours, il est confronté à l'écroulement d'une partie de sa vie, et il prend encore le temps d'écouter les bavardages de ces gamins. Elle s'imagina qu'elle voyait de loin les rides que le rire dessinait autour de ses yeux, le frémissement bizarre du muscle qui lui donnait un sourire en coin, et à le regarder, elle se demanda ce qu'elle serait réellement capable de faire pour protéger la carrière et l'intégrité d'un tel homme.

N'importe quoi, conclut-elle enfin avant de se diriger vers le métro.

Lorsque Barbara atteignit vers huit heures ce soir-là la maison de Saint-James dans Cheyne Row, à Chelsea, la neige s'était mise à tomber et, à la lueur fauve des réverbères, les flocons ressemblaient à des éclats d'ambre flottant doucement jusqu'à recouvrir le trottoir, les voitures et les entrelacs compliqués des balcons et des barrières en fer forgé. Les rafales n'étaient pas très fortes, mais suffisaient à ralentir la circulation sur l'Embankment, quelques centaines de mètres plus bas, et la rumeur considérablement atténuée du trafic n'était percée que par l'explosion de colère occasionnelle d'un klaxon.

Joseph Cotter, qui jouait dans la vie de Saint-James le double rôle incongru de valet de chambre et de beau-père, ouvrit à Barbara. Petit, trapu et un peu chauve, il ne devait pas dépasser la cinquantaine, et ressemblait si peu à sa fille si élancée qu'après avoir rencontré Deborah Saint-James, il n'était jamais venu à l'idée de Barbara qu'un quelconque lien puisse exister entre eux. Il portait un plateau d'argent chargé de tasses à café, et s'efforçait de son mieux d'éviter de piétiner un petit teckel à poil long et un gros chat gris qui rivalisaient d'attentions à ses pieds. Tous trois jetaient des ombres grotesques sur les sombres boiseries du hall.

— Peach ! Alaska ! Poussez-vous ! enjoignit-il avant de tourner son visage coloré vers Barbara.

Les animaux firent retraite d'au moins dix centimètres.

— Entrez, miss... sergent. Mr Saint-James est dans le bureau. Vous avez mangé, ma jeune dame ? demanda-t-il en l'examinant d'un œil critique. Ces deux-là viennent juste de terminer. Je vais vous préparer quelque chose à grignoter, d'accord ?

— Merci, Mr Cotter. Ce ne sera pas de refus. Je n'ai rien mangé depuis ce matin.

— Ah, la police, dit-il avec un bref hochement de tête désapprobateur. Attendez là, miss, je vous apporte de quoi vous régaler.

Il frappa une fois à la porte située au pied des escaliers, et, sans attendre de réponse, ouvrit le battant. Barbara le suivit dans le bureau de Saint James, une des pièces les plus agréables de la maison de Cheyne Row, garnie de hautes bibliothèques chargées de livres, encombrée de photographies et de documents de toute sorte.

Un feu brûlait dans la cheminée, et les effluves combinés du cuir et du cognac n'étaient pas sans évoquer l'atmosphère odorante d'un club masculin. Saint-James était assis près du foyer, sa mauvaise jambe étendue sur une ottomane usée, tandis qu'en face de lui lady Helen était pelotonnée dans un coin du canapé. Ils étaient tranquillement installés, comme un vieux couple ou comme des amis trop intimes pour éprouver le besoin de converser.

— Voilà le sergent, Mr Saint-James, annonça Cotter en allant déposer le café sur une table basse devant la cheminée.

Les flammes firent flamboyer la porcelaine, dansèrent sur le plateau avec des reflets dorés.

— Et elle n'a rien mangé, alors je vais m'en occuper, si vous voulez bien vous débrouiller du café tout seuls.

— Je crois que nous pouvons nous en tirer sans vous faire honte, Cotter. Et s'il reste du gâteau au chocolat, pouvez-vous en donner encore un peu à lady Helen ? Elle en meurt d'envie, mais vous la connaissez, elle est trop bien élevée pour en redemander.

— Il ment, comme d'habitude, intervint l'intéressée. C'est pour lui, mais il sait que vous êtes contre.

Cotter ne fut pas dupe, et les regarda tour à tour.

— Bien, alors deux parts de gâteau au chocolat. Et un repas pour le sergent.

Et avec une chiquenaude sur la manche de sa veste noire, il quitta la pièce.

— Vous avez l'air épuisée, dit Saint-James à Barbara.

— Nous avons tous l'air épuisé, ajouta lady Helen. Un peu de café, Barbara ?

— Au moins dix tasses, répliqua celle-ci.

Elle se dépêtra de son manteau et de son bonnet de laine, les jeta sur le canapé, et alla réchauffer devant le feu ses doigts engourdis.

— Il neige, annonça-t-elle.

Lady Helen frissonna.

— Après ce dernier week-end, c'est bien la dernière chose que j'ai envie d'entendre. (Elle tendit à Saint-James une tasse de café et en servit deux autres.) J'espère que votre journée a été plus fructueuse que la mienne, Barbara. Après avoir passé cinq heures à explorer le passé de Geoffrey Rintoul, je commence à avoir le sentiment de travailler pour ces comités du Vatican qui recommandent les candidats à la canonisation. Ça ne t'embête pas de réentendre tout ça ? demanda-t-elle à Saint-James avec un sourire.

— Pas du tout, j'en meurs d'envie. Je peux ainsi penser à mon propre passé peu recommandable et me repentir de façon appropriée.

— Voilà qui est parfait, dit-elle en regagnant le canapé, rejetant en arrière quelques mèches de cheveux qui lui tombaient sur la joue.

Elle ôta ses chaussures, replia ses jambes sur le siège et dégusta son café.

Même épuisée, son attitude restait élégante, observa Barbara. Sûre d'elle-même, parfaitement à l'aise. Se trouver en présence de lady Helen représentait toujours pour Barbara un exercice dans l'art de se sentir gauche et totalement dénuée de séduction, et elle se demandait comment la femme de Saint-James pouvait supporter avec placidité le fait que son mari et lady Helen travaillent côte à côte trois jours par semaine dans le laboratoire de criminalistique installé au dernier étage de la maison.

Lady Helen sortit de son sac à main un petit calepin noir.

— Au bout de plusieurs heures en compagnie du *Debrett's*, du *Burke's* et de *Landed Gentry*, sans compter trois quarts d'heure au téléphone avec mon père, qui sait tout de n'importe quel détenteur de titre, j'ai réussi à dessiner un portrait tout à fait exceptionnel de notre Geoffrey Rintoul. Voyons cela. (Elle ouvrit le calepin, dont elle parcourut la première page.) Né le 23 novembre 1914. Son père était Francis Rintoul, quatorzième comte de Stinhurst, et sa mère Astrid Selvers, une jeune débutante américaine du style Vanderbilt qui eut apparemment l'audace de mourir en 1925, laissant Francis tout seul avec trois enfants à élever. Ce qu'il fit avec un succès éclatant, à en juger par les prouesses de Geoffrey.

— Il ne s'est jamais remarié ?

— Jamais. Il ne semble même pas qu'il ait eu de liaisons discrètes. Mais l'inappétence sexuelle paraît constituer un trait de famille, comme vous pourrez en juger dans un instant.

— Mais comment cela cadre-t-il avec la liaison de Geoffrey et de sa belle-sœur ? demanda Barbara.

— Un éventuel illogisme, reconnut Saint-James.

— Geoffrey fit ses études à Harrow et Cambridge, continua lady Helen. Sorti de Cambridge en 1936 avec un diplôme d'économie et d'éloquence. Mais il ne s'est véritablement fait remarquer qu'en octobre 1942, où il s'est révélé stupéfiant. Il était avec Montgomery à la bataille d'El Alamein, en Afrique du Nord.

— Son grade ?

— Capitaine. Il faisait partie de l'équipe d'un char. A ce qu'il semble, au cours d'une des pires journées du combat, qui en a duré douze, son char a été touché et immobilisé par un obus allemand. Le véhicule a pris feu, Geoffrey a réussi à en dégager deux blessés, qu'il a tirés à l'abri à plus d'un kilomètre, alors qu'il était lui-même blessé. Il a été décoré de la Victoria Cross.

— Pas le genre d'homme qu'on s'attend à retrouver dans une tombe isolée, remarqua Barbara.

— Il y a plus encore, ajouta lady Helen. A sa requête, et malgré la gravité de ses blessures, qui aurait pu l'écarter du champ de bataille jusqu'à la fin de la guerre, il a fini celle-ci sur le front allié dans les Balkans. Churchill tentait de préserver là-bas un peu de l'influence britannique face à la prépondérance soviétique, et Geoffrey était à l'évidence un partisan convaincu de Churchill. Une fois démobilisé, il est entré à Whitehall, au ministère de la Défense.

— Etonnant qu'il ne soit pas devenu député.

— On lui a demandé de se présenter à plusieurs reprises, mais il a toujours refusé.

— Et il ne s'est jamais marié ?

— Non.

Saint-James esquissa un geste, mais lady Helen l'arrêta d'un mouvement de la main, et se leva pour lui verser sans un mot une seconde tasse de café. Elle se contenta de froncer les sourcils lorsqu'il se servit abondamment de sucre, et écarta définitivement le sucrier lorsqu'il remplit une cinquième cuillerée.

— Il était homosexuel ? demanda Barbara.

— Si c'était le cas, il a fait montre d'une discrétion exemplaire. Quelque type de liaison qu'il ait pu nouer, il n'y a jamais eu la plus petite rumeur de scandale.

— Même pas en relation avec la femme de lord Stinhurst, Marguerite Rintoul ?

— Aucune.

— Il est trop beau pour être vrai, dit Saint-James. Et vous, Barbara, qu'est-ce que vous avez trouvé ?

A l'instant où elle allait sortir son propre calepin de la poche de son manteau, Cotter entra avec les délices promis, du gâteau pour Saint-James et lady Helen, et une assiette de viande froide, de fromage et de pain pour Barbara, ainsi qu'une troisième part de gâteau. Elle lui adressa un sourire de remerciement, auquel il répondit par un clin d'œil amical. Puis il vérifia la cafetière, et s'éclipsa. Ses pas résonnèrent dans l'escalier du hall.

— Mangez d'abord, conseilla lady Helen. Le gâteau au chocolat que j'ai là va de toute façon absorber toute mon attention. Nous reprendrons quand vous aurez terminé de dîner.

D'un hochement de tête reconnaissant, Barbara la remercia de la compréhension dissimulée derrière ce prétexte, tellement caractéristique de lady Helen, et se jeta sur la nourriture, dévorant comme un prisonnier de guerre trois tranches de viande et deux grosses portions de fromage. Lorsqu'elle n'eut plus devant elle que le gâteau et une nouvelle tasse de café, elle sortit son calepin.

— Quelques heures de recherches à la bibliothèque, et tout ce que j'ai pu trouver, c'est que la mort de Geoffrey paraît totalement dénuée d'ambiguïté. Tout ceci d'après les commentaires des journaux après l'enquête. La nuit où il est mort, ou plus exactement les premières heures du 1er janvier 1963, il y a eu une tempête effroyable à Westerbrae.

— Ça, je veux bien le croire, après le temps que nous avons eu ce week-end, remarqua lady Helen.

— Selon l'officier chargé de l'enquête, un certain inspecteur Glencalvie, la portion de route où s'est produit l'accident était totalement verglacée. Rintoul a perdu le contrôle de sa voiture dans le virage en épingle à cheveux, et a effectué plusieurs tonneaux.

— Il n'a pas été éjecté ?

— Apparemment non. Mais il a eu la nuque brisée, et son corps a été carbonisé.

— Cela pourrait signifier... commença lady Helen en se tournant vers Saint-James.

— Non, pas de substitution de cadavres à cette époque, l'interrompit-il. Ils disposaient sans aucun doute de radios et de tableaux dentaires pour l'identifier. Y a-t-il eu des témoins de l'accident, Barbara ?

— Ils n'ont rien trouvé de mieux que le propriétaire de Hillview Farm. Il a entendu l'accident, et a été le premier sur les lieux.

— Et qui était-ce ?

— Hugh Kilbride, le père de Gowan.

Ils réfléchirent un moment en silence. Le feu crépita avec force lorsque les flammes atteignirent une grosse bulle de sève. Barbara reprit lentement :

— Alors, je n'ai pas arrêté de me répéter : que voulait réellement dire Gowan avec ses deux mots « pas vu » ? Evidemment, j'ai d'abord pensé qu'il y avait un rapport avec la mort de Joy. Mais si ce n'était pas le cas ? Si cela était en relation avec un secret que lui aurait confié son père ?

— C'est une éventualité.

— Et puis, il y a autre chose.

Elle leur raconta la fouille du bureau de Joy Sinclair, et l'absence de toute référence à la pièce qu'elle écrivait pour lord Stinhurst.

L'intérêt de Saint-James s'éveilla.

— Il y avait des traces d'effraction ?

— Je n'ai rien remarqué.

— Quelqu'un d'autre aurait-il pu disposer d'une clé ?

demanda lady Helen, qui continua : Mais il y a quelque chose qui ne va pas, non ? Tous ceux qui portaient un quelconque intérêt à la pièce se trouvaient à Westerbrae, comment la maison a-t-elle pu... A moins que quelqu'un ne se soit précipité à Londres pour vider le bureau avant votre arrivée. Mais cela n'est guère vraisemblable, ni même possible, n'est-ce pas ? Et puis, qui pourrait avoir une clé ?

— Irene, je pense. Robert Gabriel. Peut-être même...

Barbara hésita.

— Rhys ? suggéra lady Helen.

Un malaise s'empara de Barbara. Elle avait entrevu tout un monde dans le ton sur lequel lady Helen avait prononcé ce nom.

— Peut-être. Un certain nombre de coups de téléphone lui étaient adressés, sur sa facture, entrecoupés d'appels à un endroit nommé Porthill Green.

Sa loyauté à l'égard de Lynley l'empêcha d'en ajouter plus. Cette enquête à son propre compte l'amenait déjà à se déplacer sur un terrain suffisamment glissant sans qu'elle se risque en plus à fournir à lady Helen des informations que celle-ci pouvait transmettre à quelqu'un d'autre, volontairement ou par inadvertance.

Mais lady Helen n'exigea pas davantage de détails.

— Et Tommy pense que, d'une façon ou d'une autre, Porthill Green donne à Rhys un mobile d'assassinat. Bien sûr. Il est à la recherche d'un mobile, il me l'a dit.

— Mais tout ceci ne nous éclaircit guère sur la signification de la pièce de Joy, n'est-ce pas ? (Saint-James se tourna vers Barbara.) « Vassal. » Qu'est-ce que cela évoque pour vous ?

Elle fronça les sourcils.

— La féodalité et les fiefs. Cela devrait signifier autre chose ?

— Il y a un lien avec tout ceci, répondit lady Helen. Quel qu'il soit. C'est le seul détail de la pièce que j'ai retenu.

— Pourquoi ?

— Parce que personne ne l'a compris, sauf les membres de la famille de Geoffrey Rintoul. Eux ont parfaitement saisi sa signification. Ils ont réagi lorsque le personnage a dit qu'il n'allait pas devenir un autre vassal. Comme s'il s'agissait d'une sorte de mot de passe familial qu'ils étaient seuls à comprendre.

Barbara eut un soupir.

— Et maintenant ? Que faisons-nous ?

Ni Saint-James ni lady Helen ne lui fournirent de réponse. Ils se plongèrent alors dans une méditation rompue quelques minutes plus tard par le bruit de la porte d'entrée, et la voix agréable d'une jeune femme qui s'écriait :

— Papa ? C'est moi. Je meurs de froid et de faim. Je mangerais n'importe quoi, même un pâté à la viande ! Tu vois à quel état de famine j'en suis réduite, ajouta-t-elle avec un rire léger.

La voix de Cotter répliqua sévèrement depuis l'étage :

— Ton mari a mangé la dernière miette qui restait dans cette maison, ma chérie. Ça t'apprendra à abandonner ce pauvre homme pendant des heures à son triste sort. Mais où va le monde !

— Simon ? Il est déjà rentré ?

Des pas vifs résonnèrent dans le hall, la porte du bureau s'ouvrit à la volée, et Deborah Saint-James s'empressa :

— Mon chéri, tu n'as pas...

Elle s'arrêta net à la vue des deux femmes. Elle regarda son mari, et ôta son béret couleur crème, libérant une chevelure roux cuivré indisciplinée. Vêtue d'un beau manteau de lainage ivoire sur un tailleur gris — sa tenue de travail —, elle portait une grande valise métallique de matériel photo qu'elle posa près de la porte.

— J'ai travaillé sur un mariage, expliqua-t-elle. Avec la réception qui suivait, j'ai cru que je ne m'en sortirais jamais. Et vous revenez tous d'Ecosse si tôt ? Que s'est-il passé ?

Un sourire éclaira le visage de Saint-James. Il tendit la main et sa femme traversa la pièce.

— Je sais exactement pourquoi je t'ai épousée, Deborah, dit-il en l'embrassant vivement et en noyant sa main dans sa chevelure. A cause des photos !

— Et moi qui ai toujours pensé que c'était parce que tu étais fou de mon parfum, rétorqua-t-elle en faisant mine d'être vexée.

— Jamais de la vie.

Saint-James se leva et se dirigea vers son bureau. Il fouilla dans un grand tiroir dont il tira un répertoire téléphonique.

— Qu'est-ce que tu fabriques ? interrogea lady Helen.

— Deborah vient de nous donner la réponse à la question de

Barbara, répliqua-t-il. Que faisons-nous maintenant ? Nous nous intéressons aux photos. Et si elles existent, Jeremy Vinney est l'homme qui peut nous les obtenir, conclut-il en décrochant le téléphone.

11

Porthill Green était un village qui semblait jaillir comme une excroissance anormale de la terre tourbeuse des Fens, les plaines marécageuses de l'est de l'Angleterre. Proche du centre d'un triangle formé par les villes du Suffolk et du Cambridge-shire qui avaient nom Brandon, Mildenhall et Ely, il se trouvait à l'intersection de trois routes étroites qui serpentaient à travers des champs de betterave à sucre et enjambaient grâce à des ponts à peine plus larges qu'une voiture des canaux d'un brun terreux. Il se nichait dans un paysage qui n'était qu'une déclinaison de gris, bruns et verts — du ciel d'hiver sinistre aux champs gras parsemés çà et là de plaques de neige, en passant par l'abondante végétation qui bordait les chemins.

Le village n'avait rien de bien attrayant. Neuf maisons à la façade de pierre et quatre au revêtement de plâtre, avec des colombages comme dressés à la hâte, s'alignaient le long de la rue principale. Des enseignes à la peinture sale et écaillée signalaient la présence de commerces. Une station-service solitaire, dont les pompes étaient apparemment faites de rouille et de verre, montait la garde à la lisière du village, et tout au bout de la rue, autour d'une croix celtique polie par le temps, s'étendait un cercle de neige sale sous lequel poussait sans nul doute l'herbe qui donnait son nom au village.

Lynley constata qu'à l'origine le pub s'appelait simplement *The Plough*, et qu'on avait placé de chaque côté les mots *Wines* et *Liquors*. Ce dernier avait dû tomber en des temps reculés, ne laissant qu'une tache sombre sur laquelle la forme des lettres était encore lisible. Plutôt que de le replacer, ou de repeindre, on avait ajouté une apostrophe au premier mot, sous la forme d'une chope d'étain clouée à la façade. Ainsi l'établissement avait-il été rebaptisé, sans doute au grand amusement de quelqu'un.

— C'est le même village, sergent, remarqua-t-il après avoir jeté un coup d'œil rapide à travers le pare-brise.

A l'exception d'un bâtard au poil jaunâtre qui reniflait une haie, l'endroit paraissait totalement abandonné.

— Le même que quoi, monsieur ?

— Que sur le dessin affiché au mur du bureau de Joy Sinclair. La station-service, les commerces. Et voilà le cottage derrière l'église. Elle a séjourné ici assez longtemps pour se familiariser avec les lieux. Je suis sûr que quelqu'un se souviendra d'elle. Occupez-vous de la grand-rue pendant que je vais dire un mot à John Darrow.

Havers agrippa la poignée de la portière avec un soupir de résignation.

— Le sale boulot est toujours pour moi, ronchonna-t-elle.

— Un peu de marche vous éclaircira les idées après la soirée d'hier.

— La soirée d'hier ? répéta-t-elle, le regard vide.

— Le dîner, le cinéma ? Le type du supermarché ?

— Oh, ça, dit Havers en s'agitant sur son siège. C'était quelconque, vous pouvez me croire.

Elle sortit, laissant pénétrer dans la voiture une bouffée d'air chargée d'une vague odeur de mer, de poisson mort et d'ordures en décomposition, puis marcha jusqu'à la première maison, et disparut derrière la porte noire en mauvais état.

Le trajet depuis Londres leur avait pris moins de deux heures, et il était encore tôt, aussi Lynley ne fut-il guère surpris de trouver fermée la porte du *Wine's The Plough*. Il recula, examina ce qui lui sembla être un appartement, à l'étage, en vain. Des rideaux informes empêchaient de distinguer quoi que ce soit, il n'y avait personne, ni véhicule ni moto qui indique la présence d'un quelconque propriétaire. Lynley tenta néanmoins de scruter l'intérieur du pub lui-même, et distingua à travers une lame de volet brisée une faible lueur provenant d'une porte tout au fond, qui semblait mener à la cave.

Il retourna à l'entrée et frappa à coups redoublés. Des pas lourds résonnèrent bientôt, et traînèrent jusqu'à la porte.

— C'est pas ouvert, annonça une voix d'homme rocailleuse.

— Mr Darrow ?

— Ouais.

— Vous pouvez ouvrir la porte, s'il vous plaît ?

— C'est pour quoi ?

— Scotland Yard.

Ces deux mots provoquèrent une légère réaction. La porte fut déverrouillée et entrebâillée de quelques centimètres.

— Tout est en ordre, ici.

De petits yeux en forme d'amande, couleur brun délavé, examinèrent la plaque d'identité de Lynley.

— Je peux entrer ?

Darrow considéra la requête et le peu de réponses qui s'offraient à lui sans lever le regard.

— C'est pas à propos de Teddy, hein ?

— Votre fils ? Non, cela n'a rien à voir avec lui.

Apparemment satisfait, l'homme ouvrit la porte plus largement, recula, et laissa pénétrer Lynley. Le pub était modeste, à l'image du village. Un assortiment de néons éteints identifiant les alcools disponibles, suspendus au-dessus du comptoir en Formica, constituait la seule et unique décoration. Le mobilier était réduit : une demi-douzaine de petites tables entourées de tabourets, et un banc rembourré qui courait sous les fenêtres de la façade. Le coussin qui avait dû être rouge n'était plus que d'un rose passé par le soleil, et constellé de taches. Une forte odeur de brûlé imprégnait l'atmosphère, mélange de fumée de cigarette, de feu éteint dans une cheminée noircie, et de fenêtres demeurées trop longtemps fermées pour se protéger des rigueurs de l'hiver.

Darrow s'installa derrière le bar, peut-être dans l'intention de traiter Lynley comme un client, malgré l'heure matinale et son appartenance à la police. Lynley, pour sa part, choisit de rester devant le comptoir, bien que cela l'oblige à être debout, alors qu'il aurait préféré procéder à l'entrevue installé à une des tables.

Darrow était un homme d'apparence fruste, sans doute âgé d'une quarantaine d'années, qui donnait une impression très nette d'agressivité rentrée. Bâti comme un boxeur, ramassé, avec des membres longs et puissants et un torse de taureau, il avait des oreilles incongrues, petites et bien dessinées, plaquées contre son crâne. Ses vêtements, une chemise de laine aux manches retroussées sur des bras poilus et des pantalons larges laissant une grande aisance de mouvement, lui allaient parfaitement, et dénotaient un homme capable de passer du rôle de patron de bistrot à celui de bagarreur patenté en moins de temps qu'il n'en faut pour fermer le poing. A moins d'être provoquées par Darrow lui-même, il ne devait pas éclater beaucoup de rixes au *Wine's The Plough*, pensa Lynley.

Dans sa poche, il avait la couverture de *Mort dans l'obscurité*, prise dans le bureau de Joy Sinclair. Il la plia de façon à montrer la photo de l'auteur, souriante.

— Connaissez-vous cette femme ? demanda-t-il.

Une lueur s'alluma indubitablement dans l'œil de Darrow.

— Je la connais. Et alors ?

— Elle a été assassinée il y a trois jours, dans la soirée.

— J'étais là, il y a trois jours, répliqua Darrow d'un ton revêche. Le samedi, c'est le soir où il y a le plus de monde. N'importe qui dans le village vous le dira.

La réaction n'était pas du tout celle qu'avait escomptée Lynley. Il avait attendu de la surprise, peut-être, un certain trouble, ou de la réserve. Mais une protestation d'innocence aussi spontanée, voilà qui était pour le moins inhabituel.

— Elle est venue vous voir, dit-il. Elle a téléphoné ici dix fois le mois dernier.

— Et qu'est-ce que ça fait ?

— J'attends que vous m'expliquiez pourquoi.

Le patron du pub parut soupeser le ton égal de Lynley, visiblement déconcerté par l'absence de réaction engendrée par sa démonstration de non-coopération agressive.

— Je voulais pas la voir, dit-il. Elle voulait écrire un foutu bouquin.

— Sur Hannah ?

Darrow serra les mâchoires, et chaque muscle de son visage se tendit.

— Ouais. Hannah.

Il se tourna vers une bouteille de Bushmill's Black Label et se servit un verre. Il avala le whisky en deux ou trois longues goulées, le dos tourné.

— Vous en voulez un ? demanda-t-il en s'en versant un second.

— Non.

Il hocha la tête, but de nouveau.

— Elle est sortie de nulle part, avec un paquet de coupures de journaux sur ci et ça, un bouquin qu'elle avait écrit, des prix qu'elle avait reçus... Et je sais pas quoi d'autre. Et elle attendait tout bonnement que je lui donne Hannah et que je lui dise merci, en plus. Eh bien, je ne voulais pas. Il n'en était pas question. Et il était pas question que mon Teddy se retrouve dans toutes ces saletés. Que sa maman se tue en donnant de quoi papoter aux commères du coin jusqu'à ses dix ans, c'était déjà suffisant. Je voulais pas que ça recommence. Je voulais pas qu'on remue tout ça à nouveau, qu'on bouleverse le gamin.

— Hannah était votre femme ?

— Ouais. Ma femme.

— Comment Joy Sinclair en a-t-elle entendu parler ?

— Elle disait que ça faisait neuf ou dix mois qu'elle étudiait les suicides pour en trouver un d'intéressant, et elle a lu quelque chose à propos d'Hannah. Ça lui a tiré l'œil, elle a dit. Vous vous rendez compte, mon vieux, continua-t-il avec amertume. « Tiré l'œil. » Pour elle, Han n'était pas une personne, c'était juste un morceau de viande. Alors, je lui ai dit d'aller se faire foutre. Comme je vous l' dis.

— Dix coups de fil laissent à penser qu'elle a insisté.

Darrow eut un grognement.

— Aucune différence. Elle arrivait à rien. Teddy était trop jeune pour savoir ce qui s'était passé, alors elle pouvait rien en tirer. Et elle ne tirait rien de moi.

— Est-ce que je peux en déduire que, sans votre coopération, il ne pouvait pas y avoir de livre ?

— Ouais. Pas de livre, rien. C'était comme ça, et pas autrement.

— Elle était seule quand elle est venue vous voir ?

— Ouais.

— Il n'y a jamais eu personne avec elle ? Quelqu'un qui attendait dans la voiture, peut-être ?

Darrow plissa les yeux d'un air soupçonneux, et jeta un coup d'œil rapide en direction des fenêtres.

— Qu'est-ce que vous voulez dire ?

La question avait paru directe à Lynley, et il se demanda si Darrow ne cherchait pas à temporiser.

— Est-elle venue accompagnée ?

— Elle était toujours seule.

— Votre femme s'est suicidée en 1973, n'est-ce pas ? Joy Sinclair vous a-t-elle jamais laissé entendre pourquoi un suicide qui remontait aussi loin l'intéressait ?

Le visage de Darrow s'assombrit, et il eut un rictus de mépris.

— La chaise lui plaisait, inspecteur. Elle a été assez bonne pour me dire ça. Cette foutue chaise lui plaisait.

— La chaise ?

— Exactement. Han a perdu une chaussure lorsqu'elle a renversé la chaise. Et ça lui plaisait, à cette bonne femme. Elle disait que c'était... « poignant ». Vous m'en voudrez pas si je vous dis que je me fiche pas mal que quelqu'un ait assassiné cette salope, conclut-il en se retournant vers la bouteille de whisky.

Saint-James et sa femme travaillaient tous deux dans leurs domaines respectifs au dernier étage de leur maison, lui dans son laboratoire de criminalistique et Deborah dans son laboratoire photo, qui lui était contigu. La porte de communication était ouverte et, levant les yeux du rapport qu'il mettait au point pour la défense dans un procès imminent, Saint-James s'accorda un moment de plaisir simple à contempler sa femme, les sourcils froncés sur une série de photos, un crayon derrière l'oreille et sa masse de cheveux bouclés maintenus en arrière par des peignes. La lumière tombante lui encerclait la tête d'un halo. Le reste de son corps se trouvait plongé dans l'ombre.

— Nul. Minable, murmura-t-elle en griffonnant au dos d'une photo et en en jetant une autre dans la poubelle à ses pieds. Foutue lumière... Seigneur, Deborah, où as-tu appris les règles élémentaires de la composition ?... Dieu tout-puissant, celle-ci est encore pire !

Saint-James eut un rire, et Deborah leva les yeux.

— Désolée, dit-elle. Je te distrais ?

— Tu me distrais toujours, mon amour. Et bien plus qu'il ne faudrait, j'en ai peur. Surtout lorsque nous avons été séparés, ne serait-ce que vingt-quatre heures.

Les joues de Deborah rosirent.

— Eh bien, je suis ravie d'apprendre qu'au bout d'un an, le romantisme n'est pas encore mort entre nous... Je... C'est idiot, non ? Tu n'es vraiment parti qu'une nuit en Ecosse ? Tu m'as manqué, Simon. Je n'aime plus du tout aller me coucher sans toi.

Elle rougit de plus belle lorsque Saint-James descendit de

son haut tabouret et traversa le laboratoire pour venir la rejoindre dans la pénombre de la chambre noire.

— Non, mon amour... Je ne voulais pas dire... Simon, ce n'est pas comme cela que le travail va se faire, protesta-t-elle de mauvaise foi lorsqu'il la prit dans ses bras.

Il eut un rire silencieux :

— Eh bien, nous allons faire d'autres choses, non ? dit-il en l'embrassant.

Un long moment plus tard, il murmura avec délectation contre sa bouche :

— Mon Dieu, oui... Des choses beaucoup plus importantes.

Ils s'écartèrent d'un air coupable au son de la voix de Cotter, qui montait bruyamment l'escalier en parlant beaucoup plus fort que d'habitude.

— Ils sont là-haut tous les deux, tonna-t-il. Ils doivent travailler, je pense. Deb développe ses photos et Mr Saint-James a un rapport à faire. C'est juste au-dessus. Ce n'est pas très haut, on y sera dans une seconde.

Cette dernière information fut claironnée encore plus fort que les précédentes. Deborah se mit à rire.

— Je ne sais jamais si mon père doit me consterner ou m'amuser, chuchota-t-elle. Comment diable peut-il toujours savoir ce que nous faisons ?

— Il voit bien la façon dont je te regarde, cela lui suffit. Crois-moi, ton père sait exactement ce que j'ai en tête.

Saint-James retourna pieusement à son laboratoire, et rédigeait son rapport lorsque Cotter apparut à la porte, suivi de Jeremy Vinney.

— Voilà, on y est, annonça Cotter, tonitruant. Ça fait une petite grimpette, hein ? ajouta-t-il en passant la pièce en revue comme pour s'assurer qu'il n'avait pas pris sa fille et son mari *in flagrante delicto*.

Vinney demeura de marbre devant la façon bruyante dont Cotter avait annoncé leur arrivée, et s'avança, une chemise de papier bulle à la main. Son visage rebondi portait les traces de la fatigue, et sur sa mâchoire se dessinait une ombre de barbe qu'il avait oublié de raser. Il portait encore son pardessus.

— Je crois avoir ce que vous cherchiez, dit-il à Saint-James tandis que Cotter, avant de s'éclipser, répondait au sourire malicieux de sa fille par un grognement affectueux. Peut-être même un peu plus. Le type qui a suivi l'enquête sur la mort de

Geoffrey Rintoul en 1963 est aujourd'hui un de nos rédacteurs en chef. Nous avons épluché ses archives ce matin, et déniché trois photos et un paquet de notes. Elles ont été écrites au crayon, et sont à peine lisibles aujourd'hui, mais nous pouvons peut-être en tirer quelque chose. (Il lança à Saint-James un regard pénétrant.) Stinhurst a tué Joy? C'est ça que vous voulez prouver?

La question constituait la conclusion logique de tout ce qui s'était produit, et n'était pas déraisonnable dans la bouche du journaliste. Mais Saint-James savait parfaitement ce qu'elle impliquait. Vinney jouait un triple rôle dans la tragédie de Westerbrae, celui de journaliste, d'ami de la victime, et de suspect. Que la police reporte entièrement ses soupçons sur quelqu'un d'autre ne pouvait que l'avantager. Et après avoir montré sa bonne volonté en coopérant pleinement, qui mieux que Saint-James, dont tout le monde savait qu'il était l'ami de Lynley, pouvait le dédouaner pleinement? Saint-James répondit donc avec précaution.

— La mort de Geoffrey Rintoul présente simplement une petite bizarrerie qui nous a intrigués.

Si le journaliste fut désappointé par le caractère détourné de la réplique, il n'en montra rien.

— Je vois.

Il ôta son pardessus, fut présenté à la femme de Saint-James, et, étalant le dossier sur la table, en sortit une liasse de papiers et trois photos en mauvais état.

Il reprit la parole sur un ton tout à fait professionnel.

— Les notes sur l'enquête sont très complètes. Notre homme espérait faire un long papier, étant donné le passé glorieux de Geoffrey Rintoul, aussi avait-il soigneusement relevé tous les détails. Je crois que vous pouvez vous fier à sa précision.

Le papier jaune sur lequel elles avaient été prises ne faisait que rendre plus difficile encore la lecture des notes au crayon plus ou moins effacées.

— Il mentionne une querelle, remarqua Saint-James après les avoir parcourues.

Vinney tira un tabouret près de la table.

— Le témoignage de la famille a été très honnête à l'enquête du coroner. Le vieux lord Stinhurst — Francis Rintoul, le père du comte actuel — a raconté qu'une violente dispute s'était produite avant le départ de Geoffrey.

— A quel propos, cette dispute ?

Saint-James chercha les détails tandis que Vinney les lui confiait.

— A ce qu'il semble, une simple prise de bec provoquée par l'alcool qui a dégénéré en déballage d'histoires familiales.

Voilà, qui ressemblait beaucoup à ce que Lynley avait rapporté de sa conversation avec le présent comte Rintoul. Mais Saint-James éprouvait du mal à croire que le vieux lord Stinhurst ait discuté du triangle amoureux de ses deux fils devant le jury du coroner. Les liens familiaux ne pouvaient que l'en empêcher.

— Il a été plus explicite ?

— Oui, dit Vinney en désignant du doigt un paragraphe. Geoffrey voulait à tout prix rentrer à Londres, et a décidé de partir cette nuit-là malgré la tempête. Son père a témoigné qu'il s'était opposé à ce départ. A cause du temps ; mais aussi parce qu'il n'avait guère vu Geoffrey au cours des six derniers mois, et tenait à le garder sur place encore un moment. Leurs relations n'étaient pas au beau fixe, semble-t-il, et le vieux comte voyait dans cette réunion de Nouvel An une façon de combler le fossé qui s'était creusé entre eux.

— Quelle sorte de fossé ?

— J'ai cru comprendre que le vieux lord reprochait beaucoup à Geoffrey de ne pas se marier. Il voulait sans doute que celui-ci se sente obligé de consolider l'arbre généalogique. En tout cas, c'était là le cœur de leur différend.

Vinney étudia les notes avant de reprendre avec prudence, comme s'il avait compris combien il était important qu'il fasse montre d'impartialité dans toute discussion concernant la famille Rintoul :

— J'ai le sentiment que le vieil homme était habitué à ce qu'on lui obéisse. Lorsque Geoffrey a décidé de rentrer à Londres, il s'est donc mis en colère, et c'est de là qu'est née la querelle.

— A-t-on une idée de la raison pour laquelle Geoffrey voulait à toute force rentrer à Londres ? Une liaison féminine que son père n'approuvait pas ? Ou peut-être une relation avec un homme qu'il voulait garder cachée ?

Vinney eut une hésitation curieuse et inexplicable, comme

s'il cherchait un sens supplémentaire aux paroles de Saint-James. Il s'éclaircit la gorge.

— Rien ne l'indique. Personne n'a jamais débarqué pour se vanter d'une liaison clandestine. Pensez aux journaux populaires. Si quelqu'un avait eu une relation cachée avec Geoffrey Rintoul, il ou elle serait probablement sorti de l'ombre à sa mort et aurait vendu son histoire à prix d'or. Dieu sait qu'au début des années soixante, c'était la grande mode. La moitié des ministres du gouvernement paraissait impliquée avec des call-girls. Rappelez-vous Christine Keeler et John Profumo. Le scandale a sérieusement éclaboussé les conservateurs. Il me semble que si quelqu'un qui avait été lié à Geoffrey Rintoul avait eu besoin d'argent, il ou elle se serait contenté de suivre les traces de Christine Keeler.

— Vous n'avez pas tort, réfléchit Saint-James. Il y a peut-être là plus de choses que nous le pensons. John Profumo était ministre de la Défense. Geoffrey Rintoul travaillait au ministère de la Défense. La mort de Rintoul et l'enquête du coroner datent de janvier, et c'est exactement au même moment que la liaison de Profumo avec Christine Keeler s'étalait dans la presse. Existerait-il une relation que nous ne distinguons pas entre ces gens et Geoffrey Rintoul ?

L'emploi du « nous » parut détendre Vinney.

— C'est ce que je voulais croire. Mais si une call-girl avait été en relation avec Rintoul, pourquoi aurait-elle tenu sa langue alors que les journaux populaires étaient prêts à payer une fortune pour n'importe quelle histoire juteuse impliquant un membre du gouvernement ?

— Peut-être n'était-ce pas une call-girl. Peut-être Rintoul était-il lié à quelqu'un qui n'avait pas besoin d'argent, et qui n'aurait retiré aucun bénéfice de la révélation de leur liaison.

— Une femme mariée ?

Une fois encore, ils revenaient à l'histoire de lord Stinhurst sur son frère et sa femme. Saint-James continua :

— Et les autres témoignages ?

— Ils ont tous confirmé la version du vieux lord, Geoffrey dans une rage folle, et l'accident dans le virage. Il y a eu quelque chose de curieux, tout de même. Le corps a été carbonisé, aussi ont-ils dû faire venir de Londres des radios et des tableaux dentaires pour une identification formelle. Le médecin de Geoffrey, un certain sir Andrew Higgins, les a

219

apportés en personne, et a procédé à l'autopsie avec le médecin légiste de Strathclyde.

— Inhabituel, mais pas impossible.

— La bizarrerie n'est pas là, dit Vinney avec un hochement de tête. Sir Andrew était un vieux camarade de classe du père de Geoffrey. Ils avaient été à Harrow et Cambridge ensemble. Ils appartenaient au même club londonien. Il est mort en 1970.

Saint-James fournit sa propre conclusion à ces révélations. Sir Andrew aurait pu dissimuler ce qu'il y avait à dissimuler. Il aurait pu ne dévoiler que le strict nécessaire. Pourtant, de toutes les informations éparses recueillies, c'était la date — janvier 1963 — qui paraissait à Saint-James l'élément le plus significatif, sans qu'il puisse dire pourquoi. Il ramassa les photographies.

La première représentait un groupe de gens vêtus de noir s'apprêtant à monter dans une série de limousines. Saint-James reconnut la plupart d'entre eux. Francesca Gerrard agrippée au bras d'un homme d'âge moyen, probablement son mari, Phillip Gerrard ; Stuart et Marguerite Rintoul penchés sur deux enfants abasourdis, de toute évidence Elizabeth et son frère aîné Alec ; plusieurs personnes aux visages flous en conversation sur les marches d'un bâtiment en arrière-plan. La seconde photo représentait le lieu de l'accident, avec sa tache de terre brûlée, près de laquelle se tenait un fermier vêtu simplement, un colley écossais à ses côtés. Sans doute Hugh Kilbride, le père de Gowan, supposa Saint-James, le premier arrivé sur le lieu de l'accident. Sur la dernière photo, un groupe quittait un bâtiment qui devait abriter les bureaux du coroner. Saint-James y reconnut de nouveau les gens qu'il avait rencontrés à Westerbrae, mais il y avait également plusieurs visages inconnus.

— Vous savez qui sont ces gens ?

Vinney les désigna à tour de rôle :

— Sir Andrew Higgins, juste derrière le vieux lord Stinhurst. A côté de lui, l'avoué de la famille. Vous devez connaître les autres.

— A l'exception de cet homme. Qui est-ce ?

L'homme en question se trouvait derrière, à la droite du vieux lord Stinhurst, la tête tournée, en conversation avec Stuart Rintoul, qui l'écoutait les sourcils froncés, une main sur le menton.

— Aucune idée. Le type qui a pris les notes le sait peut-être, mais je n'ai pas pensé à lui demander. Vous voulez que je reprenne la photo et que je lui pose la question ?

Saint-James réfléchit.

— Peut-être, dit-il enfin lentement. Deborah, appela-t-il en se retournant, tu peux venir jeter un coup d'œil, s'il te plaît ?

Elle les rejoignit à la table, et regarda les photos par-dessus l'épaule de Saint-James. Celui-ci lui laissa le temps de les examiner, puis demanda :

— Est-ce que tu peux faire une série d'agrandissements de celle-ci ? Des portraits de chacun des gens, essentiellement les visages ?

Elle acquiesça.

— Le grain sera un peu gros, bien sûr, sûrement pas de très bonne qualité, mais ils seront reconnaissables. Je m'y mets maintenant ?

— S'il te plaît. Nous verrons ce que l'actuel lord Stinhurst peut nous en dire, ajouta Saint-James en regardant Vinney.

C'était la police de Mildenhall qui avait procédé à l'enquête sur le suicide d'Hannah Darrow, et Raymond Plater, l'officier responsable à l'époque, était devenu le chef de la police de la ville. Son autorité lui seyait comme un vêtement dans lequel il s'était senti de plus en plus confortable au fil du temps, aussi l'arrivée inopinée de Scotland Yard, venant parler d'une affaire classée depuis quinze ans, ne le troubla pas plus que cela.

— Je m'en souviens très bien, dit-il en guidant Lynley et Havers dans son bureau ordonné.

Il régla le store vénitien beige avec un air de propriétaire, décrocha un téléphone, composa un numéro à trois chiffres et dit :

— Plater. Vous pouvez m'apporter le dossier Hannah Darrow ? D-a-r-r-o-w. En 73... Une affaire classée... Oui.

Il manœuvra son fauteuil tournant en direction d'une table située derrière son bureau et jeta par-dessus son épaule :

— Un café ?

Lorsqu'ils eurent accepté son offre, Plater fit les honneurs à l'aide d'une cafetière à l'air efficace, et leur tendit des tasses fumantes avec du lait et du sucre. Lui-même savoura son breuvage avec une délicatesse remarquable de la part d'un homme aux traits si puissants et énergiques. Son visage à la mâchoire implacable et aux yeux clairs nordiques ne pouvait manquer de rappeler les sauvages guerriers vikings dont le sang battait sans doute dans ses veines.

— Vous n'êtes pas les premiers à vous renseigner sur la femme de Darrow, dit-il en s'enfonçant dans son fauteuil.

— L'écrivain Joy Sinclair est venue, répondit Lynley, qui ajouta lorsque Plater pencha vivement la tête : Elle a été assassinée ce week-end en Ecosse.

Le chef de la police manifesta son intérêt en se redressant.

— Il y a un lien ?

— Rien qu'une intuition, pour l'instant. Sinclair est-elle venue vous voir seule ?

— Oui. Et elle a insisté. Elle est arrivée sans rendez-vous, et comme elle n'était pas membre de la police, elle a un peu attendu, dit-il avec un sourire. Deux heures à peu près, si je me souviens bien. Comme elle est restée, j'ai fini par la recevoir. C'était... au début du mois dernier.

— Que voulait-elle ?

— Essentiellement discuter. Jeter un coup d'œil à ce que nous avions sur la femme de Darrow. En temps normal, je ne lui aurais rien montré, mais elle avait deux lettres d'introduction, une d'un chef de la police du pays de Galles avec qui elle avait travaillé sur un livre, et une autre d'un superintendant quelque part dans le sud, le Devon, peut-être. Elle avait en plus des références impressionnantes — au moins deux prix littéraires, si je me souviens bien — qu'elle n'a pas hésité à brandir pour me convaincre qu'elle ne traînait pas dans le hall juste pour une petite conversation.

On frappa à la porte avec déférence, un jeune agent tendit à son chef un épais dossier, et se retira promptement. Plater ouvrit la chemise et en retira un paquet de photographies.

Lynley constata qu'il s'agissait des photos de police officielles prises sur les lieux. D'un noir et blanc austère, elles montraient pourtant la mort avec un luxe de détails qui allait jusqu'à inclure l'ombre démesurée portée sur le mur par le corps suspendu d'Hannah Darrow. Il n'y avait pas grand-chose d'autre à voir. La pièce était quasiment nue, avec un plafond aux poutres apparentes, un plancher aux larges lames abîmées, et des murs de bois brut d'aspect cintré, décorés uniquement de petites fenêtres à carreaux. Une simple chaise cannée était renversée près du corps, et une des chaussures de la victime reposait contre un des barreaux. Elle n'avait pas utilisé de corde, mais une sorte d'écharpe noire nouée à un crochet fixé à une poutre, et sa tête pendait en avant, sa longue chevelure blonde dissimulait l'effroyable distorsion de ses traits.

Lynley examina attentivement les clichés l'un après l'autre avec un pincement d'incertitude.

— Où ces photos ont-elles été prises ? demanda-t-il.

— On l'a retrouvée dans un moulin dans les marais de Mildenhall, à plus d'un kilomètre du village.

— Le moulin existe toujours ?

— Non, je crois qu'on l'a démoli il y a trois ou quatre ans, dit Plater avec un hochement de tête. Ça ne vous aurait pas avancé à grand-chose de le voir. Pourtant, ajouta-t-il d'un ton pensif, Joy Sinclair a aussi demandé à le visiter.

— Ah bon ?

Lynley s'interrogea sur la signification de cette requête, et repensa à ce que lui avait confié John Darrow : Joy avait mis dix mois à découvrir la mort violente sur laquelle elle désirait écrire.

— Vous êtes absolument certain qu'il s'agissait d'un suicide ?

Pour toute réponse, Plater parcourut le dossier, et en sortit une seule feuille de papier. Tirée d'un cahier, déchirée en plusieurs endroits, elle avait été de toute évidence froissée puis dépliée et placée entre plusieurs autres papiers pour l'aplanir. Lynley parcourut les quelques mots tracés d'une large écriture enfantine aux lettres rondes et aux cercles minuscules représentant les points.

« Je dois partir, il est temps… Voilà un arbre mort, mais il continue à se balancer dans le vent avec les autres. Alors il me semble que si je meurs, d'une façon ou d'une autre, j'aurai encore mon rôle dans cette vie. Adieu, mon aimé. »

— C'est assez clair, ça, commenta Plater.

— Où a-t-on retrouvé ce mot ?

— Chez elle, sur la table de la cuisine, avec le crayon juste à côté, inspecteur.

— Qui l'a trouvé ?

— Son mari. Elle était censée l'aider au pub, ce soir-là. Ne la voyant pas, il est monté à l'appartement. Il a trouvé le mot, paniqué, est sorti en courant à sa recherche, en vain. Il est revenu, a fermé le pub, et a rassemblé quelques hommes pour procéder à une fouille en règle. On l'a retrouvée au moulin peu après minuit, dit-il en consultant le dossier.

— Qui l'a découverte ?

— Son mari. Accompagné, s'empressa-t-il d'ajouter avant que Lynley ait pu parler, de deux types du village avec lesquels il n'était pas particulièrement ami. Je suppose que vous pensez ce que nous avons tous immédiatement pensé, ajouta-t-il avec un sourire affable. Que Darrow avait attiré sa femme au moulin, l'avait pendue, et avait fabriqué le mot. Mais nous avons vérifié. Le mot est authentique, nos experts l'ont assuré. Et bien qu'on ait trouvé les empreintes d'Hannah et de son mari dessus, celles de Darrow s'expliquent assez facilement. Il a ramassé le papier sur la table de la cuisine où elle l'avait laissé, réflexe tout ce qu'il y a de plus normal, dans les circonstances. De plus, Hannah Darrow était bien lestée, ce soir-là, pour être sûre que le travail serait bien fait : elle portait deux gros chandails et deux manteaux de laine. Vous n'allez pas me dire que son mari avait réussi à la persuader d'aller faire une petite promenade accoutrée comme ça.

L'Azincourt se trouvait coincé entre deux édifices beaucoup plus impressionnants, dans une rue étroite non loin de Shaftesbury Avenue. A sa gauche se dressait le *Royal Standard Hotel*, avec un portier en uniforme qui manifestait sa mauvaise humeur aux automobiles tout autant qu'aux passants. A sa droite, le musée de l'Histoire du théâtre, dont les vitrines faisaient un étalage éblouissant de costumes élisabéthains, d'armes et d'accessoires. Pris en sandwich entre les deux, l'Azincourt apparaissait décrépit et négligé, apparence qui se révélait trompeuse dès que l'on en franchissait les portes.

Lorsque lady Helen y pénétra peu avant midi, la surprise l'arrêta net. La dernière fois qu'elle avait assisté à une représentation ici, le théâtre était encore aux mains d'un autre propriétaire, et bien que le précédent décor victorien sinistre n'ait pas manqué d'un certain charme, la rénovation effectuée par lord Stinhurst était saisissante. Rien, pas même les articles de journaux, ne l'avait préparée à une telle métamorphose. Stinhurst avait donné carte blanche aux architectes et aux décorateurs, qui avaient eu pour principe : « Ne reculons

224

devant aucun sacrifice. » Ils avaient donc entièrement vidé l'intérieur du bâtiment, créant lumière et espace grâce à une entrée qui s'ouvrait sur trois étages de balcons, et grâce à une utilisation des couleurs qui contrastait vivement avec la façade couverte de suie. En admiration devant le flux de créativité qui avait transformé les lieux, lady Helen s'accorda le loisir d'oublier un peu l'excitation avec laquelle elle allait au-devant de son rendez-vous.

Elle avait passé le moindre détail en revue jusqu'à près de minuit avec Saint-James et le sergent Havers. Tous les trois, ils avaient étudié toutes les approches possibles pour cette visite à l'Azincourt. Havers se trouvant dans l'impossibilité de se rendre là-bas sans que Lynley le sache et de faire le travail correctement sous l'égide de la police, il incombait à lady Helen ou Saint-James d'encourager la secrétaire de lord Stinhurst à parler des coups de téléphone que son employeur prétendait qu'elle avait passés pour lui le matin de la découverte du corps de Joy Sinclair.

Leur discussion tardive s'était achevée sur un consensus : lady Helen était la plus douée pour extorquer des confidences à n'importe qui. Tout ce qui avait paru fort raisonnable à minuit — et même flatteur, si on le prenait sous cet angle — était maintenant loin d'être rassurant, à dix pas des bureaux du théâtre, où la secrétaire de Stinhurst attendait sans le savoir.

— Helen ? Tu es venue participer au nouveau combat ?

Rhys Davies-Jones se tenait à la porte de la salle, une tasse à la main. Lady Helen lui sourit et le rejoignit au bar où du café chauffait bruyamment, répandant une odeur âcre qui était en grande partie une odeur de chicorée.

— Le café le plus mauvais de la planète, remarqua Davies-Jones. Mais on y prend goût. Tu en veux ?

Elle déclina l'offre, et il se remplit une nouvelle tasse du liquide noir qui ressemblait à de l'huile de vidange.

— Quel nouveau combat ? demanda-t-elle.

— « Combat » n'est peut-être pas le terme approprié, reconnut-il. Il s'agit plutôt de manœuvres de fine politique de la part de nos charmants comédiens pour obtenir de Stinhurst le meilleur rôle dans sa nouvelle production. La seule difficulté résidant dans le fait que le choix de la pièce n'est pas encore fait. Tu peux imaginer les intrigues qui se nouent depuis deux heures.

— La nouvelle production? Tu veux dire que Stinhurst a l'intention de continuer après ce qui est arrivé à Joy et Gowan?

— Il n'a pas le choix, Helen. Nous sommes tous sous contrat. Le théâtre doit ouvrir dans moins de huit semaines. C'est ça, ou il y perd sa chemise. Je dois avouer qu'il n'est pas particulièrement ravi de tout ça, pourtant. Et il sera encore moins ravi quand la presse va lui tomber dessus à propos de ce qui est arrivé à Joy. Je ne comprends d'ailleurs pas pourquoi les médias ne se sont pas encore déchaînés sur cette histoire. (Il caressa doucement la main d'Helen posée sur le bar.) C'est pour ça que tu es là, non?

Il ne lui était pas venu à l'idée qu'elle pourrait le rencontrer ici, n'avait pas réfléchi à ce qu'elle lui dirait. Prise au dépourvu, elle répondit la première chose qui lui traversa l'esprit, sans même penser à la raison pour laquelle elle mentait.

— Non, pas du tout. Je me trouvais dans le quartier, j'ai pensé que tu serais peut-être là, alors j'ai fait un saut.

Il demeura imperturbable, mais son regard lui fit comprendre combien son prétexte paraissait ridicule. Il n'était pas le genre d'homme dont l'amour-propre se flattait qu'une jolie femme vienne à sa recherche. Elle n'était pas non plus le genre de femme à agir de la sorte, et il le savait parfaitement.

— Je vois.

Il étudia son café, passa sa tasse d'une main dans l'autre. Lorsqu'il reprit la parole, ce fut sur un ton différent, délibérément léger et naturel.

— Eh bien, viens dans la salle. Il n'y a pas grand-chose à voir, puisque nous n'avons pratiquement rien fait, mais il y a eu pas mal d'étincelles. Joanna a passé la matinée à harceler David Sydeham avec une interminable liste de doléances, et Gabriel a fait de son mieux pour verser de l'huile sur leurs eaux troublées. Il a réussi à se mettre tout le monde à dos, et plus particulièrement Irene. Tout cela va peut-être finir par une bagarre, mais ne manque pas de piquant, d'une certaine façon. Tu veux te joindre à nous?

Le prétexte trouvé pour expliquer sa présence empêchait lady Helen de refuser, aussi le suivit-elle dans la salle plongée dans l'obscurité, pour s'asseoir au tout dernier rang. Il lui adressa un sourire poli et se dirigea vers la scène brillamment éclairée, où les comédiens, lord Stinhurst et plusieurs autres personnes étaient réunis autour d'une table en grande discussion.

— Rhys, je peux te voir ce soir ? demanda-t-elle, et il se retourna.

Sa question était née d'un mélange de contrition et de désir sincère, mais elle n'aurait su dire quel était le sentiment qui l'emportait. Tout ce qu'elle savait, c'est qu'elle ne pouvait l'abandonner ce jour-là sur un mensonge.

— Désolé, mais je ne peux pas, Helen. J'ai une réunion avec Stuart... lord Stinhurst, pour la nouvelle mise en scène.

— Ah. Oui, bien sûr. Peut-être une autre fois...

— Demain soir ? Pour dîner, si tu es libre. Si tu en as envie.

— Je... Oui. Oui, j'en ai envie. Vraiment.

Elle ne voyait pas son visage, plongé dans l'ombre, n'entendait que sa voix, et la tendresse fragile derrière ses paroles. Son timbre lui révéla combien il lui en coûtait de parler.

— Helen, je me suis réveillé ce matin en sachant avec certitude que je t'aime. Tellement. Mais, Seigneur, je ne comprends pas pourquoi je n'ai jamais vécu de moment aussi effrayant.

— Rhys...

— Non, s'il te plaît. Tu me diras demain.

Il se détourna et descendit l'allée d'un pas décidé pour rejoindre les autres.

Lady Helen s'obligea à garder les yeux fixés sur la scène, mais ses pensées s'y refusaient. Celles-ci revenaient obstinément à une réflexion sur la loyauté. Si cette rencontre avec Rhys avait été destinée à éprouver sa fidélité envers lui, elle avait lamentablement échoué. Et elle se demandait si cette défaillance momentanée signifiait le pire, si au fond d'elle-même elle ne se demandait pas maintenant ce que Rhys avait réellement fait alors qu'elle dormait à Westerbrae, deux nuits auparavant. Cette simple pensée l'accabla, et elle se méprisa.

Elle se leva, retourna dans le hall et se dirigea vers les bureaux administratifs. Renonçant à échafauder un prétexte élaboré, elle décida de dire la vérité à la secrétaire de Stinhurst.

Ce choix de la franchise allait en l'occurrence se révéler une sage décision.

— C'est à cause de la chaise, Havers, répéta Lynley pour la quatrième ou cinquième fois.

L'après-midi, le froid était devenu insupportable. Un vent glacial balayait les Fens, sans rencontrer le moindre obstacle. Lynley fit demi-tour en direction de Porthill Green au moment où Barbara examinait pour la troisième fois les photos du suicide et les replaçait dans le dossier Darrow, que le chef de la police leur avait prêté.

Elle hocha la tête. A son avis, l'hypothèse qu'échafaudait Lynley était plus que ténue, et ne reposait quasiment sur rien.

— Je ne vois pas comment vous pouvez aboutir à une conclusion valable simplement en regardant la photo d'une chaise, dit-elle.

— Regardez-la de nouveau. Si elle s'est vraiment pendue, comment a-t-elle pu renverser la chaise sur le côté ? C'est impossible. Elle peut avoir donné un coup de pied dans le dossier, ou même avoir mis la chaise de côté et donné quand même un coup de pied dans le dossier. Mais dans les deux cas, la chaise serait tombée sur le dossier, et pas sur le côté. Pour que la chaise atterrisse dans cette position sous l'impulsion d'Hannah, il n'y aurait qu'un moyen : qu'elle ait introduit le pied entre le siège et le dossier et réellement essayé de projeter la chaise.

— Cela aurait pu se produire. Il lui manquait une chaussure, lui rappela Barbara.

— Oui, mais la chaussure droite, Havers. Et si vous examinez la photo, vous verrez que la chaise était renversée à sa gauche.

Barbara comprit qu'il était déterminé à la gagner à son raisonnement. Il ne servait à rien de protester davantage, mais elle se sentit obligée de discuter.

— Vous suggérez donc que Joy Sinclair, en faisant innocemment des recherches sur un suicide, a découvert un meurtre. Comment ? Comment est-il possible que, de tous les suicides qui se produisent dans le pays, elle soit justement tombée sur celui qui était un meurtre ? Seigneur, vous vous rendez compte des probabilités ?

— Mais réfléchissez à la raison pour laquelle la mort d'Hannah Darrow l'a séduite à l'origine. Regardez toutes les particularités qui font que ce suicide-là lui a sauté aux yeux en comparaison de tous les autres. Le décor, d'abord : les Fens.

Un système de canaux, d'inondations périodiques, de terre gagnée sur la mer. Toutes les caractéristiques naturelles qui les ont tous inspirés, de Dickens à Dorothy Sayers. Comment l'a-t-elle décrit ? « Le bruit des grenouilles et des pompes, la terre plate à perte de vue. » Ensuite, le lieu du suicide : un vieux moulin abandonné. Son accoutrement bizarre : deux gros chandails et deux gros manteaux de lainage. Puis l'anomalie qui a dû frapper Joy au moment où elle a vu ces photos : la position de la chaise.

— Si c'est une anomalie, comment expliquez-vous que Plater lui-même ne l'ait pas vue au cours de l'enquête ? Il n'a pas l'air du genre gaffeur.

— Quand Plater est intervenu, tous les hommes du pub avaient passé la soirée à chercher Hannah, tous convaincus qu'ils cherchaient une suicidée. Après l'avoir trouvée ils ont téléphoné à la police et ont signalé un suicide. Plater était prédisposé à croire qu'il ne s'agissait pas d'autre chose lorsqu'il a mis le pied au moulin. Il avait perdu toute objectivité avant même de voir le corps. Et il avait une preuve assez convaincante du fait qu'Hannah Darrow avait effectivement l'intention de se tuer en quittant son appartement. Le mot.

— Mais vous avez entendu Plater : celui-ci est authentique.

— Bien sûr, qu'il l'est. Je suis certain que c'est l'écriture d'Hannah.

— Alors comment expliquez-vous...

— Bon sang, Havers, regardez ce truc. Y a-t-il un seul mot mal orthographié ? Une seule virgule mal placée ?

Barbara sortit le papier, y jeta un coup d'œil et se tourna vers Lynley.

— Vous voulez dire que c'est quelque chose qu'elle a copié ? Pourquoi ? Elle faisait des essais de calligraphie ? Elle s'ennuyait ? La vie à Porthill Green n'a pas l'air bien folichonne, mais je ne vois pas une fille de la campagne passer le temps à faire des exercices d'écriture. Et même si c'était le cas, vous allez prétendre que Darrow a trouvé ce mot quelque part et a réalisé l'usage qu'il pouvait en faire ? Qu'il a eu la prévoyance de le mettre de côté en attendant le moment opportun ? Qu'il l'a posé sur la table de la cuisine ? Et puis que... quoi ? Qu'il a tué sa femme ? Comment ? Où ? Comment s'est-il débrouillé pour lui faire enfiler tous ces vêtements ? Et même s'il a réussi à faire tout ça sans éveiller les soupçons, où diable allez-vous chercher le lien avec Westerbrae et la mort de Joy Sinclair ?

— Dans les coups de téléphone, dit Lynley. Encore et toujours le pays de Galles et le Suffolk. Joy Sinclair qui confie en toute innocence à son cousin Rhys Davies-Jones ses difficultés à communiquer avec John Darrow, sans parler de ses soupçons naissants sur la mort d'Hannah. Et Davies-Jones attendant le moment d'agir, suggérant que Joy se débrouille pour avoir une chambre près d'Helen, puis l'achevant à l'instant opportun.

Barbara l'écouta, incrédule. Une fois encore, il manipulait et interprétait les faits adroitement, n'utilisant que ce qui servait à le rapprocher d'une arrestation de Davies-Jones.

— Mais pourquoi ? demanda-t-elle exaspérée.

— Parce qu'il existe un lien entre Darrow et Davies-Jones. Je ne sais pas encore lequel. Peut-être une ancienne relation. Peut-être une dette à payer. Des connaissances communes. En tout cas, quoi que ce puisse être, nous ne sommes plus loin de le découvrir.

Lorsque Lynley et Havers y pénétrèrent, le *Wine's the Plough* s'apprêtait à fermer pour l'après-midi et, à leur vue, John Darrow ne dissimula guère son déplaisir.

— On ferme ! aboya-t-il.

Lynley ignora le refus implicite de leur parler contenu dans ces mots et s'approcha du comptoir. Il ouvrit le dossier, et sortit le mot d'adieu d'Hannah Darrow. A côté de lui, Havers ouvrit son calepin. Darrow les regarda faire, les lèvres serrées en une moue hostile.

— Parlez-moi de ça, suggéra Lynley en lui tendant le mot.

L'homme consacra à celui-ci quelques secondes d'attention maussade et superficielle, mais ne dit rien. Il entreprit de ramasser les verres de bière alignés sur le bar, les plongeant furieusement dans un bac d'eau trouble placé en dessous.

— Quel était le niveau d'études de votre femme, Mr Darrow ? Jusqu'à quel âge était-elle allée à l'école ? Avait-elle suivi des cours à l'université ? Etait-elle autodidacte ? C'était peut-être une grande lectrice ?

La grimace qui se peignit sur le visage de Darrow révéla qu'il cherchait le piège dans les paroles de Lynley. N'en ayant apparemment pas trouvé, il déclara brièvement :

— Les livres, c'était pas son truc, à Hannah. Elle avait quitté l'école à quinze ans.

— Je vois. Mais elle s'intéressait aux Fens, non ? A la flore, ce genre de chose ?

L'homme eut une moue de mépris.

— Qu'est-ce que vous me voulez, l'Angliche ? Crachez ce que vous avez à dire, et foutez le camp.

— Elle parle d'arbres, là. D'un arbre mort qui se balance encore dans le vent. C'est plutôt poétique, non ? Même pour un mot d'adieu. Darrow, qu'est-ce que c'est vraiment, ce mot ? Quand votre femme l'a-t-elle écrit ? Pourquoi ? Où l'avez-vous trouvé ?

Il n'y eut pas de réponse. Darrow continua de laver sans un mot ses verres qui raclaient bruyamment contre les parois métalliques du bac.

— La nuit où elle est morte, vous avez quitté le pub. Pourquoi ?

— Je suis parti à sa recherche. J'étais monté à l'appartement, j'avais trouvé ça dans la cuisine, dit-il avec un hochement de tête en direction du papier, j'étais sorti.

— Où ?

— Dans le village.

— Vous avez frappé aux portes ? Fouillé les appentis ? Les maisons ?

— Non. Elle allait pas se tuer dans la maison de quelqu'un d'autre, non ?

— Et vous étiez certain qu'elle allait vraiment se tuer ?

— C'est bien ce que dit ce foutu mot, non ?

— Effectivement. Où l'avez-vous cherchée ?

— Ici et là. Je ne me souviens pas. Il y a quinze ans de ça. Je n'y ai pas fait attention, à l'époque. Et maintenant, tout ça est enterré. Est-ce que je suis assez clair, mon vieux ? C'est enterré.

— C'était enterré, reconnut Lynley. Et très bien, je le reconnais. Mais Joy Sinclair est arrivée, et a entrepris une exhumation. Et on dirait bien que quelqu'un a eu très peur de ça. Pourquoi vous a-t-elle téléphoné si souvent, Darrow ? Que voulait-elle ?

Darrow balança les deux bras hors de l'évier, et les abattit avec colère sur le comptoir.

— Je vous l'ai dit ! Cette salope voulait parler d'Hannah, mais moi je ne voulais pas. Je ne voulais pas qu'elle fouille dans le passé et qu'elle flanque nos vies en l'air. Tout ça, c'est du passé, c'est fini, et bon Dieu, ça le restera. Maintenant, tirez-vous, ou procédez à une foutue arrestation !

Regardant calmement son interlocuteur, Lynley demeura silencieux, et l'écho des derniers mots de Darrow alla en s'amplifiant. Son visage se marbra de rouge, et les veines de ses bras se gonflèrent.

— Une arrestation, répéta enfin Lynley. Quelle curieuse suggestion, Mr Darrow. Pourquoi diable irais-je procéder à une arrestation dans un cas de suicide ? Sauf que nous savons tous les deux qu'il ne s'agissait pas d'un suicide, n'est-ce pas ? Et que Joy Sinclair a commis l'erreur de vous confier qu'elle ne croyait pas au suicide.

— Sortez ! rugit Darrow.

Lynley prit son temps pour ranger les documents dans le dossier.

— Nous reviendrons, conclut-il aimablement.

A quatre heures de l'après-midi, au bout de sept heures de débats et de manœuvres, la troupe réunie à l'Azincourt avait arrêté son choix d'un auteur dramatique pour la réouverture du théâtre. Ce serait Tennessee Williams, mais la pièce elle-même demeurait encore sujet à discussion.

Saint-James observa le groupe réuni sur la scène depuis le fond de la salle. Ils avaient réduit le champ à trois possibilités et, à ce qu'il pouvait en juger, la balance penchait en faveur de Joanna Ellacourt qui s'opposait fermement à *Un tramway nommé Désir*. Son aversion pour cette pièce semblait découler d'un rapide calcul du temps de scène dévolu à Irene Sinclair, au cas où, aussi incongru que cela puisse paraître, elle assumerait le rôle de Stella. Il ne semblait y avoir aucun doute sur l'interprète de Blanche Dubois, en tout cas.

Depuis un quart d'heure que Saint-James les regardait, lord Stinhurst avait fait preuve d'un remarquable degré de patience. Avec une magnanimité inhabituelle, il avait autorisé tous les comédiens, les décorateurs, le metteur en scène, les assistants à faire part de leur avis sur la crise à laquelle faisait face la compagnie et le besoin urgent de mettre une œuvre en chantier. Enfin, il se leva, et se massa les reins.

— Je vous ferai part de ma décision demain, annonça-t-il. Cette séance a assez duré. Retrouvons-nous demain matin, à neuf heures. Tenez-vous prêts à une lecture.

— Aucun indice, Stuart ? demanda Joanna Ellacourt.

Elle s'étira langoureusement en arrière sur sa chaise, et sa chevelure se répandit comme un voile doré palpitant dans la lumière. A son côté, Robert Gabriel passa affectueusement les doigts sur toute la longueur de ses cheveux.

— Non, je ne crois pas, répliqua Stuart. Je ne suis pas encore entièrement décidé.

Joanna lui sourit et se détourna pour dégager la main de Gabriel de ses épaules.

— Dis-moi ce que je dois faire pour te persuader de décider en ma faveur, chéri.

Gabriel eut un rire bas et guttural.

— Tu peux te fier à elle, notre chère Jo s'y entend en matière de persuasion, Stuart.

Bien que la remarque soit lourde de sous-entendus, personne ne dit rien, dans un premier temps. Personne ne bougea, même, à l'exception de David Sydeham qui leva lentement les yeux du manuscrit qu'il examinait et regarda fixement Gabriel, le visage implacable et hostile. Mais celui-ci n'en parut pas le moins du monde affecté.

Rhys Davies-Jones laissa tomber son script.

— Bon Dieu, tu es vraiment un sale con, dit-il d'un ton las.

— Et moi qui croyais que nous ne serions jamais d'accord sur rien, Rhys et moi, ajouta Joanna.

Irene Sinclair repoussa sa chaise, dont les pieds raclèrent la scène.

— Bon. Eh bien, je m'en vais, déclara-t-elle d'un ton léger avant de sortir en descendant l'allée centrale.

Mais lorsqu'elle passa devant lui, Saint-James put voir l'effort qu'elle faisait pour contrôler l'expression de son visage, et il se demanda comment et pourquoi elle avait pu supporter d'être mariée à Robert Gabriel.

Tandis que les autres comédiens, les assistants et les décorateurs se dirigeaient vers les coulisses, Saint-James se leva, et traversa la salle. Celle-ci ne devait pas avoir une capacité de plus de cinq cents places. Il gravit les marches qui menaient à la scène, sur laquelle flottait un brouillard gris de fumée de cigarette.

— Vous avez un moment, lord Stinhurst ?

Celui-ci était en conversation à voix basse avec un jeune homme chétif qui écrivait d'un air très concentré sur un bloc.

— Et veillez à ce que nous ayons assez d'exemplaires pour la lecture de demain matin, conclut Stinhurst.

Alors, seulement, il daigna lever la tête.

— Vous leur avez donc menti en prétendant ne pas avoir pris de décision, remarqua Saint-James.

Stinhurst ne répondit pas tout de suite.

— Nous n'avons pas besoin de toute cette lumière, Donald, intima-t-il d'une voix forte.

En réponse, la scène se trouva plongée dans l'obscurité. Seule la table demeura illuminée. Stinhurst s'installa devant celle-ci, sortit une pipe et du tabac.

— Il est quelquefois plus facile de mentir, reconnut-il. Au fil du temps, c'est le genre d'attitude dont un producteur devient coutumier. Si jamais vous vous êtes trouvé pris au milieu d'une rivalité acharnée d'egos créatifs, vous comprendrez ce que je veux dire.

— Mais ce groupe-là paraît particulièrement inflammable.

— C'est compréhensible. Ces trois derniers jours ont été infernaux.

Stinhurst bourra sa pipe. La lassitude qui se lisait dans sa voix et sur son visage contrastait avec ses épaules raides.

— J'imagine que ceci n'est pas une visite de courtoisie, Mr Saint-James.

Celui-ci lui tendit les agrandissements que Deborah avait effectués à partir de la photo de l'enquête sur le décès de Geoffrey Rintoul. Un seul visage apparaissait sur chaque cliché, parfois le haut d'un torse, mais rien d'autre. Deborah avait particulièrement veillé à ce que rien n'indique que ces gens avaient à un moment donné fait partie du même groupe.

— Pouvez-vous identifier ces personnes pour moi ? demanda-t-il.

Stinhurst les passa en revue, retournant lentement chaque photo, sa pipe oubliée sur le côté. Saint-James remarqua l'hésitation de ses gestes, et se demanda si son interlocuteur allait réellement coopérer. Stinhurst savait sans doute très bien que rien ne l'obligeait à révéler quoi que ce soit. Pourtant, il était aussi évident qu'il était conscient de la façon dont un refus serait interprété, si Lynley l'apprenait. Saint-James se contenta d'espérer que Stinhurst le croie investi d'une mission officielle. Après un examen attentif, le producteur posa toutes les photos l'une à côté de l'autre, les désignant tour à tour.

— Mon père. Le mari de ma sœur, Phillip Gerrard. Ma sœur, Francesca. L'avoué de mon père — mort il y a quelques années, et dont j'ai oublié le nom, pour l'instant. Notre médecin. Moi.

Stinhurst avait omis le seul dont l'identité leur faisait défaut. Saint-James montra la photo que Stinhurst avait posée à côté de celle de sa sœur.

— Et cet homme de profil ?

Stinhurst fronça les sourcils.

— Je ne sais pas. Je ne crois pas l'avoir jamais vu auparavant.

— Curieux, remarqua Saint-James.

— Pourquoi ?

— Parce que, sur la photo dont sont tirées toutes celles-ci, il est en conversation avec vous. Et je ne sais pas pourquoi, mais vous avez l'air de le connaître très bien.

— Vraiment ? C'était peut-être le cas à l'époque. Mais l'enquête sur le décès de mon frère remonte à vingt-cinq ans. On ne peut guère attendre de moi que je me souvienne parfaitement de tous ceux qui se trouvaient là.

— C'est vrai, admit Saint-James tout en considérant le fait extraordinaire qu'il n'avait à aucun moment mentionné que ces clichés avaient été pris lors de l'enquête en question.

Stinhurst se leva.

— A moins que vous n'ayez encore besoin de moi, Mr Saint-James, j'ai beaucoup de choses à régler avant la fin de cette journée.

Tout en parlant, ramassant sa pipe et son tabac, se préparant à prendre congé, il ne jeta pas une seule fois un coup d'œil aux photographies. C'était là une réaction tellement invraisemblable, comme s'il s'obligeait à détourner le regard de peur que son visage ne le trahisse plus que ses paroles, que Saint-James en tira une certitude absolue : lord Stinhurst savait parfaitement qui était l'homme de la photo.

Certains éclairages refusent de mentir sur le processus inéluctable et impitoyable de la vieillesse. Implacables, ils sont capables de révéler les imperfections et mettre la vérité à nu. Le grand soleil, les tubes fluorescents crus des entreprises, les projecteurs de cinéma utilisés sans filtres adoucissants — tous ceux-là savent dévoiler le pire. La table de maquillage de

Joanna Ellacourt, dans sa loge, semblait faire partie du lot. Ce jour-là, en tout cas.

Il y faisait frais, comme elle le souhaitait, pour mieux conserver les fleurs envoyées par ses admirateurs avant une représentation. Mais pour l'instant, il n'y avait pas de fleurs, et l'air était chargé de ce mélange caractéristique de toutes les loges qu'elle avait connues, odeur de cold cream et de lotions de toutes sortes qui jonchaient la table. A peine consciente de ce parfum, elle fixait stoïquement son reflet dans la glace, obligeant son regard à se poser sur chaque présage révélateur de l'approche de l'âge mûr : les rides naissantes du nez au menton, les délicates pattes d'oie autour des yeux, les premières marques autour du cou, prélude aux rides plus profondes impossibles à dissimuler.

Elle esquissa un sourire moqueur à la pensée qu'elle avait échappé à presque tout ce qui avait constitué la toile de fond de son enfance. Le pavillon de cinq pièces crasseux à Nottingham ; la vision de son père, machiniste au chômage, désespéré, morne et mal rasé, assis toute la journée à sa fenêtre ; les perpétuelles lamentations de sa mère, se plaignant du froid qui s'insinuait sans relâche à travers les fenêtres mal isolées, ou de la télévision noir et blanc dont les boutons étaient cassés, laissant le son brailler à plein volume ; l'avenir que ses sœurs avaient choisi, celui d'une vie qui ne faisait que répéter l'histoire du mariage de leurs parents, une vie qui se réduisait à la production répétitive, épuisante et sans fin, d'un bébé tous les dix-huit mois, une vie sans espoir et sans joie. Elle avait échappé à tout cela. Mais elle ne pouvait se soustraire au processus de lente décomposition qui attend chacun de nous.

Comme tant de créatures égocentriques dont la beauté domine la scène, l'écran et les couvertures d'innombrables magazines, elle avait un moment pensé pouvoir échapper à celui-ci. Elle s'était même persuadée qu'elle y échapperait vraiment, car David l'y avait encouragée.

Son mari avait fait pour elle bien plus que la délivrer des misères de Nottingham. David avait été le seul et unique point de repère fidèle dans un monde inconstant où la gloire est éphémère, où la célébration par les critiques d'un nouveau talent peut signifier la chute d'une comédienne réputée qui a sacrifié sa vie au théâtre. David savait tout cela, savait combien elle avait peur, et il avait apaisé ses frayeurs grâce à un soutien et un amour sans faille — en dépit de ses crises de colère, de ses exigences, de ses flirts. Ceci jusqu'à l'apparition de la nouvelle pièce de Joy, qui avait irrémédiablement tout changé entre eux.

Fixant son reflet sans vraiment le voir, Joanna sentit la colère l'envahir de nouveau. Le brasier qui l'avait consumée samedi soir à Westerbrae, avec une intensité irrationnelle et ravageuse, s'était aujourd'hui réduit à une veilleuse incandescente capable d'embraser le cœur de sa passion à la moindre provocation.

David l'avait trahie. Elle se força à le répéter, encore et encore, de peur que la pensée de leurs années d'intimité partagée ne s'insinue dans son esprit et ne l'oblige à lui pardonner. Elle ne lui pardonnerait jamais.

Il savait parfaitement l'importance qu'elle avait attaché au fait qu'*Othello* soit sa dernière pièce face à Robert Gabriel. Il savait combien elle détestait les tentatives de séduction de Gabriel, nourries de frôlements intempestifs, de gestes fortuits qui lui faisaient effleurer ses seins, de baisers de scène langoureux face à un public qui finissait par y croire, de compliments à double sens faisant référence à ses prouesses sexuelles.

— Que tu le veuilles ou non, Gabriel et toi, vous faites des étincelles lorsque vous êtes ensemble sur scène, avait dit David.

Il n'était pas le moins du monde jaloux, ou même inquiet. Elle s'était toujours demandé pourquoi. Jusqu'à maintenant.

Il lui avait menti à propos de la pièce de Joy Sinclair, en lui affirmant que l'idée de la participation de Robert Gabriel venait de Stinhurst, et qu'il était impossible de l'écarter de la distribution. Bien qu'incapable d'affronter ce qu'elle signifiait, elle connaissait la vérité. Exiger le renvoi de Gabriel impliquait une baisse des recettes, et partant, du pourcentage de Joanna — en un mot, celui de David. Et David aimait l'argent. Ses chaussures Lobb, sa Rolls, sa résidence à Regent's Park, sa maison à la campagne, ses vêtements de Savile Row. Quelle importance si sa femme devait subir encore un an les avances gluantes de Robert Gabriel, pourvu qu'il puisse maintenir ce train de vie? Après tout, il y avait plus de dix ans qu'elle supportait cela.

Lorsque la porte de sa loge s'ouvrit, Joanna ne se donna pas la peine de se retourner, car le miroir lui en renvoyait parfaitement l'image. Et même si cela n'avait pas été le cas, elle savait qui pénétrait dans la loge. Après tout, elle les avait suffisamment entendus pendant vingt ans pour reconnaître le moindre des mouvements de son mari — son pas assuré, le craquement de l'allumette lorsqu'il s'apprêtait à fumer, le bruissement de l'étoffe contre sa peau lorsqu'il s'habillait, le lent relâchement de ses muscles lorsqu'il s'endormait. Elle pouvait tous les identifier, car en définitive ils n'appartenaient qu'à lui.

Mais à cet instant, elle n'était pas d'humeur à penser à tout cela. Elle s'empara de sa brosse, écarta sa boîte à maquillage et se consacra à sa chevelure, comptant les coups de brosse, de un à cent, comme si chacun l'éloignait toujours davantage de ces longues années partagées avec David.

Il entra sans un mot, et se dirigea vers la chaise, comme à son habitude. Cette fois-ci, il demeura debout et également silencieux jusqu'au moment où elle finit de se coiffer, laissa tomber sa brosse et se retourna pour le regarder d'un air inexpressif.

— Je crois que je dormirais bien plus tranquille si tu m'expliquais pourquoi tu as fait ça, dit-il alors.

Lady Helen arriva chez Saint-James un peu avant six heures ce soir-là, à la fois découragée et déprimée. Même la vue d'un plateau chargé de scones, de thé et de lait, servi dans le bureau, ne parut guère lui remonter le moral.

— Je crois qu'un sherry te ferait du bien, remarqua Saint-James une fois qu'elle eut ôté son manteau et ses gants.

Lady Helen chercha son calepin dans son sac en acquiesçant avec chaleur :

— C'est exactement ce qu'il me faut.

— Pas de chance ? demanda Deborah.

Assise sur l'ottomane à droite de la cheminée, elle gratifiait de temps en temps d'un morceau de scone le petit teckel ébouriffé, Peach, qui attendait patiemment à ses pieds et lui léchait régulièrement la cheville d'une délicate et affectueuse langue rose.

Non loin de là, Alaska, le chat gris, était confortablement roulé en boule sur une pile de dossiers au milieu du bureau de Saint-James. A l'entrée de lady Helen, ses yeux s'entrouvrirent en une fente, mais il ne bougea pas.

— Ce n'est pas vraiment ça, dit-elle en acceptant avec reconnaissance le verre de sherry que lui apportait Saint-James. J'ai obtenu l'information que nous cherchions. Seulement...

— Elle ne sert pas à grand-chose pour aider Rhys, devina Saint-James.

Elle lui lança un sourire qu'elle savait au mieux incertain. Ses mots la peinaient inexplicablement, et, en proie à une soudaine tristesse sans nom, elle comprit combien elle avait espéré que son entrevue avec la secrétaire de lord Stinhurst atténuerait les soupçons à l'égard de Rhys.

— Non, l'information n'aide pas Rhys. Elle ne sert même pas à grand-chose, j'en ai peur.

— Raconte, l'encouragea Saint-James.

Il y avait bien peu à dire. La secrétaire de lord Stinhurst, avec une extrême bonne volonté, avait parlé des coups de téléphone passés pour son employeur, une fois qu'elle avait compris combien ils pouvaient aider à disculper celui-ci du moindre soupçon de complicité dans la mort de Joy Sinclair. Elle était même allée jusqu'à montrer le carnet de notes sur lequel elle avait jeté le message que Stinhurst lui avait demandé de répéter pour chaque appel. Celui-ci était simple : « Suis retenu en Ecosse pour cause d'accident indépendant de ma volonté. Vous contacterai dès que possible. »

Un seul appel différait de ce message, et bien que son contenu paraisse étrange, il ne présentait pas l'apparence de la culpabilité.

« Une remontée à la surface m'oblige à vous décommander une seconde fois ce mois-ci. Toutes mes excuses. Appelez-moi à Westerbrae si cela pose un problème. »

— Une remontée à la surface ? répéta Saint-James. Expression étrange. Tu es certaine de ça, Helen ?

— Absolument. La secrétaire de Stinhurst avait pris le message par écrit.

— Un terme de théâtre ? suggéra Deborah.

Saint-James s'installa maladroitement sur le siège près d'elle. Elle se poussa pour lui laisser la place de poser sa jambe.

— Qui était le destinataire de ce message ?

Elle compulsa ses notes.

— Sir Kenneth Willingate.

— Un ami ? Un collègue ?

— Je ne sais pas.

Lady Helen hésita, cherchant comment présenter sa dernière information de façon à ce que Saint-James en voie immédiatement la singularité. Ce n'était qu'un léger détail, et elle savait qu'elle s'y cramponnait dans l'espoir qu'il les écarterait de Rhys et les aiguillerait dans une autre direction.

— Je me raccroche probablement au moindre fétu de paille, reprit-elle avec franchise, mais il y avait quelque chose d'autre à propos de ce dernier appel. Tous les autres ont servi à décommander des rendez-vous prévus dans les jours qui suivaient. Sa secrétaire s'est contentée de me lire les noms dans son carnet de rendez-vous. Mais le dernier, l'appel de Willingate, n'avait rien à voir. Il n'était pas inscrit dans son agenda. Il s'agissait donc, soit d'un rendez-vous que Stinhurst avait pris de son côté sans en parler à sa secrétaire...

— Soit il ne s'agissait pas du tout d'un rendez-vous, conclut Deborah à sa place.

— Il n'y a qu'un moyen de le savoir, remarqua Saint-James. Il faut tirer l'information de Stinhurst lui-même. Ou nous mettre sur la piste de Willingate. Mais je crois que nous ne pouvons aller plus loin sans en parler à Tommy. Nous allons être obligés de lui fournir le peu d'informations que nous avons glané et le laisser continuer sur cette lancée.

— Mais Tommy ne le fera pas, tu le sais bien ! protesta lady Helen. Il cherche à impliquer Rhys. Il ne déterrera que ce qui pourra lui servir à l'arrêter. Pour Tommy, rien d'autre n'a d'importance ! Ce week-end ne t'a pas suffi pour comprendre ça ? De plus, si tu le mets au courant, il va découvrir que Barbara a enquêté de son côté... avec notre aide, Simon. Tu ne peux pas faire ça à Barbara.

Saint-James soupira.

— Helen, tu ne peux pas tout avoir. Tu ne peux pas les protéger tous les deux. Tu vas devoir te décider. Tu prends le risque de sacrifier Barbara ? Ou bien tu sacrifies Rhys ?

— Je ne sacrifie ni l'un ni l'autre.

Il secoua la tête.

— Je comprends ce que tu ressens, mais ça ne marchera pas.

Lorsque Cotter introduisit Barbara dans le bureau, elle perçut immédiatement la tension ambiante. Un brusque silence, suivi de saluts empressés, lui révéla le malaise qui habitait les trois autres. L'atmosphère était chargée et tendue.

— Que se passe-t-il ? demanda-t-elle.

Ils étaient tout sauf malhonnêtes, elle devait le reconnaître.

— Simon pense que nous ne pouvons pas continuer sans Tommy, dit lady Helen, qui exposa ensuite le coup de téléphone sibyllin que Stinhurst avait adressé à sir Kenneth Willingate.

— Nous n'avons aucune autorité pour débarquer dans la vie de ces gens et les interroger, intervint Saint-James lorsque lady Helen eut terminé. Et vous savez qu'ils ne sont pas obligés de nous répondre. Il me semble donc qu'à moins que Tommy ne reprenne le flambeau, nous sommes dans une impasse.

Barbara réfléchit. Elle savait parfaitement que Lynley n'avait aucune intention de s'écarter de la piste des Fens, bien trop séduisante à ses yeux. Il balayerait d'un geste un message téléphonique abscons à un inconnu baptisé Willingate, surtout, pensa-t-elle avec résignation, si c'était lord Stinhurst qui l'avait passé. Les autres avaient raison. Ils se trouvaient dans une impasse. Mais si elle ne parvenait pas à les persuader de continuer sans Lynley, Stinhurst s'en tirerait sans une égratignure.

— Bien sûr, nous savons que si Tommy découvre que vous avez enquêté sur une autre piste sans son autorisation...

— Je me fiche de ça, dit-elle brusquement, surprise de s'apercevoir que c'était la vérité.

— Vous pouvez vous retrouver mise à pied. Retourner à la circulation. Ou même être expulsée de la police.

— Pour l'instant, cela n'a aucune importance. Ceci en a, par contre. J'ai passé une journée merdique à poursuivre des fantômes dans l'est sans le moindre espoir d'en voir sortir quelque chose d'intéressant. Mais là, nous avons une piste, et je n'ai aucune intention de la laisser tomber pour la seule et unique raison que quelqu'un pourrait me renvoyer à la circulation. Ou me virer. Ou quoi que ce soit d'autre. Donc, si nous devons lui dire, nous lui disons. Tout. On le fait maintenant ? dit-elle en les regardant bien en face.

Malgré sa détermination, les autres hésitèrent.

— Vous ne voulez pas y réfléchir ? demanda lady Helen.

— Je n'ai pas besoin d'y réfléchir, répliqua-t-elle.

Elle parlait d'un ton dur, qu'elle ne tempéra guère en continuant :

— Ecoutez, j'ai vu mourir Gowan. Il avait arraché le couteau planté dans son dos, et rampé à travers l'arrière-cuisine pour chercher de l'aide. Sa peau ressemblait à de la viande bouillie. Il avait le nez cassé, les lèvres déchirées. Je veux trouver qui a fait ça à un gamin de seize ans. Et si découvrir le tueur me coûte mon boulot, pour moi, je considère que c'est un moindre coût. Qui vient avec moi ?

Des éclats de voix dans le hall empêchèrent toute réponse. La porte s'ouvrit à la volée, et Jeremy Vinney, rouge et hors d'haleine, se rua en écartant Cotter. Son pantalon était trempé jusqu'aux genoux, et le froid avait mis à vif ses mains nues.

— Pas pu trouver de taxi, haleta-t-il. J'ai fini par venir en courant depuis Sloane Square. J'avais peur de vous manquer. (Il ôta son manteau et le jeta sur le canapé.) J'ai trouvé qui est le type sur la photo. Il fallait que je vous le dise tout de suite. Il s'appelle Willingate.

— Kenneth ?

— Exactement. (Vinney se pencha, les mains sur les genoux, tentant de reprendre son souffle.) Mais ça n'est pas tout. Ça n'est pas son nom qui le rend intéressant, mais sa fonction. (Il eut un bref sourire.) Je ne sais pas ce qu'il faisait en 1963, mais aujourd'hui, c'est le chef du MI-5.

13

L'étendue de l'implication des paroles de Jeremy Vinney n'échappa à aucun des assistants. MI-5 : *Military Intelligence*, section cinq. Le contre-espionnage britannique. Ils comprenaient maintenant pourquoi Jeremy Vinney avait déboulé ainsi, certain d'être bien accueilli, assuré de détenir une information cruciale. Des soupçons avaient peut-être pesé sur lui mais cette nouvelle péripétie l'écartait entièrement du cercle des suspects. Du moins en paraissait-il convaincu, et il continua :

— Il y a plus. Intrigué par notre conversation ce matin sur l'affaire Profumo, en 1963, je suis allé aux archives, voir si je trouvais un article faisant allusion à un lien éventuel entre cette affaire et la mort de Geoffrey Rintoul. Je pensais que Rintoul avait peut-être effectivement été en relation avec une call-girl, et qu'il rentrait la voir à Londres la nuit où il a été tué.

— Mais c'est vraiment de l'histoire ancienne, l'affaire Profumo, remarqua Deborah. Ce genre de scandale ne pourrait pas affecter aujourd'hui la réputation d'une famille.

Lady Helen acquiesça, quoique avec réticence :

— Ce n'est pas faux, Simon. Assassiner Joy, détruire les scripts, assassiner Gowan, tout ça parce que Geoffrey Rintoul a eu une liaison avec une call-girl il y a vingt-cinq ans ? Comment voir là un mobile crédible ?

— Tout dépend de l'importance qu'on attache à la situation de cet homme, répondit Saint-James. Regarde l'affaire Profumo, par exemple. Il était ministre de la Défense, et entretenait une liaison avec Christine Keeler, une call-girl qui comme par hasard sortait également avec un certain Evgueni Ivanov.

— Attaché à l'ambassade soviétique mais on disait qu'il était espion, ajouta Vinney, qui reprit doucement : Au cours d'un entretien avec la police, sur un tout autre sujet, Christine Keeler reconnut spontanément qu'on lui avait demandé de soutirer à John Profumo la date à laquelle certains secrets nucléaires étaient transmis à l'Allemagne de l'Ouest par les Américains.

— Charmante personne, commenta lady Helen.

— L'information filtra dans la presse — ce sur quoi elle avait peut-être compté — et la situation de Profumo devint explosive.

— Celle du gouvernement aussi, intervint Havers.

Vinney hocha la tête.

— Le parti travailliste exigea que la liaison de Profumo avec Keeler soit portée devant la Chambre des communes, tandis que le parti libéral réclamait la démission du Premier ministre.

— Pourquoi ? demanda Deborah.

— Ils soutinrent qu'en tant que responsable de la sécurité du pays, le Premier ministre était, soit au courant des faits pour Profumo et les avait dissimulés, soit coupable de négligence et donc incompétent. La vérité, conclut Vinney, c'est peut-être que le Premier ministre avait eu le sentiment qu'il ne se relèverait jamais d'une nouvelle affaire aboutissant à la démission d'un de ses ministres, ce qui ne pouvait manquer d'arriver si on étudiait d'un peu près les agissements de Profumo. Il paria donc sur le fait que rien ne filtrerait contre Profumo. Si l'affaire Profumo éclatait si tôt après l'affaire Vassall, il était plus que probable qu'il serait obligé de démissionner.

— Vassall ?

Lady Helen se crispa. Livide, elle se pencha sur son siège. Vinney la regarda, visiblement perplexe.

— William Vassall. Il a été condamné à la prison en octobre 62. C'était un employé de l'Amirauté qui espionnait pour le compte des Soviétiques.

— Mon Dieu ! s'écria lady Helen, qui bondit et se retourna vers Saint-James. Simon ! C'est la réplique de la pièce qui a fait réagir tous les Rintoul. « Un autre Vassall. » Le personnage retournait à Londres en hâte. Il disait qu'il ne deviendrait pas un autre Vassall. Et ils savaient ce que cela signifiait. Ils savaient ! Francesca, Elizabeth, lord et lady Stinhurst ! Ils savaient tous ! Ce n'était pas une histoire de call-girl, ça n'avait rien à voir !

Saint-James se mettait déjà debout.

— ÇA, ça fera bouger Tommy, Helen.

— Ça quoi ? s'écria Deborah.

— Geoffrey Rintoul, ma chérie. Un autre Vassall. Geoffrey Rintoul était sans doute une taupe soviétique. Et que Dieu les protège, mais tous les membres de sa famille et une bonne partie du gouvernement me paraissent avoir été au courant.

Lynley avait laissé les portes ouvertes entre son salon et sa salle à manger pour pouvoir écouter de la musique en dînant. Ces derniers jours, et ce soir encore, la nourriture ne le tentait guère. Il abandonna dans son assiette la tranche d'agneau entamée, et se laissa envahir par l'émotion de la symphonie de Beethoven qui montait de la pièce voisine. Il écarta sa chaise de la table et se renversa en arrière, les jambes étendues devant lui.

Au cours des dernières vingt-quatre heures, il avait soigneusement évité de penser à ce que le dossier d'accusation qu'il mettait sur pied contre Davies-Jones allait faire subir à Helen. S'obligeant à aller toujours de l'avant, de fait en fait, il avait réussi à gommer entièrement Helen de sa pensée. Mais celle-ci s'imposait maintenant.

Il comprenait son refus de croire à la culpabilité de Davies-Jones. Après tout, elle était intimement liée à lui. Mais comment réagirait-elle, confrontée à la certitude — irréfutable et corroborée par toute une série de faits — qu'elle avait été manipulée de sang-froid pour commettre un meurtre ? Et comment lui, Lynley, pouvait-il la protéger des ravages que cette certitude allait causer dans sa vie ? Sa réflexion lui fit comprendre qu'il ne pouvait plus éviter de regarder la vérité en face : Helen lui manquait atrocement, et s'il poursuivait son enquête sur Davies-Jones jusqu'à sa conclusion logique, il pourrait la perdre irrévocablement.

— Monsieur le comte ?

Son valet se tenait sur le seuil, hésitant, frottant l'extrémité de sa chaussure gauche contre son mollet droit comme pour mettre la dernière touche à son apparence déjà immaculée. Il passa une main sur ses cheveux parfaitement coiffés.

Le Beau Brummel d'Eaton Terrace, pensa Lynley, qui l'encouragea d'un « Oui, Denton ? », lorsqu'il apparut que le jeune homme allait continuer à se pomponner indéfiniment.

— Lady Helen Clyde est dans l'antichambre, monsieur le comte. Avec Mr Saint-James et le sergent Havers.

L'expression de Denton était un modèle de nonchalance qu'il pensait sans doute approprié à la circonstance. Une extrême surprise s'entendait pourtant dans sa voix, et Lynley se demanda à quel point Denton, avec cette omniscience des domestiques, était déjà au courant de la fêlure dans ses relations avec lady Helen. Après tout, il sortait depuis trois ans de façon assidue avec la Caroline de lady Helen.

— Eh bien ! ne les laissez pas dans l'entrée.

— Je les introduis dans le salon ? s'enquit Denton avec sollicitude, beaucoup trop de sollicitude au gré de Lynley.

Il se leva avec un hochement de tête, en pensant avec irritation : ils ne veulent sûrement pas me voir dans la cuisine.

Lorsqu'il les rejoignit un instant plus tard, ils se tenaient tous les trois groupés au fond de la pièce, sous le portrait du père de Lynley. Ils discutaient d'une voix étouffée et pressante, couverte par la musique, mais s'interrompirent net à son entrée. Puis, comme poussés par sa présence, et pour gagner du temps, ils entreprirent de se débarrasser de leurs manteaux, chapeaux, gants et écharpes. Lynley éteignit la chaîne stéréo, rangea le disque dans sa pochette, et les regarda avec curiosité. Ils paraissaient étrangement calmes.

— Nous sommes entrés en possession d'une information que nous devons te transmettre, Tommy, déclara Saint-James en une introduction visiblement étudiée.

— Quel genre d'information ?

— En rapport avec lord Stinhurst.

Lynley se tourna immédiatement vers Havers, qui soutint son regard sans défaillance.

— Vous avez quelque chose à voir là-dedans, Havers ?

— Oui, monsieur.

— C'est à mon instigation, Tommy, intervint Saint-James avant que Lynley puisse ajouter un mot. Barbara a trouvé la tombe de Geoffrey Rintoul sur le domaine de Westerbrae, et elle me l'a montrée. Il m'a paru nécessaire d'enquêter à ce sujet.

Lynley garda son calme au prix d'un grand effort.

— Pourquoi ?

— A cause du testament de Phillip Gerrard, jeta spontanément lady Helen. Le mari de Francesca. Il a dit qu'il ne voulait pas être enterré sur les terres de Westerbrae. A cause des coups de téléphone de lord Stinhurst le matin du crime. Ils n'étaient pas tous destinés à annuler des rendez-vous, Tommy. A cause...

C'était la personne à laquelle il s'attendait le moins qui venait de lui porter ce coup en traître. Lynley regarda Saint-James :

— Seigneur, tu leur as parlé de ma conversation avec Stinhurst.

Saint-James eut l'élégance de baisser les yeux.

— Je suis désolé. Vraiment. Mais je n'avais pas le choix.

— Pas le choix, répéta Lynley, incrédule.

Lady Helen s'avança vers lui d'un pas hésitant, la main tendue.

— Tommy, s'il te plaît. Je sais ce que tu ressens. Comme si nous nous dressions tous contre toi. Mais ce n'est pas du tout le cas. Ecoute, s'il te plaît.

Lynley était pour l'heure capable de tout supporter, sauf la compassion d'Helen. Il la blessa cruellement, sans même y penser.

— Je crois que nous savons tous où va ton intérêt, Helen. Etant donné ton implication dans cette affaire, tu es bien la dernière personne à pouvoir faire preuve d'objectivité.

Lady Helen laissa retomber sa main, livide de souffrance. La voix froide d'une colère subite, Saint-James parla :

— Toi aussi, Tommy, si nous regardons la vérité en face.

Il laissa s'écouler un silence, puis reprit sur un autre ton, mais toujours aussi implacable :

— Lord Stinhurst t'a menti à propos de son frère et de sa femme. Ceci, avant toute chose. Il est très probable que Scotland Yard savait que telle était son intention, et a cautionné ce mensonge. Scotland Yard t'a délibérément choisi pour t'occuper de cette affaire, parce que tu étais la personne la plus disposée à croire ce que te dirait Stinhurst. Son frère et sa femme n'ont jamais eu de liaison, Tommy. Maintenant, es-tu disposé à écouter les faits, ou préfères-tu que nous te laissions ?

Lynley se sentit glacé jusqu'à la moelle des os.

— Au nom de Dieu, que veux-tu dire ?

Saint-James s'approcha d'un siège.

— C'est ce que nous sommes venus t'expliquer. Mais je crois d'abord qu'un cognac nous ferait du bien à tous.

Tandis que Saint-James développait ce qu'ils avaient appris sur Geoffrey Rintoul, Barbara observait Lynley, et essayait d'évaluer sa réaction. Considérant le milieu privilégié dont était issu Rintoul, et combien il ressemblait à celui de Lynley, elle savait à quel point ce dernier résisterait devant les faits. Tout ce qui faisait que Lynley appartenait à la *upper class* allait se liguer pour le pousser à nier ces faits et leurs conséquences. Et l'officier de police qu'était Barbara savait également combien certains de ces faits reposaient sur des bases peu solides. Geoffrey Rintoul, qui avait travaillé des années dans le secteur sensible de la défense, était une taupe soviétique, c'était là une réalité incontournable, mais le seul moyen d'en acquérir la certitude, c'était de le faire admettre par son frère Stuart.

L'idéal aurait été d'avoir accès à un ordinateur du MI-5. Même un dossier au nom de Geoffrey Rintoul classé « secret défense » suffirait à prouver que le contre-espionnage l'avait mis sous surveillance. Mais ils n'avaient pas accès à un tel ordinateur, et aucune source au sein du MI-5 pour valider leur histoire. Même la Section des opérations spéciales de Scotland Yard ne servirait de rien, si le Yard lui-même avait approuvé l'histoire inventée par lord Stinhurst sur la mort de son frère. Tout se résumait donc à cela : la capacité de Lynley à dépasser ses préjugés à l'égard de Davies-Jones, à regarder la vérité en face. Et la vérité était que lord Stinhurst, et non Davies-Jones, disposait d'un motif suffisamment puissant pour désirer la mort de Joy Sinclair. Sa propre sœur lui avait fourni les clés de la chambre de Joy, et il avait assassiné la femme dont la pièce — habilement modifiée à son insu — menaçait de révéler le plus terrible des secrets de sa famille.

— Ainsi, lorsque Stinhurst a entendu le nom de Vassall dans la pièce de Joy, il s'est trouvé dans l'obligation de découvrir ce qu'elle avait écrit, conclut Saint-James. Et regarde donc comme les antécédents de Geoffrey Rintoul plaident en faveur de son rôle d'espion, Tommy. Il était à Cambridge dans les années trente, et nous savons que les Soviétiques ont recruté à tour de bras à cette époque. Rintoul était étudiant en économie, ce qui n'a pu que le rendre plus réceptif aux arguments marxistes. Regarde sa conduite pendant la guerre : demander à être renvoyé en mission dans les Balkans l'a mis en contact avec les Russes. Je ne serais pas surpris d'apprendre que son contact se trouvait également dans les Balkans, et que c'est ainsi qu'il a reçu ses instructions les plus importantes : s'infiltrer au ministère de la Défense. Dieu sait tout ce qu'il a pu transmettre aux Soviétiques au cours des ans.

Lorsque Saint-James acheva son récit, personne ne dit rien. Ils consacrèrent toute leur attention à Lynley qui, impénétrable, leva les yeux sur le portrait de son père, sous lequel ils étaient assis, comme pour demander conseil au septième comte d'Asherton.

— Répète-moi le message de Stinhurst à Willingate, dit-il enfin.

Saint-James se pencha.

— Il a dit qu'une remontée à la surface l'obligeait à annuler Willingate une seconde fois ce mois-ci, et que celui-ci appelle Westerbrae en cas de problème.

— Une fois que nous avons découvert qui était Willingate, le message est apparu plus clair, continua Barbara, en proie au besoin pressant de convaincre. Il semblait dire à Willingate que le fait que Geoffrey avait été une taupe faisait surface pour la seconde fois, la première ayant été cette veille de Nouvel An de 1962, Willingate devait donc téléphoner pour aider à résoudre un problème, ce problème étant la mort de Joy Sinclair et la pièce qui révélait tous les détails du passé peu recommandable de Geoffrey.

Lynley hocha la tête, et Barbara continua.

— De toute évidence, lord Stinhurst ne pouvait téléphoner directement à Willingate, n'est-ce pas ? Nous aurions trouvé trace de cet appel en faisant des recherches à Westerbrae. Aussi a-t-il appelé sa secrétaire, et c'est elle qui a fait le reste. Willingate, comprenant le message, lui a effectivement téléphoné, monsieur. Deux fois, je pense. Vous vous souvenez, Mary Agnes m'a dit qu'elle avait entendu le téléphone sonner deux fois. Ce devait être Willingate, la première fois pour savoir ce qui se passait, la seconde pour avertir Stinhurst de ce qu'il avait mis au point avec Scotland Yard.

— Souviens-toi également, intervint Saint-James, que, d'après l'inspecteur Macaskin, le CID de Strathclyde n'a jamais demandé l'assistance du Yard. Ils ont simplement été informés que Scotland Yard prenait l'affaire en main. Il est plus que probable que c'est Willingate qui a arrangé tout cela. Il a téléphoné à un haut fonctionnaire du Yard, puis a recontacté Stinhurst pour lui transmettre le nom de l'inspecteur chargé de l'enquête. Stinhurst savait parfaitement que tu allais faire ton apparition, Tommy, et il a eu toute la journée pour concocter une histoire que toi, son égal, un pair du royaume, serais tout disposé à croire. Ce devait être une histoire intime, une histoire personnelle, que toi, un gentleman, tu te ferais un devoir de ne pas répéter. Et quoi de mieux qu'un enfant illégitime ? C'était diablement malin. Il n'a simplement pas pensé que tu pourrais te confier à moi. Ni que moi — loin de me conduire en gentleman, en l'occurrence —, je trahirais ta confiance, ce que je regrette. S'il avait existé un autre moyen, je n'aurais rien dit. J'espère que tu me crois.

La dernière remarque de Saint-James sonna comme une conclusion. Lynley se contenta de saisir la bouteille de cognac, de se verser un autre verre, et de la passer à son ami, le visage impassible et la main ferme. Dehors, un klaxon résonna deux fois sur Eaton Terrace. En réponse, un cri s'éleva d'une maison voisine.

Cherchant à tout prix à lui faire prendre position, Barbara parla :

— La question à laquelle nous essayions de trouver une réponse en venant, c'est pourquoi le gouvernement irait-il s'impliquer aujourd'hui dans une affaire de ce genre ? Nous en avons conclu que c'était sans doute parce qu'en 1963 ils avaient entrepris de dissimuler les activités de Rintoul — en utilisant probablement le décret sur les secrets d'Etat — pour éviter au Premier ministre d'avoir à affronter la découverte d'un espion soviétique dans les hautes sphères du gouvernement très peu de temps après l'affaire Vassall et le scandale Profumo. Une fois mort, Geoffrey Rintoul ne pouvait plus porter tort au ministère de la Défense, mais au Premier ministre, si on avait vent de ses activités. Alors, ils ont fait ce qu'il fallait, et apparemment, ils ne tiennent pas à ce qu'on découvre aujourd'hui qu'ils ont étouffé l'affaire. Ce pourrait être embarrassant. A moins qu'ils n'aient des dettes envers la famille Rintoul, qu'ils payent de cette façon. En tout cas, ils ont de nouveau étouffé les choses. Seulement...

Barbara s'interrompit, se demandant comment il allait prendre cette dernière déclaration, sachant seulement qu'en dépit de leurs disputes et de leurs divergences souvent insurmontables elle ne pouvait se résoudre à lui infliger une telle souffrance.

Mais Lynley saisit lui-même l'occasion.

— Je devais le faire pour eux, dit-il d'une voix caverneuse. Et Webberly était au courant. Depuis le début.

Barbara devina sa pensée dans l'accablement qui transparaissait dans ses paroles : cette situation prouvait qu'il n'était pour ses supérieurs qu'un objet sacrifiable, que sa carrière n'avait rien d'exceptionnel ou de valable, car si elle était réduite à néant par la révélation qu'il avait — même sans le savoir — tenté d'étouffer le rôle de Stinhurst dans une enquête criminelle, sa démission ne serait une perte pour personne. Que tout cela soit faux n'avait aucune importance. Barbara savait qu'il lui suffisait d'y croire un instant pour entamer considérablement son amour-propre.

Au cours des quinze derniers mois, elle l'avait tour à tour aimé et détesté pour finir par le comprendre. Mais elle n'avait jusqu'alors jamais perçu à quel point ses origines aristocratiques étaient pour lui une source d'angoisse, un fardeau chargé du poids du sang et de la famille qu'il assumait avec une dignité sans prétention, même s'il mourait parfois d'envie de s'en débarrasser.

— Comment Joy Sinclair pouvait-elle savoir tout cela ? demanda-t-il, les traits parfaitement maîtrisés.

— Lord Stinhurst te l'a dit. Elle se trouvait là la nuit où Geoffrey est mort.

— Et je n'ai même pas remarqué l'absence de toute référence à sa pièce dans le bureau de Joy, dit-il d'un ton lourd de reproche. Seigneur, quelle sorte de travail de police est-ce là ?

— Tommy, ces messieurs du MI-5 ne laissent pas de carte de visite lorsqu'ils fouillent une maison, dit Saint-James. Il n'y avait aucune trace, tu ne pouvais pas savoir qu'ils étaient passés par là. Et après tout, tu n'étais pas là-bas pour chercher des informations sur la pièce.

— L'absence de celle-ci n'aurait tout de même pas dû

m'échapper. (Il eut un sourire lugubre à l'adresse de Barbara.) Vous avez fait du bon travail, Barbara. Je ne sais pas ce que nous serions devenus si je ne vous avais pas eue avec moi.

Le compliment ne procura aucune joie à Barbara. Le fait d'avoir raison ne l'avait jamais autant déprimée.

— Qu'allons-nous… ?

Elle hésita, se refusant à lui ôter encore un peu plus d'autorité.

Lynley se leva.

— Nous allons chercher Stinhurst demain matin. J'aimerais disposer du reste de la nuit pour réfléchir à ce qui doit être fait.

Barbara savait ce qu'il voulait dire : il devait réfléchir à la façon dont lui allait réagir sachant maintenant comment Scotland Yard l'avait manipulé. Elle aurait souhaité dire quelque chose pour amortir le coup. Dire que leur plan visant à faire de lui l'instrument pour étouffer l'affaire avait échoué ; eux s'étaient montrés les plus forts. Mais il lirait la vérité derrière ses paroles réconfortantes. C'était elle la plus forte. Elle l'avait sauvé des abîmes de sa propre folie.

Sans rien ajouter, ils revêtirent leurs manteaux, enfilèrent leurs gants, ajustèrent leurs chapeaux et leurs écharpes. L'atmosphère était lourde de paroles qui devaient être prononcées. Lynley prit son temps pour ranger la carafe de cognac, réunir les petits verres en cristal sur un plateau, éteindre les lumières de la pièce. Puis il les suivit dans le hall.

Lady Helen se tenait dans une flaque de lumière près de la porte. Pendant une heure, elle était demeurée silencieuse, et lorsqu'il les rejoignit, elle lança timidement :

— Tommy…

— Retrouvez-moi à neuf heures au théâtre, sergent, dit brutalement Lynley. Venez avec un agent pour embarquer Stinhurst.

Si elle n'avait pas encore réalisé à quel point son triomphe dans ce jeu policier était absurde, ce bref échange se chargea de le démontrer à Barbara avec une clarté rare. Elle vit s'élargir le gouffre entre lady Helen et Lynley, vit son étendue infranchissable comme une blessure physique. Elle se contenta de répondre « Oui, monsieur », et ouvrit la porte.

— Tommy, tu ne peux pas continuer à m'ignorer, insista lady Helen.

Pour la première fois depuis que Saint-James s'était mis à parler dans le salon, il la regarda.

— Je me suis trompé sur lui, Helen. Mais tu dois savoir ce qui a été le pire de ma faute. Je voulais avoir raison.

Il les salua d'un signe de tête et les abandonna.

Mercredi se leva sous un ciel plombé, et un froid pire que les jours précédents. La neige sur les trottoirs s'était transformée en une croûte mince et dure, noircie par la poussière et les gaz d'échappement.

Lorsque Lynley arrêta sa voiture en face de l'Azincourt à huit heures quarante-cinq, le sergent Havers l'attendait déjà devant, emmitouflée jusqu'aux yeux dans ses lainages marron et peu seyants, en compagnie d'un jeune agent de police. Lynley remarqua d'un air lugubre le soin que Havers avait apporté à son choix, en l'occurrence l'individu le moins susceptible d'être impressionné par le titre et la richesse de Stinhurst : Winston Nkata. Ancien meneur des Brixton Warriors — un des gangs noirs les plus violents de la ville —, le jeune Nkata, grâce à l'intercession patiente et l'amitié constante de trois officiers têtus de la section A7, était maintenant, à vingt-cinq ans, candidat aux plus hautes sphères du CID. La preuve vivante, aimait-il à dire, que, quand ils ne peuvent pas vous arrêter, ils se débrouillent pour vous convertir.

Il lança à Lynley un de ses éblouissants sourires.

— Inspecteur, pourquoi vous ne venez jamais promener ce bijou dans mon quartier ? Chez moi, on adore mettre le feu à des trucs aussi jolis.

— A la prochaine émeute, prévenez-moi, répliqua Lynley, pince-sans-rire.

— La prochaine émeute, on enverra des invitations, pour être sûr que tout le monde viendra.

— Ah oui. « On est prié d'apporter sa propre brique. »

Le jeune Noir rejeta la tête en arrière et éclata d'un large rire, tandis que Lynley les rejoignait sur le trottoir.

— Je vous aime bien, inspecteur. Vous devriez me donner votre adresse, pour que j'aille demander la main de votre sœur.

Lynley sourit.

— Vous valez bien mieux qu'elle, Nkata, sans parler du fait

que vous avez quinze ans de moins. Mais si vous savez vous tenir ce matin, je suis sûr qu'on peut trouver un moyen de s'arranger. Stinhurst est arrivé ? demanda-t-il à Havers.

— Il y a dix minutes. Il ne nous a pas vus, dit-elle en réponse à sa question muette. On prenait un café de l'autre côté de la rue. Sa femme était avec lui, inspecteur.

— Ça, c'est un coup de chance. Allons-y, dit Lynley.

Le théâtre bourdonnait de l'activité préalable à toute nouvelle production. Les portes de la salle étaient ouvertes, un brouhaha de voix et de rires se mêlait au bruit d'une équipe de travail, prenant des mesures pour un décor. Des assistants de production s'affairaient, cahier de notes à la main et crayon derrière l'oreille. Dans un coin près du bar, un publicitaire et un décorateur discutaient, penchés sur une large feuille de papier, ce dernier esquissant des modèles d'affiches. L'endroit palpitait d'excitation créative, mais ce matin Lynley ne regrettait pas un instant d'être l'instrument qui allait interrompre le plaisir de tous ces gens. Ce qui ne manquerait pas d'être le cas lorsque Stinhurst serait arrêté.

Ils se dirigeaient vers la porte des bureaux de la production, à l'autre extrémité du théâtre, lorsque lord Stinhurst en sortit, suivi de sa femme. Lady Stinhurst lui parlait avec agitation, tripotant nerveusement un large anneau de diamant à son doigt. A la vue de la police, elle s'arrêta net — de tripoter sa bague, de parler, et de marcher.

Lorsque Lynley demanda à lui parler en privé, Stinhurst se montra tout à fait coopératif.

— Venez dans mon bureau. Ma femme doit-elle... ajouta-t-il avec une hésitation de circonstance.

Lynley avait déjà décidé de tirer avantage de la présence de lady Stinhurst. Une partie de lui-même — la meilleure, pensa-t-il — ne demandait qu'à la laisser partir en paix, et se dérobait à l'idée de l'utiliser comme un pion dans ce jeu de la réalité et de la fiction. Mais l'autre partie de lui-même avait besoin d'elle comme instrument de chantage. Et tout en sachant qu'il allait l'utiliser, il se détesta pour cela.

— J'aimerais également voir lady Stinhurst, dit-il brièvement.

Une fois l'agent Nkata posté devant la porte, et consigne laissée à la secrétaire d'arrêter tous les coups de fil, sauf ceux destinés à la police, Lynley et Havers rejoignirent lord

Stinhurst et sa femme dans le bureau du producteur. La pièce lui ressemblait, avec sa froide décoration noir et gris, son bureau de bois dur absolument net, ses fauteuils à oreillettes luxueux et la quasi imperceptible odeur de tabac à pipe. Encadrées avec goût, les affiches d'anciens spectacles produits par Stinhurst qui ornaient les murs proclamaient plus de trente ans de succès : *Henry V*, Londres. *Les Trois Sœurs*, Norwich. *Rosencrantz et Guildenstern sont morts*, Keswick. *Maison de poupée*, Londres. *Vies privées*, Exeter. *Equus*, Brighton. *Amadeus*, Londres. Se refusant à accorder à lord Stinhurst le privilège d'affronter la police de l'autre côté de son bureau poli, avec tout le confort et l'autorité que cela impliquait, Linley les guida vers la table de réunion, de l'autre côté de la pièce.

Tandis que Havers cherchait son calepin, il sortit les photos de l'enquête, ainsi que les agrandissements qu'en avait tiré Deborah Saint-James. Il les étala sur la table sans un mot. Si tout ce qu'avait raconté Saint-James était vrai, lord Stinhurst avait sans aucun doute possible téléphoné à sir Kenneth Willingate la veille au soir, et s'était préparé à cette entrevue. Au cours d'une longue nuit sans sommeil, Lynley avait soigneusement passé en revue les divers moyens de parer à une nouvelle série de mensonges soigneusement mis au point. Il avait fini par réaliser que Stinhurst avait au moins un talon d'Achille, et c'est celui-ci que Lynley visa avec sa première remarque.

— Jeremy Vinney est au courant de toute l'histoire, lord Stinhurst. Je ne sais pas s'il la rendra publique car, pour l'instant, il n'a pas de preuves solides pour l'étayer. Mais je ne doute pas un instant qu'il ait l'intention de chercher ces preuves. (Il redressa les clichés avec un soin délibéré.) Ainsi, vous pouvez me raconter un autre mensonge. Ou bien nous pouvons discuter en détail de celui que vous avez inventé à mon profit ce week-end à Westerbrae. Ou bien encore, vous pouvez me dire la vérité. Toutefois, j'aimerais souligner d'abord que si vous m'aviez tout de suite fait part de la vérité à propos de votre frère, celle-ci ne serait probablement pas allée plus loin que Saint-James, à qui je me suis confié. Mais parce que vous m'avez menti, et parce que ce mensonge ne cadrait pas avec la sépulture de votre frère en Ecosse, le sergent Havers est au courant, tout comme Saint-James, tout comme lady Helen Clyde, tout comme Jeremy Vinney. Tout comme quiconque aura accès à mon rapport une fois que je l'aurai rédigé.

Lynley saisit le regard que lançait Stinhurst à sa femme.

— Alors, que choisissons-nous ? demanda-t-il en se détendant sur son siège. Allons-nous parler de cet été, il y a de cela trente-six ans, où votre frère se trouvait dans le Somerset, où vous parcouriez le pays en tournée, et où votre femme...

— Cela suffit, dit Stinhurst avec un sourire glacial. Pris à mon propre piège, inspecteur ? Bravo.

Lady Stinhurst se tordait les mains.

— Qu'est-ce que c'est que cette histoire, Stuart ? Que leur as-tu raconté ?

Elle n'aurait pu poser sa question à un meilleur moment. Lynley attendit la réponse de Stinhurst. Après avoir longuement examiné les deux policiers, celui-ci se tourna vers sa femme. Mais lorsqu'il prit la parole, ce fut pour démontrer sans l'ombre d'un doute qu'il était un maître dans l'art de décontenancer et de surprendre.

— Je lui ai dit que Geoffrey et toi étiez amants. J'ai prétendu qu'Elizabeth était ta fille illégitime, et que la pièce de Joy Sinclair dévoilait votre liaison. Je leur ai dit que Joy avait réécrit sa pièce à mon insu pour se venger de la mort d'Alec. Dieu me pardonne, mais ça, au moins, c'est vrai. Je suis désolé.

Lady Stinhurst demeura pétrifiée, dans un silence interloqué. Les mots paraissaient ne pouvoir sortir de sa bouche, et ses traits s'affaissèrent dans l'effort.

— Geoff ? parvint-elle enfin à articuler. Tu as pensé que Geoffrey et moi... Oh mon Dieu, Stuart !

Stinhurst se pencha vers sa femme, mais elle eut une exclamation involontaire et recula. Il se retira lentement, laissant sa main posée sur la table entre eux. Il plia les doigts, les recroquevilla dans sa paume.

— Non, bien sûr que non. Mais j'avais besoin de leur dire quelque chose. Je devais... j'étais obligé de les éloigner de Geoff.

— Tu étais obligé de leur dire... Mais il est mort.

Son visage trahit une répulsion grandissante tandis qu'elle réalisait l'énormité de ce qu'avait fait son mari.

— Geoff est mort. Mais pas moi. Pas moi, Stuart ! Tu as fait de moi une putain pour protéger un mort! Tu m'as sacrifiée! Mon Dieu! Comment as-tu pu faire une chose pareille?

Stinhurst secoua la tête, et répondit péniblement :

— Il n'est pas mort. Pas du tout, il est bien vivant dans cette pièce. Pardonne-moi si tu le peux. J'ai toujours été lâche, du début à la fin. Je n'ai cherché qu'à me protéger.

— Te protéger de quoi? Tu n'as rien fait! Stuart, pour l'amour de Dieu, tu n'as rien fait cette nuit-là! Comment peux-tu...

— C'est faux. Je ne pouvais pas te le dire.

— Me dire quoi? Dis-le maintenant!

Stinhurst lança un long regard à sa femme, comme pour trouver du courage dans la contemplation de ce visage.

— C'est moi qui ai dénoncé Geoff au gouvernement. Vous avez tous découvert le pire sur lui cette veille de Nouvel An. Mais moi... Seigneur, moi je savais depuis 1949 que c'était un agent soviétique.

Stinhurst se tenait parfaitement immobile. Peut-être était-il persuadé qu'un seul geste suffirait à ouvrir les vannes, et à laisser déborder l'angoisse accumulée pendant trente-neuf ans. Il parlait d'une voix neutre, sans verser de larmes, bien que ses yeux se soient petit à petit cerclés de rouge. Lynley se demanda s'il était même encore capable de pleurer après tant d'années de tromperie.

— Je savais que Geoff était marxiste lorsque nous étions à Cambridge. Il n'en faisait pas mystère, et franchement je prenais ça à la plaisanterie, comme quelque chose qui lui passerait. Et si ça ne lui passait pas, je pensais combien il serait drôle que le futur comte de Stinhurst se dévoue à la cause du prolétariat pour changer le cours de l'histoire. Ce que je ne savais pas, c'est que ses inclinations politiques avaient été remarquées et qu'il avait été séduit et poussé à espionner alors qu'il était encore étudiant.

— Séduit? demanda Lynley.

— C'est effectivement un processus de séduction, répliqua Stinhurst. Un mélange de flatterie et de cajoleries qui fait croire à l'étudiant qu'il joue un rôle important dans le cours des choses.

— Comment l'avez-vous su?

— Je l'ai découvert tout à fait par hasard, après la guerre, alors que nous nous trouvions tous dans le Somerset. Le week-end où mon fils Alec est né. J'étais parti directement à la recherche de Geoff après avoir vu Marguerite et le bébé. C'était... (Il sourit à sa femme pour la première et unique fois, mais le visage de celle-ci ne refléta aucune émotion.) Un fils. J'étais tellement heureux. Je voulais que Geoff sache. Alors, je suis allé à sa recherche, et je l'ai trouvé dans un de nos repaires d'enfant, un cottage abandonné dans les Quantock Hills. Il pensait visiblement qu'il n'y avait pas de danger dans le Somerset.

— Il y rencontrait quelqu'un ?

Stinhurst acquiesça.

— J'aurais sans doute pu croire qu'il ne s'agissait que d'un fermier, mais plus tôt ce week-end-là j'avais vu Geoff travailler dans le bureau sur des papiers officiels, le genre qui porte la mention « Confidentiel » en lettres gigantesques sur le dessus. Sur le moment, j'avais simplement pensé qu'il avait apporté du travail à la maison. Sa mallette se trouvait sur le bureau, et il était en train de mettre des documents dans une enveloppe bulle. Ce n'était pas une enveloppe à en-tête du domaine, ni à en-tête du ministère, je m'en souviens distinctement. Mais je n'y ai accordé aucune attention, jusqu'au moment où je l'ai vu donner cette enveloppe à l'homme qu'il rencontrait. Bien souvent, je me suis dit qu'à une minute près je serais resté persuadé que son interlocuteur était un fermier du Somerset. Mais en tout état de cause, lorsque j'ai vu l'enveloppe changer de mains, j'ai supposé le pire. Bien entendu, l'espace d'un instant, j'ai pensé qu'il s'agissait d'une coïncidence, que cette enveloppe ne pouvait être la même que celle du bureau. Mais s'il ne s'agissait que d'un innocent échange d'informations, légal et au-dessus de tout soupçon, pourquoi cette rencontre dans les Quantock Hills, dans un endroit perdu ?

— Si tu les avais découverts, intervint lady Stinhurst d'une voix lasse, pourquoi n'ont-ils pas... fait quelque chose pour t'empêcher de révéler ce que tu savais ?

— Ils ne savaient pas exactement ce que j'avais vu. Et même s'ils l'avaient su, je ne risquais rien. En dépit de tout, Geoff aurait refusé d'aller jusqu'à l'élimination de son frère. Au bout du compte, mis au pied du mur, il était beaucoup plus courageux que moi.

— Ne parle pas ainsi, dit lady Stinhurst en détournant le regard.

— C'est pourtant vrai.

— A-t-il reconnu ses activités ? demanda Lynley.

— Une fois l'autre parti, je l'ai affronté, et il n'a pas hésité à les reconnaître. Il n'en avait pas honte. Il croyait à sa cause. Et moi... moi je ne sais pas à quoi je croyais. Tout ce que je savais, c'est qu'il était mon frère. Et que je l'aimais. Je l'avais toujours aimé. Et bien que ses actes m'aient révolté, je n'ai pu me forcer à le trahir. Vous comprenez, il aurait su que c'était moi qui l'avais dénoncé. Alors je n'ai rien fait. Mais cela m'a rongé pendant des années.

— Je suppose que vous avez finalement vu une occasion d'agir en 1962.

— Le gouvernement a fait comparaître William Vassall en justice en octobre. Ils avaient déjà arrêté et jugé pour espionnage en septembre un physicien italien, Giuseppe Martelli. Je me suis dit que si les activités de Geoff étaient découvertes alors, tant d'années après que j'en avais eu connaissance, jamais il ne penserait que je pouvais être celui qui l'avait donné. Aussi je... en novembre, j'ai parlé aux autorités, et la surveillance a commencé. Au fond de moi, j'espérais, je priais pour que Geoff découvre qu'il était surveillé, et pour qu'il passe à l'Est. Il a failli réussir.

— Qu'est-ce qui l'en a empêché ?

Stinhurst serra le poing. Sa main aux jointures blanchies trembla sous la pression. Dans un bureau voisin, un téléphone sonna, et un éclat de rire résonna. Le sergent Havers cessa d'écrire, et lança un regard interrogateur à Lynley.

— Qu'est-ce qui l'en a empêché ? répéta Lynley.

— Dis-leur, Stuart, murmura lady Stinhurst. Dis la vérité, cette fois-ci. Enfin.

Son mari se frotta les paupières. Sont teint était devenu grisâtre.

— Mon père, dit-il. Mon père l'a tué.

Stinhurst faisait les cent pas dans la pièce, grande et mince silhouette droite comme un if, à l'exception de sa tête, penchée, les yeux fixés sur le sol.

— Cela s'est passé quasiment comme Joy l'a décrit l'autre

soir. Il y a eu un coup de téléphone pour Geoff mais, sans qu'il s'en aperçoive, mon père et moi sommes entrés dans la bibliothèque, et avons surpris une partie de la conversation. Nous l'avons entendu dire que quelqu'un devait se rendre à son appartement pour récupérer le code, sinon tout le réseau était fichu. Père a commencé à l'interroger. Geoff, hors de lui, ne voulait qu'une chose, s'en aller tout de suite. Il n'avait pas le temps de se soumettre à un interrogatoire. Lui qui était si éloquent répondait aux questions de façon incohérente, ne savait plus ce qu'il disait. Alors, père a deviné la vérité. Après ce que nous avions surpris au téléphone, ce n'était pas très difficile. Quand père a compris que le pire était vrai, quelque chose en lui a tout simplement cédé. Pour lui, il ne s'agissait pas seulement d'une trahison politique. Geoff avait trahi la famille, toute une façon de vivre. Je pense qu'en un instant il a été submergé par le besoin de tout effacer. Alors... (Stinhurst examina les belles affiches alignées sur les murs de son bureau.) Mon père lui a sauté dessus. Comme un ours. Et moi... Mon Dieu, moi j'ai tout vu. Pétrifié, inutile. Et depuis, chaque nuit, Thomas, chaque nuit je revis ce moment où j'ai entendu la nuque de Geoff se briser comme une branche.

— Le mari de votre sœur, Phillip Gerrard, a été mêlé à tout cela ?

— Oui. Il ne se trouvait pas dans la bibliothèque lorsque l'appel pour Geoff est arrivé, mais Francesca, Marguerite et lui ont entendu les cris de mon père, et se sont précipités depuis l'étage. Ils ont fait irruption dans la pièce quelques instants après... ce qui s'est passé. Bien sûr, Phillip s'est précipité sur le téléphone, en insistant pour appeler la police. Mais nous... tous les autres, nous l'en avons dissuadé. Nous avons évoqué le scandale. Le procès. Peut-être père en prison. Francesca est devenue hystérique, à cette idée. Phillip s'est d'abord montré inflexible, mais en fin de compte que pouvait-il faire, seul contre nous tous, et particulièrement Francesca ? Alors, il nous a aidés à transporter le... Geoffrey là où la route fait un embranchement, bifurque à gauche vers Hillview Farm, et continue sa descente tout droit vers le village de Kilparie. Nous n'avons pris que la voiture de Geoff, pour laisser les traces de pneus d'un seul véhicule. (Il eut un vif sourire de dérision.) Nous avons été très attentifs à ce genre de détail. La pente devient très forte à partir de la fourche, avec deux virages en épingle à cheveux successifs. Nous avons fait démarrer le moteur, et laissé partir la voiture avec le corps de Geoff sur le siège du conducteur. Elle a pris de la vitesse. Au premier virage, elle a traversé la route, enfoncé la barrière, puis franchi le talus avant de prendre feu. (Il sortit un mouchoir blanc, un carré de lin impeccable, et s'essuya les yeux. Il retourna à la table, mais ne s'assit pas.) Ensuite, nous sommes rentrés à la maison. La route était presque totalement verglacée, nous n'avons même pas laissé d'empreintes. Personne n'a jamais pensé qu'il pouvait s'agir d'autre chose que d'un accident.

Il effleura du doigt la photo de son père, qui reposait là où Lynley l'avait placée au milieu des autres.

— Dans ce cas, comment se fait-il que sir Andrew Higgins soit venu de Londres identifier le corps et témoigner à l'enquête ?

— Pour parer à toute éventualité. Au cas où quelqu'un aurait remarqué quelque chose de bizarre dans les blessures de Geoff, qui aurait pu entraîner des questions, une mise en cause de notre histoire. Sir Andrew était le plus vieil ami de mon père. Nous avions en lui une confiance absolue.

— Et quel a été le rôle de Willingate ?

— Il est arrivé à Westerbrae deux heures après l'accident. Il était en chemin pour venir chercher Geoffrey et le ramener à Londres pour interrogatoire. Le coup de téléphone que mon frère avait reçu était bien entendu destiné à l'avertir de sa venue. Père a dit la vérité à Willingate, et ils ont conclu un marché. L'affaire serait tenue secrète. Le gouvernement ne tenait pas à ce que l'on dévoile l'existence depuis des années d'une taupe au sein du ministère de la Défense, d'autant que Geoffrey était mort. Mon père ne voulait pas que l'on sache que son fils avait été un espion. Il ne voulait pas non plus être jugé pour meurtre. Aussi la version de l'accident l'a-t-elle emporté, et nous avons tous juré le silence. Nous ne l'avons jamais brisé, mais Phillip Gerrard était un homme intègre, et la pensée qu'il s'était laissé persuader d'étouffer un crime l'a consumé toute sa vie.

— Est-ce la raison pour laquelle il n'est pas enterré sur les terres de Westerbrae ?

— Il était persuadé de les avoir maudites.

— Pourquoi la tombe de votre frère se trouve-t-elle ici ?

— Père ne voulait pas qu'il soit enterré dans le Somerset.

Nous avons déjà eu bien du mal à le convaincre ne serait-ce que de lui donner une sépulture. (Stinhurst regarda enfin sa femme.) La trahison de Geoffrey nous a tous brisés, n'est-ce pas, Mag ? Toi et moi encore plus que les autres. Nous avons perdu Alec. Nous avons perdu Elizabeth. Nous nous sommes perdus.

— Ainsi, c'est Geoffrey qui s'est dressé entre nous toutes ces années, dit-elle d'un ton morne. Tu t'es toujours comporté comme si c'était toi qui l'avais tué, et non ton père. Il y a même des moments où je me suis demandé si ce n'était pas effectivement toi.

Stinhurst secoua la tête, refusant d'être disculpé.

— C'est moi. Bien sûr que c'est moi. Cette nuit-là, dans la bibliothèque, il y eut cette seconde de choix, cette seconde où j'aurais pu me précipiter, où j'aurais pu arrêter père. Ils étaient à terre et... Geoff m'a regardé. Je suis la dernière personne qu'il ait vue, Maggie. Et la dernière chose dont il ait été conscient, c'est que son frère unique allait rester là sans rien faire et le regarder mourir. J'aurais tout aussi bien pu le tuer moi-même. Au bout du compte, c'est moi le responsable.

« La trahison, comme la peste, se répand dans le sang. » Lynley songea que cette phrase de Webster n'avait jamais paru si appropriée, car de la trahison de Geoffrey Rintoul avait découlé la destruction de toute sa famille. Et celle-ci, sans faiblir, continuait à se nourrir des vies qui gravitaient à la périphérie du cercle des Rintoul : celle de Joy Sinclair, celle de Gowan. Mais il était temps qu'elle cesse.

Il ne restait plus qu'un détail à régler.

— Pourquoi avez-vous mis en cause le MI-5 ce week-end ?

— Je ne savais pas quoi faire d'autre. Tout ce que je savais, c'est qu'une enquête ne pourrait manquer de tourner autour du script que nous lisions la nuit où Joy est morte. Et je pensais — j'étais persuadé — qu'un examen attentif de cette pièce révélerait tout ce que ma famille et le gouvernement avaient si soigneusement dissimulé toutes ces années. Lorsque Willingate m'a téléphoné, il est tombé d'accord sur le fait que ces textes devaient être détruits. Il a contacté la Section des opérations spéciales, qui à son tour a contacté un responsable de la police métropolitaine, qui a accepté d'envoyer quelqu'un — un spécialiste — à Westerbrae.

Ces derniers mots firent naître chez Lynley un nouvel accès

d'amertume qu'il combattit en vain. Il songea que, si Helen ne s'était pas trouvée à Westerbrae, s'il n'avait pas fait la découverte accablante de sa liaison avec Rhys Davies-Jones, il aurait vu à travers le tissu de mensonges de Stinhurst, il aurait découvert lui-même la sépulture de Geoffrey Rintoul, et en aurait tiré ses propres conclusions sans le secours de ses amis. S'accrocher à cette conviction était la seule façon pour lui de garder l'estime de soi.

— Je vais vous demander de faire une déposition complète à Scotland Yard.

— Bien sûr, dit Stinhurst, qui suivit ces mots d'une dénégation aussi mécanique qu'immédiate. Je n'ai pas tué Joy Sinclair, je le jure, Thomas.

— Non, il ne l'a pas tuée, intervint lady Stinhurst d'un ton plus résigné que pressant. (Lynley demeura silencieux, et elle continua :) Je l'aurais su s'il avait quitté notre chambre cette nuit-là, inspecteur.

Lady Stinhurst n'aurait pu choisir un argument moins susceptible de convaincre Lynley. Celui-ci se tourna vers Havers.

— Emmenez lord Stinhurst pour une déposition prélimi-naire, sergent, et veillez à ce que lady Stinhurst rentre chez elle.

Elle acquiesça.

— Et vous, inspecteur ?

Il réfléchit à la question, au temps qui lui était nécessaire pour faire face à tout ce qui venait de se produire.

— Je viens très vite.

Le taxi de lady Stinhurst en route pour la résidence familiale de Holland Park, le sergent Havers et l'agent Nkata partis en compagnie de lord Stinhurst, Lynley revint à l'Azincourt. La perspective de tomber sur Rhys Davies-Jones ne l'enchantait guère, et il ne faisait aucun doute que celui-ci devait aujour-d'hui se trouver sur les lieux. Pourtant, quelque chose le poussait à s'attarder, peut-être une forme d'expiation de la faute commise en soupçonnant Davies-Jones de meurtre, en accomplissant tout ce qui était en son pouvoir pour encourager également Helen à le soupçonner. Mené par la passion plutôt que par la raison, il avait frénétiquement cherché ce qui incriminerait le Gallois, et avait ignoré ceux qui voulaient diriger les soupçons ailleurs.

Et tout cela parce que j'étais si sottement ignorant, avant qu'il ne soit trop tard, de l'importance d'Helen dans ma vie.

— N'essaye pas de me rassurer.

Une voix féminine hésitante venait de s'élever de l'autre côté du bar, hors de la vue de Lynley.

— Je suis venue parler sur un pied d'égalité. Tu as dit : parlons sans détours. Eh bien, faisons cela ! Sans restriction, sans détours, sans honte même !

— Je... répondit David Sydeham.

— Je t'aime, et ce n'est un secret pour personne. Cela ne l'a jamais été. Je t'aime depuis toujours, depuis ce moment où je t'ai demandé de lire avec les doigts le nom de l'ange de pierre. Oui, cette maladie de l'amour m'a frappée aussi tôt que cela, et ne m'a jamais quittée depuis. Voilà toute mon histoire.

— Joanna, arrête. Tu as sauté au moins dix lignes !

— Certainement pas !

Les paroles de Sydeham et Ellacourt résonnèrent dans le crâne de Lynley. Il traversa le hall, atteignit le bar, arracha sans ménagement le script des mains de Sydeham, et sans un mot, parcourut la page des yeux pour trouver le monologue d'Alma dans *Summer and Smoke*. Le texte était flou, car il n'avait pas ses lunettes, mais néanmoins parfaitement lisible, et inoubliable.

« N'essaye pas de me rassurer. Je suis venue parler sur un pied d'égalité. Tu as dit, parlons sans détours. Eh bien, faisons cela ! Sans restriction, sans détours, sans honte même ! Je t'aime, et ce n'est un secret pour personne. Cela ne l'a jamais été. Je t'aime depuis toujours, depuis ce moment où je t'ai demandé de lire avec les doigts le nom de l'ange de pierre. Oui, je me souviens des longs après-midi de notre enfance... »

Et pourtant, l'espace d'un instant, Lynley avait été persuadé qu'il s'agissait des mots de Joanna Ellacourt, et non de ceux de Tennessee Williams. Tout comme le jeune agent Plater quinze ans plus tôt à Porthill Green, face au mot d'adieu d'Hannah Darrow.

14

A cause d'un embouteillage sur l'autoroute, il n'atteignit Porthill Green qu'après une heure. Les nuages s'étaient accumulés à l'horizon comme d'énormes écharpes de laine grise, et une tempête se préparait. Le *Wine's the Plough* n'était pas encore fermé pour l'après-midi, mais plutôt que de se rendre tout de suite au pub pour affronter John Darrow, Lynley se dirigea en faisant crisser la neige sous ses pas vers une cabine téléphonique. Il appela Scotland Yard, et déduisit du bruit de fond de conversations et de vaisselle que le sergent Havers prenait la communication à la cantine.

— Bon Dieu, qu'est-ce que vous foutez ? éclata-t-elle avant d'atténuer sa question en ajoutant : Monsieur ? Où êtes-vous ? L'inspecteur Macaskin vous a demandé : ils ont terminé l'autopsie de Sinclair et Gowan. Macaskin m'a priée de vous dire qu'ils ont fixé l'heure du décès de Sinclair entre deux heures et trois heures et quart. Il a ajouté en bredouillant beaucoup qu'on n'y avait pas touché. Je suppose que c'était sa façon élégante de me dire qu'il n'y avait pas trace de viol ou de rapports sexuels. Il a précisé que l'équipe du labo n'en avait pas terminé avec tout ce qu'ils avaient recueilli dans la pièce. Il rappellera dès qu'ils auront fini.

Lynley bénit la minutie de Macaskin et sa bonne volonté assurée, maintenant qu'il ne se sentait plus menacé par Scotland Yard.

— Nous avons pris la déposition de Stinhurst, et malgré le nombre incalculable de fois où nous lui avons fait répéter son histoire, je n'ai pas réussi à lui extorquer la moindre contradiction dans son récit de la nuit de samedi à Westerbrae. (Elle eut un grognement de mépris.) Son avocat vient d'arriver — le genre ancien de Cambridge à l'air pincé, envoyé par sa femme, sans doute, étant donné que monsieur le comte ne s'est pas abaissé à demander l'usage du téléphone à des gens comme Nkata ou moi. On l'a mis dans une des salles d'interrogatoire, mais à moins que quelqu'un ne débarque en quatrième vitesse avec un indice concret ou un témoin, nous sommes dans le pétrin. Alors bon Dieu, où est-ce que vous êtes allé vous promener ?

— A Porthill Green. Ecoutez, dit-il en coupant ses protestations, je ne vais pas nier que Stinhurst est impliqué dans la mort de Joy, mais je ne laisserai pas l'affaire Darrow sans solution. Ne perdons pas de vue que la porte de la chambre de Joy Sinclair était fermée à clé, Havers. Que cela vous plaise ou non, la chambre d'Helen demeure le seul moyen d'accès à cette pièce.

— Mais nous avons déjà dit que Francesca Gerrard aurait très bien pu donner...

— Et le mot d'adieu d'Hannah Darrow est un extrait d'une pièce de théâtre.

— Une pièce de théâtre ? Quelle pièce ?

Lynley regarda le pub, en face. Des volutes de fumée s'élevaient de la cheminée, dessinant comme un serpent dans le ciel.

— Je n'en ai aucune idée. Mais je crois que John Darrow le sait. Et il va me le dire.

— Et où cela va-t-il nous mener, inspecteur ? Et moi, qu'est-ce que je suis censée faire de Sa précieuse Seigneurie, pendant que vous batifolez dans les Fens ?

— Recommencez. Repassez tout en revue. En présence de son avocat, s'il insiste. Vous connaissez la routine, Havers. Mettez ça au point avec Nkata. Variez les questions.

— Et puis ?

— Relâchez-le. Ce sera tout pour aujourd'hui.

— Inspecteur...

— Vous savez aussi bien que moi que nous n'avons rien de concluant contre lui pour l'instant. Eventuellement, une destruction d'indices, avec les scripts brûlés. Mais rien d'autre, à l'exception du fait que son frère a été un espion soviétique il y a vingt-cinq ans de ça, et qu'il a fait entrave à la justice dans la mort de Geoffrey. Je ne crois pas qu'il nous serve à grand-chose d'arrêter Stinhurst pour ça maintenant. Et vous savez bien que son avocat va insister pour que nous l'inculpions ou que nous le rendions tout de suite à sa famille.

— Le labo de Strathclyde va peut-être découvrir encore quelque chose, argua-t-elle.

— Peut-être. Mais lorsque ce sera le cas, nous l'interrogerons de nouveau. Pour l'instant, nous avons fait tout ce qui était en notre pouvoir. C'est clair ?

Il perçut l'exaspération dans sa réponse.

— Et qu'est-ce que je fais une fois que j'ai envoyé Stinhurst se promener ?

— Vous allez dans mon bureau. Vous fermez la porte, vous ne voyez personne et vous attendez de mes nouvelles.

— Et si Webberly veut un rapport sur les progrès de l'enquête ?

— Vous lui dites d'aller au diable, répliqua Lynley, juste après l'avoir informé que nous sommes au courant du rôle de la Section des opérations spéciales et du MI-5 dans l'affaire.

Il sentit Havers sourire malgré elle à l'autre bout du fil.

— Avec plaisir, monsieur. Comme je le dis toujours, quand le bateau coule, pourquoi se gêner pour ne pas défoncer un peu plus la coque ?

Lorsque Lynley commanda une assiette garnie et une pinte de Guinness, John Darrow parut sur le point de refuser. La présence au bar de trois hommes à l'air austère et d'une vieille femme sommeillant sur son gin au coin du feu sembla cependant l'en dissuader. C'est ainsi que Lynley se retrouva cinq minutes plus tard attablé près de la fenêtre, devant un assortiment de stilton et de cheddar, accompagné d'oignons au vinaigre et de pain croustillant.

Il mangea paisiblement, sans que la curiosité affichée et les questions étouffées des autres clients ne le gênent. Il s'agissait sans doute de fermiers du coin, qui n'allaient pas tarder à reprendre leur labeur, et John Darrow n'aurait alors d'autre choix que d'affronter une nouvelle entrevue, qu'il semblait faire de son mieux pour éviter. A la vérité, il était devenu beaucoup plus chaleureux avec ses clients du bar depuis l'arrivée de Lynley, comme si un étalage inhabituel de bonhomie pouvait les encourager à s'éterniser plus longtemps qu'ils ne l'auraient fait autrement. Ils parlaient de sport, échangeant à voix forte des considérations sur l'équipe de football de Newcastle lorsque l'irruption d'un jeune garçon d'environ seize ans interrompit la conversation.

Lynley l'avait vu arriver de la route de Mildenhall, sur une antique motocyclette dont la boue constituait la couleur dominante. Vêtu de grosses bottes de travail, de jeans et d'un vieux blouson de cuir usé, tous visiblement maculés de graisse, le garçon s'était garé devant le pub, et avait passé quelques minutes de l'autre côté de la rue, à admirer la voiture de Lynley et effleurer la ligne élégante de son toit. Il avait la carrure robuste de son père, mais le teint clair devait venir de sa mère.

— C'est à qui, la caisse ? demanda-t-il joyeusement en entrant.

— A moi, répondit Lynley.

Le garçon s'approcha d'un pas nonchalant, rejetant en arrière une mèche de cheveux blonds, avec cette gaucherie caractéristique de la jeunesse.

— Drôlement chouette. Ça a dû vous coûter un paquet, dit-il en jetant par la fenêtre un regard de convoitise.

— Et ça continue. Elle engloutit l'essence comme si je faisais marcher BP à moi tout seul. Franchement, la plupart du temps, je pense à emprunter votre mode de transport.

— Pardon ?

— Votre moto, dit Lynley avec un hochement de tête en direction de la rue.

— Oh ça ! dit le gamin en riant. Celle-là, c'est quelque chose. Je me suis planté avec la semaine dernière, et elle a même pas pris un pain. De toute façon, même si elle en avait pris un, ça se remarquerait pas. Elle est tellement vieille que...

— Tu as des choses à faire, Teddy, intervint John Darrow d'un ton coupant. Va t'en occuper.

Son intervention mit fin à la conversation entre son fils et le policier, mais elle rappela également l'heure aux autres. Les fermiers laissèrent tomber pièces et billets sur le comptoir, la vieille femme près du feu eut un ronflement sonore et s'éveilla, et en quelques minutes, il ne resta plus dans le pub que Lynley et John Darrow. Le son étouffé d'une musique de rock et des claquements de porte à l'étage au-dessus témoignèrent que Teddy s'était attelé à ses tâches.

— Il n'est pas à l'école, remarqua Lynley.

Darrow secoua la tête.

— Il a fini. Pour ça, il ressemble à sa mère. Les livres, c'était pas son truc.

— Votre femme ne lisait pas ?

— Hannah ? Je l'ai jamais vue ouvrir un livre. Elle en possédait même pas un.

Lynley chercha ses cigarettes dans sa poche, en alluma une d'un air pensif et ouvrit le dossier sur la mort d'Hannah Darrow. Il en tira le mot d'adieu.

— Alors, c'est étrange, n'est-ce pas ? Dans quoi croyez-vous qu'elle ait copié ça ?

Darrow serra les lèvres en reconnaissant le papier que Lynley lui avait déjà montré une fois.

— Je n'ai rien de plus à dire là-dessus.

— Oh mais si, j'en ai peur.

Lynley le rejoignit au bar, le mot d'Hannah à la main.

— Parce qu'elle a été assassinée, Mr Darrow, et je pense que vous le savez depuis quinze ans. Très franchement, jusqu'à ce matin, j'étais certain que vous l'aviez tuée vous-même. Je n'en suis plus aussi sûr. Mais je n'ai pas l'intention de repartir aujourd'hui sans que vous ne m'ayez dit la vérité. Joy Sinclair est morte parce qu'elle a approché de trop près cette vérité sur le suicide de votre femme. Si vous croyez que nous allons nous désintéresser de sa mort parce que vous ne voulez pas parler de ce qui s'est passé en 1973 dans ce village, vous vous trompez. Si vous voulez, nous pouvons nous rendre à Mildenhall et bavarder avec le chef de la police, Plater. Tous les trois. Vous, Teddy et moi. Car si vous refusez de coopérer, je suis certain que votre fils, lui, conserve des souvenirs de sa mère.

— Laissez le gamin en dehors de tout ça ! Il n'a rien à voir là-dedans ! Il n'a jamais rien su ! Il ne peut pas savoir !

— Savoir quoi ? demanda Lynley.

Le patron du pub jouait avec les manettes de porcelaine des pompes à bière, toujours sur ses gardes. Lynley continua.

— Ecoutez, Darrow. Je ne sais pas ce qui s'est passé. Mais un garçon de seize ans semblable à votre fils a été sauvagement assassiné parce qu'il avait côtoyé un meurtrier de trop près. Celui-là même — je le sens, je pourrais en jurer — qui a tué votre femme. Et je sais qu'elle a été assassinée. Alors, pour l'amour de Dieu, aidez-moi avant que quelqu'un d'autre ne meure.

Darrow le regarda avec lassitude.

— Un garçon, vous dites ?

Il entendit plutôt qu'il ne vit les défenses de Darrow s'effriter, et poussa sans pitié son avantage.

— Un gamin du nom de Gowan Kilbride. Tout ce qu'il désirait dans la vie, c'était aller à Londres et devenir un nouveau James Bond. Un rêve de gamin, n'est-ce pas ? Mais il est mort sur les marches d'une arrière-cuisine, en Ecosse, le visage et la poitrine brûlés et un couteau de boucher planté dans le dos. Et si le tueur vient ici, maintenant, s'inquiétant de l'étendue de ce que vous aviez confié à Joy Sinclair... Comment serez-vous capable de protéger la vie de votre fils, ou la vôtre, contre un homme ou une femme que vous ne connaissez même pas ?

Darrow luttait visiblement contre ce que Lynley exigeait de lui : remonter dans le passé, le ressusciter, le revivre, dans l'espoir que lui et son fils soient à l'abri d'un assassin qui avait si cruellement bouleversé leurs vies tant d'années auparavant.

Il passa sa langue sur ses lèvres sèches.

— C'était un homme.

Darrow ferma la porte du pub, et ils s'installèrent à une table près du feu. Il apporta une bouteille neuve d'Old Bushmill, la déboucha, et se servit un verre. Il but ainsi sans parler pendant au moins une minute, prenant des forces pour ce qui allait venir.

— Vous avez suivi Hannah lorsqu'elle a quitté l'appartement ce soir-là, devina Lynley.

Darrow s'essuya la bouche d'un revers de main.

— Ouais. Elle devait nous aider au pub, moi et une des filles du village, alors j'étais monté la chercher, et j'ai trouvé un mot sur la table de la cuisine. Seulement, ça n'était pas le même que celui que vous avez dans votre dossier. Celui-là me disait qu'elle me quittait, qu'elle partait avec un beau monsieur à Londres. Pour jouer dans une pièce.

Lynley sentit quelque chose s'affirmer en lui, une justification naissante qui lui soufflait qu'en dépit de tout ce que lui avaient dit Saint-James et Helen, Barbara Havers et Stinhurst, son instinct ne l'avait finalement pas trompé.

— C'est tout ce que disait le mot ?

Darrow secoua la tête d'un air sombre et regarda le fond de son verre. Le whisky dégageait une forte odeur de malt.

— Non. Elle s'en prenait à... ma virilité. Et faisait des comparaisons, pour que je sois bien sûr de ce qu'elle avait fait, et de la raison pour laquelle elle partait. Elle voulait un homme, un vrai, elle disait, un qui savait comment aimer une femme, comment la satisfaire au lit. Je l'avais jamais satisfaite, elle disait. Jamais. Mais ce type... Elle décrivait comment il faisait ça, pour que si jamais plus tard je voulais une autre femme, je sache comment le faire bien, pour une fois, elle disait. Comme si elle me rendait service.

— Comment avez-vous su où la trouver ?

— Je l'ai vue. Quand j'ai lu le mot, je suis allé à la fenêtre. Elle avait dû partir une ou deux minutes avant que je monte, parce que je l'ai aperçue à la sortie du village, avec une grosse valise, qui s'engageait sur le chemin du canal qui traverse le marais de Mildenhall.

— Vous avez tout de suite pensé au moulin ?

— Je n'ai pensé à rien qu'à mettre la main sur cette petite salope et lui foutre une raclée. Mais après, je me suis dit que ce serait bien mieux de la suivre, de la surprendre avec lui, et de leur tomber dessus à tous les deux. Alors je suis resté derrière.

— Elle ne s'est pas aperçue que vous la suiviez ?

— Il faisait nuit. Je marchais du côté où les buissons sont les plus épais. Elle s'est retournée deux ou trois fois, et j'ai cru qu'elle savait que j'étais là. Mais elle continuait à marcher. Elle m'a un peu distancé, à la courbe du canal, alors j'ai manqué l'embranchement du moulin, et j'ai continué pendant à peu près trois cents mètres. Quand je me suis aperçu que je l'avais perdue, je me suis bien douté d'où elle était — il n'y avait pas beaucoup d'autres endroits —, alors je suis revenu en quatrième vitesse et j'ai pris le chemin du moulin. Et à peu près trente mètres plus loin, je suis tombé sur sa valise.

— Elle l'avait abandonnée là ?

— Elle était drôlement lourde. J'ai pensé qu'elle était allée au moulin et que le type allait venir rechercher la valise. Alors j'ai décidé d'attendre et de lui sauter dessus là, sur le chemin. Ensuite, j'irais la voir, elle, au moulin.

Darrow se versa un autre verre et poussa la bouteille vers Lynley, qui refusa net.

— Mais personne n'est revenu pour la valise, continua

Darrow. J'ai attendu cinq minutes, puis j'ai remonté le sentier pour jeter un coup d'œil. J'avais pas encore atteint la clairière que j'ai vu ce type sortir du moulin en courant. Il a disparu au tournant, et j'ai entendu une voiture démarrer. C'est tout.

— Vous avez vu à quoi il ressemblait ?

— Il faisait trop sombre et j'étais trop loin. Au bout de quelques minutes, je suis allé jusqu'au moulin, et je l'ai trouvée. Pendue, dit-il en posant son verre sur la table.

— Se trouvait-elle exactement dans la même position que sur les photos de la police ?

— Ouais. Sauf qu'il y avait un bout de papier qui sortait de sa poche, alors je l'ai tiré. C'était le mot que j'ai donné à la police. Quand je l'ai lu, j'ai bien compris que c'était fait pour que ça ait l'air d'un suicide.

— Oui. Mais cela n'aurait pas eu l'air d'un suicide si vous aviez laissé la valise sur le chemin. Alors vous l'avez ramenée chez vous.

— Oui. Je l'ai portée à l'étage. Puis j'ai donné l'alarme, en utilisant le mot dans sa poche. L'autre, je l'ai brûlé.

En dépit de ce que cet homme avait supporté, la colère s'empara de Lynley. Une vie avait été prise, sans pitié, de sang-froid. Et cette mort n'avait jamais été vengée.

— Mais pourquoi avez-vous fait tout cela ? demanda-t-il. Vous vouliez voir son meurtrier traîné en justice, non ?

Le regard de Darrow trahit une lassitude moqueuse.

— Vous n'avez aucune idée de ce que c'est que la vie dans un village comme celui-ci, hein ? Vous n'avez aucune idée de ce que ça peut faire à un homme, que tous ses voisins sachent que sa petite femme en chaleur a été zigouillée alors qu'elle allait le quitter pour un maquereau parce qu'il lui faisait du bien où je pense. Et pas zigouillée par son mari, hein, mais par le salopard qui la tringlait dans le dos de son mari. Vous croyez vraiment que si j'avais laissé apparaître la mort d'Hannah comme un meurtre, personne n'aurait rien dit de tout ça ? (Darrow, incrédule, continua, comme pour empêcher toute réponse.) Au moins, comme ça, Teddy n'a jamais su ce que sa mère était vraiment. Pour moi, Hannah était morte. Et la paix de Teddy valait la peine de laisser son meurtrier s'en tirer.

— Mieux vaut une mère suicidée qu'un père cocu ? s'enquit Lynley.

Darrow écrasa son poing fermé sur la table tachée entre eux deux.

— Oui ! Parce que c'est avec moi qu'il vit depuis quinze ans. C'est moi qu'il regarde tous les jours dans les yeux. Et quand il le fait, il voit un homme, bon Dieu, pas une tapette piaillante qui n'a pas su faire respecter à sa femme les liens du mariage. Mais vous croyez que ce type aurait pu mieux s'en sortir avec elle ? (Il se versa de nouveau du whisky, qu'il renversa sans y faire attention lorsque la bouteille glissa contre le verre.) Il lui avait promis des cours d'art dramatique, des professeurs, un rôle dans une pièce. Mais quand tout ça se serait envolé, comment diable...

— Un rôle dans une pièce ? Des leçons ? Comment savez-vous tout cela ? C'était dans le mot ?

Darrow se rapprocha du feu, et ne répondit pas. Mais Lynley comprit soudain la raison pour laquelle Joy Sinclair lui avait téléphoné dix fois, ce qu'elle avait cherché avec insistance à extorquer à cet homme. Dans sa colère, il avait sans aucun doute révélé par inadvertance l'existence d'une source d'information dont elle avait désespérément besoin pour son livre.

— Il existe une trace écrite, Darrow ? Des cahiers ? Un journal ?

Aucune réponse.

— Bon sang, mon vieux, vous avez réussi à me dire tout ça ! Vous connaissez le nom de son assassin ?

— Non.

— Alors que savez-vous ? Comment le savez-vous ?

Darrow continuait de regarder le feu, impassible. Mais sa poitrine se soulevait d'émotion réprimée.

— Des cahiers, dit-il. Elle était tellement pénétrée de sa propre importance, elle écrivait tout. Ils étaient dans sa valise, avec toutes ses autres affaires.

Lynley tenta un coup désespéré, sachant que s'il formulait sa phrase sous forme d'interrogation, l'homme prétendrait les avoir détruits il y a longtemps.

— Donnez-moi les cahiers, Darrow. Je ne peux pas vous promettre que Teddy n'apprendra jamais la vérité sur sa mère. Mais je vous jure que ce ne sera pas par moi.

Darrow laissa tomber son menton sur sa poitrine.

— Comment est-ce que je peux faire ça ? murmura-t-il.

Lynley le pressa.

— Je sais que Joy Sinclair a réveillé le passé. Je sais qu'elle vous a causé du chagrin. Mais bon Dieu, elle ne méritait pas de mourir toute seule, la nuque transpercée d'une dague ! Qui mérite une telle mort ? Quel crime commis dans la vie mérite une telle punition ? Et Gowan ? Il n'avait absolument rien fait, et pourtant il est mort, lui aussi. Réfléchissez, Darrow ! Vous ne pouvez pas considérer que leurs vies n'ont pas de valeur !

Il n'y avait plus rien à dire. Il n'y avait plus qu'à attendre que l'homme se décide. Le feu crépita. Une grosse braise se délogea, tomba et roula contre le pare-feu. Au-dessus de leurs têtes, le fils de Darrow s'affairait. Après un silence angoissant, l'homme leva la tête.

— Venez à l'appartement, dit-il d'une voix blanche.

Un escalier extérieur situé à l'arrière du bâtiment accédait à l'appartement. Juste en dessous, un chemin gravillonné traversait les masses de verdure enchevêtrée d'un jardin abandonné, jusqu'à une barrière au-delà de laquelle s'étendait un paysage interminable de champs, rompu de temps en temps par un arbre, un canal, la silhouette trapue d'un moulin à l'horizon. Tout était gris sous le ciel mélancolique, et l'air riche en tourbe portait en lui les siècles d'inondations et de pourrissement qui avaient servi à modeler cette partie désolée du pays. L'écho régulier des pompes de drainage résonnait au loin.

John Darrow ouvrit la porte, et fit entrer Lynley dans la cuisine où Teddy se trouvait à quatre pattes. A l'aide d'éponges métalliques, de chiffons et d'un seau d'eau, il s'acharnait sur l'intérieur d'un four encrassé qui n'était plus de la première jeunesse. Autour de lui, le sol était sale et humide. Un chanteur braillait d'une voix catarrheuse à la radio. Teddy leva les yeux de sa corvée, et eut une grimace désarmante.

— On a attendu trop longtemps pour cette saleté, papa. Je m'en sortirais mieux avec une perceuse.

Il sourit, s'essuya la main sur le visage, et laissa une trace boueuse sur toute la longueur de sa joue.

Darrow lui parla avec une affection bourrue.

— Descends, petit. Occupe-toi du pub. Le four peut attendre.

Le garçon, plus que ravi, sauta sur ses pieds et éteignit la radio.

— Je le frotterai un petit peu tous les jours, d'accord ?
Comme ça, il sera peut-être propre pour le prochain Noël,
ajouta-t-il avec un sourire.

Il les salua d'un geste léger et les abandonna.

Lorsque la porte se fut refermée sur lui, Darrow parla.

— Ses affaires sont dans le grenier. Je préférerais que vous
les regardiez là-haut, pour que Teddy ne risque pas de venir et
de vouloir les voir. Il fait froid, prenez votre manteau. Mais au
moins, il y a de la lumière.

Il le guida à travers un salon pauvrement meublé, puis au
long d'un couloir plongé dans la pénombre où s'ouvraient les
deux chambres de l'appartement. Au bout de celui-ci, une
trappe dans le plafond donnait accès au grenier. Darrow
souleva la trappe et déplia un escalier métallique escamotable
d'allure récente.

Comme s'il venait de lire dans l'esprit de Lynley, il
expliqua :

— Je viens ici de temps en temps. Chaque fois que j'ai
besoin de me souvenir.

— Vous souvenir ?

Il répondit d'un ton sec.

— Quand je sens le besoin d'une femme. Alors, je jette un
œil aux cahiers d'Hannah. Il n'y a rien de mieux pour faire
passer l'envie.

Il se hissa le long des marches.

Le grenier n'était pas loin de ressembler à un tombeau. Il y
régnait un calme inquiétant et étouffant, et la température y
était à peine plus élevée qu'à l'extérieur. Une épaisse couche de
poussière recouvrait cartons et malles, et le moindre mouvement soulevait des nuages suffocants. C'était une petite pièce,
pleine des odeurs du temps qui passe : un vague parfum de
camphre, de vêtements moisis, de bois humide en décomposition. Un faible rayon de lumière hivernale se frayait un chemin
à travers une unique fenêtre au verre complètement zébré.

Darrow tira sur un cordon suspendu au plafond, et une
ampoule projeta un cône de lumière sur le sol. Il désigna d'un
signe de tête deux malles situées de part et d'autre d'une chaise
de bois. Lynley remarqua que les malles et la chaise ne
portaient aucune trace de poussière, et se demanda à quelle
fréquence Darrow rendait visite à ce sépulcre.

— Ses affaires ne sont pas rangées, dit-il, je me fichais pas mal de tout ça. La nuit où elle est morte, j'ai juste balancé le contenu de sa valise dans sa commode à toute vitesse avant de lancer les recherches. Plus tard, après l'enterrement, j'ai tout emballé dans ces deux malles.

— Pourquoi portait-elle deux manteaux et deux chandails ?

— Par cupidité, inspecteur. Elle ne pouvait plus rien mettre dans sa valise. Alors, pour les emmener, il fallait, soit les porter, soit les mettre. Je suppose que les enfiler était plus facile, et il faisait très froid.

Il sortit un trousseau de clés de sa poche et ouvrit les deux malles. Il souleva les couvercles et dit :

— Je vous laisse. Le cahier qui vous intéresse est sur le dessus de la pile.

Darrow parti, Lynley sortit ses lunettes, mais plutôt que de s'intéresser tout de suite aux cinq cahiers reliés posés sur les vêtements, il entreprit d'examiner ses autres possessions, pour se faire une idée d'Hannah Darrow.

Ses effets étaient bon marché, mais visiblement destinés à passer pour luxueux. Ils étaient voyants — des pulls ornés de perles, des jupes moulantes, des robes courtes transparentes aux décolletés plongeants, des pantalons aux jambes étroites avec des fermetures à glissière sur le devant. Lorsqu'il les examina, il s'aperçut que le tissu autour de celles-ci était distendu au voisinage des dents métalliques. Elle appréciait les vêtements extrêmement moulants.

Une grande boîte en plastique dégageait une étrange odeur de graisse animale. Elle renfermait tout un assortiment de crèmes et de produits de beauté bon marché, eux aussi : une boîte de fards à paupières, une demi-douzaine de tubes de rouge à lèvres très sombre, du mascara, trois ou quatre lotions différentes, un paquet de coton à démaquiller. Une réserve de cinq mois de pilules contraceptives était fourrée dans une pochette. Une des plaquettes était partiellement entamée.

Un sac en plastique de Norwich contenait tout un échantillon de lingerie neuve. Son choix encore une fois tapageur était sans doute l'idée que se faisait une fille sans éducation de ce qui pouvait séduire un homme. Des slips de dentelle rouge vif, noire ou mauve, accompagnés de porte-jarretelles assortis, des soutiens-gorge diaphanes très décolletés et ornés aux endroits stratégiques de petits nœuds coquets, des jupons ondulants, deux chemises de nuit identiques, au corsage uniquement formé de deux larges bandes de satin croisées de la taille aux épaules, et qui ne dissimulaient pas grand-chose.

En dessous se trouvait un paquet de photos, que Lynley parcourut. Elles représentaient toutes Hannah sous son meilleur angle, que ce soit posant sur une barrière, riant à cheval ou assise sur une plage, les cheveux au vent. Peut-être s'agissait-il de photos destinées à une future carrière artistique. A moins qu'elle n'ait éprouvé le besoin de se rassurer sur sa beauté, ou tout simplement sur son existence.

Lynley prit le cahier sur le dessus de la pile. Le temps avait craquelé la couverture, plusieurs pages étaient collées entre elles, et l'humidité avait déformé les autres. Il le feuilleta avec soin, jusqu'à la dernière inscription, située aux trois quarts du cahier. Daté du 25 mars 1973, le texte était de la même écriture enfantine que le mot d'adieu mais, contrairement à celui-ci, truffé de fautes d'orthographe et de syntaxe.

« C'es décidé. Je pars demmain. Je suis telement contente que ce soie décidé entre nous. On a parlé des heures et des heures ce soir pour tout préparer. Quand c'était décidé, j'ai voulu l'aimer, mais il adit non on a pas assez de temp, Han, et un moment j'ai pansé que peutêtre il était faché parcque il a meme repoussé ma main, mais alors il a souri avec son sourire fondant, et il a dit chérie on aura tout le temp pour ça toute les nuits quand on sera a Londres. Londres !!! LONDRES !!! Demain a la meme heure ! Il a dit que son apartement était pret, et qu'il avait tout preparé. Je ne sais pas coment je vais passer la journée demmain à penser à lui. Mon cher amour. Mon cher amour ! »

Lynley leva les yeux sur la fenêtre du grenier et les grains de poussière flottant dans le faible rayon de lumière. Il n'avait pas envisagé que les mots d'une femme morte depuis si longtemps puissent l'émouvoir, ne serait-ce qu'un instant, une femme qui se maquillait de couleurs criardes, qui s'habillait pour séduire, et qui se prenait de passion à l'idée d'une nouvelle vie dans une ville pour elle pleine de promesses et de rêves. Et pourtant, ses mots le touchaient. Avec son optimisme confiant, elle était comme une plante avide d'eau fraîche, palpitant pour la première fois grâce aux attentions de quelqu'un. Même dans sa sensualité maladroite, elle écrivait avec une innocence inconsciente. Ignorante du monde, Hannah Darrow était en fin de compte la victime idéale.

Il reprit le cahier au début, passant les dates en revue, cherchant l'endroit où débutait sa liaison avec l'inconnu. Il le trouva le 15 janvier 1973, et au fur et à mesure de sa lecture, sentit le feu de la certitude embraser lentement ses veines.

« Je me suis jamais autan amusé à Norwich aujourdui, meme si c'es dificile à croire après la dispute avec John. Moi et Maman on es allé là bas pour me remonter le moral, elle a dit. On s'es arrêté chez Tante Pammy, et on l'a emené aussi. (Elle sirotai depuis ce matin et puait le gin, c'était affreu.) A déjeuné, on a vu une affiche de pièce, et Pammy a dit qu'on allait se faire un plaisir, alors elle nous a amené, mais je crois que c'était surtout parcque elle voulait cuver, ce qu'elle a fait en ronflan jusqu'a ce que le type derriere lui donne un cou de pied dans le siege. J'avais jamais été à une pièce avant, vous vous rendé conte ? C'étai a propos d'une duchesse qu'épouse un homme qui meur, et elle finit étranglé, et puis tout le monde se poignarde. Et il y avai un type qui arretai pas de dire qu'il était un loup. C'était un sacré truc. Mais les costume étaient vraiment joli, j'ai jamais rien vu come ça, toute ces longue robes et ces chapos, avec les dames si joli et les homme avec des drole de collans avec des petite bourse sur le devan. Et a la fin, ils on donné à la duchesse des fleur et les gens se son levé et on aplaudi. J'ai lu dans le programe qu'il voyage partout dans le pays en faisant des pièces, vous vous rendé conte. Sa m'a doné envi de faire quelque chose aussi, moi. Je déteste être coincé ici à PGreen. Quelquefois, rien que le pub, ça me done envi de crier. Et John veut qu'on le fasse tou le temp, et moi je veux plus. Je suis pas bien depuis que j'ai eu le bébé, mais il veut pas me croire. »

Suivait une semaine où elle décrivait en détail sa vie au village : la lessive, le bébé, les conversations téléphoniques quotidiennes avec sa mère, le ménage, le travail au pub. Elle ne semblait pas avoir d'amies. Seuls le travail et la télévision l'occupaient. Au 25 janvier, Lynley trouva l'information intéressante.

« Quelque chose es arivé. Je peu pas y croire meme quand j'y pense. J'ai menti et dit à John que je saignai a nouveau, qu'il falai que je voi le docteur. Un nouveau docteur a Norwich, un spécialiste, j'ai di. J'ai di aussi que je m'arreterai chez Tante Pammy pour le diner, alors il devai pas s'inquieter si j'étai en retart. Je sais pas pourquoi j'ai été assez maline pour dire ça ! Je voulai juste voir la pièce a nouveau, et les costume ! J'ai pas eu une bonne place, j'étai au fon sans mes lunetes et c'étai une piece diférente. Drolemen enuyeuse, avec des tas de gens qui parlait de se marier ou de déménager, et ces trois femes qui détestait la feme que leur frere avai épousé. Le drole, ces que c'étai avec les meme acteurs ! Et ils étaien telement diférents, je comprend pas comment ils se melange pas. Quand ça été fini, je suis alé par deriere le théatre. Je pensai peutetre je pourai dire un mot à l'un d'eu, ou faire signé mon programe. J'ai atendu une heure. Mais ils son tous sorti en groupe ou en couple. Juste 1 type étai tou seul. Je sais pas qui y jouait parceque j'ai di j'étai tro loin et j'avai pas mes lunetes. Je voulai qu'y me signe mon programe, mais j'ai eu peur. Alors, je l'ai suivi !!! Je sai pas pourquoi j'ai fai ça. Mais il es allé dans un pub manger et prendre un verre, et je l'ai regardé, et pour finir, je suis allé le voir, et je lui dit " vous etes dans la piece, hein ? Vous voulez pas me signer mon programe ? " Bon dieu, il étai beau. Il etai vraimen surpri, alors il m'a demandé de m'assoir et on a parlé du theatre, et il m'a di qu'il étai dedans depuis beaucoup d'anés. Je lui ai di come j'avai aimé la pièce avec la duchesse, et come les costume était joli. Il a dit, es ce que je voulai aller les voir au théatre, que de près ils était pas extraordinaire, et que je pourai meme suremen en essaier un si y avai persone. Alors on es retourné labas. C'es telement grand deriere la sène ! Toute ces loge et ces table pleine d'aksaissoire. Et les decor ! Il son en bois et ils on lair en pière !!! On ai allé dans une loge et il ma montré une rangé de costume. Ils était en velour ! J'ai jamais touché quelque chose d'aussi dou. Alors il a dit vous voulé l'essayé ? persone le saura. Et je l'ai fait !!! Mais quand je l'ai enlevé, mes cheveu se son pris dedans, et il les a dégagé, et pui il a comencé à embrasser mon cou et à me toucher partou avec ses main. Il y avai ce divan dans le coin, mai il a di non, non, maintenant par terre, et il a fai tomber toute les robe, et on a fai l'amour au milieu ! Après j'ai entendu une voi de feme dans le théatre, et j'ai eu vraimen peur, et il a di je me fiche de qui c'es. Mon Dieu, je m'en fiche, je m'en fiche, et il a ri tout heureu, et il a recomencé ! Et ça ne ma même pas fait mal ! J'avai chau, et puis froi, et des trucs se passaient à lintérieur de moi, et il a ri encore et di, petite idiote, c'est come ça que ça doi se passer ! Il ma demandé si je voulais revenir la semaine prochaine. Et comen ! Je suis rentré après minuit, mais John étai encore au pub, alors il n'a pas su. J'espère qu'il ne voudra pa ce soir, parcque avec lui, je suis sur ça fera encore mal. »

Les cinq jours suivants n'étaient que réflexions sur la scène d'amour de Norwich, le genre de balivernes passionnées qui tournent dans la tête d'une jeune femme la première fois qu'un homme l'éveille pleinement aux joies — plutôt qu'aux devoirs — de la chair. Le sixième jour, ses pensées prirent un autre tour. C'était le 31 janvier.

« Il ne sera pas la pour toujour. C'es une tourné, et il parte en mars ! Je ne veu pas y penser. Je le verrai demmain. J'essairai d'avoir son adresse. John demande pourquoi je vai encore a Norwich, et je lui ai di que j'allai voir le docteur. J'ai di que j'avai une douleur dedans, et que le docteur a di quil ne devait pas me toucher un moment jusqu'a ce qu'elle sen aille. Il voulai savoir, pendant combien de temp. Quel genre de douleur ? J'ai di quand tu me le fai, ça me fai mal, et le docteur a di que ça n'allai pas, alors tu ne dois pas me le faire avant que la douleur sen aille. Je lui ai di que je n'étai pas bien depuis que Teddy étai né. Je sais pas sil me croi mai il ma pas touché depuis dieu merci. »

A la page suivante, elle rapportait son rendez-vous avec son amant.

« Il m'a emené chez lui !!! C'est pa grand chose, juste une chambre meublé dans une vieille maison près de la catédrale. Il a pa grand chose parcque sa vraie maison est a Londres. Et je comprend pas pourquoi il a pri ça si loin du theatre. Il di qu'il aime marcher. En plus, il m'a di avec son sourire, on n'a pa besoin de beaucoup, hein ? Il m'a désabillé là près de la porte, et on l'a d'abor fait debout !!! Après je lui ai di que je savai qu'y partai en mars avec le groupe du theatre. Je lui ai di que je pensai que je pouvai etre actrisse. Ca n'a pa l'air dificile. Je pourai faire aussi bien que les dames que j'ai vu. Il a dit oui, que je devrai y penser, qu'il pourrait s'ocuper que j'ai des leçons et un professeur. Et puis j'ai dit que j'avai faim et qu'on pourai sortir manger. Il m'a dit qu'il avai faim lui aussi... mais pas de nouriture !!! »

Les deux semaines qui suivaient, Hannah ne semblait pas avoir eu de contact avec lui. Mais elle passait les trois quarts de son temps à organiser l'avenir. Celui-ci tournait autour du théâtre, qui représentait le moyen de se lier à cet homme et d'échapper à Porthill Green. Elle esquissait brièvement ses projets le 10 février.

« Je sui importante pour lui, il me l'a di. Maman dirai que tous les homes parle come ça quan ils tire leur coup, et qui faut pa leur faire confiance tan qu'ils on pa le pantalon remonté. Mais lui c'es diféren. Je sais qu'il es sincere. Alors j'ai reflechi, et le meilleur moyen, c'es d'aler avec la troupe. J'aurai pa un gran role au debut. Je sais pa tres bien ce qui faut faire, mais j'ai une bonne memoire. Et si je sui dans la troupe, on sera pas separe. Je ne veu pa le perdre. Je lui ai doné le numero d'ici pour qu'il mapele à l'apartement, mais il l'a pa encore fait. Je sai qu'il es occupé. Mais s'il m'apele pa demain, je retourne à Norwich pour le voir. J'atendrai pres du theatre. »

Sa visite à Norwich n'était pas notée avant le 13 février.

« Des tas de chose son arivés. J'ai été à Norwich. J'ai atendu et atendu devant le theatre, et puis il es sorti. Mais il étai pas tou seul. Il étai avec une des dames de la piece et un autre homme. Ils parlait come s'ils se disputait. Je l'ai apelé. D'abord il m'a pa entendu, alors je suis alé le voir et je lui ai touche le bras. Quand j'ai fai ça, ils se sont tous areté. Alors il a souri et il a di bonjour je ne vous avai pas vu, ça fai lontemp que vous atendez ? Excusé moi une minute. Lui, la dame et l'autre monsieur sont alés a une voiture. La dame et le monsieur sont monté dedans, mais lui es revenu vers moi. Il étai furieu, je le voyai bien. Mais j'ai di pourquoi tu m'a pa presenté ? Il a dit pourquoi tu es venu san m'avoir prevenu ? Je lui ai di et pourquoi je devrai, je te fai honte ? Ne soi pa idiote, il m'a dit. Tu ne sais pa que j'essaye de te faire entrer dans la troupe ? Mais je ne peu pa avan que tu soi prete. Ce son des profesionels, et ils ne prendron pa quelqu'un qui ne l'es pa, alors comence a te conduire come une profesionelle. Alors je me suis mis a pleuré. Il a di, oh bon dieu, Han, ne fai pa ça, alons. Alor on es alé chez lui. Seigneur, je suis resté jusqua 2 heure. Je sui retourné avanthier, et il a di qu'il préparai une audicion pour moi, mai que je devai aprendre une sène tres dure d'une piece. J'espérai que ce serai la pièce avec la duchesse, mais c'étai l'autre. Il a dit que je devai copier le role et le mémorisé. Ca avai l'air droleman long, et j'ai demandé pourquoi il falai que je l'écrive, et pourquoi il me donait pas un script. Mais il m'a dit qu'il n'y en avai pa assez, et que s'il s'apercevai qu'il en manquai un, ils saurai, et mon audicion serai plus une surprise. Alors je l'ai recopié. Mais j'ai pas terminé, et il fau que j'y retourne demmain. On a fai l'amour. Il avai pas l'air d'en avoir envie d'abor, mais il étai content après !! »

Le relâchement perceptible dans cette dernière remarque n'échappa pas à Lynley, et il se demanda si la jeune femme l'avait elle-même remarqué. Mais elle avait visiblement été trop absorbée par ses projets de théâtre et de vie nouvelle avec un autre homme pour remarquer le moment où faire l'amour s'était transformé en un rituel attendu.

Les notations suivantes étaient datées du 23 février.

« Teddy a été malade cinq jours. Tres malade. John a failli me rendre fole avec ça. Mais je me sui échapé pour finir de copier ce vieu script. Je ne sai pa pourquoi je peu pa en avoir un, mais il dit qu'ils s'en apercevrait. Il a juste di de memoriser mon role, et de pas me soucier de coment le jouer. Il dit qu'il me montrera coment faire. Ca il sait le faire !! C'es son travail. Enfin, c'es seulemen 8 page. Alors, je vai le surprendre, je vai le lui jouer ! Come ça, il ne se posera plu de question sur moi. Quelquefoi, je croi qu'il se pose des question. Sauf quan on va au lit. Il sai que je suis fole de lui. Je peu pa rester pres de lui san avoir envi de lui enlever ses vetemens. Il aime ça. Il di, oh bon dieu, Hannah, tu sai ce que j'aime, hein ? Tu sai vraimen t'y prendre, mieu que personne. Tu es la meilleure. Alors il oublie de quoi on parle et on le fait. »

Hannah avait consacré nombre des pages suivantes à une description détaillée de leurs ébats. Celles-ci avaient été souvent feuilletées, et c'était sans nul doute celles que John Darrow consultait lorsqu'il voulait se souvenir de sa femme de la pire des façons. Car elle était méticuleuse, n'omettait aucun détail, et comparait les attributs et les performances de son mari avec ceux de son amant. Le jugement était brutal, et un homme ne devait pas s'en remettre facilement. Cela donna à Lynley une idée de ce qu'avait dû être sa lettre d'adieu à John Darrow.

L'avant-dernier fragment du journal datait du 23 mars.

« Je me sui entrainé toute la semaine quand John es au pub en bas. Teddy me regarde de son berceau et ri de voir sa maman se pavaner come une dame russe. Mais j'ai tou copié. C'etai facile. Et dans 2 nuit, je vai à Norwich pour qu'on décide ce qu'on va faire et quan je vai avoir mon audicion. Je meur d'impatience. Il me manque. John m'a saute dessus come un por ce matin. Il a di que ça faisai 2 moi que le docteur avai di qu'il pouvai pas, et qu'il en avai marre d'atendre. Ca m'a presque fai vomir quand il a mi sa langue dan ma bouche. Il sentai la merde, je le jure. Il a di, ah c'es mieu come ça, Han, non, et il m'a fai ça telemen fort que j'ai essayé de pas pleuré. Quand je pense qu'il y a deu moi je pensai que c'etai come ça que ça devai se passé et que je devai le suporter. Ca me fai rire, maintenan, parce que je sai. Et j'ai décidé de le dire à John avan de partir. Après ce matin, il le merite. Il se prend telemen pour un home, un VRAI, s'il savai ce qu'un vrai home et moi on se fai dans un lit, il se trouverai mal. Mon Dieu, je sai pas si je pourai encore tenir 2 jour san le voir. Il me manque telemen. JE L'AIME. »

Lynley referma le journal tandis que les remarques d'Hannah Darrow se mettaient en place dans son esprit, comme les pièces d'un puzzle. Se pavaner comme une dame russe. Une pièce de théâtre sur un homme qui se marie, et dont les sœurs détestent la femme. Des gens qui parlent sans arrêt de déménager ou de se marier. Et l'affiche grandeur nature sur le mur du bureau de lord Stinhurst. *Les Trois Sœurs*, Norwich. La vie et la mort d'Hannah Darrow.

Il se mit à fouiller dans le reste de ses affaires, dénichant vêtements, sacs à main, gants et bijoux. Mais il ne découvrit ce qu'il cherchait que lorsqu'il s'intéressa à la seconde malle. Là, tout au fond, sous les pulls et les chaussures, sous un album de petite fille plein de souvenirs et de coupures de journaux, se trouvait ce qu'il avait espéré trouver, le vieux programme de théâtre auquel étaient accrochées les lunettes cerclées de métal d'Hannah. Une diagonale divisait la couverture en deux, séparant ainsi les deux pièces du répertoire de la troupe, dont les titres en lettres austères se détachaient en blanc sur fond noir dans la partie supérieure, et noir sur fond blanc dans la partie inférieure : *La Duchesse de Malfi* et *Les Trois Sœurs*.

Lynley le parcourut avec impatience, à la recherche de la distribution. Mais lorsqu'il trouva celle-ci, il se figea, incrédule, incapable de croire au hasard grinçant qui avait présidé à la répartition des rôles. Car à l'exception d'Irene Sinclair et de quelques comédiens qui ne l'intéressaient pas, les autres étaient exactement les mêmes : Joanna Ellacourt, Robert Gabriel, Rhys Davies-Jones, et, pour compliquer la situation, Jeremy Vinney dans un rôle mineur, sans doute le chant du cygne d'une brève carrière dramatique.

Lynley rejeta le programme. Il se leva et fit les cent pas dans la petite pièce en se frottant le front. Il devait y avoir quelque chose qu'il n'avait pas remarqué dans ce qu'Hannah racontait de son amant. Un détail qui révélait par la bande son identité, quelque chose que Lynley avait lu sans comprendre sa signification. Il retourna à sa chaise, reprit le journal, et le recommença.

Ce n'est qu'à la quatrième relecture qu'il trouva : « Il dit qu'il me montrera coment faire. Ca, il sait le faire !! C'es son travail. » Ces mots offraient deux possibilités : le metteur en scène de la production ou l'acteur qui jouait dans la scène dont était tiré le « mot d'adieu » d'Hannah. Le metteur en scène pouvait montrer à une jeune fille sans expérience les rudiments de la comédie. Un acteur de cette même scène était capable de lui montrer comment jouer le rôle avec aisance, puisqu'il le pratiquait avec sa partenaire depuis plusieurs semaines.

Un rapide coup d'œil au programme apprit à Lynley que le metteur en scène était lord Stinhurst. Il tira un coup de chapeau à l'intuition du sergent Havers. Désormais, il ne lui restait plus qu'à trouver à quelle scène des *Trois Sœurs* appartenait le texte du « mot d'adieu » et qui jouait dans celle-ci. Car maintenant il visualisait le tout : Hannah en route pour le moulin pour retrouver son amant, avec dans sa poche les huit pages de script méticuleusement recopiées à la main pour son audition. Et l'homme qui la tuait, qui prenait ces huit pages, en déchirait la seule qui pouvait avoir l'air d'un mot d'adieu, et emportait le reste, laissant son corps suspendu au plafond.

Il referma les malles, éteignit la lumière, et ramassa la pile de cahiers accompagnés du programme. Au-dessous, dans l'appartement, il trouva Teddy dans le salon, les pieds sur une méchante table à café parsemée de nourriture, en train de manger des bâtonnets de poisson dans une assiette émaillée bleue. Une pinte de bière à demi vide était posée par terre, et une petite télévision couleur diffusait du sport, apparemment du ski. A la vue de Lynley, le garçon bondit et éteignit la télévision.

— Est-ce que vous avez des recueils de pièces de théâtre ? demanda Lynley, tout en se doutant de la réponse.

— Des pièces de théâtre ? répéta le gamin en secouant la tête. Pas une seule. Vous êtes sûr que vous voulez un livre ? On a des disques, et des magazines. (Il parut comprendre en parlant que Lynley ne cherchait pas de source de distraction.) Papa a dit que vous étiez flic. Que je devais pas vous parler.

— Ce à quoi vous ne semblez pas obéir.

Le garçon fit une grimace et eut un hochement de tête en direction des cahiers que Lynley portait sous son bras.

— C'est à propos de maman, hein ? Je les ai lus, vous comprenez. Papa a laissé les clés une nuit. Je les ai tous lus. (Il se balança sur les talons et enfouit une main dans la poche de son jean.) On n'en parle jamais. Je crois pas que papa pourrait. Mais si vous attrapez ce type, vous me le ferez savoir ?

Lynley hésita. Le garçon reprit la parole.

— C'était ma maman, vous savez. Elle n'était pas parfaite, mais c'était ma maman. Elle m'a jamais fait de mal. Et elle s'est pas tuée.

— Non, elle ne s'est pas suicidée.

Lynley se dirigea vers la porte. Il s'arrêta sur le seuil et chercha un moyen de répondre à l'attente du garçon.

— Surveille les journaux, Teddy. Quand nous mettrons la main sur l'homme qui a tué Joy Sinclair, ce sera celui-là.

— Est-ce que vous l'aurez aussi pour la mort de maman, inspecteur ?

Lynley faillit mentir. Mais face à ce visage amical et inquiet, il en fut incapable.

— Seulement s'il avoue.

Le garçon eut un hochement de tête d'une solennité enfantine, mais il serra les mâchoires.

— Pas de preuves, je suppose ? dit-il avec une négligence douloureuse et étudiée.

— Pas de preuves. Mais c'est le même homme, Teddy, tu peux me croire.

Le garçon retourna à la télévision.

— Je me souviens juste un petit peu d'elle.

Il tripota le bouton sans allumer le poste.

— Attrapez-le, dit-il à voix basse.

Plutôt que de s'arrêter à Mildenhall et risquer de perdre du temps à la recherche d'une bibliothèque municipale, Lynley se rendit à Newmarket, où il était certain d'en trouver une. Là, cependant, il perdit vingt minutes à se frayer un chemin dans les embouteillages de fin d'après-midi, et n'aboutit au bâtiment qu'il cherchait qu'à cinq heures moins le quart. Il se gara sur un stationnement interdit, laissa sa plaque de police dressée contre le volant, et s'en remit aux dieux. Inquiet de voir qu'il recommençait à neiger, et donc que chaque seconde était précieuse, il grimpa quatre à quatre les marches de la bibliothèque, le programme du théâtre de Norwich roulé dans la poche de son pardessus.

Une forte odeur de cire d'abeille, de vieux papiers et de chauffage central épuisé dominait l'endroit, où se dressaient hautes fenêtres, sombres bibliothèques, lampes de lecture en cuivre surmontées de minuscules abat-jour blancs, et un énorme bureau en forme de U derrière lequel un homme tiré à quatre épingles et aux grandes lunettes enfournait des données dans un ordinateur. L'air totalement déplacé dans cet environnement vieillot, la machine, au moins, ne faisait pas de bruit.

Lynley compulsa le fichier, à la recherche de Tchekhov. Cinq minutes plus tard, il était assis à l'une des longues tables usées, un exemplaire des *Trois Sœurs* ouvert devant lui. Il le parcourut des yeux, se contentant dans un premier temps de ne lire que la première ligne de chaque réplique. Parvenu à la moitié de la pièce, il réalisa cependant, d'après la longueur de celle-ci, et la façon dont avait été déchiré le mot d'Hannah, que le texte qu'elle avait recopié pouvait fort bien provenir du milieu d'un monologue. Il recommença sa lecture, de plus en plus inquiet de la neige qui retarderait son retour sur Londres, du temps qui s'écoulait et de ce qui pouvait bien se passer en ville pendant son absence. Une demi-heure lui fut nécessaire pour trouver ce qu'il cherchait, dix pages après le début de l'acte quatre. Il lut une fois, puis une seconde pour être sûr.

« Il arrive parfois que des petits détails idiots de la vie prennent de l'importance, sans que l'on sache pourquoi. On ne cesse d'en rire, comme on l'a toujours fait, et malgré cela, on continue, et on n'a pas la force de s'arrêter. Oh, ne parlons pas de ça ! Je me sens gai, je vois ces sapins, ces érables et ces bouleaux comme pour la première fois, et ils me regardent tous, moi, avec curiosité et espoir. Que ces arbres sont beaux, et d'ailleurs, comme la vie devrait être belle auprès d'eux ! Je dois partir, il est temps... Voilà un arbre mort, mais il continue à se balancer dans le vent avec les autres. Alors il me semble que si je meurs, d'une façon ou d'une autre, j'aurai encore mon rôle à jouer dans cette vie. Adieu, mon amour... Les papiers que tu m'as donnés sont sur ma table, sous le calendrier. »

Ce n'était pas une des femmes qui parlait, comme Lynley l'avait d'abord supposé, mais un des personnages masculins, le baron Tousenbach, s'adressant à Irina vers la fin de la pièce. Lynley tira de sa poche le programme de Norwich, parcourut du doigt la distribution, et découvrit ce qu'il avait tant redouté — et espéré. En cet hiver 1973, Rhys Davies-Jones avait joué Tousenbach face à Joanna Ellacourt en Irina, Jeremy Vinney en Feraponte, et Robert Gabriel en Andréï.

Il avait enfin la confirmation recherchée. Car qui mieux que celui qui les avait répétées soir après soir était susceptible d'utiliser ainsi ces quelques lignes ? L'homme en qui Helen avait toute confiance. L'homme qu'elle aimait et qu'elle croyait innocent.

Lynley reposa le livre sur son étagère et se mit en quête d'un téléphone.

15

Lady Helen avait passé la journée à se répéter qu'elle aurait dû être transportée de joie. Après tout, ils avaient réussi. Ils avaient prouvé que Tommy s'était trompé. En explorant le passé de lord Stinhurst, ils avaient démontré que presque tous les soupçons dirigés contre Rhys Davies-Jones étaient sans fondement, et l'affaire s'était ainsi orientée dans une tout autre direction. Lorsque le sergent Havers avait téléphoné à midi chez Saint-James pour les informer que Stinhurst avait été convoqué pour un interrogatoire, et qu'il avait reconnu la vérité sur les rapports de son frère avec les Soviétiques, lady Helen s'était dit qu'une vague de jubilation aurait dû l'emporter.

Peu après deux heures, elle avait quitté Saint-James, et passé le reste de l'après-midi à se préparer à la soirée avec Rhys, une soirée de célébration amoureuse. Elle avait écumé les rues de Knightsbridge pendant des heures, à la recherche de l'accessoire vestimentaire accordé à son humeur, avant de s'apercevoir qu'elle n'était pas du tout sûre de son humeur. Elle n'était sûre de rien.

Elle pensa d'abord que son égarement venait du fait que Stinhurst n'avait rien reconnu de son implication dans les meurtres de Joy Sinclair et Gowan Kilbride. Mais elle savait qu'elle ne pourrait se raccrocher très longtemps à ce mensonge. Si le CID de Strathclyde était capable de dénicher un cheveu, une tache de sang ou une empreinte liant Stinhurst à ces meurtres, alors elle devrait affronter ce qui se trouvait réellement au cœur de son trouble. Et au cœur de celui-ci, ce n'était pas un débat sur la culpabilité ou l'innocence d'un homme qu'elle voyait, mais Tommy et son visage défait, Tommy et les derniers mots qu'il lui avait adressés la veille au soir.

Pourtant, elle savait également que, quelle que soit la douleur de Tommy, celle-ci ne devait pas lui importer. Car Rhys était innocent. Innocent. Elle s'était accrochée avec une telle ténacité à cette conviction ces quatre derniers jours qu'elle ne pouvait se permettre de penser à autre chose, de se laisser détourner de Rhys. Elle voulait le voir totalement innocenté aux yeux de tous ; voulait que chacun le voie réellement tel qu'il était — et pas seulement elle.

Il était sept heures passées lorsque son taxi s'arrêta devant son appartement d'Onslow Square. La neige tombait en abondance, vague après vague silencieuse, venant s'amonceler en tas moelleux contre la grille du square au centre de la place. Quand elle sortit dans l'air glacé et sentit le doux picotement des flocons sur ses joues et ses cils, elle admira un instant le changement que la neige fraîche amenait sur la ville. Puis elle ramassa ses paquets avec un frisson et franchit en courant les marches du perron de l'immeuble. Elle fouilla son sac à la recherche de ses clés, mais avant d'avoir pu les trouver, la porte s'ouvrit devant sa femme de chambre, qui la tira vivement à l'intérieur.

Caroline Shepherd était au service de lady Helen depuis trois ans, et bien que de cinq ans plus jeune, elle était passionnément dévouée à lady Helen, aussi ne mâcha-t-elle pas ses mots lorsqu'elle claqua la porte de la maison, et que l'air froid souleva sa chevelure brune.

— Enfin, Dieu merci ! J'étais morte d'inquiétude. Vous savez qu'il est plus de sept heures et que lord Asherton n'a pas cessé de téléphoner sans interruption depuis une heure ? De même que Mr Saint-James, et cette dame sergent de Scotland Yard. Et Mr Davies-Jones vous attend depuis trois quarts d'heure dans le salon.

Lady Helen entendit vaguement le tout mais ne comprit que cette dernière phrase. Elle tendit ses paquets à la jeune femme tandis qu'elles grimpaient l'escalier en hâte.

— Mon Dieu, je suis tellement en retard ? Rhys doit se demander où je suis passée. Et c'est votre soir de sortie, non ? Je suis désolée, Caroline, vous devez être affreusement en retard vous aussi ? Vous sortez avec Denton ce soir ? Il me pardonnera ?

— Il a intérêt, dit Caroline avec un sourire. Je vais déposer ça dans votre chambre, puis je disparais.

Lady Helen et Caroline occupaient l'appartement le plus spacieux de l'immeuble, qui comprenait sept pièces au premier étage, avec un salon donnant sur le square. Là, les rideaux n'étaient pas tirés, et Rhys Davies-Jones se tenait devant les portes-fenêtres qui déversaient leur lumière sur un petit balcon couvert de neige. A l'arrivée de lady Helen, il se retourna.

— Ils ont gardé Stinhurst à Scotland Yard presque toute la journée, dit-il les sourcils froncés.

— Oui, je sais, répondit-elle en hésitant sur le seuil.

— Est-ce qu'ils pensent vraiment... ? Je ne peux pas y croire, Helen. Je connais Stuart depuis des années. Il ne peut pas...

Elle traversa vivement la pièce.

— Tu les connais tous depuis des années, n'est-ce pas, Rhys ? Et pourtant, l'un d'eux a tué Joy. Et Gowan.

— Mais Stuart ? Non. Je ne peux pas... Pourquoi, grands dieux ? demanda-t-il d'un ton farouche.

L'éclairage de la pièce le plongeait en partie dans l'ombre, aussi ne le voyait-elle pas distinctement, mais elle perçut dans sa voix un appel à la confiance. Et elle lui faisait effectivement entièrement confiance, sans aucun doute, mais ne pouvait se résoudre à lui dévoiler les détails de l'histoire de la famille Stinhurst. Pourquoi ? Parce qu'elle révélerait ainsi l'humiliation de Lynley, les erreurs de jugement qu'il avait commises ces derniers jours, et au nom de la longue amitié partagée avec lui — même si celle-ci était peut-être bien morte aujourd'hui — elle s'aperçut qu'elle ne pouvait supporter de l'exposer à la risée de qui que ce soit, qu'il le mérite ou non.

— J'ai pensé à toi toute la journée, se contenta-t-elle de répondre en posant une main sur son bras. Tommy sait que tu es innocent. Je l'ai toujours su. Et nous sommes réunis ici maintenant. Rien d'autre n'a vraiment d'importance, non ?

Elle sentit sa tension se relâcher, s'évanouir. Son visage s'éclaira d'un merveilleux sourire.

— Non, rien. Rien du tout, Helen. Rien que toi et moi.

Il la serra dans ses bras, l'embrassa, murmurant des mots d'amour. Peu importaient les horreurs de ces derniers jours, elles étaient finies, il était temps de passer à autre chose. Ils se dirigèrent vers le canapé disposé devant le feu à l'autre extrémité de la pièce. Il s'assit et, l'attirant à lui, l'embrassa de nouveau, avec plus d'assurance, avec une passion montante qui éveilla la sienne. Au bout d'un long moment, il releva la tête et caressa légèrement de ses doigts la ligne de son visage et de son cou.

— Helen, c'est de la folie. Je suis venu pour t'emmener dîner et je ne pense qu'à une chose, t'emmener au lit, à ma grande honte, je dois le reconnaître. Nous devrions partir avant que je ne perde tout intérêt pour le dîner.

Elle lui frôla la joue, et sourit tendrement.

Il chuchota, se pencha de nouveau, et déboutonna son chemisier. Puis sa bouche se posa sur ses épaules et sa gorge nues, et ses doigts frôlèrent ses seins.

— Je t'aime, murmura-t-il en cherchant de nouveau sa bouche.

La sonnerie du téléphone déchira le silence.

Ils se séparèrent d'un bond, comme devant un intrus, et se regardèrent d'un air coupable tandis que le téléphone continuait de retentir. Lady Helen ne réalisa qu'au bout de quatre sonneries déchirantes que Caroline, déjà en retard de deux heures sur sa soirée de liberté, avait quitté les lieux. Ils étaient entièrement seuls.

Le cœur encore battant, elle se rendit dans le vestibule et décrocha le récepteur au bout de la neuvième sonnerie.

— Helen, Dieu merci ! Est-ce que Davies-Jones est avec toi ?

C'était Lynley.

Une telle angoisse étreignait sa voix que lady Helen se figea, l'esprit vide.

— Que se passe-t-il ? Où es-tu ?

Elle savait qu'elle avait involontairement baissé la voix.

— Dans une cabine téléphonique près de Bishop's Stortford. Il y a un foutu accident qui bloque l'autoroute, et toutes les petites routes que j'ai essayées sont impraticables à cause de la neige. Je ne sais pas combien de temps je vais mettre à rentrer à Londres. Est-ce que Havers t'a parlé ? Tu as eu Saint-James ? Bon sang, tu ne m'as pas répondu ! Est-ce que Davies-Jones est avec toi ?

— Je viens de rentrer. Qu'y a-t-il ? Que se passe-t-il ?

— Réponds-moi. Il est avec toi ?

Dans le salon, Rhys était toujours assis sur le canapé, mais se penchait vers le feu, regardant mourir les dernières flammes. Lady Helen voyait l'ombre et la lumière jouer sur son visage et ses cheveux bouclés. Mais elle demeurait muette. Quelque chose dans la voix de Lynley l'empêchait de parler.

Il se lança dans un discours pressant, insistant sur les mots avec la force d'une conviction passionnée et terrifiante.

— Ecoute-moi, Helen. Il y avait une jeune femme, Hannah Darrow. Il l'a rencontrée lorsqu'il jouait *Les Trois Sœurs* à Norwich à la fin janvier 1973. Ils ont eu une liaison. Elle était pourtant mariée, avec un bébé. Elle voulait quitter son mari et son enfant pour vivre avec Davies-Jones. Il l'a persuadée qu'elle allait passer une audition et lui a fait répéter un rôle qu'il lui a choisi. Elle croyait qu'après son audition elle s'enfuirait avec lui. Mais la nuit où ils devaient s'enfuir, il l'a assassinée, Helen. Et il l'a pendue à un crochet au plafond d'un moulin. Sa mort est passée pour un suicide.

Seul un murmure sortit de ses lèvres.

— Non, Stinhurst...

— La mort de Joy n'avait rien à voir avec Stinhurst ! Elle voulait écrire sur Hannah Darrow. C'était le sujet de son nouveau livre. Mais elle a commis l'erreur d'en parler à Davies-Jones. Elle l'a appelé au pays de Galles. Il y avait même un message sur le magnétophone dans son sac, Helen, où elle se rappelait de demander à Davies-Jones comment manœuvrer John Darrow, le mari d'Hannah. Tu comprends ? Il a toujours su que Joy écrivait ce livre. Il le sait depuis le mois dernier. Alors il a suggéré à Joy de te faire attribuer la chambre voisine de la sienne, pour être certain de pouvoir y accéder. Maintenant, pour l'amour de Dieu, j'ai des hommes qui le cherchent partout depuis six heures. Dis-moi s'il est avec toi, Helen !

Tout en elle se ligua pour l'empêcher de parler. Elle avait les yeux brûlants, la gorge serrée, l'estomac noué. Et bien qu'elle tente d'en repousser le souvenir bien vivace, elle entendit parfaitement la voix de Rhys, les mots qu'il lui avait si facilement dits à Westerbrae : « Je venais de faire une tournée d'hiver dans le Norfolk et le Suffolk... lorsque je suis rentré à Londres, elle était partie. »

— Hannah Darrow a laissé un journal, disait désespérément

Lynley. Elle a laissé le programme de la pièce. Je les ai vus, j'ai tout lu. Helen, s'il te plaît, ma chérie, je te dis la vérité !

Lady Helen entrevit Rhys se lever, aller à la cheminée, prendre le tisonnier. Il jeta un coup d'œil dans sa direction, le visage grave. Non ! C'était impossible, absurde. Elle ne courait aucun danger. Pas de la part de Rhys, jamais. Il n'était pas un assassin. Il n'avait pas tué sa cousine. Il était incapable de tuer qui que ce soit. Mais Tommy continuait à parler.

— Il s'est arrangé pour lui faire recopier à la main une scène de la pièce, et il a utilisé une partie de ce qu'elle avait écrit comme lettre d'adieu. Mais les mots provenaient d'une de ses répliques à lui. Il jouait Tousenbach. Il a tué trois personnes, Helen. Gowan est mort dans mes bras. Pour l'amour de Dieu, réponds-moi ! Dis-moi !

Malgré sa résolution, ses lèvres articulèrent le mot odieux, et elle s'entendit dire :

— Oui.

— Il est là ?

De nouveau :

— Oui.

— Tu es seule ?

— Oui.

— Mon Dieu, Caroline est sortie ?

C'était simple, tellement simple. Il suffisait d'un seul mot.

— Oui.

Tandis que Lynley continuait de parler, Rhys s'occupa du feu, ajouta une nouvelle bûche, puis retourna s'asseoir. Elle le regarda, et comprit la signification de ce qu'elle venait de faire, du choix qu'elle venait d'accomplir, elle sentit les larmes lui brûler les paupières et sa gorge se serrer. Elle sut qu'elle était perdue.

— Helen, écoute-moi attentivement. Je veux le faire suivre, jusqu'à ce que nous ayons un rapport du labo du CID de Strathclyde. Je pourrais l'interroger avant, mais ça ne nous avancerait à rien. Je vais téléphoner, on va envoyer un agent, mais cela peut prendre une vingtaine de minutes. Tu peux le garder là un moment ? Tu te sens suffisamment en sécurité avec lui pour ça ?

Elle lutta contre le désespoir, incapable de parler.

— Helen ! dit Lynley d'une voix déchirante. Réponds-moi !

Tu peux te débrouiller vingt minutes avec lui ? Tu peux ? Bon sang…

Ses lèvres étaient sèches et figées.

— Je peux me débrouiller. Très facilement.

Il y eut un silence, comme si Lynley évaluait la nature exacte de sa réponse. Puis il demanda brusquement :

— Qu'attend-il de toi ce soir ?

Elle ne répondit pas.

— Dis-moi ! Il est venu coucher avec toi ? Helen ! S'il te plaît ! s'exclama-t-il lorsqu'elle ne dit rien.

Elle s'entendit chuchoter d'un ton désespéré :

— Eh bien, cela devrait occuper agréablement ces vingt minutes, non ?

— Non ! Helen ! Ne… criait-il lorsqu'elle raccrocha.

Tête baissée, elle tentait de reprendre son sang-froid. En ce moment même, Lynley téléphonait à Scotland Yard. Les vingt minutes étaient déjà entamées.

Elle n'éprouvait aucune peur, songea-t-elle curieusement. Son cœur battait à se rompre dans ses oreilles, sa gorge était sèche, mais elle n'avait pas peur. Elle était seule dans l'appartement avec un assassin, Tommy à des kilomètres de là, et une tempête de neige empêchant toute fuite. Mais elle n'avait absolument pas peur. Et tandis qu'elle retenait les larmes brûlantes qui ne demandaient qu'à jaillir, elle comprit qu'elle n'avait pas peur parce qu'elle ne se souciait plus de rien. Plus rien n'avait d'importance, pas même le fait qu'elle vive ou meure.

Barbara Havers décrocha le téléphone dans le bureau de Lynley à la seconde sonnerie. Il était sept heures et quart, et elle était assise à son bureau depuis deux heures, fumant avec une telle régularité qu'elle avait la gorge à vif et les nerfs à fleur de peau. Elle fut tellement soulagée d'entendre la voix de Lynley que son anxiété se mua sur-le-champ en colère. Mais l'intensité de la voix de Lynley lui fit interrompre ses imprécations.

— Havers, où est Nkata ?

— Nkata ? répéta-t-elle stupidement. Rentré chez lui.

— Mettez-lui la main dessus. Je veux qu'il aille à Onslow Square. Séance tenante.

Elle écrasa sa cigarette et prit une feuille de papier.

— Vous avez trouvé Davies-Jones ?

— Il se trouve dans l'appartement d'Helen. Je veux une filature, Havers. Mais s'il faut en arriver là, on l'embarquera.

— Comment ? Pourquoi ? demanda-t-elle, incrédule. Nous ne disposons quasiment de rien, malgré cette histoire d'Hannah Darrow, dont Dieu sait qu'elle est à peu près aussi ténue que ce que nous avons contre Stinhurst. Vous m'avez dit vous-même qu'à l'exception d'Irene Sinclair, ils étaient tous impliqués dans cette pièce à Norwich en 73. Ce qui inclut aussi Stinhurst. En plus, Macaskin...

— Havers, pas de discussion, je n'ai pas le temps. Faites ce que je vous dis. Et une fois que vous l'avez fait, appelez Helen, et débrouillez-vous pour parler avec elle au moins une demi-heure, plus si vous le pouvez. Compris ?

— Une demi-heure ? Qu'est-ce que vous voulez que je fasse ? Que je lui raconte ma vie ?

Lynley eut une exclamation exaspérée.

— Bon Dieu, pour une fois, faites ce que je vous dis ! Tout de suite ! Et attendez-moi au Yard !

Il coupa la communication.

Havers appela l'agent Nkata, l'expédia chez Helen, raccrocha violemment, et fixa d'un air maussade les papiers sur le bureau de Lynley. Ceux-ci regroupaient les dernières informations en provenance du CID de Strathclyde — le rapport sur les empreintes, l'examen des fibres, l'analyse des taches de sang, l'étude de quatre cheveux trouvés près du lit, l'analyse du cognac que Rhys Davies-Jones avait emporté dans la chambre d'Helen. Et de tout cela il ne ressortait rien. Pas la moindre petite parcelle de preuve qui ne puisse être rejetée par le moins doué des avocats.

Barbara affronta un fait dont Lynley n'était pas encore au courant. Si jamais ils parvenaient à faire comparaître Davies-Jones — ou qui que ce soit d'autre — en justice, ce ne serait pas en s'appuyant sur des preuves fournies par l'inspecteur Macaskin, en Ecosse.

Elle s'appelait Lynette. Mais tandis que, vautrée sous lui, elle se contorsionnait violemment et poussait des gémissements appréciateurs à chacun de ses coups de reins, Robert Gabriel devait faire des efforts pour s'en souvenir, et se retenir de ne pas l'appeler autrement. Il est vrai qu'il y en avait eu tellement tous ces derniers mois. Qui diable aurait pu se souvenir de toutes ? Mais au moment approprié, il se souvint : c'était l'apprentie décoratrice de l'Azincourt, âgée de dix-neuf ans, dont les jeans étroits et le fin tricot jaune gisaient par terre dans l'obscurité de la loge. Il avait très rapidement découvert, et avec joie, qu'elle ne portait absolument rien en dessous.

Elle lui griffa le dos de ses ongles et émit un bruit ravi, mais il aurait très nettement préféré qu'elle utilise une autre méthode pour signaler l'approche de son plaisir. Il continua à s'activer de la façon qu'elle semblait apprécier le plus — brutalement — et tâcha de son mieux d'éviter de respirer le lourd parfum qu'elle portait et la vague odeur d'oléagineux qui émanait de ses cheveux. Il murmura des encouragements discrets, s'occupant l'esprit à autre chose en attendant qu'elle atteigne l'extase pour pouvoir se consacrer à son plaisir. Il aimait ainsi à penser qu'il était attentionné, plus doué que la plupart des hommes, plus disposé à satisfaire les femmes.

— Oooh ! Vas-y ! Vas-y ! Je n'en peux plus ! gémit Lynette.

Moi non plus, pensa Gabriel tandis que les ongles de la fille dansaient le long de sa colonne vertébrale. Il s'était aux trois quarts récité le monologue d'Hamlet lorsque ses sanglots extatiques atteignirent leur apogée. Son corps s'arqua, et elle poussa des cris frénétiques tout en lui enfonçant ses ongles dans les fesses. Gabriel prit note intérieurement d'éviter à l'avenir les jeunesses.

L'attitude de Lynette ne fit que renforcer cette décision : son plaisir pris elle s'était transformée en un objet inerte qui attendait passivement et pas si patiemment que ça que lui en finisse avec le sien. Ce qu'il fit rapidement, grognant son nom avec un ravissement feint au moment opportun et tout aussi impatient qu'elle semblait l'être de voir s'achever cette rencontre. Peut-être la costumière serait-elle préférable pour le lendemain, pensa-t-il.

— Ohh, c'était le pied, hein ? dit Lynette avec un bâillement lorsque ce fut fini.

Elle s'assit, posa les pieds par terre, et se mit à la recherche de ses vêtements.

— Tu as l'heure ?

Il jeta un coup d'œil au cadran lumineux de sa montre.

— Neuf heures et quart, répondit-il, et malgré son désir de la voir partir pour pouvoir se laver, il lui caressa le dos de la main et murmura, juste au cas où la costumière demeurerait inaccessible : On recommence demain soir, Lyn ? Tu me rends dingue.

Elle gloussa, prit sa main, et la plaça sur son sein. Celui-ci, de la taille d'un melon, commençait à s'affaisser, malgré son âge, à cause de l'absence de soutien-gorge.

— Je peux pas, chéri. Mon mari est sur la route, ce soir, mais il sera de retour demain.

Gabriel se redressa avec un sursaut.

— Ton mari ? Bon Dieu ! Pourquoi tu ne m'as pas dit que tu étais mariée ?

Lynette gloussa de nouveau en se glissant dans son jean.

— Tu m'as rien demandé, pas vrai ? C'est un routier, et il est pas là trois soirs par semaine. Alors...

Seigneur, un routier ! Quatre-vingts kilos de muscles et le QI d'une courge.

— Ecoute, Lynette, s'empressa-t-il, on devrait peut-être laisser tomber, non ? Je ne veux pas m'immiscer entre toi et ton mari.

Il sentit plutôt qu'il ne vit son haussement d'épaules. Elle enfila son tricot et rejeta ses cheveux en arrière. De nouveau, son odeur lui parvint, et de nouveau il tenta de retenir son souffle.

— Il est pas très malin, lui confia-t-elle. Il saura rien. Pourvu que je sois là quand il a envie de moi, y a pas à s'inquiéter.

— Quand même, dit Gabriel, peu convaincu.

Elle lui tapota la joue.

— Eh bien, tu me fais signe si tu veux une autre petite partie de jambes en l'air. Tu n'es pas mauvais. Un peu lent, peut-être, mais je suppose que ça doit être ton âge, non ?

— Mon âge ? répéta-t-il.

— Oui, dit-elle gaiement, quand un type vieillit, il faut un moment pour que ça se mette en train, hein ? Je comprends ça, moi. (Elle se leva.) Tu as pas vu mon sac ? Oh, le voilà. Bon, j'y vais. Peut-être qu'on peut se voir dimanche ? Mon Jim sera sur la route.

Et sur cet unique adieu, elle le quitta et le laissa dans l'obscurité.

Mon âge, songea-t-il, et il crut entendre le ricanement ironique de sa mère. Elle allumerait une de ses affreuses cigarettes turques, et l'observerait en gardant un visage dénué de toute expression. C'était son visage de psychanalyste. Il la détestait quand elle l'arborait, et se maudissait d'être le rejeton d'une freudienne. Ton problème est le problème caractéristique d'un homme de ton âge, Robert, lui dirait-elle. La crise de l'âge mûr, la réalisation de l'approche de la vieillesse, la remise en question. Tout cela, associé à ta libido hyperactive, te pousse à chercher de nouveaux moyens de te déterminer. Toujours des moyens sexuels, j'en ai peur. Voilà où paraît résider ton dilemme. Ce qui est malheureux pour ta femme, qui me paraît être le seul facteur d'équilibre autour de toi. Mais tu as peur d'Irene, n'est-ce pas ? Elle a toujours été beaucoup trop femme pour que tu puisses l'affronter. Elle a exigé beaucoup trop de toi, n'est-ce pas ? Elle a exigé que tu grandisses, ce dont tu es tout simplement incapable. Alors, tu as couru après sa sœur — pour punir Irene et continuer à te sentir jeune. Mais tu ne pouvais pas tout avoir, mon petit. Les gens qui veulent tout finissent généralement sans rien.

Et le plus dur à accepter, c'est que tout cela était vrai. Du début à la fin. Gabriel grommela, s'assit, et se mit à chercher ses vêtements. La porte de la loge s'ouvrit.

Il n'eut que le temps de regarder dans cette direction, et de voir une forme épaisse dans l'ombre du couloir. Il n'eut qu'un instant pour penser : « Quelqu'un a éteint toutes les lumières du couloir », avant qu'une silhouette ne déboule dans la pièce.

Il sentit une odeur de whisky et de cigarettes, et la senteur âcre de la sueur. Puis une grêle de coups s'abattit sur son visage et sa poitrine, lui défonçant sauvagement les côtes. Sans le ressentir, il entendit le craquement des os. Il sentit par contre le goût du sang et de la muqueuse déchirée là où sa joue s'écrasa sur ses dents.

Son agresseur grognait sous l'effort, postillonnait de rage, et au quatrième coup asséné entre les jambes de Gabriel, grinça :

— A partir de maintenant, tu as intérêt à les garder bien au chaud dans ton pantalon, mon vieux.

Décidément, plus jamais de jeunesse, eut le temps de penser Gabriel avant de sombrer dans l'inconscience.

Lynley raccrocha et regarda Barbara.

— Pas de réponse.

Elle vit un muscle tressaillir sur sa joue.

— A quelle heure Nkata a-t-il téléphoné ? demanda-t-il.

— Huit heures et quart.

— Où se trouvait Davies-Jones ?

— Il était rentré chez un marchand de vins près de Kensington Station. Nkata se trouvait dans une cabine téléphonique devant.

— Et il était vraiment seul ? Il n'avait pas emmené Helen ? Vous êtes sûre ?

— Il était seul, monsieur.

— Mais vous lui avez parlé, Havers ? Vous avez parlé à Helen après que Davies-Jones a quitté l'appartement ?

Barbara hocha la tête, envahie d'inquiétude à son égard, ce dont elle se serait bien passée. Il avait l'air complètement épuisé.

— Elle m'a appelée, monsieur. Juste après qu'il est parti.

— Pour dire ?

Barbara répéta patiemment ce qu'elle lui avait déjà raconté une fois.

— Simplement qu'il était parti. J'ai essayé de la garder au téléphone une demi-heure la première fois, comme vous me l'aviez demandé. Mais elle n'a pas marché. Elle m'a simplement dit qu'elle avait de la visite, et qu'elle rappellerait plus tard. C'est tout. Très franchement, je crois qu'elle ne voulait pas de mon aide. (Elle observa son expression d'anxiété, et conclut :) Je crois qu'elle voulait se débrouiller seule, monsieur. Peut-être... eh bien, peut-être ne le voit-elle pas encore sous les traits d'un meurtrier.

Lynley s'éclaircit la gorge.

— Si. Elle a compris.

Il tira à lui les notes de Barbara. Elles contenaient deux sortes d'informations, les résultats de l'interrogatoire de Stinhurst, et les derniers rapports de Macaskin. Il mit ses lunettes et se consacra à leur lecture. A l'extérieur de son bureau, la nuit atténuait les rumeurs habituelles du service. De temps en temps, cependant, une sonnerie de téléphone, un éclat de voix ou un rire leur rappelaient qu'ils n'étaient pas seuls. Dehors, la neige étouffait les bruits de la ville.

Barbara était assise en face de lui, le journal d'Hannah Darrow dans une main et le programme des *Trois Sœurs* dans l'autre. Elle les avait lus tous les deux, mais attendait sa réaction au matériau qu'elle avait préparé durant son absence.

Il fronçait les sourcils en lisant, et les journées écoulées lui avaient imposé des épreuves qui semblaient l'avoir marqué dans sa chair. Elle détourna les yeux et transforma en exercice l'examen du bureau, méditant sur la façon dont celui-ci révélait la dichotomie du caractère de Lynley. Le contenu des étagères de livres s'accordait à son travail. Ouvrages de droit, de médecine légale, commentaires d'arrêts, et plusieurs volumes de l'Institut d'études politiques sur l'efficacité de la police métropolitaine. Tout ceci composait un échantillon classique pour un homme dont le métier était un des principaux centres d'intérêt. Mais les murs du bureau entamaient sans le vouloir cette image de professionnalisme, et révélaient un second Lynley, dont la nature recélait d'autres circonvolutions. Peu de choses y étaient accrochées : deux lithographies représentant les plaines américaines du Midwest, qui dénotaient un amour certain de la tranquillité, et une unique photo, qui révélait ce qui habitait depuis longtemps le cœur de cet homme.

C'était une vieille photo de Saint-James, prise avant l'accident qui lui avait coûté l'usage de sa jambe. Barbara nota les détails en apparence banals : l'attitude de Saint-James, les bras croisés, appuyé contre une batte de cricket ; la large déchirure de son pantalon de flanelle blanche au genou gauche ; la tache d'herbe qui mettait une ombre sur sa hanche ; son rire aux éclats et sa joie parfaite. Un été fini depuis longtemps. Un été mort à tout jamais. Elle savait parfaitement pourquoi le cliché était accroché là. Elle détourna les yeux.

Lynley penchait la tête, appuyé sur sa main, et se frottait le front avec trois doigts. Il ne leva les yeux qu'au bout de quelques minutes, ôta ses lunettes, et rencontra son regard.

— Nous n'avons rien là qui puisse justifier une arrestation, dit-il en désignant les rapports de Macaskin.

Barbara hésita. La passion qu'il avait montrée plus tôt au téléphone l'avait tellement convaincue qu'elle se trompait en cherchant à incriminer lord Stinhurst que, même maintenant, elle réfléchit à deux fois avant de souligner l'évidence, ce qui lui fut épargné, car il continua de lui-même :

— Dieu sait que nous ne pouvons arrêter Davies-Jones sur la foi d'un nom dans un programme de théâtre vieux de quinze ans. Si c'est tout ce que nous avons, nous pouvons aussi bien arrêter n'importe lequel d'entre eux.

— Mais lord Stinhurst a brûlé les scripts à Westerbrae, remarqua-t-elle. Il nous reste cela.

— Si vous voulez considérer qu'il a tué Joy pour l'empêcher de parler de son frère, oui, il nous reste cela, reconnut-il. Mais je ne vois pas ça comme ça, Havers. Si toute l'histoire de Geoffrey Rintoul se trouvait révélée à travers la pièce de Joy, le pire que Rintoul avait à affronter, c'était l'humiliation de sa famille. Mais l'assassin d'Hannah Darrow, lui, risquait d'être découvert, risquait un procès et la prison, si elle écrivait son livre. Quel est le mobile qui vous paraît le plus logique des deux ?

— Peut-être... hésita Barbara, qui savait que sa suggestion devait être énoncée prudemment, peut-être avons-nous un double mobile, et un seul assassin.

— Toujours Stinhurst ?

— Il a mis en scène *Les Trois Sœurs* à Norwich, inspecteur. Il aurait pu être l'homme qu'a rencontré Hannah Darrow. Et il aurait pu obtenir la clé de la chambre de Joy par Francesca.

— Considérez les faits que vous avez oubliés, Havers. Tout ce qui concernait Geoffrey Rintoul a disparu du bureau de Joy. Mais tout ce qui avait un rapport avec Hannah Darrow — tout ce qui nous a directement menés à sa mort en 1973 — était étalé à la vue.

— Bien sûr, Stinhurst aurait difficilement pu demander aux types du MI-5 de ramasser tout ce qui concernait Hannah Darrow. Le gouvernement ne s'inquiétait pas de ça, ce n'était pas un secret d'Etat. De plus, comment aurait-il pu savoir ce qu'elle avait découvert sur Hannah Darrow ? Elle s'est contentée de mentionner John Darrow au dîner ce soir-là. A moins que Stinhurst — d'accord, notre meurtrier — n'ait visité le bureau de Joy avant ce week-end, comment aurait-il pu être sûr des informations qu'elle avait recueillies ? Ou pas recueillies, en l'occurrence.

Lynley fixa un point derrière elle. Elle comprit qu'une pensée soudaine venait de lui traverser l'esprit.

— Vous venez de me donner une idée, Havers, dit-il en pianotant sur le rebord de son bureau.

Son regard tomba sur le journal que tenait Barbara.

— Je crois que nous détenons un moyen de tout débrouiller sans l'aide du CID de Strathclyde. Mais nous avons besoin d'Irene Sinclair.

— Irene Sinclair ?

Il hocha la tête d'un air pensif.

— Notre seul espoir. Elle est la seule à ne pas avoir joué dans *Les Trois Sœurs* en 1973.

Renseignés par une voisine qui s'était laissé persuader de rester en compagnie de ses enfants et de les calmer, ils trouvèrent Irene Sinclair dans la salle d'attente des urgences de l'hôpital universitaire, non loin de Bloomsbury où elle habitait. Elle bondit à leur entrée.

— Il ne voulait pas de la police ! cria-t-elle, hors d'elle. Comment avez-vous... qu'est-ce que... C'est le médecin qui vous a téléphoné ?

— Nous sommes allés chez vous.

Lynley la tira vers l'un des sièges alignés contre les murs. La pièce était exceptionnellement encombrée, pleine d'un éventail de maladies et d'accidents qui se manifestaient en cris et gémissements divers. L'odeur de médicament caractéristique des hôpitaux flottait dans l'air.

— Que s'est-il passé ?

Elle secoua la tête comme une aveugle, et se tassa sur le siège.

— Robert a été passé à tabac. Au théâtre.

— A cette heure de la soirée ? Que faisait-il là-bas ?

— Il répétait son rôle. Nous avons une seconde lecture demain matin, et il voulait savoir comment son texte sonnait sur scène.

Lynley constata qu'elle-même ne croyait pas à ce prétexte.

— Il a été agressé sur scène ?

— Non, il était allé chercher à boire dans sa loge. Quelqu'un a éteint les lumières et lui a sauté dessus. Il a réussi ensuite à attraper un téléphone. Mon numéro était le seul dont il se souvenait, conclut-elle comme si cela excusait sa présence.

— Il ne se souvenait pas de celui de la police ?

— Il ne voulait pas de la police. (Elle les regarda avec inquiétude.) Mais moi, je suis contente que vous soyez venus. Peut-être pourrez-vous le raisonner. Il est clair qu'il devait être la prochaine victime !

Lynley tira une chaise en plastique inconfortable pour dissimuler Irene Sinclair aux regards des curieux, et Havers fit de même.

— Pourquoi ? demanda-t-il.

La question parut la dérouter, mais quelque chose soufflait à Lynley que cela faisait partie d'une mise en scène spontanée qui lui était spécifiquement destinée.

— Que voulez-vous dire ? De quoi pourrait-il s'agir d'autre ? Il a été sauvagement battu. Il a deux côtes cassées, les yeux au beurre noir, et il a perdu une dent. Qui pourrait être responsable de ça ?

— Notre assassin ne travaille pas de cette manière, pourtant, souligna Lynley. C'est un homme, ou une femme, qui se sert d'un couteau, et non de ses poings. Je n'ai pas vraiment l'impression que quelqu'un ait voulu le tuer.

— Alors de quoi s'agit-il ? Qu'est-ce que vous insinuez ? demanda-t-elle en se redressant, comme si elle venait de subir un affront qu'aucune protestation ne saurait effacer.

— Je crois que vous connaissez la réponse. Je pense que vous ne m'avez pas tout dit. Vous le protégez. Pourquoi ? Qu'a-t-il donc bien pu faire qui mérite une telle dévotion ? Il vous a fait souffrir de toutes les façons possibles et imaginables. Il vous a traitée avec un mépris qu'il n'a même pas pris la peine de dissimuler. Irene, écoutez-moi...

Elle leva la main, et sa voix déchirée lui dit que sa brève représentation était terminée.

— Je vous en prie. D'accord. Cela suffit. Il venait de coucher avec une femme. Je ne sais pas qui, il n'a pas voulu le dire. Quand je suis arrivée, il était encore... il n'avait pas... (Elle buta sur les mots.) Il n'avait pas réussi à se rhabiller.

Lynley l'écouta avec incrédulité. Quelle épreuve cela avait dû être pour elle, obligée d'aller le secourir, d'apaiser sa peur, de sentir cette odeur reconnaissable entre toutes des rapports sexuels, de le vêtir des mêmes vêtements qu'il avait ôtés à la hâte pour faire l'amour à une autre femme...

— J'essaye de comprendre pourquoi vous êtes encore fidèle

à un tel homme, un homme qui est allé jusqu'à vous tromper avec votre propre sœur.

Tout en parlant, il réfléchit à la façon dont elle avait essayé de le protéger ce soir, repensa à ce qui avait été dit à propos de la nuit où Joy Sinclair était morte, et comprit un certain nombre de choses.

— Vous ne m'avez pas tout dit non plus sur la nuit où votre sœur a été assassinée. Même là, vous le protégez. Pourquoi, Irene ?

Elle ferma les yeux un instant.

— C'est le père de mes enfants, répondit-elle avec une dignité tranquille.

— Et en le protégeant vous les protégez ?

— Au bout du compte, oui.

John Darrow n'aurait pu mieux l'exprimer. Mais Lynley savait comment orienter la conversation, grâce à Teddy Darrow.

— Les enfants découvrent généralement le pire en ce qui concerne leurs parents, quels que soient les efforts que l'on fournit pour les protéger. Votre silence ne sert à rien, sinon à protéger l'assassin de votre sœur.

— Il ne l'a pas tuée. Il en est incapable ! Je ne peux pas croire ça de Robert ! Dieu sait que je pourrais croire n'importe quoi de lui, mais pas ça.

Lynley se pencha et couvrit ses mains froides des siennes.

— Vous avez cru qu'il avait tué votre sœur. Et vous avez protégé vos enfants en taisant vos soupçons, pour que leur soit épargnée l'humiliation publique d'avoir pour père un assassin.

— Il ne pourrait pas. Pas ça.

— Et pourtant, vous le croyez coupable. Pourquoi ?

Le sergent Havers intervint :

— Si Gabriel n'a pas tué votre sœur, ce que vous nous direz ne pourra que l'aider.

Irene secoua la tête. Ses yeux n'étaient plus que des abîmes de frayeur épouvantable.

— Pas ça. Je ne peux pas.

Elle les regarda tour à tour, les doigts crispés sur le cuir usé de son sac à main, semblable à une fugitive décidée à s'échapper, mais consciente de l'inutilité de sa fuite. Lorsqu'elle parla enfin, son corps frissonna, comme si la maladie s'emparait d'elle. Ce qui, d'une certaine façon, était le cas.

— Ma sœur était cette nuit-là dans la chambre de Robert. Je les ai entendus. J'étais allée le retrouver, comme une imbécile. Mon Dieu, pourquoi suis-je tellement idiote ? Lui et moi nous étions rencontrés dans la bibliothèque, un peu plus tôt, après la lecture, et il y avait eu un moment où j'avais réellement cru pouvoir retrouver ce qu'il y avait eu entre nous. Nous avions parlé de nos enfants, de... notre vie, avant. Seigneur, je ne sais pas ce que je voulais. (Elle passa une main dans ses cheveux bruns, les tirant comme si la douleur lui était nécessaire.) Quelle sorte de folie puis-je encore commettre en l'espace d'une vie ? Pour la seconde fois, j'ai failli tomber sur ma sœur et Robert, et le plus drôle — il y a de quoi se rouler par terre, en y pensant —, c'est qu'il disait exactement la même chose que ce jour-là à Hampstead quand je les avais surpris ensemble. « Vas-y, ma belle. Vas-y, Joy. Vas-y ! Vas-y ! » en grondant et grognant comme un taureau.

Lynley distingua d'un seul coup l'effet de kaléidoscope que ses paroles projetaient sur l'affaire. Tout se trouvait éclairé sous un nouveau jour.

— Quelle heure était-il ?

— Tard. Bien après une heure. Peut-être près de deux, je ne sais pas.

— Mais vous l'avez entendu ? Vous en êtes certaine ?

— Oh oui, je l'ai entendu, dit-elle en baissant la tête pour dissimuler sa honte.

Et pourtant, même après cela, elle cherchait à le protéger, songea Lynley. Cette sorte de dévotion aveugle et imméritée était au-delà de sa compréhension. Il évita de s'appesantir sur le sujet en lui posant une question totalement différente.

— Vous souvenez-vous de l'endroit où vous vous trouviez en mars 1973 ?

Elle ne comprit pas tout de suite.

— En 1973 ? J'étais... sûrement à Londres, à la maison. Je m'occupais de James, notre fils. Il était né en janvier, et j'avais pris un peu de congé.

— Mais Gabriel n'était pas à la maison ?

— Non, je ne pense pas, dit-elle après un instant de réflexion. Je crois qu'il était en tournée, à ce moment-là. Pourquoi ? Quel rapport avec tout ceci ?

Un rapport étroit, pensa Lynley. Il fit de son mieux **pour** l'obliger à l'écouter et à comprendre ses paroles.

— Votre sœur s'apprêtait à écrire un livre sur un meurtre commis en mars 1973. Le responsable de ce meurtre a également tué Joy et Gowan Kilbride, mais nous n'avons pratiquement aucune preuve, Irene. Et je crois que nous avons besoin de vous si nous désirons que justice soit faite d'une quelconque façon.

Elle l'implora du regard.

— C'est Robert ?

— Je ne crois pas. Malgré tout ce que vous nous avez confié, je ne vois tout simplement pas comment il aurait pu se débrouiller pour se procurer la clé.

— Mais s'il était avec elle, elle a très bien pu lui donner !

Lynley reconnut que c'était possible. Mais comment l'expliquer ? Et comment expliquer alors ce que révélait le rapport du laboratoire sur Joy Sinclair ? Et comment dire à Irene que, même si, en aidant la police, elle parvenait à innocenter son mari, elle ne ferait alors qu'accuser son cousin Rhys ?

— Voulez-vous nous aider ? demanda-t-il.

Lynley la vit lutter, affronter le dilemme qui lui était imposé. Le choix était simple : continuer à protéger Gabriel pour le bien de leurs enfants, ou s'impliquer activement dans un plan qui pourrait dévoiler l'assassin de sa sœur. Si elle choisissait Gabriel, elle ne saurait jamais si elle protégeait un innocent ou un coupable. Si elle choisissait Joy, elle s'engageait sur le chemin du pardon, sur le chemin de l'absolution posthume du péché que sa sœur avait commis contre elle.

C'était donc un choix entre les vivants et les morts, où celui des vivants ne promettait qu'une longue succession de mensonges, et où celui des morts promettait la paix qui naît de l'apaisement de la rancœur, et permet de continuer à vivre. Le choix pouvait paraître simple, mais Lynley savait trop bien que les décisions gouvernées par le cœur peuvent être totalement irrationnelles. Il espérait simplement qu'Irene finirait par voir que son mariage avec Gabriel avait été pourri par ses infidélités, et que sa sœur n'avait joué qu'un malheureux petit rôle dans une tragédie qui se perpétuait depuis des années.

Irene remua. Ses doigts laissèrent des traces humides sur son sac de cuir. Sa voix trembla, puis s'affermit.

— Je vous aiderai. Que dois-je faire ?

— Passer la nuit dans la maison de votre sœur à Hampstead. Le sergent Havers vous accompagnera.

16

Lorsque Deborah Saint-James ouvrit la porte à Lynley le lendemain matin à dix heures et demie, il comprit à sa chevelure en bataille et au tablier plein de taches qu'elle portait sur son jean usé et sa chemise à carreaux qu'il l'avait interrompue en plein travail. Son visage s'éclaira pourtant à sa vue.

— Dieu merci, une distraction ! s'exclama-t-elle. Je viens de passer deux heures dans la chambre noire en compagnie de Peach et d'Alaska. Ils sont parfaits en tant que chien et chat, mais un peu dépourvus de conversation. Simon est dans son labo, bien sûr, mais quand il se concentre sur la science, il n'a rien d'un boute-en-train. Je suis ravie que tu sois venu, tu réussiras peut-être à le faire sortir de sa tanière pour un café.

Elle attendit qu'il ait ôté son pardessus et son écharpe pour lui poser une main légère sur l'épaule et demander :

— Tu vas bien, Tommy ? Y a-t-il... Tu comprends, ils m'en ont un peu parlé, et... Tu n'as pas l'air en forme. Est-ce que tu dors, au moins ? Tu as mangé ? Tu veux que je demande à papa... Tu veux... ? Pourquoi faut-il que je bavarde comme une idiote ? conclut-elle en se mordant la lèvre.

Sa logorrhée fit naître chez Lynley un sourire affectueux, il repoussa gentiment une de ses mèches derrière l'oreille, et la suivit dans l'escalier, tandis qu'elle continuait de parler.

— Simon a eu un coup de téléphone de Jeremy Vinney, qui l'a plongé dans une de ses interminables et mystérieuses contemplations. Et puis Helen a appelé cinq minutes plus tard.

Lynley hésita.

— Helen n'est pas là aujourd'hui ?

Bien qu'il ait pris soin de s'exprimer sur un ton détaché, Deborah perça sa question à jour, et son regard vert s'adoucit.

— Non, elle n'est pas là, Tommy. C'est pour cela que tu es venu, hein ? (Elle ajouta avec bonté sans attendre sa réponse :) Viens parler à Simon. Après tout, il connaît Helen mieux que personne.

Saint-James les accueillit à la porte de son laboratoire, un vieil exemplaire de *La Médecine légale* dans une main, et dans l'autre un spécimen anatomique particulièrement peu ragoûtant : un doigt humain conservé dans du formol.

— Tu répètes *Titus Andronicus* ? demanda Deborah en riant. Voilà Tommy, mon chéri, dit-elle en lui ôtant des mains le bocal et le livre et en lui effleurant la joue d'un baiser.

Lynley parla sans préambule. Il aurait aimé que ses questions aient l'air toutes professionnelles, l'air d'une conséquence naturelle de l'affaire, mais il échoua lamentablement.

— Saint-James, où est Helen ? J'essaye de la joindre depuis hier soir. J'ai fait un saut chez elle ce matin. Que lui est-il arrivé ? Que t'a-t-elle dit ?

Il suivit son ami dans le labo et attendit impatiemment la réponse. Saint-James tapa sans rien dire une brève note sur son ordinateur. Lynley le connaissait suffisamment pour savoir qu'il était inutile d'insister tant qu'il ne dirait rien. Il refréna ses craintes, attendit, et laissa son regard errer dans cette pièce où Helen passait tellement de temps.

Le laboratoire était le sanctuaire de Saint-James depuis des années, paradis scientifique d'ordinateurs, d'imprimantes laser, de microscopes, de bacs à cultures, d'étagères de spécimens, de graphiques et de tableaux, et dans un coin un écran vidéo capable d'agrandir de microscopiques échantillons de cheveux, de sang, de peau ou de fibre. Celui-ci était le dernier ajout ultramoderne du labo, et Lynley se souvenait du rire avec lequel Helen lui avait décrit les tentatives de Saint-James pour lui en enseigner le maniement trois semaines auparavant. « Un désastre, mon petit Tommy. Une caméra vidéo couplée à un microscope ! Tu imagines ma consternation ? Seigneur, toute cette sorcellerie de l'ère informatique ! Moi qui viens à peine de comprendre comment on fait bouillir un peu d'eau dans un four à micro-ondes. » C'était faux, bien entendu, mais il avait ri quand même, libéré sur-le-champ de ses soucis de la journée. Là résidait le don d'Helen.

Il devait savoir.

— Que lui est-il arrivé ? Que t'a-t-elle dit ?

Saint-James tapa une nouvelle information sur le clavier, examina les changements que cela apportait à un tableau sur l'écran, puis éteignit la machine.

— Seulement ce que tu lui avais dit, répliqua-t-il d'un ton totalement détaché. Rien de plus.

Lynley savait comment interpréter ce ton prudent, mais il refusa de s'engager pour l'instant dans la discussion que les paroles de Saint-James visaient à provoquer. Il temporisa donc :

— Deborah m'a dit que Vinney t'avait appelé.

— Oui.

Saint-James fit pivoter son tabouret, en descendit maladroitement, et se dirigea vers une paillasse sur laquelle étaient alignés cinq microscopes, dont trois utilisés.

— Il semble qu'aucun journal n'ait parlé de la mort de Sinclair. D'après Vinney, il a proposé ce matin un article qui a été refusé par son rédacteur en chef.

— Ce n'est qu'un critique dramatique, après tout, remarqua Lynley.

— Oui, mais lorsqu'il a téléphoné pour voir si ses confrères travaillaient sur le meurtre, il a découvert que personne n'avait été mis sur cette histoire. Elle a pour l'instant été étouffée en haut lieu, lui a-t-on dit, jusqu'à ce qu'on puisse procéder à une arrestation. Tu peux imaginer l'état dans lequel il se trouvait. (Il leva les yeux d'une pile de lamelles qu'il était en train de classer.) Il court après l'histoire Geoffrey Rintoul, et après un lien entre celle-ci et la mort de Joy. Je ne crois pas qu'il ait l'intention de renoncer avant de voir publier un de ses papiers, Tommy.

— Il ne pourra jamais y arriver, pour deux raisons. La première, c'est qu'il n'y a pas la moindre trace de preuve accessible contre Geoffrey Rintoul. La seconde, c'est que les principaux intéressés sont morts. Et sans preuves solides et étayées, aucun journal de ce pays ne sortira contre une famille aussi éminente que les Stinhurst une histoire qui l'expose à des poursuites en diffamation.

Lynley éprouva soudain le besoin de bouger, traversa la pièce jusqu'à la fenêtre et regarda le jardin en contrebas. Comme tout le reste, il était recouvert de la neige de la veille, mais les plantes avaient été enveloppées de toile, et des miettes de pain répandues bien proprement sur le sommet du mur. La main attentionnée de Deborah, pensa-t-il.

— Irene Sinclair est persuadée que Joy est allée dans la chambre de Gabriel la nuit de sa mort, dit-il avant de relater ce qu'elle lui avait confié. Elle l'avait dissimulé dans l'espoir de protéger Gabriel.

— Joy a donc vu et Gabriel et Vinney ?

Lynley secoua la tête.

— Je ne vois pas comment c'est possible. Elle ne pouvait pas se trouver avec Gabriel. En tout cas pas au lit, dit-il en lui faisant part de ce que l'autopsie du CID de Strathclyde leur avait appris.

— Peut-être ont-ils commis une erreur, suggéra Saint-James.

Lynley sourit.

— Sous les ordres de Macaskin ? Tu crois que c'est vraisemblable ? Je n'en ferais pas le pari, en tout cas. Quand Irene m'a dit cela hier soir, j'ai d'abord cru qu'elle avait mal interprété ce qu'elle entendait.

— Gabriel avec quelqu'un d'autre ?

— C'est ce que je me suis dit. Qu'Irene avait supposé qu'il s'agissait de Joy. Ou qu'il s'agissait bien de Joy, mais qu'elle avait imaginé le pire, tout simplement. Et puis, j'ai pensé qu'elle pouvait très bien me mentir pour impliquer Gabriel dans la mort de Joy, tout en protestant qu'elle le protégeait pour l'amour de ses enfants.

— Voilà une belle vengeance, remarqua Deborah sur le seuil de sa chambre noire où elle écoutait, un rouleau de négatifs dans une main et une loupe dans l'autre.

Saint-James manipulait ses lamelles d'un air distrait.

— Et comment. Et c'est très intelligent. Nous savons par Elizabeth Rintoul que Joy Sinclair se trouvait dans la chambre de Vinney. Mais qui va corroborer l'affirmation d'Irene sur la présence de Joy chez son mari ? Gabriel ? Sûrement pas. Il niera avec la dernière énergie. Et personne d'autre ne l'a entendue. C'est donc à nous de décider qui croire, du mari coureur de jupons ou de l'épouse bafouée. Tu es toujours aussi sûr de toi, à propos de Davies-Jones ? ajouta-t-il en regardant Lynley.

Celui-ci se détourna vers la fenêtre. La question de Saint-

James lui remettait clairement en mémoire le rapport de l'agent Nkata, qu'il avait reçu trois heures plus tôt, après que celui-ci eut passé la nuit à surveiller Davies-Jones. L'information était simple. Après avoir quitté Helen, il s'était rendu chez un marchand de vins, où il avait acheté quatre bouteilles d'alcool, Nkata était certain du nombre. Ensuite, Davies-Jones était reparti à pied, comme indifférent à la température descendue bien en dessous de zéro, et à la neige qui tombait. Il avait maintenu une cadence rapide, descendu Brompton Road, fait le tour de Hyde Park, remonté jusqu'à Baker Street, puis rejoint son appartement de st. John's Wood. Tout ceci lui avait pris plus de deux heures. Et tout en marchant, il avait dévissé l'un après l'autre les bouchons des quatre bouteilles. Mais au lieu d'ingurgiter le liquide, il avait systématiquement et sauvagement vidé le contenu des quatre bouteilles dans la rue, avait rapporté Nkata en hochant la tête devant ce gâchis.

Lynley s'attacha maintenant à interpréter la conduite de Davies-Jones : un homme qui avait surmonté son alcoolisme, qui se battait pour retrouver une chance de remettre sur pied sa vie et sa carrière. Un homme déterminé à ne se laisser abattre par aucun obstacle, et surtout pas par son passé.

— C'est lui l'assassin, affirma-t-il.

Irene Sinclair était consciente qu'il s'agissait du rôle de sa vie, et qu'elle devrait le jouer au moment idéal sans l'aide de la moindre réplique de qui que ce soit. Il n'y aurait ni entrée ni moment d'intensité dramatique où tous les yeux seraient fixés sur elle. Elle devrait se passer de ces deux plaisirs pour se consacrer au théâtre du réel. Et celui-ci débuta après la pause-déjeuner de la troupe, lorsque Jeremy Vinney et elle arrivèrent quasi simultanément à l'Azincourt.

Elle sortait de son taxi lorsque Vinney fonça à travers la circulation, venant d'un café de l'autre côté de la rue. Un klaxon mugit, et Irene leva les yeux. Vinney portait son manteau sur le bras et, à cette vue, Irene se demanda si sa propre arrivée n'avait pas précipité le départ de Vinney du café. Les premiers mots de celui-ci, teintés d'excitation mauvaise, ne firent que confirmer cette impression.

— J'ai appris que quelqu'un avait attaqué Gabriel hier soir.

Irene s'arrêta, la main sur la porte du théâtre. Ses doigts

serraient la poignée et, même à travers ses gants, elle percevait la brûlure du métal glacé. Il paraissait inutile de demander comment la nouvelle était parvenue à Vinney. Robert s'était débrouillé pour venir au théâtre ce matin-là, en dépit de ses côtes bandées, de ses yeux tuméfiés, et de cinq points de suture à la mâchoire. La nouvelle de son agression s'était répandue comme une traînée de poudre dans les cinq minutes. Et bien que tous les membres de la troupe, les décorateurs et les assistants de production aient poussé les hauts cris, n'importe lequel d'entre eux était capable d'avoir téléphoné à Vinney en cachette. Surtout s'il éprouvait le besoin de déclencher une vague de mauvaise publicité qui lui permettait de régler un différend privé avec Gabriel.

— C'est pour un article ? demanda Irene.

Se recroquevillant contre le froid, elle pénétra dans le théâtre. Il n'y avait personne, le silence régnait. Seule l'odeur persistante de tabac froid témoignait du fait que les acteurs et l'équipe s'étaient réunis là toute la matinée.

— Que vous a-t-il raconté ? Et non, ceci n'est pas destiné à la publication.

— Alors, pourquoi êtes-vous là ? demanda-t-elle en se dirigeant d'un pas vif vers la salle, Vinney accroché à ses basques.

Il lui agrippa le bras et l'arrêta juste devant les lourdes portes de chêne.

— Parce que votre sœur était mon amie. Parce que je n'arrive pas à arracher un mot à la police, malgré leur après-midi entier avec notre mélancolique lord Stinhurst. Parce que je n'ai pas réussi à joindre Stinhurst au téléphone hier soir, et que mon rédacteur en chef me dit que je ne peux pas écrire une syllabe sur tout ceci avant que ne nous arrive d'en haut une autorisation miraculeuse. Toute cette histoire pue à cent lieues à la ronde. Mais peut-être cela ne vous intéresse-t-il pas, Irene ? dit-il en lui enfonçant ses doigts dans le bras.

— Vous êtes odieux.

— C'est naturel, chez moi. Et je deviens particulièrement odieux quand les gens que j'aime sont assassinés et qu'après un simple hochement de tête navré, tout le monde continue à vivre comme par le passé.

Une colère soudaine envahit Irene Sinclair.

— Et vous croyez que ce qui est arrivé à ma sœur ne me touche pas ?

— Je crois que vous bichez, répliqua-t-il. Il ne vous aurait pas déplu de plonger vous-même la dague.

La cruauté de ces mots la bouleversa, elle sentit le sang se retirer de ses joues.

— Mon Dieu, ce n'est pas vrai, et vous le savez, dit-elle, la voix prête à se briser.

Elle se dégagea et se précipita dans la salle, à peine consciente du fait qu'il la suivait et s'installait dans l'obscurité du dernier rang comme une Némésis menaçante.

Cette confrontation avec Vinney était exactement ce qu'il lui fallait éviter avant une nouvelle rencontre avec la troupe. Elle avait espéré employer son heure de déjeuner à réfléchir au rôle qu'elle avait répété la nuit dernière avec le sergent Havers. Pour l'instant, son cœur battait à se rompre, la paume de ses mains était en sueur, et son esprit niait de toutes ses forces la dernière accusation de Vinney. Ce n'était pas vrai. Elle se le jura encore et encore en se rapprochant de la scène, mais la dénégation était un expédient trop simple, qui ne suffisait pas à calmer son agitation. Sachant combien de choses reposaient sur ses capacités d'actrice aujourd'hui, elle employa une vieille technique du cours d'art dramatique. Elle s'assit à la table placée au centre de la scène, appuya son front sur ses mains jointes, et ferma les yeux. Ainsi, elle n'éprouvait aucune difficulté à se glisser dans la peau du personnage lorsqu'un moment plus tard elle perçut un bruit de pas, et la voix de son cousin.

— Irene, tu vas bien ? demanda Davies-Jones.

Elle leva les yeux, et esquissa un sourire las.

— Oui, ça va. Je suis un peu fatiguée.

Pour l'instant, cela suffirait.

Les autres commencèrent à arriver. Irene les entendit plutôt qu'elle ne les vit, notant intérieurement l'entrée de chacun, cherchant dans leur voix les signes de tension, de culpabilité, d'inquiétude grandissante. Robert Gabriel s'assit avec précaution à côté d'elle, et tâta son visage enflé avec un sourire lugubre.

— Je n'ai pas eu l'occasion de te remercier pour hier soir, dit-il d'une voix tendre. Je... eh bien, je suis désolé pour ça, Renie. Je suis même horriblement désolé pour tout. J'aurais voulu te parler quand les médecins en ont eu fini avec moi, mais tu étais déjà partie. Je t'ai appelée, mais James m'a dit que tu étais chez Joy à Hampstead. (Il fit une pause.) Renie, je pensais... j'espérais que nous pourrions...

Elle l'interrompit net.

— Non. J'ai eu tout le temps de réfléchir hier soir, Robert. Ce que j'ai fait clairement, enfin.

Gabriel comprit, et détourna la tête.

— Je devine à quelle sorte de réflexion tu as pu te livrer chez ta sœur, dit-il avec une fermeté affligée.

L'arrivée de Joanna Ellacourt épargna à Irene de répondre. Celle-ci remontait l'allée entre son mari et lord Stinhurst alors que David Sydeham disait :

— Nous voulons que tous les costumes soient soumis à notre approbation, Stuart. Je sais que ce n'est pas dans le contrat initial. Mais étant donné tout ce qui s'est passé, je crois que nous sommes fondés à négocier cette nouvelle clause. Joanna pense...

L'intéressée n'attendit pas que son mari ait fini d'exposer ses arguments.

— Je veux que les costumes fassent exactement comprendre à qui appartient le premier rôle, jeta-t-elle d'un air entendu avec un regard froid en direction d'Irene.

Stinhurst ne leur répondit pas. Il paraissait vieillir à vue d'œil, et l'ascension des quelques marches sembla le vider de toute son énergie. Il portait le même costume, la même chemise et la même cravate que la veille, et sa veste était abominablement froissée, comme s'il avait renoncé à s'intéresser à son apparence. En le regardant, Irene se demanda avec un frisson s'il vivrait même assez longtemps pour voir l'ouverture de son théâtre. Lorsqu'il s'assit avec un hochement de tête à l'adresse de Davies-Jones, la lecture commença.

Ils avaient répété la moitié de la pièce lorsque Irene s'autorisa à s'endormir. Il faisait tellement chaud dans le théâtre, l'atmosphère sur scène était si étouffante, les voix montaient et se taisaient avec une telle régularité hypnotique qu'il lui fut plus facile qu'elle ne l'avait imaginé de se laisser aller. Elle cessa de s'inquiéter de la crédibilité de son rôle, et redevint l'actrice qu'elle avait été des années auparavant, avant que Robert Gabriel ne pénètre dans sa vie et n'ébranle sa confiance en elle, année après année d'humiliations publiques et privées.

Elle sentait même qu'elle commençait à rêver lorsque Joanna Ellacourt aboya avec colère :

— Pour l'amour de Dieu, est-ce que quelqu'un peut la réveiller ? Je n'ai pas l'intention de continuer à travailler avec elle assise là comme une petite vieille en train de baver au coin du feu.

— Renie ?

— Irene !

Elle ouvrit les yeux avec un sursaut, ravie de sentir la vague de gêne l'envahir.

— Je me suis assoupie ? Je suis désolée.

— On s'est couchée tard, ma chérie ? dit Joanna d'un ton acerbe.

— Oui, je... je... (Irene déglutit, et eut un sourire vacillant.) J'ai passé presque toute la nuit à classer les affaires de Joy à Hampstead.

La stupéfaction accueillit cette déclaration. Irene fut ravie de voir l'effet produit par ses paroles et, l'espace d'un instant, comprit la colère de Jeremy Vinney. Ils avaient si facilement oublié sa sœur, si facilement repris leur train-train quotidien. Mais il restait une pierre d'achoppement pour quelqu'un, songea-t-elle, et elle entreprit de consolider celle-ci en employant tous les moyens à sa disposition. Elle se fit monter les larmes aux yeux.

— J'ai trouvé un journal, vous savez, dit-elle d'un ton monocorde.

Comme si son instinct lui soufflait qu'elle se trouvait en présence d'une interprétation capable de rivaliser avec la sienne, Joanna Ellacourt chercha à regagner l'attention.

— Je ne doute pas que la vie de Joy constitue une lecture fascinante, intervint-elle, mais si tu es réveillée, nous pouvons peut-être rendre cette pièce tout aussi fascinante ?

Irene secoua la tête, et laissa sa voix monter d'un cran.

— Non, non, ce n'est pas cela. Ce n'était pas son journal à elle. Il était arrivé par exprès hier et, quand je l'ai ouvert, j'ai trouvé un mot du mari de la pauvre femme qui l'avait écrit...

— Seigneur, on a vraiment besoin d'écouter ça ? demanda Joanna, livide de colère.

— J'ai commencé à le lire. Je ne suis pas allée très loin, mais j'ai compris que c'était le sujet du prochain livre de Joy. Celui dont elle parlait l'autre jour en Ecosse. Et d'un seul coup... d'un seul coup j'ai réalisé qu'elle était vraiment morte, et que plus jamais elle ne reviendrait.

Les larmes d'Irene se mirent à couler d'abondance, en même temps qu'elle sentait s'enfler pour la première fois un véritable chagrin. Ce qu'elle dit ensuite n'avait plus qu'un lointain rapport avec ce que le sergent Havers et elle avaient si soigneusement préparé. Elle savait qu'elle s'égarait, mais ces mots devaient être prononcés, et rien d'autre n'avait d'importance.

— Elle ne l'écrira plus jamais. Et j'ai eu l'impression... assise là chez elle avec le journal d'Hannah Darrow... j'ai eu le sentiment que je devais écrire ce livre pour elle, si je le pouvais. Pour lui dire que... qu'en fin de compte, je comprenais ce qui s'était passé entre eux. Je comprenais vraiment. Mon Dieu, quelle souffrance c'était, mais je comprenais. Et je ne crois pas... Elle n'a jamais cessé d'être ma sœur, et je ne le lui ai jamais dit. Et mon Dieu, je ne peux plus revenir en arrière !

Puis, ayant achevé sa tâche, elle se laissa aller sans retenue, comprenant enfin la source de ses larmes, pleurant la sœur qu'elle avait aimée mais pardonnée trop tard, pleurant la jeunesse qu'elle avait gâchée en se dévouant à un homme qui ne lui était finalement rien. Elle sanglota avec désespoir sur les années perdues et les mots non dits, uniquement préoccupée de cet acte de deuil.

Joanna Ellacourt reprit la parole.

— Ça, c'est le bouquet. Quelqu'un peut-il faire quelque chose ? Elle va pleurer comme un veau toute la journée ? David, insista-t-elle en se tournant vers son mari.

Mais Sydeham regardait dans la salle.

— Nous avons une visiteuse, annonça-t-il.

Ils suivirent son regard. Marguerite Rintoul, comtesse de Stinhurst, se tenait au milieu de l'allée centrale.

Elle attendit à peine d'avoir fermé la porte du bureau de son mari.

— Où étais-tu la nuit dernière, Stuart ? demanda-t-elle d'un ton impérieux, sans dissimuler l'âpreté de sa voix, tout en se débarrassant de son manteau et de ses gants et en les jetant sur un siège.

Lady Stinhurst était parfaitement consciente que, vingt-quatre heures auparavant, elle n'aurait jamais posé la question. Elle aurait accepté l'absence de son mari avec son habituelle et pathétique discrétion, blessée et redoutant de connaître la vérité. Mais elle avait dépassé ce cap. Les révélations faites la veille dans cette pièce, jointes à une longue nuit d'introspection, avaient fait naître une colère si aiguisée qu'aucun rempart d'indifférence protectrice et délibérée ne pouvait lui résister.

Stinhurst alla s'asseoir derrière son bureau, dans son lourd fauteuil de cuir.

— Assieds-toi, dit-il.

Elle ne bougea pas.

— Je t'ai posé une question. J'attends une réponse. Où étais-tu la nuit dernière ? Et ne me demande pas de croire que Scotland Yard t'a gardé jusqu'à neuf heures ce matin. Je préfère penser que je ne suis pas si sotte.

— Je suis allé à l'hôtel.

— Et pas à ton club ?

— Non. Je cherchais l'anonymat.

— Ce qui te manquait à la maison, bien sûr.

Stinhurst ne dit rien, jouant avec un long coupe-papier en argent posé sur son bureau qui accrochait la lumière.

— J'ai découvert que j'étais incapable de t'affronter.

Plus que tout autre chose, la façon dont elle réagit à cette simple phrase montra de quelle façon leurs relations avaient évolué. Il avait parlé d'une voix égale, mais crispée, comme si la moindre provocation pouvait le briser. Son teint était blême, ses yeux injectés de sang, et lorsqu'il reposa le coupe-papier, sa femme s'aperçut que ses mains tremblaient. Et pourtant, rien de tout ceci ne la troubla, car elle savait parfaitement que la cause de son bouleversement n'était pas l'inquiétude qu'il éprouvait pour elle, pour leur fille ou même pour lui-même, mais le souci de trouver comment empêcher les journaux de dévoiler la vie méprisable et la mort violente de Geoffrey Rintoul. Elle avait vu Jeremy Vinney au fond du théâtre, elle savait pourquoi il se trouvait là. Sa colère redoubla.

— J'étais à la maison, Stuart, attendant patiemment, comme je l'ai toujours fait, m'inquiétant de toi et de ce qui se passait à Scotland Yard. Heure après heure. Je pensais — ce n'est que bien plus tard que j'ai compris à quel point je me leurrais — que cette tragédie pourrait nous rapprocher, d'une façon ou d'une autre. Malgré ce que tu as raconté sur ma « liaison » avec ton frère, imagine-toi que j'ai cru que nous pourrions redonner une signification à ce mariage. Mais tu n'as même pas téléphoné. Et comme une imbécile, j'ai attendu et attendu avec obéissance. Jusqu'à ce que je comprenne enfin que tout était mort entre nous. Tout était mort depuis des années, bien sûr, mais j'avais bien trop peur de le reconnaître. Jusqu'à la nuit dernière.

Lord Stinhurst leva la main comme s'il espérait prévenir d'autres paroles.

— Tu choisis bien ton moment, n'est-ce pas ? Ce n'est guère l'heure de discuter de notre mariage. Je te croyais capable de comprendre au moins cela, dit-il d'un ton froid, sévère et sans appel.

Curieux comme celui-ci ne l'affectait plus du tout. Elle eut un sourire poli.

— Tu ne m'as pas comprise. Nous ne discutons pas de notre mariage, Stuart, car il n'y a rien à discuter.

— Alors pourquoi...

— J'ai tout dit à Elizabeth à propos de son grand-père. Je pensais que nous aurions pu le faire ensemble, hier soir. Mais lorsque j'ai vu que tu ne rentrais pas, je le lui ai dit moi-même.

Elle traversa la pièce pour se planter devant son bureau, et posa ses phalanges sur le plateau poli. Il la regarda mais demeura silencieux.

— Et sais-tu ce qu'elle a dit lorsque je lui ai appris que son bien-aimé grand-père avait tué son oncle Geoffrey, qu'il avait brisé cette belle nuque ?

Stinhurst secoua la tête et baissa les yeux.

— Elle a dit : « Maman, tu peux te pousser, tu es devant la télévision ? » Et j'ai pensé, n'est-ce pas grandiose ? Toutes ces années consacrées à protéger la mémoire sacrée d'un grand-père qu'elle adorait, réduites à cela. Bien sûr, je me suis tout de suite ôtée de son chemin. Je suis comme ça, n'est-ce pas ? Toujours coopérative, anxieuse de plaire. Toujours à espérer que les choses vont finir par s'arranger si je fais semblant de ne pas les voir. Je suis un être vide, dans un mariage vide, qui déambule dans une belle maison de Holland Park, avec tous les avantages possibles et imaginables, sauf celui dont j'ai eu si désespérément besoin toutes ces années. L'amour.

Lady Stinhurst chercha une réaction sur le visage de son mari, mais ne vit rien, et continua :

— J'ai compris alors que je ne pouvais plus sauver Elizabeth. Elle a trop longtemps vécu dans une maison pleine de mensonges et de demi-vérités. Elle ne peut que se sauver seule. Comme moi.

— Qu'est-ce que tu veux dire ?

— Je veux dire que je te quitte. Je ne sais pas si c'est définitif. Je n'ai pas assez de bravade pour le prétendre. Mais je pars dans le Somerset, jusqu'à ce que j'aie éclairci la situation dans mon esprit, et que je sache ce que je veux réellement. Et si cela devient définitif, tu n'as pas à t'inquiéter. Je ne demande pas grand-chose. Juste un endroit quelque part et un peu de calme. Je suis sûre que nous pouvons parvenir à nous entendre. Sinon, nos avocats respectifs...

Stinhurst fit pivoter son siège.

— Ne me fais pas ça, s'il te plaît. Pas aujourd'hui, pas maintenant, en plus de tout le reste.

Elle eut un rire amer.

— Voilà à quoi cela se résume, n'est-ce pas ? Je vais être la cause d'une migraine de plus, d'un désagrément supplémentaire. Voilà encore quelque chose à expliquer à l'inspecteur Lynley, si on en arrive là. Eh bien, j'aurais pu attendre, mais comme je devais te parler de toute façon, autant tout te dire maintenant.

— Tout ? demanda-t-il d'un ton morne.

— Oui. Encore une chose avant que je ne parte. Francesca a téléphoné ce matin. Elle ne pouvait plus le supporter, disait-elle. Pas après Gowan. Elle pensait en être capable, mais Gowan lui était très cher, et elle ne supportait plus de penser qu'elle faisait peu de cas de sa vie et de sa mort. Au début, pour toi, elle y était disposée. Mais elle a découvert qu'elle ne pouvait plus continuer à dissimuler. Elle a l'intention de tout dire à Macaskin cet après-midi.

— De quoi parles-tu ?

Lady Stinhurst enfila ses gants, ramassa son manteau, et se prépara à partir. Elle prit un bref plaisir agressif à lancer sa dernière remarque.

— Francesca a menti à la police sur ce qu'elle avait fait et vu la nuit où Joy est morte.

— J'ai apporté de la cuisine chinoise, papa, dit Barbara en passant la tête dans le salon. Mais tu ne dois pas te battre avec maman pour les crevettes, cette fois-ci. Où est-elle ?

Son père était assis devant la télévision, branchée à un volume assourdissant sur BBC 1. L'image au sommet de l'écran se déformait, et les têtes des gens coupées juste au-dessus des sourcils donnaient l'impression de regarder un film de science-fiction.

— Papa ? répéta Barbara.

Il ne répondit pas. Elle s'avança dans la pièce, baissa le son et se retourna. Il était endormi, la mâchoire pendante, les tubes qui lui fournissaient de l'oxygène plantés de travers dans ses narines. Des revues hippiques jonchaient le sol près de son siège, et un journal était ouvert sur ses genoux. Il faisait trop chaud dans la pièce, dans toute la maison, d'ailleurs, et l'odeur de renfermé de ses parents vieillissants semblait suinter des murs, du sol et des meubles, mêlée à un parfum plus fort et plus récent de nourriture trop cuite et immangeable.

Le mouvement de Barbara suffit à réveiller son père, et il sourit à sa vue, découvrant des dents noircies et de travers.

— Barbie. J'ai dû m'assoupir.

— Où est maman ?

Jimmy Havers cligna des yeux, ajusta les tubes dans ses narines, et sortit un mouchoir dans lequel il toussa abondamment. Sa respiration résonnait comme un bruit de bulles.

— A côté. Mrs Gustafson a encore un rhume, et maman lui a porté de la soupe.

Connaissant les talents culinaires douteux de sa mère, Barbara se demanda un instant si l'état de Mrs Gustafson s'améliorerait ou empirerait. Néanmoins, le fait que sa mère se soit aventurée à l'extérieur de la maison l'encouragea. C'était la première fois depuis des années.

— J'ai apporté de la cuisine chinoise, dit-elle à son père en lui montrant le sac qu'elle portait au creux du bras. Mais je ressors ce soir. Je n'ai qu'une demi-heure pour manger.

Son père fronça les sourcils.

— Maman va pas aimer ça, Barbie. Pas du tout.

— C'est pour ça que j'ai apporté à manger. Pour l'amadouer, dit-elle en se dirigeant vers la cuisine à l'arrière de la maison.

A la vue de celle-ci, le découragement s'empara d'elle. Une douzaine de boîtes de soupe encombrait l'évier. Elles étaient toutes ouvertes, avec des cuillères dans chacune d'elles, comme si sa mère les avait goûtées l'une après l'autre avant de décider laquelle offrir à la voisine. Elle en avait réchauffé trois, dans trois casseroles différentes posées sur le feu, toujours allumé, et dont le contenu avait brûlé, répandant une odeur écœurante. Un paquet de biscuits reposait dangereusement près de la flamme, le papier d'emballage déchiré à la hâte et une partie de celui-ci jetée sur le sol.

— Et merde ! dit Barbara avec lassitude en éteignant la cuisinière.

Elle posa son paquet sur la table de la cuisine, près de l'album d'informations touristiques de sa mère. Un coup d'œil lui apprit que le Brésil constituait la destination de cette semaine, mais la collection de catalogues et de photos tirées de magazines ne l'intéressait pas. Elle fourragea sous l'évier pour trouver un sac poubelle et était en train de jeter les boîtes de conserve lorsque la porte d'entrée s'ouvrit, que des pas hésitants résonnèrent dans le couloir nu, et que sa mère apparut, un plateau tout rayé à la main. Sur celui-ci, de la soupe, des biscuits et une pomme ridée.

— Ça s'est refroidi, dit Mrs Havers en tentant de fixer son regard dénué de couleur au-delà de sa propre confusion mentale.

Elle ne portait qu'un cardigan mal boutonné sur sa robe d'intérieur usée.

— J'ai pas pensé à couvrir la soupe, ma poule. Et quand je suis arrivée là-bas, sa fille était venue, et elle m'a dit que Mrs Gustafson n'en voulait pas.

Barbara regarda l'étrange mixture, et bénit la fille de Mrs Gustafson pour sa sagesse, sinon pour son tact. La soupe était un mélange peu appétissant de tout ce qui se trouvait sur la cuisinière, pois cassés, bisque de homard et tomates au riz, rapidement refroidi à l'extérieur. Il s'était formé à la surface une peau plissée qui ressemblait vaguement à du sang coagulé. L'estomac de Barbara se révulsa à cette vue.

— Ce n'est pas grave, maman. Tu as pensé à elle, et

Mrs Gustafson le saura, c'est ça qui est important. Tu t'es montrée bonne voisine, n'est-ce pas ?

Sa mère eut un sourire absent.

— Oui, c'est vrai, hein ?

Elle posa le plateau sur l'extrême bord de la table. Barbara plongea pour le rattraper avant qu'il ne tombe.

— Tu as vu le Brésil, ma poule ?

Mrs Havers caressa affectueusement la couverture en similicuir dépenaillée de son album.

— J'ai encore travaillé dessus aujourd'hui.

— Oui, j'ai jeté un coup d'œil.

Barbara continua de mettre des choses à la poubelle. L'évier était plein de vaisselle sale. Une légère odeur de moisi en émanait, et elle en conclut que de la nourriture abandonnée était enfouie quelque part en dessous.

— J'ai rapporté des plats chinois, dit-elle à sa mère. Mais je repars dans un petit moment.

— Oh non, ma poule, répondit sa mère. Dans ce froid ? Dans le noir ? Ça n'est pas très sage, non ? Les jeunes filles ne doivent pas se promener toutes seules dans la rue la nuit.

— Travail de police, maman, répliqua Barbara.

Elle ouvrit le placard, mais il ne restait que deux assiettes propres. Tant pis, pensa-t-elle. Elle mangerait dans un des cartons une fois ses parents servis.

Elle mettait la table tandis que sa mère tournicotait en vain autour d'elle lorsque la sonnette de la porte d'entrée retentit. Elles se regardèrent.

Le visage de sa mère s'assombrit.

— Tu ne crois pas que c'est... Non, je sais. Tony ne reviendra pas, hein ? Il est mort, hein ?

— Il est mort, maman, dit Barbara d'un ton ferme. Mets la bouilloire pour le thé. Je vais voir.

La sonnette retentit une seconde fois avant qu'elle ait pu répondre. Elle marmonna avec impatience, alluma la lumière extérieure et tira la porte pour découvrir sur le seuil, incrédule, lady Helen Clyde. Celle-ci était vêtue de noir des pieds à la tête, ce qui aurait dû servir d'avertissement à Barbara. Mais pour l'instant, la seule et horrifiante pensée qui l'habitait, c'était qu'à moins qu'il ne s'agisse là d'un cauchemar dont elle allait se réveiller, elle allait devoir inviter lady Helen à entrer.

La fille cadette du dixième comte de Hesfield, héritière

d'une des grandes maisons du Surrey, résidant dans l'un des quartiers les plus chics de Londres, ici, dans les tréfonds d'Acton ? Barbara la regarda la bouche ouverte, chercha une voiture dans la rue, et vit la Mini rouge de lady Helen garée un peu plus bas. Elle entendit le gémissement de sa mère quelque part derrière elle.

— Ma poule ? Qui c'est ? C'est pas...

— Non, maman. Tout va bien, ne t'inquiète pas, dit-elle par-dessus son épaule.

— Pardonnez-moi, Barbara, dit lady Helen. S'il y avait eu un autre moyen, je l'aurais employé.

Barbara reprit ses sens, et ouvrit la porte.

— Je vous en prie...

Lorsque lady Helen passa devant elle pour entrer Barbara regarda son intérieur comme celle-ci devait le voir, un endroit où la folie et la pauvreté marchaient de conserve. Le linoléum usé qui n'avait pas été lavé depuis des mois, parsemé de traces de pas et de flaques de neige fondue ; le papier peint fané qui se décollait dans les coins et la tache d'humidité qui s'élargissait près de la porte ; l'escalier usé avec des crochets le long du mur, auxquels étaient suspendus sans soin des vêtements difformes ; le vieux porte-parapluie en rotin où, au fil des années, les parapluies mouillés avaient ouvert de grands trous béants ; les odeurs de cuisine, de vieillesse et de saleté.

Ma chambre ne ressemble pas à ça ! eut-elle envie de crier. Mais je ne peux pas être toujours derrière eux, payer les factures, faire les repas, et veiller à ce qu'ils se lavent !

Cependant, elle ne dit rien. Elle attendit simplement que lady Helen parle, et sentit une vague de honte la submerger lorsque son père tituba jusqu'à la porte du salon dans ses pantalons déformés et sa chemise grise tachée, traînant derrière lui son chariot à oxygène.

— Voici mon père, dit-elle et, lorsque sa mère jeta un coup d'œil de la cuisine comme une souris effarouchée : Et ma mère.

Lady Helen tendit la main à Jimmy Havers.

— Je suis Helen Clyde, se présenta-t-elle et, se tournant vers la cuisine : J'ai interrompu votre dîner, n'est-ce pas, Mrs Havers ?

Jimmy Havers eut un grand sourire.

— C'est de la cuisine chinoise, ce soir. On a assez si vous voulez un morceau, hein, Barbie ?

A un autre moment, Barbara aurait peut-être savouré avec un lugubre amusement la vision de lady Helen en train de manger dans des cartons, assise à la table de la cuisine et discutant avec sa mère des voyages au Brésil, en Turquie et en Grèce qui occupaient les lointaines contrées de sa folie. Pour l'instant, elle ne ressentait que la faiblesse de l'humiliation pour avoir été découverte, en sachant que lady Helen pourrait un jour, d'une façon ou d'une autre, trahir sa situation devant Lynley.

— Merci, répondait aimablement celle-ci, mais je n'ai pas du tout faim.

Elle sourit à Barbara, mais ce ne fut au mieux qu'un effort incertain.

Barbara comprit alors que, quel que soit son propre état, celui dans lequel se trouvait lady Helen était pire. Elle lui parla donc avec bonté.

— Laissez-moi les faire commencer à dîner, Helen. Si un désordre encore plus grand ne vous gêne pas, le salon est là.

Sans attendre de voir comment lady Helen allait réagir à la vue du salon, avec son vieux mobilier grinçant et son délabrement général, Barbara poussa son père dans la cuisine. Rassurer les frayeurs agressives de sa mère à propos de la visiteuse, préparer le riz, les crevettes sautées, le poulet au sésame et le bœuf aux huîtres lui prit un moment, tandis qu'elle se demandait pourquoi lady Helen avait débarqué chez elle. Elle se refusa à penser que celle-ci était déjà au courant de la machine mise en marche pour l'arrestation de ce soir. Elle se refusa à penser que cette éventuelle arrestation puisse constituer la raison de sa visite. Et pourtant, en même temps, elle savait bien qu'il ne pouvait y avoir d'autre raison. Lady Helen et elle ne fréquentaient pas vraiment le même cercle d'amis. Il ne s'agissait pas d'une visite de courtoisie.

Lorsque Barbara la rejoignit quelques minutes plus tard, lady Helen ne la laissa pas longtemps dans l'expectative. Assise au bord du canapé défoncé, elle fixait le mur opposé, où une unique photo du jeune frère de Barbara était accrochée au milieu de dix rectangles de papier peint plus clairs, seuls témoignages restants d'une ancienne collection de souvenirs consacrés à sa mémoire. Elle bondit à son entrée.

— Je viens avec vous ce soir. (Elle eut un petit geste gêné.)

J'aurais aimé le formuler plus poliment, mais cela ne sert pas à grand-chose, non ?

Il était également inutile de mentir.

— Comment l'avez-vous su ? demanda Barbara.

— J'ai téléphoné à Tommy il y a une heure. Denton m'a dit qu'il avait une opération de surveillance ce soir. Tommy ne fait généralement pas ce genre d'opération, n'est-ce pas ? Alors, j'en ai déduit le reste. (Elle eut un sourire malheureux.) Si j'avais su où celle-ci avait lieu, j'y serais allée toute seule. Mais je ne savais pas. Denton ne savait pas. Personne au Yard ne pouvait ou ne voulait me le dire. Je suis donc venue vous voir. Et je vous jure que je vous suivrai, si vous ne me laissez pas venir avec vous. Je suis désolée, dit-elle en baissant la voix. Je sais dans quelle mauvaise posture je vous mets, et combien Tommy sera furieux contre nous deux.

— Alors, pourquoi faites-vous ça ?

Le regard de lady Helen se posa de nouveau sur la photo du frère de Barbara. C'était une vieille photo de classe, pas très bonne, mais elle représentait Tony comme Barbara aimait à se souvenir de lui, riant, avec une dent en moins sur le devant, un visage de lutin constellé de taches de rousseur, une mèche de cheveux sur l'œil.

— Après... tout ce qui s'est passé, je dois être là. C'est la conclusion, et j'en ai besoin. Il semble que la seule façon dont je sois capable d'y mettre fin pour moi-même — la seule façon dont je puisse me pardonner pour m'être conduite comme une imbécile — c'est d'être là lorsque vous le prendrez.

Elle regarda de nouveau Barbara, terriblement pâle et frêle.

— Comment vous expliquer ce que je ressens lorsque je sais qu'il m'a utilisée ? Lorsque je sais que je me suis dressée contre Tommy alors qu'il ne voulait qu'une chose, me montrer la vérité ?

— Nous avons essayé de vous téléphoner hier soir. Il a essayé de vous joindre toute la journée. Il était à moitié fou d'inquiétude.

— Je suis désolée. Je ne... je ne pouvais pas lui faire face.

— Excusez-moi de vous dire cela, hésita Barbara, mais je ne crois pas que l'inspecteur ait pris le moindre plaisir à avoir raison dans cette affaire. Pas à vos dépens.

Elle ne mentionna pas sa réunion de l'après-midi avec Lynley, l'impatience de celui-ci tandis qu'il mettait sur pied son équipe, les coups de téléphone incessants à l'appartement d'Helen, à sa maison de famille dans le Surrey, chez Saint-James. Elle ne mentionna pas son humeur noire au fur et à mesure que l'après-midi s'écoulait, ses sursauts à chaque fois que le téléphone sonnait, l'indifférence qu'il maintenait dans sa voix tandis que son visage trahissait sa tension.

— Vous me laisserez venir avec vous ? demanda lady Helen.

Barbara savait que la question n'était que de pure forme.

— Je ne vois pas très bien comment je pourrais vous en empêcher, répliqua-t-elle.

Lynley se trouvait à Hampstead chez Joy Sinclair depuis quatre heures et demie. Les membres de l'équipe de surveillance étaient arrivés peu après, et s'étaient installés aux endroits prévus, deux dans une camionnette sale avec un pneu crevé garée un peu plus bas dans Flask Walk, un autre au-dessus de la librairie au coin de Back Lane, et encore un autre dans la grande rue, l'œil sur la station de métro. Lynley, lui, se trouvait dans la maison, non loin des moyens d'accès logiques, les portes-fenêtres du salon qui donnaient sur le jardin. Assis dans la pièce obscure dans l'un des sièges bas, il écoutait ce que ses hommes placés à l'extérieur lui transmettaient par radio.

Il était à peine huit heures lorsque l'équipe de la camionnette annonça :

— Havers à l'autre bout de Flask Walk, monsieur. Elle est accompagnée.

Lynley se leva, perplexe, se dirigea vers la porte d'entrée et l'entrouvrit à l'instant où le sergent Havers et lady Helen passaient sous un réverbère qui illumina leurs visages dans sa lumière ambrée. Après un bref coup d'œil aux alentours, elles se pressèrent dans le jardin de devant et entrèrent.

— Bon Dieu, qu'est-ce que... commença violemment Lynley une fois qu'il eut fermé la porte et qu'ils se retrouvèrent dans l'obscurité du hall.

— Je ne lui ai pas laissé le choix, Tommy, intervint lady Helen. Denton m'a dit que tu partais en surveillance. J'en ai déduit le reste et je suis allée chez le sergent Havers.

— Je ne veux pas de toi ici. Bon sang, il pourrait arriver n'importe quoi.

Lynley se rendit dans la salle à manger et prit l'émetteur :

— Je vais avoir besoin d'un homme ici pour...

— Non ! Ne me fais pas ça ! (Lady Helen tendit la main avec désespoir, mais ne le toucha pas.) J'ai fait ce que tu m'avais demandé hier soir. Tout ce que tu m'avais demandé. Alors laisse-moi rester, je le dois, Tommy. Je ne te gênerai pas, je te le promets. Je te le jure. Laisse-moi terminer ceci de la façon qui me convient. S'il te plaît.

Une indécision irrationnelle le saisit. Il savait où était son devoir. Il savait ce qui était bien. La place de lady Helen n'était pas plus ici que dans une bagarre de pub. Des paroles appropriées montèrent à ses lèvres, mais avant qu'il ait pu parler, ce qu'elle dit le frappa au vif.

— Laisse-moi me séparer de Rhys de la seule façon dont je sois capable. Je t'en supplie, Tommy.

— Inspecteur ? crachota une voix dans l'émetteur.

— Tout va bien, dit Lynley d'une voix dure. Restez à vos postes.

— Merci, murmura lady Helen.

Il fut incapable de répondre. Il ne pensait qu'à la remarque la plus significative qu'elle lui avait faite. « J'ai fait tout ce que tu m'avais demandé. » Et, se souvenant des derniers mots qu'elle lui avait adressés la veille au soir, il ne pouvait supporter ce qu'elle recouvrait. Passant devant elle, il se dirigea vers un coin obscur de la salle à manger, écarta à peine les rideaux pour jeter un coup d'œil dans Back Lane, ne vit rien, et revint sur ses pas. Leur longue attente commença.

Au cours des six heures qui suivirent, lady Helen tint parole, et ne bougea pas du siège sur lequel elle s'était installée dans le salon. Elle n'articula pas un mot. Lynley eut par instant la sensation qu'elle s'était endormie, mais il ne voyait pas distinctement son visage, qui n'était qu'une masse livide sous son foulard noir.

Un jeu de lumière la fit paraître irréelle, comme si elle s'évanouissait peu à peu, à l'image d'une photo qui pâlit au fil du temps. Les doux yeux bruns, l'arc des sourcils, la courbe légère de sa joue et de ses lèvres, le menton franchement têtu, tout cela devenait de moins en moins précis au fil des heures et, assis en face d'elle, le sergent Havers complétant leur triangle patient, il fut pris pour elle d'un désir qu'il n'avait jamais connu auparavant, qui n'avait rien à voir avec le sexe et tout avec l'appel d'une âme à une autre âme sœur, indispensable à sa propre plénitude. Il éprouva le sentiment d'avoir accompli un long voyage, mais de se retrouver à son point de départ, et de reconnaître véritablement l'endroit pour la première fois.

Tout en ayant également la sensation très nette d'arriver trop tard.

Une voix déchira le silence à deux heures dix.

— Voilà de la compagnie, inspecteur. Le long de Flask Walk... Il reste bien dans l'ombre... Excellente technique... L'œil en alerte... Vêtements sombres, bonnet de laine sombre, col du manteau relevé... Il s'est arrêté. A trois portes du nid.

Il y eut une pause de plusieurs minutes, puis le monologue à voix basse reprit :

— Il traverse la rue pour un nouveau coup d'œil... Continue son approche... retraverse vers Back Lane... C'est notre colis, inspecteur. Personne ne descend une rue comme ça à deux heures du matin par ce temps... Je rends l'antenne, je l'ai perdu de vue, il a tourné dans Back Lane.

Une autre voix reprit :

— Le suspect approche le mur du jardin... Tire quelque chose sur son visage... Passe une main sur les briques...

Lynley éteignit la radio, et se déplaça sans bruit dans l'obscurité de la salle à manger. Le sergent Havers le suivit, tandis que lady Helen demeurait derrière eux.

Lynley ne distingua d'abord rien au-delà des portes de la salle à manger. Puis une forme noire apparut, se détachant sur le ciel d'encre, et l'intrus se hissa sur le mur du jardin. Une jambe passa à l'intérieur, puis une autre. Un bruit sourd lorsqu'il heurta le sol. Son visage était invisible, ce qui paraissait impossible au premier abord, étant donné la lumière des étoiles et des réverbères de Back Lane qui illuminait la neige, la silhouette de l'arbre, le contraste du ciment sur la brique, et même l'intérieur de la maison, jusqu'à un certain point. C'est alors que Lynley s'aperçut que l'homme portait une cagoule de ski, et d'un seul coup il ne ressembla plus tant à un intrus qu'à un tueur.

— Helen, retourne dans le salon, souffla Lynley.

Mais elle demeura immobile. Il jeta un coup d'œil par-dessus son épaule, et vit qu'elle fixait de ses yeux écarquillés la silhouette dans le jardin, qui se rapprochait furtivement de la porte. Elle pressait son poing contre ses lèvres.

L'invraisemblable se produisit alors.

L'homme montait les quatre marches, tendait la main pour trouver la poignée, lorsque Helen poussa un cri fou :

— Non ! Oh mon Dieu, Rhys !

Et ce fut le chaos.

Dehors, la silhouette ne se figea qu'un instant avant de foncer vers le mur et de le franchir d'un seul bond.

Incapable de croire à ce que venait de faire Helen, Lynley demeura pétrifié. Elle ne pouvait pas... Elle n'avait pas voulu... Elle n'aurait jamais... Elle venait vers lui dans l'obscurité.

— Tommy, s'il te plaît...

Sa voix brisée lui fit reprendre brutalement ses esprits. Il l'écarta d'un geste, se précipita sur la radio et se contenta d'annoncer :

— On l'a perdu.

Cela fait, il se précipita vers la porte d'entrée, et fonça, insensible à l'écho de la poursuite derrière lui.

— Vers la grand-rue ! cria une voix au-dessus de la librairie quand Lynley déboula.

Mais il le savait. Devant lui, il voyait courir la silhouette noire, entendait sa course effrénée. Il la vit glisser sur une plaque de glace, se redresser et continuer sans se soucier de rechercher la sécurité de l'ombre. L'homme courait au milieu de la rue, apparaissant et disparaissant dans la lumière des réverbères, et l'écho de sa fuite déchirait l'air nocturne comme un roulement de tonnerre.

Lynley entendit le sergent Havers à quelques enjambées derrière lui. Elle courait à toute vitesse, maudissant lady Helen de toutes ses forces et de toutes les insultes qu'elle connaissait.

— Police !

Les deux agents de la camionnette venaient de se précipiter au coin, et arrivaient rapidement derrière eux.

Devant, leur gibier déboucha dans Heath Street, une des plus larges artères de Hampstead Village. Les phares d'une voiture le prirent au piège comme un animal. Des pneus crissèrent, un klaxon mugit frénétiquement. Une grosse Mercedes pila en dérapant à quelques centimètres de ses cuisses. Mais au lieu de continuer sa course, il tournoya, et plongea vers la portière. Même à une cinquantaine de mètres derrière, Lynley entendit le hurlement terrifié qui résonna à l'intérieur de la voiture.

— Arrêtez-vous !

Un autre agent chargea au coin de la grand-rue, à moins de trente mètres de la Mercedes. A ce cri, la silhouette vêtue de noir pivota sur la droite et continua sa fuite en remontant la colline.

Son arrêt près de la voiture lui avait coûté du temps et de la distance, et Lynley gagnait du terrain, suffisamment près maintenant pour entendre le ronflement de ses poumons lorsque l'homme bondit vers un étroit escalier de pierre qui grimpait à flanc de colline vers un autre quartier. Il avala les marches quatre à quatre, et s'arrêta au sommet. Il attrapa dans l'ombre d'une porte voûtée un panier de métal contenant des bouteilles de lait vides et le jeta derrière lui dans l'escalier avant de reprendre sa course. Mais le verre brisé ne servit qu'à effrayer les chiens du voisinage qui se mirent à aboyer comme des fous. Des lumières s'allumèrent dans les immeubles qui longeaient les escaliers, facilitant la progression de Lynley, qui se fraya facilement un chemin parmi les éclats de verre.

En haut des marches, les hêtres et les sycomores énormes qui bordaient la rue emplissaient celle-ci d'ombres menaçantes. Là, Lynley s'arrêta, tendit l'oreille pour surprendre dans le vent et les aboiements des chiens l'écho d'une fuite, chercha un mouvement dans l'ombre. Havers le rattrapa, jurant toujours en même temps qu'elle reprenait son souffle.

— Où est-il...

Lynley l'entendit le premier, sur sa gauche. Un choc sourd contre du métal lorsque le fuyard, embarrassé par sa cagoule, tomba contre une poubelle. C'était tout ce qu'il fallait à Lynley.

— Il se dirige vers l'église !

Il fit faire demi-tour à Havers.

— Allez chercher les autres ! ordonna-t-il. Dites-leur de le prendre à rebours par Saint-John's Wood ! Tout de suite !

Il n'attendit pas de voir si elle obéissait. L'écho des pas devant lui le relança dans la poursuite, à travers Holly Hill jusqu'à une rue étroite où il vit dans un moment de triomphe que tout l'avantageait. D'un côté, une série de hauts murs, de l'autre une grande pelouse. La rue n'offrait aucune protection.

En une seconde, il distingua l'homme à une quarantaine de mètres devant lui, qui franchissait une grille ouverte dans le mur. Lorsqu'il atteignit celle-ci, il vit les empreintes dans la neige vierge sur le chemin, qui menaient à un jardin. Là, une silhouette se battait avec une haie de houx, les vêtements pris dans les feuilles épineuses. L'homme poussa un cri de douleur. Un chien se mit à aboyer furieusement. Des projecteurs s'allumèrent. Dans la grand-rue en contrebas, des sirènes se déclenchèrent, résonnant de plus en plus fort, au fur et à mesure que les voitures de police se rapprochaient.

L'homme, mû par une poussée d'adrénaline, parvint à se libérer des buissons. Alors que Lynley se rapprochait, il jeta un regard fou dans sa direction, évalua la distance qui le séparait de lui, et s'arracha à la douloureuse étreinte de la plante. Il tomba à genoux, enfin libre, de l'autre côté de la haie, se redressa, et se remit à courir. Lynley tourna dans l'autre direction, distingua une seconde grille dans le mur, et se fraya un chemin vers celle-ci à travers la neige épaisse, perdant au moins trente secondes. Il déboula enfin dans la rue.

A sa droite, derrière un mur de briques bas, se dessinait Saint-John's Church. Là, une ombre bougea, se baissa, bondit, et franchit le mur. Lynley fonça.

Il passa le mur sans difficulté, et atterrit dans la neige. Il entrevit une silhouette se déplaçant vivement sur sa gauche, en direction du cimetière. L'écho des sirènes se rapprochait, des crissements de pneus sur la chaussée mouillée déchiraient la nuit.

Lynley se fraya un chemin à travers un monticule de neige qui lui arrivait aux genoux, atteignit une parcelle de trottoir dégagé. Devant lui, la forme sombre se faufilait entre les tombes.

C'était le genre d'erreur que Lynley attendait. La couche de neige était plus épaisse encore dans le cimetière, et certaines tombes étaient même complètement enfouies. Il entendit bientôt l'homme se débattre frénétiquement en se heurtant aux pierres tombales invisibles, tout en cherchant à progresser vers le mur opposé et la rue au-delà.

Tout près, les sirènes se turent, les gyrophares projetèrent leur lueur bleue, et des policiers grouillèrent au sommet du mur. La lumière blanche de leurs torches dirigées sur la neige à la recherche du fugitif illuminait distinctement les tombes, et permit à celui-ci d'éviter les monuments.

Lynley demeura sur le chemin dégagé à travers les arbres, des pins plantés serrés qui répandaient leurs aiguilles sur la glace et empêchaient ses semelles de glisser. Il gagnait du temps, des secondes précieuses qui lui servirent à localiser sa proie.

L'homme se trouvait à cinq mètres du mur. A sa gauche, deux agents progressaient dans la neige. A sa droite, Lynley, courant de toutes ses forces. Il n'y avait aucune issue. Et pourtant, avec un cri sauvage qui parut marquer un dernier sursaut d'énergie, il bondit vers le haut. Mais Lynley était déjà sur lui.

L'homme pivota, lança un coup de poing à l'aveuglette. Lynley relâcha sa prise pour éviter le coup, donnant à l'autre une seconde pour grimper au mur. Il sauta, agrippa le sommet, auquel il s'accrocha farouchement, et se hissa.

Mais Lynley riposta. L'agrippant par son pull noir, il tira l'homme en arrière, noua son bras autour de son cou et le projeta dans la neige. Il se tenait au-dessus de lui, haletant, lorsque Havers arriva en courant, soufflant comme un marathonien. Les deux agents arrivèrent enfin à travers la neige, et l'un d'entre eux réussit à dire « Tu es fait, mon gars », avant d'être pris d'une quinte de toux.

Lynley tendit la main, remit l'homme sur ses pieds, lui arracha sa cagoule et le projeta dans la lumière d'une torche.

C'était David Sydeham.

17

— La porte de Joy n'était pas fermée, dit David Sydeham.
Ils étaient assis à une table aux pieds métalliques, dans l'une des salles d'interrogatoire de New Scotland Yard. C'était une pièce conçue pour ne laisser aucune échappatoire, dépourvue du moindre détail décoratif qui aurait pu laisser s'envoler ne serait-ce que l'imagination. Sydeham parlait sans regarder qui que ce soit, ni Lynley, assis en face de lui et qui tentait de réunir toutes les pièces de l'affaire, ni le sergent Havers, qui pour une fois ne prenait pas de notes mais simplement posait des questions supplémentaires, ni la sténo qui bâillait — une habituée du travail de police depuis vingt-deux ans, qui consignait tout avec une expression d'ennui qui laissait à penser qu'elle avait déjà entendu tous les schémas possibles de relations humaines s'achevant dans l'horreur. Au lieu de leur faire face, Sydeham avait préféré se tourner et leur offrir son profil. Son regard s'était fixé sur une phalène morte dans un coin de la pièce, comme s'il y voyait une reconstitution de ces derniers jours de violence.
Il n'y avait rien d'autre dans sa voix qu'une fatigue monumentale. Il était trois heures et demie.
— J'ai pris la dague plus tôt, lorsque je suis descendu à la bibliothèque me chercher un whisky. Rien de plus facile que de la retirer de la panoplie de la salle à manger, de passer par la cuisine, prendre l'escalier de service et rejoindre ma chambre. Et ensuite, je n'avais plus qu'à attendre, bien sûr.
— Vous saviez que votre femme était allée rejoindre Robert Gabriel ?
Sydeham regarda la Rolex dont le boîtier en or apparaissait

en demi-lune sous la manche de son pull noir. Il caressa du doigt son cadran. Il avait de grandes mains dépourvues de toute callosité, jamais soumises au travail manuel. Elles ne ressemblaient pas du tout à des mains d'assassin.

— Cela n'a pas été très long à deviner, inspecteur, répondit-il enfin. Comme Joanna ne manquerait pas de le souligner elle-même, j'avais voulu les réunir, elle et Gabriel, et elle ne faisait que me donner ce que j'avais cherché. Le théâtre du réel, pour appeler les choses par leur nom. C'était une vengeance habile, n'est-ce pas ? Bien sûr, au début, je n'étais pas vraiment sûr qu'elle soit allée le rejoindre. J'ai pensé — espéré peut-être — qu'elle boudait quelque part dans la maison. Mais je suppose qu'au fond, je savais très bien que ce n'était pas son genre. Et puis, Gabriel s'est exprimé de façon très claire sur sa conquête de ma femme, l'autre jour à l'Azincourt. Ce n'est pas le genre de chose qu'il est susceptible de passer sous silence, n'est-ce pas ?

— Vous l'avez agressé dans sa loge, l'autre soir ?

Sydeham eut un faible sourire.

— De tout ce sanglant gâchis, c'est la seule chose qui m'ait vraiment fait plaisir. Je n'apprécie pas que d'autres s'envoient ma femme, inspecteur, qu'elle soit consentante ou pas.

— Mais vous êtes plus que disposé à prendre les femmes des autres, en définitive.

— Ah ! Hannah Darrow. Je le savais, que je me ferais avoir à cause de cette petite traînée.

Sydeham prit devant lui sur la table une tasse de café en plastique dans laquelle ses ongles s'enfoncèrent.

— Quand Joy a parlé au dîner de son nouveau livre, elle a mentionné le journal qu'elle essayait d'extorquer à John Darrow, et j'ai bien compris comment tout cela allait se terminer. Elle n'avait pas l'air du genre à renoncer simplement parce que Darrow lui avait dit non une fois. Ce n'était pas en renâclant devant les obstacles qu'elle avait atteint ce point de sa carrière, n'est-ce pas ? Aussi, lorsqu'elle a parlé du journal, j'ai su qu'elle était à deux doigts de mettre la main dessus. Et je ne savais pas ce qu'avait écrit Hannah, je ne pouvais prendre aucun risque.

— Que s'est-il passé cette nuit-là avec Hannah Darrow ?

Sydeham regarda Lynley.

— Nous nous sommes retrouvés au moulin. Elle avait

quarante minutes de retard, et je commençais à penser, à espérer, qu'elle ne viendrait pas. Mais elle est arrivée au dernier moment, comme à son habitude, prête à faire l'amour tout de suite par terre. Mais je... je l'en ai dissuadée. Je lui avais acheté une écharpe que j'avais vue dans une boutique à Norwich. Et j'ai insisté pour qu'elle me laisse la lui mettre tout de suite.

Il regarda ses mains jouer sur la tasse blanche, les doigts pressés sur le rebord.

— C'était très facile. Je l'embrassais lorsque j'ai serré le nœud.

Lynley pensa aux remarques innocentes qu'il avait été trop aveugle pour noter dans le journal d'Hannah, et prit un risque calculé en disant :

— Je suis surpris que vous ne l'ayez pas prise une dernière fois là au moulin, si c'est ce qu'elle voulait.

Ce qu'il espérait lui vint en retour.

— J'avais perdu le contact avec elle. Chaque fois que nous nous rencontrions, cela devenait de plus en plus difficile. (Il eut un rire bref, une expression de mépris à son égard.) Tout allait recommencer comme avec Joanna.

— La jolie femme qui s'élève au panthéon de la gloire, qui devient l'objet de tous les fantasmes masculins, et dont le propre mari ne peut plus l'« honorer » comme elle le désire.

— Vous avez compris le tableau, inspecteur. C'est joliment dit.

— Et pourtant, vous êtes resté avec Joanna toutes ces années.

— Elle représente la seule chose que j'aie réellement accompli dans ma vie. Mon seul succès absolu. On n'abandonne pas facilement une telle chose, et en ce qui me concerne, je ne l'ai jamais envisagé. Je ne pouvais pas la laisser partir. Hannah est simplement arrivée à un mauvais moment entre Jo et moi. Nous étions... en froid depuis trois semaines. Elle pensait à signer avec un agent à Londres, et je me sentais un peu mis à l'écart. Inutile. C'est sans doute ce qui a déclenché mon... problème. Alors, quand Hannah est apparue, je me suis senti un homme nouveau pendant un mois ou deux. Chaque fois que nous nous voyions, nous faisions l'amour. Quelquefois deux ou trois fois par soirée. Seigneur, c'était comme une renaissance.

— Jusqu'au moment où elle a voulu devenir actrice, comme votre femme ?

— Et l'histoire s'est répétée. Oui.

— Mais pourquoi la tuer ? Pourquoi ne pas rompre, tout simplement ?

— Elle avait découvert mon adresse à Londres. C'était déjà suffisamment ennuyeux lorsqu'elle avait débarqué au théâtre un soir alors que Jo et moi nous trouvions avec l'agent londonien. Après ça, je savais que si je l'abandonnais dans les Fens, elle débarquerait un beau jour chez nous. Je perdrais Joanna. Je ne voyais pas d'autre choix.

— Et Gowan Kilbride ? Qu'avait-il à faire là-dedans ?

Sydeham reposa sa tasse au rebord complètement tordu et inutilisable, maintenant.

— Il savait, pour les gants.

Le premier interrogatoire de David Sydeham s'acheva à cinq heures et quart du matin, et ils en sortirent tous vacillants de fatigue, les yeux rouges. Sydeham fut conduit dans le couloir, à un téléphone, pour appeler sa femme. Lynley le regarda s'éloigner, pris d'un accès de pitié pour cet homme. Il en fut surpris : avec cette arrestation, la justice était enfin rendue. Mais il savait que les conséquences de ces meurtres, de même qu'une pierre jetée dans l'eau en altère la surface, ne faisaient que commencer à apparaître. Il se détourna.

Il y avait encore d'autres choses à régler, notamment le problème de la presse, enfin impatiente d'obtenir des informations, qui allait surgir, hurler des questions, demander des interviews.

Il écarta les journalistes, et froissa le message du superintendant Webberly pressé dans sa main. Quasiment aveuglé de fatigue, il se dirigea vers l'ascenseur, avec une seule pensée consciente : retrouver Helen, et un seul besoin conscient : dormir.

Il trouva le chemin de sa maison comme un automate, et tomba sur son lit tout habillé. Il ne se réveilla pas lorsque Denton entra, lui ôta ses chaussures et le recouvrit d'une couverture. Il ne se réveilla pas avant l'après-midi.

— C'était sa mauvaise vue, dit Lynley. J'ai remarqué pratiquement tout le reste dans le journal d'Hannah Darrow, sauf le fait qu'elle ne portait pas ses lunettes durant le second spectacle, et ne voyait pas distinctement la scène. Elle a pensé que Sydeham était un des acteurs parce qu'il est sorti par l'entrée des artistes. Et bien entendu, j'étais trop aveuglé par le rôle de Davies-Jones dans *Les Trois Sœurs* pour comprendre ce que signifiait le fait que Joanna Ellacourt se trouvait dans la même scène que celle dont était extraite la lettre d'adieu d'Hannah. Sydeham connaissait toutes les scènes de Joanna, probablement mieux que les acteurs eux-mêmes. Il l'aidait à répéter. Je l'ai moi-même entendu à l'Azincourt.

— Joanna Ellacourt savait-elle que son mari était l'assassin ? demanda Saint-James.

Lynley secoua la tête, et prit la tasse de thé que lui offrait Deborah avec un léger sourire. Ils étaient installés tous les trois dans le bureau de Saint-James, partageant leur attention entre des gâteaux, des sandwiches, des tartes et du thé. Un rayon de soleil brumeux de fin d'après-midi tombait à travers la fenêtre, et se reflétait sur la couche de neige accumulée sur le rebord extérieur. Dans le lointain, la rumeur de la circulation de l'heure de pointe sur l'Embankment commença de monter.

— Comme à tous les autres, Mary Agnes Campbell lui avait dit que la porte de la chambre de Joy était fermée, et comme moi, elle prenait Davies-Jones pour le meurtrier. Ce qu'elle ne savait pas — ce que personne ne savait jusqu'à hier tard dans l'après-midi —, c'est que la porte de Joy n'avait pas été fermée toute la nuit. Elle avait été fermée à partir du moment où Francesca Gerrard était allée y chercher son collier à trois heures et quart, avait trouvé Joy morte et, persuadée que son frère était l'assassin, était allée chercher ses clés dans son bureau et avait verrouillé la porte pour le protéger. J'aurais dû deviner le mensonge lorsqu'elle m'a dit que les perles se trouvaient sur une commode près de la porte. Pourquoi Joy les aurait-elle posées là alors que le reste de ses bijoux se trouvait de l'autre côté de la pièce sur la table ? Je les avais vus moi-même.

Saint-James choisit un autre sandwich.

— Si Macaskin avait réussi à te joindre avant que tu ne partes pour Hampstead hier, quelle différence cela aurait-il fait ?

— Qu'aurait-il pu me dire ? Simplement que Francesca Gerrard lui avait avoué nous avoir menti au sujet de la porte fermée. Je ne sais pas si j'aurais fait preuve de suffisamment de bon sens pour additionner un certain nombre de faits que j'avais choisi d'ignorer. Le fait que Robert Gabriel avait une femme avec lui dans sa chambre ; le fait que Sydeham avait reconnu que Joanna ne s'était pas trouvée avec lui pendant un certain temps ; le fait que Jo et Joy sont deux noms faciles à confondre, surtout pour un homme comme Gabriel, qui court après toutes les femmes et en met autant qu'il peut dans son lit.

— Voilà donc ce qu'Irene Sinclair a entendu.

Saint-James chercha une position plus confortable sur son siège, grimaça lorsque le bas de son appareil orthopédique accrocha la ganse de l'ottomane, et le dégagea avec un grognement d'irritation.

— Mais pourquoi Joanna Ellacourt ? demanda-t-il. Elle n'a jamais fait mystère du fait qu'elle détestait Gabriel. Ou cela n'était-il qu'une haine de théâtre, et faisait-il partie d'un stratagème ?

— Cette nuit-là, elle détestait Sydeham encore plus que Gabriel, parce qu'il l'avait embarquée dans la pièce de Joy. Elle avait le sentiment d'avoir été trahie. Elle voulait le blesser. Alors, elle s'est rendue dans la chambre de Gabriel à onze heures et demie et a attendu, pour rendre la monnaie de sa pièce à son mari d'une façon qu'il comprendrait. Mais ce qu'elle n'a pas réalisé, c'est qu'en allant chez Gabriel, elle offrait à Sydeham l'occasion qu'il cherchait depuis que Joy avait fait cette remarque sur John Darrow au dîner.

— Je suppose qu'Hannah Darrow ne savait pas que Sydeham était marié.

— Bien sûr que non, dit Lynley en secouant la tête. Elle ne les avait jamais vus qu'une fois ensemble, et encore, accompagnés d'un autre homme. Tout ce qu'elle savait, c'est que Sydeham était en relation avec des professeurs d'art dramatique, des professeurs de diction, et tout ce qui allait avec le succès. Pour Hannah, Sydeham représentait la clé de sa nouvelle vie. Et pendant un temps, elle a représenté pour lui la clé de prouesses sexuelles qui lui faisaient cruellement défaut.

— Tu crois que Joy Sinclair était au courant de la liaison de Sydeham avec Hannah Darrow ?

— Elle n'était pas allée aussi loin dans ses recherches. Et

John Darrow était bien décidé à ce qu'elle n'aille pas plus loin. Elle a simplement fait une remarque innocente au dîner. Mais Sydeham ne pouvait courir aucun risque. Alors, il l'a tuée. Et bien entendu, ce sont les allusions d'Irene au journal hier au théâtre qui l'ont poussé à Hampstead la nuit dernière.

Deborah les avait écoutés en silence, mais elle intervint maintenant, perplexe :

— N'a-t-il pas pris un risque terrible lorsqu'il a tué Joy, Tommy ? Sa femme aurait pu revenir à n'importe quel moment, et ne pas le trouver ? Il aurait pu rencontrer quelqu'un dans le couloir ?

Lynley haussa les épaules.

— Tu sais, Deb, il était quasiment certain de l'endroit où se trouvait Joanna. Et il connaissait suffisamment Robert Gabriel pour savoir que celui-ci la garderait avec lui aussi longtemps qu'il pourrait donner la preuve de sa virilité. Surveiller les autres était facile, et une fois qu'il a entendu Joy revenir de chez Vinney juste avant une heure, il ne lui restait plus qu'à attendre un peu qu'elle soit endormie.

Deborah poursuivait sa pensée :

— Mais sa propre femme… murmura-t-elle, l'air peiné.

— A mon avis, Sydeham était disposé à faire cadeau une ou deux fois de sa femme à Gabriel si cela lui permettait d'accomplir un meurtre. Mais que celui-ci s'en vante devant la troupe était une autre affaire. Il a donc attendu que Gabriel soit seul au théâtre, et lui est tombé dessus dans sa loge.

— Je me demande si Gabriel savait qui le tabassait, s'interrogea Saint-James d'un ton songeur.

— Je crois que pour lui, cela pouvait être n'importe quel homme. Et il a eu de la chance que ce ne soit pas n'importe qui, car n'importe qui aurait pu le tuer, alors que Sydeham ne le voulait pas.

— Pourquoi ? demanda Deborah. Après ce qui s'était passé entre sa femme et lui, j'aurais pensé qu'il aurait été ravi de le voir mort.

— Sydeham n'était pas un imbécile. Il ne tenait pas du tout à restreindre mon éventail de suspects, dit Lynley en secouant la tête. Bien entendu, ce qu'il ne savait pas, ajouta-t-il d'un ton plein de honte, c'est que je m'en étais déjà chargé tout seul, et qu'il se réduisait pour moi à une personne. Une enquête dont je peux être fier, vraiment.

Les deux autres demeurèrent silencieux. Deborah fit tourner le couvercle de la théière de porcelaine, suivant du doigt le tracé du pétale d'une rose délicate. Saint-James tripota les sandwiches dans son assiette. Ni l'un ni l'autre ne regardèrent Lynley.

Il savait qu'ils évitaient la question qu'il était venu poser, et qu'ils agissaient ainsi par amitié et loyauté. Et pourtant, bien qu'il ne le mérite guère, Lynley espéra que le lien qui existait entre eux tous était suffisamment fort pour leur permettre de voir qu'il avait besoin de la trouver, en dépit de son désir de demeurer cachée. Il posa donc la question.

— Saint-James, où est Helen ? Lorsque je suis revenu chez Joy la nuit dernière, elle avait disparu. Où est-elle ?

La main de Deborah abandonna la théière, serra les plis de sa jupe de lainage. Saint-James leva la tête.

— Tu en demandes trop, répondit-il.

C'était la réponse qu'attendait Lynley, celle qu'il savait mériter, mais en dépit de cela il insista.

— Je ne peux rien changer à ce qui est arrivé. Je ne peux rien changer au fait que je me suis conduit comme un imbécile. Mais je peux au moins m'excuser. Je peux au moins lui dire...

— Ce n'est pas le moment. Elle n'est pas prête.

Une détermination aussi implacable fit naître une bouffée de colère chez Lynley.

— Bon sang, Saint-James ! Elle a essayé de le prévenir ! Elle t'a dit ça, aussi ? Lorsqu'il est passé par-dessus le mur, elle a poussé un cri qu'il a entendu, et nous avons failli le perdre. A cause d'Helen. Alors, si elle n'est pas prête à me voir, elle peut me le dire elle-même. Elle peut prendre sa décision toute seule.

— Elle a déjà pris sa décision, Tommy.

Saint-James avait parlé si froidement que la colère de Lynley retomba, et sa gorge se serra.

— Elle est donc partie avec lui. Où ? Au pays de Galles ?

Rien. Deborah remua; jeta un long regard à son mari, qui avait détourné la tête vers le feu éteint.

Leur refus de répondre ne fit qu'aggraver le désespoir de Lynley. Il s'était déjà heurté à ce refus de la part de Caroline Shepherd, un peu plus tôt chez Helen, et au téléphone de la part des parents d'Helen et de trois de ses sœurs. Il savait qu'il méritait la punition, et pourtant, malgré cela, il se rebellait, refusait de l'accepter.

— Simon, pour l'amour de Dieu. Je l'aime. Toi, plus que tout autre, tu sais ce que cela signifie d'être ainsi séparé de quelqu'un que tu aimes. Sans un mot. Sans une chance de s'expliquer. S'il te plaît. Dis-moi.

De façon inattendue, Deborah tendit la main et prit celle de son mari. Il perçut à peine ce qu'elle disait à Saint-James.

— Mon amour, je suis désolée. Pardonne-moi, mais je ne peux pas faire ça.

Elle se retourna vers Lynley, les yeux brillants de larmes.

— Elle est partie pour Skye, Tommy. Elle est seule.

Il ne lui restait qu'une tâche à affronter avant de se mettre en route pour le Nord, pour aller retrouver Helen : voir le superintendant Webberly, et à travers lui mettre un point final à l'affaire. Et au reste. Il avait ignoré le message matinal de son supérieur, avec félicitations et prière de le voir aussi rapidement que possible. Ayant compris à quel point une jalousie aveugle avait guidé la moindre étape de son enquête, Lynley ne tenait guère à entendre des louanges, surtout de la part d'un homme qui avait joué de lui comme d'un pion dans le grand jeu de la trahison.

Car au-delà de la culpabilité de Sydeham et de l'innocence de Davies-Jones, il restait toujours lord Stinhurst, et l'obéissance de Scotland Yard au gouvernement dans la dissimulation d'un secret vieux de vingt-cinq ans.

Maintenant, Lynley se sentait prêt à la confrontation. Il trouva Webberly à sa table de réunion dans son bureau. Là, comme d'habitude, étaient entassés dossiers, livres, photos, rapports, et vaisselle sale. Penché sur une carte dont certaines rues étaient surlignées au marqueur jaune, le superintendant serrait un cigare entre ses dents, emplissant la pièce à l'atmosphère déjà chargée d'un malodorant nuage de fumée. Il parlait à sa secrétaire, assise derrière son bureau à lui, qui prenait des notes avec des hochements de tête approbateurs et passait sans arrêt sa main devant son visage dans une tentative désespérée d'empêcher la fumée d'imprégner son tailleur et ses cheveux blonds — également bien coupés. Elle constituait comme à l'accoutumée une réplique quasiment parfaite de la princesse de Galles.

Elle roula des yeux en direction de Lynley, plissa délicatement le nez de dégoût devant l'odeur et le désordre, et dit :

— L'inspecteur Lynley est là, superintendant.

Lynley attendit que Webberly la reprenne. C'était un jeu entre eux deux. Webberly préférait le « monsieur » à l'usage des titres. Dorothea Harriman (« Appelez-moi Dee, s'il vous plaît ») préférait de beaucoup les titres à quoi que ce soit d'autre.

Cet après-midi, cependant, le superintendant se contenta de grogner et leva les yeux de sa carte en disant :

— Vous avez tout noté, Harriman ?

Sa secrétaire consulta ses notes en ajustant le col festonné de son corsage 1900, orné d'un nœud papillon aguicheur.

— Tout. Je tape tout ça ?

— S'il vous plaît. Et faites-en trente exemplaires, aux destinataires habituels.

Harriman soupira.

— Avant de partir, superintendant... ? Non, ne dites rien. Je sais, je sais. « Mettez-le sur vos heures supplémentaires, Harriman. » (Elle lança à Lynley un regard éloquent.) J'ai tellement d'heures supplémentaires que je pourrais partir en voyage de noces avec, si jamais quelqu'un se décidait à m'épouser.

Lynley sourit.

— Bon sang, et dire que je suis pris ce soir.

Harriman rit, ramassa ses notes, et jeta trois tasses en carton du bureau de Webberly dans la poubelle.

— Voyez si vous pouvez l'obliger à faire quelque chose de ce dépotoir, demanda-t-elle à Lynley avant de prendre congé.

Webberly attendit qu'ils soient seuls, puis replia sa carte, la rangea dans un de ses meubles de classement, et se dirigea vers son bureau. Il demeura debout et, tirant sur son cigare avec satisfaction, regarda à travers la fenêtre l'horizon londonien.

— Certains pensent que c'est le manque d'ambition qui me fait éviter les promotions, confia-t-il sans se retourner. En fait, c'est la vue. Si je devais changer de bureau, je perdrais la vision de la ville qui s'illumine lorsque la nuit tombe, et vous ne pourriez croire le plaisir que j'en ai retiré au cours de toutes ces années.

Ses mains couvertes de taches de rousseur jouèrent avec la

chaîne de montre de son gilet, et de la cendre de cigare virevolta jusqu'au sol.

Lynley songea combien il avait autrefois aimé cet homme, combien il avait respecté l'intelligence sous l'apparence désordonnée. C'était un esprit qui savait tirer le meilleur de ceux qui se trouvaient sous ses ordres, et utiliser les forces de chacun, jamais leurs faiblesses. Cette capacité à voir les gens comme ils étaient réellement était ce que Lynley avait toujours admiré le plus chez son supérieur. Il voyait maintenant que cette qualité était à double tranchant, qu'elle pouvait être utilisée — et qu'elle l'avait été dans son cas — pour sonder les faiblesses d'un individu et s'en servir pour son propre compte.

Sans le moindre doute, Webberly savait que Lynley croirait à la parole donnée d'un pair. Cette confiance, cet attachement à la « parole d'un gentleman » qui avait régi les gens de sa classe pendant des siècles, faisait partie intégrante de l'éducation de Lynley. Et, comme les lois de la primogéniture, on ne pouvait s'en dépouiller facilement. Webberly avait tablé là-dessus : il avait expédié Lynley écouter lord Stinhurst lui débiter l'histoire de l'infidélité de sa femme. Pas Macpherson, pas Stewart, pas Hale, ni aucun autre inspecteur qui aurait écouté avec scepticisme, convoqué lady Stinhurst pour entendre sa version et poursuivi la vérité sur Geoffrey Rintoul sans aucun état d'âme.

Ni le gouvernement ni le Yard ne le voulaient. Alors, ils avaient choisi le seul homme sur lequel on pouvait compter pour croire à la parole d'un gentleman et balayer tout lien avec lord Stinhurst. Là résidait pour Lynley l'offense inexcusable. Il ne pouvait pardonner à Webberly de lui avoir fait ça. Il ne pouvait se pardonner d'avoir à ce point répondu à leurs attentes.

Que Stinhurst ait été innocent de la mort de Joy Sinclair n'avait aucune importance. Car Scotland Yard ne le savait pas, s'en fichait même, et n'avait qu'un but, que l'information-clé du passé de cet homme ne soit pas révélée. Si Stinhurst avait été l'assassin, s'il avait échappé à la justice, Lynley savait que ni le gouvernement ni Scotland Yard n'aurait éprouvé le moindre scrupule pourvu que le secret de Geoffrey Rintoul reste caché.

Il se sentait sale, souillé. Il sortit de sa poche sa plaque de police et la jeta sur le bureau de Webberly.

Le superintendant regarda l'objet, puis Lynley, plissant les yeux dans la fumée de son cigare.

— Qu'est-ce que c'est que ça ?

— Je n'en ai plus besoin.

— J'espère mal vous comprendre, inspecteur, dit Webberly, glacial.

— Je n'en ai plus besoin, n'est-ce pas ? Stinhurst est protégé. Toute l'histoire a été protégée.

Webberly ôta son cigare de sa bouche et l'écrasa au milieu des mégots dans le cendrier, éparpillant de la cendre partout.

— Ne faites pas ça, mon petit. C'est inutile.

— Je n'aime pas être manipulé. C'est une de mes excentricités. (Il se dirigea vers la porte.) Je viderai mon bureau...

Webberly abattit violemment une main sur la table, envoyant valser des papiers. Un pot à crayons tomba par terre.

— Et vous croyez que moi, j'aime être manipulé, inspecteur ? Qu'est-ce que vous êtes allé vous inventer ? Quel rôle m'avez-vous attribué là-dedans ?

— Vous saviez l'histoire de Stinhurst. Son frère. Son père. Voilà pourquoi c'est moi qui ai été envoyé en Ecosse, et personne d'autre...

— Je ne savais que ce que l'on avait bien voulu me dire. L'ordre de vous envoyer en Ecosse est venu de haut, par l'intermédiaire de Hillier. Pas de moi. Je n'aimais pas ça plus que vous. Mais je n'avais pas le choix.

— Vraiment ? Eh bien, dit Lynley, moi, j'ai le choix. Et je l'exerce maintenant.

La colère rendit Webberly écarlate, mais sa voix demeura calme.

— Vous raisonnez de travers, mon garçon. Réfléchissez à un certain nombre de choses, avant que votre vertueuse indignation ne vous transforme en noble martyr de la profession. Je ne savais rien de Stinhurst. Et je ne sais toujours rien, alors si vous voulez bien me raconter, je serai ravi de vous entendre. Tout ce que je peux vous dire, c'est que, lorsque Hillier est venu me voir avec l'ordre de vous mettre sur cette affaire, vous et personne d'autre, j'ai senti qu'il y avait quelque part un rat crevé.

— Et vous m'avez quand même mis sur l'affaire.

— Mais vous êtes idiot ! On ne m'a pas donné le choix ! Regardez les choses en face, pour une fois. J'ai mis Havers dessus aussi. Vous n'en vouliez pas, vous vous souvenez ? Pourquoi croyez-vous que j'aie insisté pour qu'elle vienne ? Parce que Havers, plus que tout autre, collerait à Stinhurst comme une puce à un chien si cela s'avérait nécessaire. Ce qui a été le cas, n'est-ce pas ? Bon sang, répondez-moi ! Cela n'a pas été le cas ?

— Si.

Webberly serra le poing dans sa large paume.

— Ces salopards ! Je savais qu'ils essayaient de le protéger, sans savoir de quoi. Mais vous ne me croyez pas, ajouta-t-il en jetant un regard noir à Lynley.

— Non, vous avez raison, je ne vous crois pas. Votre pouvoir n'est pas si réduit. Il ne l'a jamais été.

— Vous vous trompez, mon petit. Il l'est. Je fais ce que l'on me dit de faire. Il est facile de se conduire en homme d'une rectitude inflexible quand on peut partir d'ici à la moindre odeur déplaisante. Mais je ne dispose pas de ce genre de liberté. Je n'ai pas de sources de revenus indépendants, de domaine à la campagne. Ce travail n'est pas une plaisanterie. C'est mon pain de tous les jours. Et lorsqu'on me donne un ordre, j'y obéis. Aussi désagréable que cela puisse vous paraître.

— Et si Stinhurst avait été l'assassin ? Si j'avais classé l'affaire sans arrêter personne ?

— Mais vous ne l'avez pas fait, n'est-ce pas ? J'ai tablé sur Havers pour que vous n'aboutissiez pas là. Et j'ai tablé sur vous. Je savais que votre intuition finirait par vous conduire au meurtrier.

— Cela n'a pas été le cas, dit Lynley, à qui ces paroles coûtèrent beaucoup, et qui se demanda pourquoi cela le tracassait tellement de s'être conduit comme un imbécile.

Webberly l'étudia, puis lui dit d'une voix pleine de bonté mais pénétrante :

— Et c'est pour cela que vous voulez renoncer, n'est-ce pas ? Pas à cause de moi ou de Stinhurst. Et pas parce que des gens là-haut vous ont vu comme un type qu'ils pouvaient manipuler. Vous renoncez parce que vous avez commis une erreur. Vous avez perdu votre objectivité sur cette affaire, n'est-ce pas ? Vous avez poursuivi un type qui était innocent. Et alors ? Bienvenue au club, inspecteur. Vous n'êtes plus parfait.

Webberly ramassa la plaque, l'examina un moment puis, sans plus de formalités, la fourra dans la poche de poitrine de Lynley.

— Je suis désolé de l'affaire Stinhurst, dit-il. Je ne peux pas vous garantir qu'elle ne se reproduira pas. Mais si c'est le cas, je pense que vous n'aurez pas besoin du sergent Havers pour vous rappeler que vous êtes plus un policier que vous n'avez jamais été un foutu lord. (Il se retourna vers son bureau et considéra le désordre.) Vous avez des jours de congé à rattraper, Lynley. Alors prenez-les. Ne revenez pas avant mardi.

Il leva les yeux, et dit doucement :

— Apprendre à se pardonner à soi-même est une partie du travail, mon vieux. Et c'est la seule que vous n'ayez pas encore tout à fait maîtrisée.

Il entendit le cri étouffé en débouchant du parking souterrain dans Broadway. L'obscurité tombait rapidement. Il freina, jeta un coup d'œil en direction de la station de métro de Saint-James Park, et aperçut Jeremy Vinney au milieu des piétons qui courait dans sa direction, les pans de son manteau flottant comme les ailes d'un oiseau disgracieux. Il agitait un carnet à spirales dont les pages couvertes d'une écriture serrée battaient au vent. Lynley baissa sa vitre.

— J'ai fait mon papier sur l'histoire Geoffrey Rintoul, haleta le journaliste en esquissant un sourire. Bon sang, quelle chance de vous mettre la main dessus ! J'ai besoin de vous citer comme source. Pas de nom, simplement pour confirmer, c'est tout.

Lynley regarda une rafale de neige souffler à travers la rue. Il reconnut un groupe de secrétaires qui sortaient de Scotland Yard en courant pour prendre leur train du soir, et leur rire résonna comme une musique.

— Il n'y a pas d'histoire.

L'expression de Vinney s'altéra. Le moment privilégié de partage des confidences s'était évanoui.

— Mais vous avez parlé à Stinhurst ! Vous n'allez pas me dire qu'il n'a pas confirmé le moindre détail du passé de son frère ! Comment pouvez-vous le nier ? Avec Willingate sur les photos de l'enquête du coroner et la pièce de Joy avec ses allusions ? Vous n'allez pas me dire qu'il a réussi à s'en sortir.

— Il n'y a pas d'histoire, Mr Vinney. Je suis désolé.

Lynley voulut remonter sa vitre, mais Vinney s'y accrocha.

— Elle le voulait ! dit-il d'une voix suppliante. Vous savez que Joy voulait que j'aille au bout de cette histoire. Vous savez que c'est pour cette raison que je suis là. Elle voulait que tout ce qui concernait les Rintoul soit dévoilé.

L'affaire était classée. Son assassin avait été découvert, et pourtant Jeremy Vinney continuait sa quête. Il ne cherchait pas à proprement parler à faire un coup journalistique, puisque le gouvernement étoufferait son histoire sans aucune hésitation. C'était l'affirmation d'une fidélité qui allait bien au-delà de ce qu'exigeait l'amitié. Une fois encore, Lynley se demanda ce que cela cachait, quelle dette d'honneur Vinney avait envers Joy Sinclair.

— Jer ! Jerry ! Pour l'amour de Dieu, dépêche-toi ! Paulie attend et tu sais qu'il va s'inquiéter si nous sommes encore en retard.

La voix provenait de l'autre côté de la rue. Délicate, pétulante, presque féminine. Lynley tourna les yeux. Un jeune homme d'une vingtaine d'années à peine se tenait sous le porche du métro. Il tapait du pied, les épaules voûtées contre le froid, et les néons du passage illuminaient son visage. Celui-ci était d'une douloureuse beauté, une beauté de la Renaissance par la perfection des traits, du teint, de la forme. Et c'est une phrase de Marlowe remontant à la Renaissance, aussi appropriée aujourd'hui qu'au XVIe siècle, qui vint à l'esprit de Lynley. « Et risquer plus pour cette beauté que pour la Toison d'Or. »

C'est ainsi qu'enfin la dernière pièce du puzzle se mit en place, si évidente que Lynley se demanda ce qui l'avait empêché de la voir plus tôt. Joy ne parlait pas de Jeremy Vinney sur son magnétophone. Elle lui parlait, se rappelait un point qu'elle voulait aborder avec lui plus tard. Et là, de l'autre côté de la rue, se trouvait la source de son anxiété. Pourquoi s'inquiéter à son sujet ? Ce n'est pas pour toute la vie.

— Jerry ! Jemmy ! dit de nouveau la voix cajoleuse.

Le garçon pivota sur un pied, jeune chiot impatient, et rit lorsque son manteau se gonfla autour de lui comme un vêtement de clown.

Lynley regarda le journaliste. Vinney détourna les yeux, non en direction du garçon, mais vers Victoria Street.

— N'est-ce pas Freud qui disait que les hasards n'existent pas ? dit-il d'un ton résigné. Je devais vouloir que vous sachiez, pour que vous compreniez ce que je voulais dire quand je soutenais que Joy et moi avions toujours été amis, et rien qu'amis. Je suppose qu'on peut appeler ça un désir d'absolution. Ou de justification. Quelle importance maintenant ?

— Joy savait ?

— Je n'avais pas de secrets pour elle. J'en aurais été incapable.

Vinney regarda alors délibérément le garçon. Son expression s'adoucit, et ses lèvres esquissèrent un sourire d'une extrême tendresse.

— L'amour est une malédiction, n'est-ce pas, inspecteur ? Il ne nous laisse pas en paix. Nous le recherchons désespérément de milliers de façons différentes, et si nous avons de la chance, nous en jouissons l'espace d'un instant. Et nous nous sentons libres, alors, n'est-ce pas ? Même s'il s'agit d'un terrible fardeau.

— Je crois que Joy aurait compris cela.

— Elle était la seule dans ma vie qui l'ait jamais compris. Voilà pourquoi je lui dois l'histoire des Rintoul, dit-il en laissant retomber sa main de la vitre. C'est ce qu'elle aurait voulu. La vérité.

Lynley secoua la tête.

— Ce qu'elle voulait, c'était la vengeance, Mr Vinney. Et je crois qu'elle l'a eue, d'une certaine façon.

— Il en sera donc ainsi ? Pouvez-vous réellement laisser les choses se terminer comme ça, inspecteur ? Après la façon dont tous ces gens ont agi avec vous ? dit-il en indiquant d'un geste l'immeuble derrière eux.

— C'est bien souvent contre soi-même que l'on agit, répliqua Lynley.

Il eut un hochement de tête, releva la vitre et s'éloigna.

Plus tard, il se souviendrait de son voyage à Skye comme d'un brouillard de paysages continuellement changeants dont il était à peine conscient tandis qu'il fonçait vers le nord. Il s'arrêta uniquement pour manger, faire le plein et prendre quelques heures de repos dans une auberge quelque part entre Carlisle et Glasgow, et atteignit Kyle of Lochalsh, un petit village situé sur le continent, juste en face de l'île de Skye, en fin d'après-midi le lendemain.

Il s'arrêta sur le parking d'un hôtel sur le front de mer et resta assis à regarder le détroit, dont la surface avait la couleur des vieilles pièces de monnaie. Le soleil se couchait, et sur l'île le pic majestueux de Sgurr na Coinnich paraissait couronné d'argent. Loin en dessous le car-ferry se détacha du quai et entama son lent mouvement en direction du continent, chargé uniquement d'un camion, de deux touristes qui se serraient l'un contre l'autre dans le froid, et d'une mince silhouette solitaire dont la chevelure châtain voletait autour du visage levé vers les derniers rayons du soleil d'hiver.

A la vue d'Helen, Lynley comprit à quel point sa venue était une pure folie. Il savait être la dernière personne qu'elle avait envie de voir. Il savait à quel point elle désirait cette solitude. Et pourtant, rien de tout cela n'eut plus d'importance, lorsque le ferry se rapprocha et qu'il vit son regard tomber sur la Bentley garée sur le parking. Il sortit, ferma son manteau, et marcha jusqu'au débarcadère. Le vent glacial le giflait en pleine face, soulevait ses cheveux. Il sentait sur sa langue le sel de l'Atlantique Nord.

Le ferry aborda, le camion démarra en dégageant une horrible fumée, s'engagea sur la route d'Invergarry. Bras dessus bras dessous, les touristes passèrent devant lui en riant, un homme et une femme qui s'arrêtèrent pour s'embrasser, puis regarder le rivage opposé de Skye, encombré de nuages dont le gris tournait aux nuances somptueuses du crépuscule.

Lynley avait eu tout loisir, pendant les longues heures du voyage, de préparer sa rencontre avec Helen. Mais lorsqu'elle descendit du ferry, écartant ses cheveux de ses joues, il ne trouva plus de mots. Il ne voulait plus que la tenir dans ses bras et savait sans l'ombre d'un doute qu'il n'en avait pas le droit. Alors, sans une parole, il marcha à son côté en direction de l'hôtel.

Le salon était vide, et les vastes baies vitrées offraient un panorama d'eau, de montagnes, et de nuages rougis par le couchant sur l'île. Lady Helen se planta devant les fenêtres, et bien que son attitude — la tête légèrement baissée, les épaules voûtées — indiquât à quel point elle désirait la solitude, Lynley ne put se forcer à laisser tant de choses non exprimées entre eux. Il la rejoignit, et vit les cernes sous ses yeux, les traces du chagrin et de la fatigue. Elle avait croisé les bras, comme si elle cherchait chaleur ou protection.

— Pour quelle raison a-t-il tué Gowan ? Plus que n'importe quoi d'autre, Tommy, cela me paraît tellement dénué de sens.

Lynley se demanda comment il avait pu penser qu'Helen l'accueillerait avec les reproches qu'il avait tant mérités. Il s'était préparé à les entendre, à les admettre. Mais dans la confusion de ces derniers jours, il avait oublié ce qui était l'essentiel du caractère d'Helen, sa gentillesse et sa bonté fondamentales. Il était normal qu'elle pense à Gowan avant de penser à elle.

— A Westerbrae, Sydeham a prétendu qu'il avait oublié ses gants à la réception, répondit-il en regardant ses yeux se baisser d'un air songeur, ses cils sombres se détachant sur son teint laiteux. Il a dit qu'il les avait laissés là lorsqu'il était arrivé avec Joanna.

Elle hocha la tête.

— Mais lorsque Francesca Gerrard a heurté Gowan et renversé les alcools le soir de la lecture, Gowan a dû nettoyer tous les alentours. Et il a bien vu que les gants ne se trouvaient pas du tout là. Mais il ne s'en est pas souvenu tout de suite.

— Oui, je crois que c'est ce qui s'est passé. En tout cas, une fois que Gowan s'en est souvenu, il a dû comprendre ce que cela signifiait. Le gant que le sergent Havers avait retrouvé le lendemain à la réception, et celui que tu avais découvert dans la botte n'avaient pu atterrir là que d'une façon : Sydeham les y avait placés, après avoir tué Joy. Je crois que c'est ce que Gowan a essayé de me dire avant de mourir. Qu'il n'avait pas vu les gants à la réception. Mais je... j'ai cru qu'il parlait de Rhys.

Lynley la vit fermer les yeux d'un air douloureux, et comprit qu'elle ne s'attendait pas à entendre ce nom dans sa bouche.

— Comment Sydeham s'y est-il pris ?

— Il se trouvait encore dans le salon lorsque Macaskin et la cuisinière sont venus me voir en me demandant s'ils pouvaient laisser sortir tout le monde de la bibliothèque. Il s'est glissé dans la cuisine à ce moment-là et s'est emparé du couteau.

— Avec tout le monde dans la maison ? Et surtout la police ?

— Ils se préparaient à partir. Et puis, cela a été l'affaire d'une ou deux minutes. Après, il est passé par l'escalier de service et a regagné sa chambre.

Sans y penser, il leva la main, caressa doucement la chevelure d'Helen, en suivit la courbe jusqu'à l'épaule. Elle ne s'éloigna pas. Il sentit son cœur battre à se rompre dans sa poitrine.

— Je suis tellement désolé pour tout, dit-il. Je devais te voir pour te dire au moins cela, Helen.

Elle ne le regarda pas, comme si l'effort était trop grand, la tâche trop monumentale. Elle parla à voix basse, les yeux fixés au loin sur les ruines de Caisteal Maol tandis que le soleil dardait ses derniers rayons sur les remparts écroulés.

— Tu avais raison, Tommy. Tu as dit que je voulais revivre mon histoire avec Simon mais avec une conclusion différente, et j'ai découvert que c'était vrai. Mais en fin de compte, la conclusion n'était pas différente, n'est-ce pas ? Je me suis répétée de façon admirable. Tout ce qui manquait à ce malheureux scénario, c'était la chambre d'hôpital dont je sortais en le laissant là, entièrement seul.

Elle parlait sans acrimonie. Mais Lynley n'avait pas besoin de l'entendre pour savoir à quel point chaque mot transportait son poids de mépris pour elle-même.

— Mais non, dit-il d'un ton malheureux.

— Mais si. Rhys savait que c'était toi, au téléphone. Il y a deux soirs de cela ? J'ai l'impression qu'il y a une éternité. Et lorsque j'ai raccroché, il m'a demandé si c'était toi. J'ai dit non, que c'était mon père. Mais il savait. Et il a vu que tu m'avais convaincue qu'il était l'assassin. Je n'ai cessé de nier, bien sûr, de tout nier. Quand il m'a demandé si je t'avais dit qu'il était là, j'ai même nié cela. Mais il savait que je mentais. Et il a vu que j'avais choisi, exactement comme il me l'avait dit. (Elle leva une main pour la porter à sa joue, mais de nouveau l'effort parut trop grand, et elle la laissa retomber.) Je n'ai même pas eu besoin d'entendre le coq chanter trois fois. Je savais ce que je venais de faire. De nous faire.

Quel qu'ait pu être son désir en venant, Lynley savait qu'il devait la convaincre de sa culpabilité à lui, dans cette faute qu'elle était persuadée d'avoir commise. Il devait au moins lui donner cela.

— Ce n'est pas ta faute, Helen. Tu n'aurais rien fait si je ne t'y avais pas obligée. Que pouvais-tu penser lorsque je t'ai parlé d'Hannah Darrow ? Qui devais-tu croire ?

— C'est exactement cela. J'aurais pu choisir Rhys en dépit

de ce que tu avais dit. Je le savais alors, et je le sais maintenant. Et au lieu de cela, je t'ai choisi. Lorsque Rhys a compris, il m'a quittée. Et qui pourrait l'en blâmer ? Croire que son amant est un assassin sabote irréparablement une liaison, tu sais. (Elle le regarda enfin en se tournant, si proche qu'il sentait l'odeur fraîche et pure de ses cheveux.) Et jusqu'à Hampstead, j'ai cru que c'était Rhys l'assassin.

— Alors, pourquoi l'as-tu averti ? Pour me punir ?

— L'avertir… ? C'est ce que tu as cru ? Non. Lorsqu'il a franchi le mur, j'ai tout de suite vu que ce n'était pas Rhys. Je… je connaissais le corps de Rhys, comprends-tu ? Et cet homme était trop massif. Sans réfléchir, j'ai réagi. Je crois bien que c'était de l'horreur, en comprenant ce que je lui avais fait, en comprenant que je l'avais perdu. (Elle se retourna vers la fenêtre l'espace d'un instant, puis elle reprit la parole, et chercha son regard.) A Westerbrae, j'avais fini par me voir comme son sauveur, la femme magnifique qui allait le remettre sur pied. Je me voyais comme la raison pour laquelle il ne boirait plus jamais. Tu vois donc que tu avais raison, au fond. C'était comme avec Simon.

— Non, Helen, je ne savais pas ce que je disais. J'étais à moitié fou de jalousie.

— Tu avais pourtant raison.

Tandis qu'ils parlaient, les ombres s'allongeaient dans le salon. Le barman entra, alluma les lumières et ouvrit le bar à l'autre bout de la pièce. Des voix leur parvinrent de la réception : une discussion importante à propos de cartes postales, un débat animé sur les activités du lendemain. Lynley écouta, enviant la douce normalité des vacances loin de chez soi avec quelqu'un qu'on aime.

Lady Helen bougea.

— Je dois me changer pour le dîner, dit-elle en se dirigeant vers l'ascenseur.

— Pourquoi es-tu venue ici ? demanda-t-il brusquement.

Elle s'arrêta sans le regarder.

— Je voulais voir Skye au cœur de l'hiver. J'avais besoin de voir à quoi cela ressemblait d'être ici tout seul.

Il posa sa main sur son bras, et la chaleur de celui-ci sembla lui infuser la vie.

— Et tu en as vu assez ? Toute seule, je veux dire.

Ils savaient tous deux ce qu'il lui demandait en réalité. Au lieu de répondre, elle marcha jusqu'à l'ascenseur et pressa le bouton. Il la suivit, mais l'entendit à peine lorsqu'elle parla enfin.

— Je t'en prie. Je ne peux supporter de nous infliger encore plus de souffrance.

Quelque part au-dessus de leurs têtes, la machinerie se mit en route. Il comprit alors qu'elle monterait dans sa chambre, à la recherche de la solitude qu'elle désirait, en le laissant derrière elle. Il comprit également qu'il ne s'agissait pas d'une séparation de quelques minutes, mais d'un laps de temps indéterminé, infini, insupportable. Il savait que c'était le pire moment pour parler, mais aucune autre occasion ne se présenterait sans doute.

— Helen.

Lorsqu'elle le regarda, il vit que ses yeux s'étaient emplis de larmes.

— Epouse-moi.

Un petit sursaut de rire lui échappa, un rire de désespoir, et elle eut un geste à peine esquissé, éloquent dans sa futilité.

— Tu sais que je t'aime. Ne me dis pas qu'il est trop tard.

Elle pencha la tête. Devant elle, les portes de l'ascenseur s'ouvrirent. Elle exprima alors ce qu'il avait craint — et su — qu'elle dirait :

— Je ne veux pas te voir, Tommy. Pas pendant un moment.

Les mots le déchirèrent, et il parvint à articuler :

— Combien de temps ?

— Quelques mois. Peut-être plus.

— On dirait une sentence de mort.

— Je suis désolée, mais c'est ce dont j'ai besoin.

Elle pénétra dans l'ascenseur, appuya sur le bouton correspondant à son étage.

— Même après tout cela, je ne supporte pas de te faire souffrir. Je ne pourrais pas, Tommy.

— Je t'aime, dit-il.

Et de nouveau, comme si les mots pouvaient lui servir d'acte de contrition douloureux, il répéta :

— Helen. Helen. Je t'aime.

Il vit ses lèvres s'ouvrir en un sourire fugitif et doux, puis les portes de l'ascenseur se refermèrent, et elle disparut.

Barbara Havers se trouvait au bar du *King's Arms,* non loin de New Scotland Yard, en train de broyer du noir devant sa pinte de bière hebdomadaire, qu'elle dorlotait depuis une demi-heure. Il restait une heure avant la fermeture, et il y avait bien longtemps qu'elle aurait dû être rentrée chez ses parents à Acton, mais elle n'avait pas encore trouvé la force de s'y résoudre. La paperasserie était finie, les rapports bouclés, les conversations avec Macaskin terminées. Mais comme toujours à la fin d'une enquête, elle était envahie par le sentiment de sa propre inutilité. Les gens continueraient à se conduire comme des brutes les uns envers les autres, en dépit de ses maigres efforts.

— Vous me payez un verre ?

La voix de Lynley lui fit lever les yeux.

— Je vous croyais à Skye ! Bon Dieu, vous avez l'air épuisé.

Effectivement. Mal rasé, les vêtements froissés, il ressemblait à un cadeau de Noël oublié depuis longtemps dans un coin.

— Je *suis* épuisé, reconnut-il avec un effort pathétique pour sourire. J'ai perdu le compte des heures passées en voiture ces derniers jours. Que buvez-vous ? Pas d'eau minérale, ce soir ?

— Pas ce soir. Je suis passée à la Bass. Mais puisque vous êtes là, je vais changer de poison. Tout dépend qui paye.

— Je vois.

Il ôta son manteau, le jeta sans y faire attention sur la table voisine, et s'affala sur le siège. Il sortit de sa poche étui à cigarettes et briquet. Comme d'habitude elle se servit, et le regarda par-dessus la flamme qu'il lui tendait.

— Quoi de neuf ? demanda-t-elle.

Il alluma une cigarette.

— Rien.

— Ah.

Ils fumèrent de compagnie. Il ne bougea pas pour aller se chercher à boire. Elle attendit.

Puis, les yeux fixés sur le mur opposé, il dit :

— Je lui ai demandé de m'épouser, Barbara.

Elle s'en doutait.

— Vous ne ressemblez pas à un porteur de bonnes nouvelles.

— Non, je ne le suis pas.

Il s'éclaircit la gorge, étudia le bout de sa cigarette.

Barbara soupira, soupesa le lourd manteau du désespoir de Lynley, et découvrit avec surprise qu'elle le partageait. Au bar, Evelyn, la serveuse échevelée, se dépêtrait de ses commandes de la soirée et des avances baveuses de deux clients. Barbara l'appela.

— Ouais, répondit Evelyn avec un bâillement.

— Apporte-nous deux Glenlivet. Secs.

Elle regarda Lynley et ajouta :

— Et ressers-nous ensuite, s'il te plaît.

— D'accord, tout de suite.

Lorsqu'elle apporta les verres et que Lynley se mit à chercher son portefeuille, Barbara intervint.

— C'est ma tournée ce soir, monsieur.

— C'est une célébration, sergent ?

— Non. Un enterrement.

Elle engloutit son whisky, qui lui embrasa le sang comme une flamme.

— Buvez, inspecteur. On va se bourrer, ce soir.

*Cet ouvrage a été reproduit
par procédé photomécanique par la
SOCIÉTÉ NOUVELLE FIRMIN-DIDOT
Mesnil-sur-l'Estrée
pour le compte des Éditions Pocket
en février 1997*

POCKET - 12, avenue d'Italie, 75627 PARIS CEDEX 13
tél. : 44-16-05-00

Imprimé en France
Dépôt légal : mars 1994
N° d'impression : 36937